Christi Caldwell

Die Liebe des Herzogs

Montlake Romance

Das Buch

Lady Daisy Meadows liebt Auric, Duke of Crawford, solange sie denken kann. Aber leider wird er sie wohl nie zu seiner Herzogin machen. Sie mit ihren üppigen Kurven und brünetten Locken, wo doch jeder weiß, dass der Duke zarte Blondinen bevorzugt! Dass sich ihre Wege neuerdings auch außerhalb von Bällen kreuzen, führt sie auf seinen Beschützerinstinkt zurück – und auf seinen dummen Plan, einen geeigneten Ehemann für sie zu finden. Warum er sie allerdings überraschend geküsst hat, ist ihr nicht klar.

Daisy ist für Auric die kleine Schwester seines besten Freundes Lionel – niemals mehr. Als Lionel unter tragischen Umständen ums Leben kommt, stehen für Auric regelmäßige Besuche bei Daisy und ihrer Mutter ganz oben auf der Liste seiner adligen Pflichten. Aber als sein kleines Blumenmädchen plötzlich betörend erwachsen ist und die Blicke aller Gentlemen auf sich zieht, überkommt den Duke eine unerklärliche Unruhe. Doch je unbezähmbarer sein Verlangen nach ihr wird, desto unmöglicher scheint eine gemeinsame Zukunft. Denn der Duke hat Daisy nicht die Wahrheit über den Tod ihres Bruders gesagt …

Die Autorin

USA-Today-Bestseller-Autorin Christi Caldwell entdeckte die Welt der historischen Liebesromane durch Judith McNaughts »Sturm der Leidenschaft«. Eines Tages saß sie in ihrem Apartment an der University of Connecticut und beschloss, ihre Skripte beiseitezulegen, ihren Laptop zu holen und sich selbst an einem Roman zu versuchen. Sie glaubt fest daran, dass die besten Helden und Heldinnen die mit Fehlern sind, und sie genießt es sehr, sie ein wenig zu quälen, bevor sie sie mit einem wohlverdienten Happy End belohnt.

Christi Caldwell wohnt im Süden von Connecticut, wo sie ihre Zeit mit dem Schreiben von Historicals verbringt, ihren frechen kleinen Sohn durchs Haus jagt und sich um ihre zwei Prinzessinnen in Ausbildung kümmert.

Christi Caldwell

Die Liebe des Herzogs

Roman

Aus dem Amerikanischen
von Lily Adrian

Montlake Romance

Die amerikanische Ausgabe erschien 2015 unter dem Titel »Loved by a Duke« im Selbstverlag.

Deutsche Erstveröffentlichung bei
Montlake Romance, Amazon Media E.U. S.à r.l.
5 Rue Plaetis, L-2338, Luxembourg
Oktober 2017

Die Übersetzung dieses Buches wurde durch AmazonCrossing ermöglicht.

Umschlaggestaltung: bürosüd⁰ München, www.buerosued.de
Umschlagmotiv: © DarkBird / Shutterstock; © Lopolo / Shutterstock; © transurfer / Shutterstock; © sumroeng chinnapan / Shutterstock; © Kiev. Victor / Shutterstock; © Sandratsky Dmitriy / Shutterstock
Lektorat: Ute-Christine Geiler, Birte Lilienthal, Agentur Libelli GmbH
Printed in Germany
By Amazon Distribution GmbH
Amazonstraße 1
04347 Leipzig, Germany

ISBN: 978-1-542-04992-4

www.montlake-romance.de

Für Sarah

Auf dieser Reise des Schreibens, auf die ich mich gewagt habe, zähle ich unsere Freundschaft und dass ich dich gefunden habe, zu meinen größten Geschenken. Du bist die Augen auf meinen Entwürfen und mehr … eine Freundin und Mutter, mit der ich alles Große in meinem Leben feiern kann und auf die ich mich stützen kann, wenn die Zeiten hart werden. Danke. Für alles.

Prolog

Leeds, England, 1805

Schon im zarten Alter von elf Jahren hatte Lady Daisy Laurel Meadows in all ihrer kindlichen Weisheit erkannt, dass ihr Vorname albern war. Und alle wussten es.

Sie betrachtete mit zusammengezogenen Brauen die Erwachsenen, die um den Tisch herumsaßen und frühstückten, ehe ihr finsterer Blick an den beiden Menschen hängen blieb, die für ebendiesen albernen Namen verantwortlich waren. Allerdings bemerkten ihre Eltern, in eine Unterhaltung mit dem Duke und der Duchess of Crawford vertieft, nichts von ihrer Missbilligung.

Wobei, alle wussten es … bis auf ihre Mutter und ihren Vater, den Marquis und die Marchioness of Roxbury. Sie schienen zu glauben, es sei völlig in Ordnung, der eigenen Tochter einen Blumennamen wie Daisy zu geben, obwohl der Familienname Meadows – Wiese – lautete.

Sie stützte ihre Ellbogen auf den Tisch. Blöder Name. Von der anderen Seite des Tisches her schauten drei Mädchen, die eng beieinanderstanden, zu ihr und kicherten hinter vorgehaltenen Händen. Daisy nahm sich eine mit Butter bestrichene Brötchenhälfte von ihrem Teller und biss ab.

Natürlich wählte ihre Mutter genau diesen Augenblick, um hochzusehen. Sie bedachte Daisy mit einem beredten Blick. Daisy kaute schnell und schluckte. Den Rest des Brötchens tat sie wieder auf den Teller.

Jemand legte ihr die Hände auf die Schultern, und sie zuckte zusammen. Ihre Lippen verzogen sich zu einem breiten Lächeln, als sie zu ihrem älteren Bruder emporschaute.

»Die sind nur neidisch, Daisy«, flüsterte er dicht an ihrem Ohr.

»Du bist gekommen.« Sie krauste die Nase. »Und nein, das sind sie nicht.« Die anderen besaßen goldene Locken und makellos helle Porzellanhaut, während sie selbst langweiliges braunes Haar hatte und zu viele Sommersprossen.

»Natürlich bin ich gekommen. Denkst du, Mutter und Vater hätten es mir durchgehen lassen, nicht zu ihrer jährlichen Sommergesellschaft zu erscheinen?«

Sie schnaubte. »Ganz bestimmt nicht.«

Er kniff sie in die Nase. »Und ja, Daisy. Diese jungen Damen dort sind in der Tat grün vor Neid. Und eines Tages wirst auch du begreifen, wie hübsch du in Wahrheit bist.« Er blickte zu seinen beiden Freunden, Marcus, Viscount Wessex, und Auric, Lord Ashburn, dem zukünftigen Duke of Crawford. »Stimmt doch, oder, Gentlemen? Sie ist bildhübsch, nicht wahr?«

Marcus gähnte und schlenderte zum Sideboard. An seiner Antwort gab es keinen Zweifel.

Auric zwinkerte ihr zu. »Bildschön.« Er beugte sich vor. »Und wenn du in die Gesellschaft eingeführt bist, mache ich dich liebend gerne zu meiner Herzogin.«

Ihr Herz geriet ein bisschen ins Stolpern.

»Siehst du, Daisy?« Sie drehte ihren Kopf herum, um wieder ihren Bruder anzuschauen. »Eines Tages wirst du Herzogin sein, während all die anderen Mädchen sich mit einem bloßen zukünftigen Marquis wie mir begnügen müssen.«

Sie gab ihm einen Klaps auf den Arm. »Sei nicht albern. Ich werde dich keines von diesen grässlichen Geschöpfen heiraten lassen.«

Lionel gab ihr einen liebevollen Nasenstüber. »Nun, du wirst jedenfalls eine Herzogin, damit du mir mit nicht mehr als einem Blick Befehle erteilen kannst.« Er versetzte seinem Freund einen spielerischen Hieb gegen den Arm. »Wenn du in die Gesellschaft eingeführt wirst, wird Auric natürlich schon einer dieser alten Herzöge mit einem Lorgnon sein.«

Auric öffnete den Mund, um etwas zu erwidern, als lautes Geflüster und eine weitere Runde Kichern von der anderen Seite des Raumes zu ihnen drangen. Lady Leticia, ein Jahr jünger und eine Million Mal hübscher als Daisy, zeigte mit dem Finger auf sie und lachte. Lord Auric bedachte sie mit einem finsteren Blick, und die Augen des jungen Mädchens wurden groß wie Untertassen. Er setzte sich auf den leeren Platz neben Daisy, während Lionel sich auf dem Stuhl ihr gegenüber niederließ. Die drei Mädchen wurden still.

»Geschieht ihnen recht«, bemerkte Daisy und nahm sich wieder ihr Brötchen, biss erneut herzhaft zu.

»Daisy«, tadelte ihre Mutter sie von der anderen Tischseite her.

Vor Schreck ließ sie das Brötchen fallen. Sie kannte all den Unsinn, den ihre uralte Gouvernante Miss Wimpleton ihr eingetrichtert hatte, aber ehrlich, diese winzigen Bissen passten besser zu einem Mäuschen als zu einem Kind.

Auric stibitzte das halb aufgegessene Brötchen von ihrem Teller. Er nahm einen Riesenbissen und zwinkerte ihr erneut zu.

Sie musste grinsen. Er war wirklich charmant. Und schneidig. Und überhaupt ganz wunderbar. Mit einem leisen Seufzen stützte sie einen Ellbogen auf den Tisch und legte ihr Kinn in die Hand. Mit der anderen griff sie nach ihrem Wasserglas, stieß dabei mit den Fingern gegen kaltes Silber.

Schreie erklangen rings um den Tisch, als der silberne Kerzenleuchter umkippte. Auric riss ihre Hand zurück, während mehrere Lakaien herbeisprangen, um die Flammen zu löschen, die an dem weißen Tischtuch aus italienischer Spitze leckten.

Behutsam drehte Auric ihre Hand in seiner viel größeren um und betrachtete sie prüfend. »Keine Verbrennungen«, murmelte er.

»Daisy Meadows!«

Ihre Mutter fasste sie am Ellbogen und nötigte sie, aufzustehen. Daisy ließ sich von dem leicht verkohlten Tischtuch wegziehen. Gehässiges Gekicher von den drei Mädchen folgte ihr. Während ihre Mutter sie mit gesenkter Stimme zurechtwies, warf Daisy einen letzten Blick über ihre Schulter zum besten Freund ihres Bruders, der nun völlig in seine Unterhaltung mit Lionel vertieft war.

Sie seufzte. Sie brauchte gar nicht den zukünftigen Duke of Crawford. Auric würde ihr völlig reichen.

Kapitel 1

London, England, 21. April 1816

Lady Daisy Meadows war unsichtbar.

Oh, sie war nicht immer ein körperloses Wesen gewesen, das von allen übersehen wurde. Eigentlich war sie sogar der Fluch im Leben ihrer armen Eltern gewesen und immer zu Streichen aufgelegt, denn ein junges Mädchen hatte in etwa so viel Hoffnung, die Königin von England zu werden, wie die Sache mit der Unsichtbarkeit zu bewerkstelligen. Und dennoch war es ihr mit bemerkenswerter Raffinesse gelungen, wenn auch mehr oder weniger unbeabsichtigt. Sie konnte nicht einmal den genauen Moment benennen, in dem sie zu existieren aufgehört hatte.

Sie nahm die Ausgabe der *Times* von dem mit Rosenholzintarsien verzierten Mahagonitischchen und überflog die Worte auf der ersten Seite, die ihr so vertraut waren, dass sie sich ihr bereits ins Gedächtnis eingeprägt hatten.

Der Duke of C. befindet sich wieder auf dem Heiratsmarkt, zurückgewiesen von Lady A. A., …

Über die dummen Zeitungen verärgert, steckte Daisy den Worten, die sie zu verspotten schienen, die Zunge raus und warf das Blatt auf den Tisch, wo es mit einem klatschenden Geräusch landete. »Heiratsmarkt«, murmelte sie vor sich hin. »Das klingt wie Pferdemarkt …«

Der Duke of C. Das war niemand anders als der berühmt-berüchtigte und allseits begehrte Duke of Crawford. Begehrt von allen … Sie blickte wieder hinab auf die Seite. Nun, nicht von allen. Schließlich hatte Lady Anne Adamson seinen Antrag zugunsten dessen des Earl of Stanhope abgelehnt. Was für eine Närrin.

Eine Närrin, bei der Daisy in der Schuld stand. Aber trotzdem eine Närrin.

Mit einem verärgerten Laut griff sie nach ihrem Stickrahmen. Sie nahm die Nadel und stach sie so energisch durch den Stoff, dass sich die scharfe Spitze in das weiche Fleisch ihres Zeigefingers bohrte. »Mist.« Sie steckte sich den verletzten Körperteil in den Mund und saugte an dem Blutstropfen.

Ungefähr zu dem Zeitpunkt, zu dem sie unsichtbar geworden war, hatte sie auch mit dem Sticken begonnen. Das tat sie nun seit beinahe sieben Jahren. Und sie war darin genauso erfolglos wie dabei, das Herz eines gewissen Herzogs zu erobern.

Sorgfältiger und konzentrierter zog sie die Nadel durch die Umrisse eines Herzens … sie runzelte die Stirn … Oder das sollte es wenigstens sein. Auch wenn es eher wie ein verunglückter Kreis mit einer kleinen Einbuchtung in der Mitte aussah. Noch einmal fuhr sie mit der Nadel mit viel zu viel Schwung in den Stoff und traf wieder ihren Finger. »Doppelt Mist.«

Sie gab die Hoffnung auf, dass es ihr gelingen würde, sich damit abzulenken, und warf den Stickrahmen zur Seite, wo er mit einem Rascheln auf der Zeitung landete. Sie sprang auf die Füße und ging zum Kamin. Ein kleines Feuer spendete in dem kühlen Raum angenehme Wärme. Sie rieb die Hände aneinander und betrachtete nachdenklich die flackernden Flammen.

Es sollte ihr nichts ausmachen, was die Skandalblätter über einen bestimmten Herzog berichteten, der angeblich auf der Suche nach einer Ehefrau war. Sie hatte gewusst, es war unausweichlich, dass er eines Tages heiraten würde, und hatte schon vor Langem die traurige Wahrheit akzeptiert, dass nicht sie die Glückliche sein würde, sondern stattdessen eine makellose englische Schönheit wie Lady Anne.

Sie hatte Gerüchte gehört, dass es da einen Anhänger von einer Zigeunerin geben solle, mit dessen Hilfe eine Frau das Herz eines Herzogs gewinnen könnte. Nicht mehr als Gerede von romantischen jungen Dingern, die an so dumme Märchen glaubten. Es wäre auch egal gewesen, wenn Lady Anne einen ganzen Schrank voll mit verzauberten Anhängern besessen hätte. Mit ihren goldblonden Locken und ihrer sanft gerundeten Figur hätte sie jeden Duke, Marquis oder – in ihrem Fall – Earl haben können, den sie sich wünschte. Anders als die nicht gerade gertenschlanke Daisy mit ihren üppigeren Formen. Und für Auric, den achten Duke of Crawford, war sie genauso unsichtbar wie für alle anderen.

Sie hob den Blick und betrachtete ihr Abbild in dem riesigen goldgerahmten Spiegel über dem Kamin. Ein ironisches Lächeln spielte um ihren etwas zu großen Mund. Schon komisch, wie es einer jungen Dame, die mit dunkelbraunem Haar und einer erschreckenden Menge Sommersprossen sowie solchen Kurven geschlagen war, gelingen sollte, unsichtbar zu sein, aber genau das war passiert.

»Ich hingegen«, teilte sie dem Geschöpf mit den riesigen braunen Augen mit, »ich benötige etwas Verzaubertes.« Nichts Geringeres als Magie konnte ihr dabei helfen, Aurics stures, mit Blindheit geschlagenes Herz zu gewinnen.

Schleppende Schritte erklangen auf dem Flur, und sie sah zur Tür. Ihre Mutter erschien auf der Schwelle und schaute mit leerem Blick in den Salon, als hätte sie eine fremde Welt betreten und wüsste nicht, wie sie ihr wieder entkommen konnte. Es waren derselbe leere Blick und dieselbe ausdruckslose Miene, die sie zeigte, seit sie von Lionels Tod erfahren hatten.

Daisys großer Bruder. Ihr Beschützer, ihr Verteidiger. Ihr Ritter. Der immer ein Lächeln für sie gehabt, sie in die Nase gekniffen hatte. Ihnen auf die brutalste Weise entrissen. Mit seinem sinnlosen Tod war ihren Eltern alle Freude genommen worden, und mit seinem Verlust und der schlimmen Lücke, die er hinterlassen hatte, hatte sie begonnen, unsichtbar zu werden.

»Mutter.« Es war ein Schmerz, der nie vergehen würde, als das Kind, das noch am Leben war, zu wissen, dass man die eigene Mutter nicht glücklich machen konnte.

Die Marchioness blinzelte mehrere Male. »Daisy?«

»Ja.« Ihre Tochter, die ihr als Einziges noch geblieben war.

»Ich …« Ihre Mutter berührte mit den Fingerspitzen ihre Schläfe, als hätte sie heftige Kopfschmerzen. »Ich habe einen Anflug von Migräne.« Sie schaute sich im Zimmer um. »Ist Aur…?«

»Er ist nicht hier«, unterbrach Daisy sie.

Nach dem Tod ihres Ehegatten vor zwei Jahren war der Duke of Crawford einer der wenigen Menschen geworden, für die die Marchioness die Ungestörtheit ihrer abgedunkelten Räume verließ. In seiner Gegenwart fand sie irgendwie zu den Resten der Mutter, Gastgeberin und Persönlichkeit zurück, die sie gewesen war, bevor ihre – nein, ihrer beider – Welt zusammengebrochen war.

»Er ist nicht hier«, wiederholte ihre Mutter und runzelte die Stirn.

Bei Aurics Besuchen war es, als ob der Mantel des Unglücks, den sie nun schon seit Jahren zu tragen schien, sich höbe und die Frau zum Vorschein käme, die sie vor Ewigkeiten gewesen war. Doch mit seinem Aufbruch versank sie wieder im Nebel der Verzweiflung.

»Nein, Mama«, sagte Daisy mit sanfter Stimme. Aurics letzter Besuch lag fast einen Monat zurück. Drei Wochen und sechs Tage, um genau zu sein. Aber wer zählte schon? »Sicherlich erwartest du nicht, dass er immer kommen wird?« Es gab keinen Grund für ihn, das zu tun. »Er wird sich bald eine Herzogin suchen.« Sie hasste es, wie es ihr angesichts dieser Wahrheit das Herz abdrückte.

In den graublauen Augen der Marchioness stand plötzlich Klarheit. »Sei nicht so vulgär, Daisy.«

»Ich bin nicht vulgär.« Sie war aufrichtig. Obwohl sie sich danach sehnte, insgeheim der Grund seiner Besuche zu sein, hatte sie sich doch längst damit abgefunden, dass er nur wegen seines Verantwortungsgefühls den lieben Freunden seiner verstorbenen Eltern gegenüber herkam. »Dass er uns regelmäßig seine Aufwartung macht, liegt nur daran, dass er seine gesellschaftlichen Pflichten ernst nimmt, Mutter.«

»Ich kann nicht denken, wenn du so sprichst.« Ihre Mutter kniff die Augen zusammen und rieb sich die Schläfen, drückte ihre Finger in die Haut. »Ich …«

Reue erfasste Daisy, und sie lief durch das Zimmer. »Sch!« Sie fasste ihre Mutter an den Schultern und drückte sie sanft. »Du solltest dich ausruhen.«

Die ältere Frau nickte. »Ja, ja. Das ist eine ausgezeichnete Idee. Ich sollte mich ausruhen.« Mit hölzernen Bewegungen drehte sie sich um und verließ den Salon in einem Meer aus schwarzen, steifen Seidenröcken. Nur wenn sie gezwungen war, ihre immer noch unverheiratete Tochter in die Gesellschaft zu begleiten, legte sie die Trauerkleidung ab.

Mit einem Seufzen kehrte Daisy wieder zum Kamin zurück und starrte in die orange-roten Flammen. Das Feuer knisterte und zischte laut in der Stille des Zimmers. Als sie noch ein kleines Mädchen gewesen war, hatte sie es geliebt, einfach so herumzuhüpfen. Anfangs auf zwei Füßen, doch bald hatte sie festgestellt, wie viel besser es war, es nur auf einem Bein zu tun. Dann hatte ihre Mutter sie dabei erwischt, und solches Verhalten hatte ein Ende gehabt.

Zumindest wenn auch nur der Hauch einer Chance bestand, dass Mutter in der Nähe war. Jetzt, da auch ihr Vater nicht mehr unter ihnen weilte, vor nicht ganz zwei Jahren im Schlaf gestorben, und ihre Mutter praktisch aufgehört hatte, die Existenz ihrer Tochter zur Kenntnis zu nehmen, würde Daisy im Handumdrehen und überglücklich die gegenwärtige Gleichgültigkeit gegen die fast erdrückende Mutter von früher eintauschen, die sie ständig zurechtwies.

Vorsichtig hob sie den Saum ihres Kleides an und hüpfte. Ein Lächeln spielte um ihre Lippen, als sie den Reiz des Verbotenen spürte. Konnte sie überhaupt noch hüpfen? Sie hatte es schon so lange nicht mehr getan. Sie dachte nach. Sieben Jahre lang? Sicherlich nicht. Das war viel zu lange, um etwas so Angenehmes nicht zu tun.

Daisy streckte die Arme aus und versuchte es. Sie biss sich auf die Unterlippe. In Stiefeln war es so viel leichter gewesen, Spaß zu haben. »Wie restlos albern«, sagte sie sich. Es war wirklich albern. Genau genommen kindisch. Aber obwohl sie sich dessen durchaus bewusst war und trotz der Benimmregeln, die ihr in ihrer Kindheit eingeschärft worden waren, spürte sie auf einmal Übermut.

Mit einem breiter werdenden Lächeln hüpfte sie höher, erhaschte einen Blick auf ihr Spiegelbild, das ihr als Beweis diente, dass sie eben doch sichtbar war. Immer noch real. Immer noch am Leben, auch wenn ihr geliebter Bruder das nicht mehr war.

»Ich bin hier«, sagte sie leise in die Stille des cremefarbenen Salons. Sie hob ihre Röcke höher und hüpfte auf einem Fuß auf und nieder. Ihr locker aufgesteckter Haarknoten löste sich, und mehrere braune Locken befreiten sich. Sie fielen ihr ins Gesicht, und sie blies sie fort.

Junge Damen hüpften nicht. Unsichtbare hingegen durften sich gewisse Freiheiten herausnehmen.

Ihr Lächeln wurde breiter angesichts der Albernheit ihres Tuns. Viele Jahre hatten sie Schuldgefühle gequält, wenn sie es wagte, zu lächeln oder zu lachen, wo Lionel keines davon je wieder können würde. Irgendwann hatte sie es dann einfach trotzdem getan. Und zusammen mit den Schuldgefühlen war da auch eine gewisse Freude über die Erinnerung, dass sie tatsächlich …

»Äh, der Duke of Crawford.«

Daisy kam ungeschickt auf und knickte um, landete mit einem unterdrückten Fluch auf dem Boden vor dem Kamin. Ihr Herzschlag beschleunigte sich, als sie Aurics hochgewachsene Gestalt über den Rand des mit elfenbeinfarbener Seide bezogenen Sofas hinweg in der Tür entdeckte. Er trug sein gewohntes herzogliches Stirnrunzeln. Allerdings wirkte er nicht so unnahbar wie sonst, während er sie betrachtete, wie sie umgeben von ihren grünen Seidenröcken auf dem Boden hockte.

Es gelang ihr, ein Lächeln auf ihre Lippen zu zwingen. »Guten Tag, Auric.« Sie bemühte sich, auf die Füße zu kommen.

Mit drei langen Schritten war er bei ihr. »Was tust du da?« Nicht: *Wie geht es dir?* Nicht: *Ist alles in Ordnung?* Und bestimmt nicht: *Meine Liebste, hoffentlich hast du dich nicht verletzt.*

Sie hob eine Augenbraue. »Ach, weißt du, ich sitze nur hier und bewundere das Feuer.«

Die Furche zwischen seinen Brauen vertiefte sich. Dann hob er sie ohne sichtbare Anstrengung hoch und stellte sie auf die Füße. Wärme breitete sich unter seinen starken Händen in ihr aus. »Hast du dir wehgetan?«

Nun, da war es, wenn auch ein bisschen spät, aber sie nahm an, besser spät als nie. »Mir geht es gut«, versicherte sie ihm. Ihre Zofe erschien auf der Türschwelle. »Agnes, lässt du uns bitte Erfrischungen kommen?«

Die junge Frau, die seit beinahe sechs Jahren bei ihr war, machte auf dem Absatz kehrt und beeilte sich, der Anweisung ihrer Herrin Folge zu leisten. Agnes wusste inzwischen wie jeder andere Bedienstete, jedes Mitglied der vornehmen Gesellschaft und einfach alle, dass Daisys Ruf in Gegenwart des Duke of Crawford keinerlei Gefahr drohte.

Sie machte einen vorsichtigen Schritt, um zu überprüfen, ob sie irgendwelchen Schaden erlitten hatte.

»Du hast doch gesagt, du hättest dir nicht wehgetan«, erklärte Auric in missbilligendem Ton, als störte ihn die Vorstellung, dass sie sich verletzt hätte.

Himmel, sie würde ihn nicht mit einem verstauchten Knöchel belasten wollen. »Es ist alles in Ordnung«, antwortete sie automatisch. Dann fügte sie hinzu: »Was machst du eigentlich hier?« Vor Verlegenheit über die Unverblümtheit ihrer Frage wurden ihre Wangen ganz heiß. »Nicht dass du uns nicht stets von Herzen willkommen bist.« *Halt sofort den Mund, Daisy Laurel.* »Wir freuen uns natürlich.«

Er betrachtete sie auf die unergründliche Weise, die ihm eigen war. Irgendwann zwischen dem charmanten sechzehnjährigen Jungen und jetzt hatte er die herzogliche Arroganz bis zur Perfektion gesteigert.

Verärgert darüber, dass er seine Gefühle so vollkommen unter Kontrolle hatte, schlüpfte sie an ihm vorbei und nahm auf dem Sofa Platz. »Was ich sagen wollte, war, deine Besuche haben meiner Mutter« – mir – »gefehlt.«

Um seine Mundwinkel lag mit einem Mal eine leichte Anspannung. Darüber hinaus ließ er sich durch nichts anmerken, ob es ihn interessierte, er sich erinnerte oder überhaupt nur einen Gedanken an die Marchioness of Roxbury verschwendete.

Sie lehnte sich zurück. »Möchtest du nicht auch Platz nehmen?« *Oder würdest du lieber weiter dort stehen und mich auf deine typische Art und Weise finster anstarren?*

Er setzte sich. Und starrte sie weiter finster an. »Was hast du da getan?«

Daisy blinzelte angesichts dieses Risses in seiner zuvor ungerührten Miene. »Was ich getan habe?«

»Vor deinem Sturz.« Auric deutete mit dem Kinn zum Kamin. »Es sah fast so aus, als ob du«, er musterte sie von oben herab, »gehüpft wärst.«

Der lächelnde Auric von früher hätte sie zu einem Wetthopsen herausgefordert. Doch der kühle Herzog, der er geworden war, sprach wie ein Mann, der einen albernen Zeitvertreib … nun ja, albern fand.

Sie lachte gezwungen. »Hüpfen? Wie kommst du denn darauf?« Daisy machte eine Handbewegung, von der sie hoffte, sie würde »Was für eine lachhafte Idee, warum um alles in der Welt sollte ich so etwas Kindisches tun?« angemessen zum Ausdruck bringen. Um ihre Finger zu beschäftigen, griff sie nach dem Stickrahmen und betrachtete argwöhnisch die hinterhältige Nadel.

Auric setzte sich auf dem Louis-XIV.-Stuhl anders hin und beäugte den Stickrahmen in ihren Händen. »Du stickst nicht.«

Nein, angesichts dessen, was sie da auf dem Stoff angerichtet hatte, lag er damit durchaus richtig. Doch so schlecht sie dabei auch war, sie machte es wirklich gerne. Ihre Stickarbeit war etwas, das sie für sich selbst tat. Es war ein geheimes Vergnügen, das ihr allein gehörte, niemand anderem. Ein Geheimnis, in das Auric nun eingeweiht war.

»Ich sticke gern.« Direkt nach Lionels Tod, wenn die Albträume sie wach gehalten hatten, hatte es ihr geholfen, all ihre Energie und Aufmerksamkeit darauf zu lenken, ein Bild in dem Stickrahmen zu vollenden. Manche ihrer schrecklicheren Stücke hatten ihr geholfen, nicht in ihrer Trauer zu versinken oder hilflos zu schluchzen, wie sie es so oft in den ersten Tagen danach getan hatte.

Ein wenig vornehmes und völlig unherzogliches Schnauben entwich Auric, und plötzlich war er wieder der Mann, an den sie sich erinnerte, und nicht der strenge, nüchterne Aristokrat, den er der Gesellschaft zeigte.

»Wie bitte?«, erkundigte sie sich leicht tadelnd, obwohl ihr angesichts der zurückgekehrten Lockerheit zwischen ihnen ganz warm wurde. »Das tue ich sehr wohl.« Und um das zu beweisen, schob sie die Nadel durch den Stoff, atmete erleichtert auf, als sie einfach durch das Gewebe glitt, ohne ihren armen Finger zu treffen.

»Seit wann?« Auric lehnte sich zurück.

Aus dem Augenwinkel warf sie ihm einen Blick zu. »Schon ein paar Jahre.« Sieben, um genau zu sein. Da sie nicht düsteren Gedanken nachhängen wollte, hielt sie inne und hob eine Augenbraue. »Ich hätte eigentlich erwartet, dass ein so vornehmer Herzog wie du es billigen würde, wenn eine Dame stickt.« Und eine ganze Reihe anderer langweiliger Sachen tat.

Nur dass er sich leider weigerte, den Köder zu schlucken, den sie für ihn ausgelegt hatte, sodass sie sich mit einem kleinen Seufzen wieder ihrer Stickarbeit zuwandte. Es hatte immer solchen Spaß gemacht, Auric aufzuziehen. Er hatte es ihr stets mit gleicher Münze vergolten. Und dann hatten sie gelächelt. Aber jetzt, jetzt war er so ernst und nüchtern und *herzoglich*.

Das unbehagliche Schweigen zwischen ihnen dehnte sich endlos aus, bis ihre Haut unter dem Blick, den er starr auf sie gerichtet hielt, zu verbrennen schien. Sie hielt inne, um erneut von der Seite zu ihm zu sehen, wobei sie feststellte, dass er offenbar zu erkennen versuchte, was das auf ihrem Stickrahmen darstellen sollte. An ihr selbst schien er überhaupt nicht interessiert.

Unsichtbar.

»Wie bitte?«, drang sein tiefer Bariton in ihre Gedanken.

Sie schrie unwillkürlich auf, als sie sich erneut mit der Nadel in den Finger stach. »Wie bitte was?« Sie verzog das Gesicht und steckte sich den Finger in den Mund.

»Du hast etwas gesagt.«

Daisy schüttelte energisch den Kopf und hob den Finger, um sich den Schaden anzusehen. Ein zornig roter Punkt zierte ihre Fingerkuppe. »Nein, habe ich nicht.« Wenigstens nicht absichtlich. Sie hatte leider die lästige Angewohnheit entwickelt, mit sich selbst zu reden und schreckliche Stickarbeiten anzufertigen. »Da du dich einige Zeit nicht hast blicken lassen«, drei Wochen und sechs Tage, »hat dich heute ein besonderer Grund hergeführt?«

Bei ihrer Frage, die an Unhöflichkeit grenzte, zog er die Augenbrauen zusammen. Schließlich waren mächtige Herzöge wie er es vermutlich nicht gewohnt, spitze Bemerkungen von verärgerten jungen Damen zu hören zu bekommen.

»Ich mache immer mittwochs meine Aufwartung.«

»Nein«, verbesserte sie ihn. Bevor er ein Jahr nach Lionels Tod bei einem Kutschenunfall, der ihm Vater und Mutter genommen hatte, den Titel des Herzogs geerbt hatte, war er ein ganz anderer Mann gewesen. »Nein, das tust du nicht.« Er *hatte* sie immer mittwochs besucht. Doch in dieser Saison hatte er mehr von seiner Zeit der Suche nach einer Herzogin gewidmet – was genau das war, was er tun sollte. Ihre Lippen verzogen sich zu einer Grimasse. Nun, nicht notwendigerweise eine Frau finden, sondern glücklich werden. Sie hatte nie eine Bürde für ihn sein wollen, nicht mehr als eine lästige Verpflichtung.

Auric trommelte mit den Fingerspitzen auf seinen Oberschenkel, und sie verfolgte die Bewegung. Ihr Mund wurde trocken, während ihr Blick über die kräftigen Muskeln unter den hellen Wildlederhosen glitt. Er hatte wirklich herrliche Schenkel. Nicht unbedingt die Beine, die man bei einem Herzog erwarten würde. Sondern eher …

»Du bist verärgert, Daisy.«

Seine Worte rissen sie aus ihren unpassenden Überlegungen. »Weswegen sollte ich verärgert sein?« Verärgert wäre nicht das richtige Wort. Voller Bedauern. Enttäuscht. Wegen all der Jahre, in denen sie darauf gewartet hatte, dass er mehr in ihr sah, das jedoch nie geschehen war.

Damit ihre Hände etwas zu tun hatten, begann Daisy wieder, die Nadel durch den Stoff zu ziehen, arbeitete weiter an ihrer Stickarbeit, während ihre Haut von dem Gefühl prickelte, gemustert zu werden.

»Was ist es denn?«

Sie riss den Kopf so rasch hoch, dass sie sich fast den Nacken verrenkte. Sie verzog das Gesicht und widerstand dem Drang, sich die schmerzende Stelle zu reiben. »Was ist was?« Sie schaute sich um.

Auric nickte zu ihrem Stickrahmen.

»Das hier?« Ach verflixt. Warum musste er so aufmerksam sein? Sie richtete ihren Blick abwechselnd auf sein Gesicht und ihren Stickrahmen, dann zog sie Letzteren schützend an ihre Brust.

Um seine festen Lippen spielte ein kaum merkliches amüsiertes Lächeln. »Ja, was stickst du da?«

Da sie wusste, es wäre von vornherein zum Scheitern verurteilt, seine Frage zu ignorieren, drehte sie den Rahmen um. Während sie ihm ihre Arbeit zeigte, wurden ihre Wangen heiß vor Verlegenheit angesichts ihrer kläglichen Bemühungen.

Sein scharfes Auflachen traf sie unvorbereitet. Es klang beinahe ein bisschen rostig, als sei es länger nicht benutzt worden, und dennoch voll und tief. Sein Lachen hatte ihr gefehlt. Allerdings mochte sie es weniger, wenn sie der Grund dafür war.

»Was ist das?«

»Ach, sei still.« Sie legte die Stickarbeit zurück auf ihren Schoß und musterte sie kritisch. So schlimm war es wirklich nicht. Oder vielleicht doch. Sie hatte viele Stunden darauf verwandt, die Darstellung so schön wie möglich hinzubekommen, war aber selbst kaum imstande, etwas darin zu erkennen. »Was denkst du denn, dass es sein soll?« Sie war wirklich neugierig.

»Dafür muss ich es mir noch mal anschauen.«

Daisy drehte es wieder um und hielt es ihm hin. Schweigen breitete sich aus. Sicherlich hatte er wenigstens eine Vermutung, oder? »Und?«, hakte sie nach.

»Ich versuche es immer noch zu deuten«, murmelte er halb zu sich selbst. Zwischen seinen Brauen hatte sich eine steile Falte gebildet. »Ein Kreis mit einer Einbuchtung in der Mitte?«

»Ganz genau.« Exakt dafür sollte er es halten. Daisy warf den Stickrahmen auf den Tisch, wo er gegen die Zeitung stieß und Aurics Aufmerksamkeit von einer Peinlichkeit auf die nächste lenkte.

Als säße er in seinem eigenen Salon, griff er nach dem Blatt. Rasch beugte Daisy sich vor und zog es weg, gerade als seine Finger den Rand berührten. »Du liest doch gar keinen Klatsch«, erklärte sie und ließ die Seiten hinter ihrem Rücken fallen, wo sie laut raschelnd zu Boden segelten. »Herzöge lesen keine Klatschpresse.«

»Und du hast eine Menge Erfahrung mit Herzögen, was?« Seine Stimme klang amüsiert.

Sie hatte überhaupt keine Erfahrung mit irgendwelchen Gentlemen. »Du bist mein einziger Herzog«, räumte sie ein. Sie konnte schließlich kaum ihr bedauerlich spärliches Wissen über das Thema Männer allgemein ihm gegenüber erwähnen.

Seine Lippen zuckten erneut.

In dem Moment kam ein Hausmädchen mit einem silbernen Tablett ins Zimmer, auf dem sich Tee und Gebäck befanden, unterbrach ihn, bevor er sprechen konnte. Das junge Mädchen stellte ihre Last vor ihnen ab, knickste kurz und verließ den Salon wieder. Daisys Zofe Agnes erschien und nahm mit ihrer eigenen Näharbeit in einer Ecke Platz. Sie war wesentlich geschickter mit Nadel und Faden, als Daisy sich je erhoffen konnte zu werden.

»Wie geht es deiner Mutter?«

Ah, natürlich. Der Grund für seinen Besuch. Der Duke of Crawford war stets respektvoll und höflich.

»Sie ist unpässlich«, antwortete Daisy absichtlich vage. Nur Auric konnte den Kummer ihrer Mutter erfassen, kannte aber dennoch nicht das ganze Ausmaß ihres Leids. Daisy wollte ihn nicht in ihre traurige kleine Welt ziehen. Sie griff nach der Porzellanteekanne und schenkte das heiße Getränk in eine zierliche Tasse ein, fügte Milch hinzu und drei Stück Zucker. Sie vermutete, er hatte selbst seine eigene traurige kleine Welt.

Auric nahm die Tasse entgegen. »Danke«, murmelte er und trank einen Schluck.

»Nun, heraus damit.« Daisy schenkte eine weitere ein, ebenfalls mit Milch und Zucker. »Nach deiner langen Abwesenheit muss es doch einen Grund für deinen Besuch geben.«

»Darf ich nicht einfach so kommen?«

Sie schnaubte. »Du bist ein Herzog. Ich vermute, du darfst alles tun, was du willst.« Und damit der gesetzte Mann, der er geworden war, wusste, dass sie scherzte, begleitete Daisy ihre Worte mit einem Zwinkern.

* * *

Daisy schaute ihn erwartungsvoll an.

Auric dachte über ihre Frage nach. *Warum komme ich zu Besuch?* Immer wieder. Regelmäßig. Woche für Woche. Jahr für Jahr.

In Wahrheit waren es Schuldgefühle, die ihn herführten. Es war ein mächtiges Gefühl, das ihn unnachgiebig im Griff hielt, und zwar seit sieben Jahren und vermutlich bis in alle Ewigkeit. Manchmal wünschte er sich selbstsüchtig, Daisy wäre unsichtbar. Nur war sie es eben nicht. Und würde es auch niemals sein. Egal, wie sehr er das wollte.

»Komm, Daisy«, sagte er und trank einen Schluck, gab die sichere, höfliche Antwort. »Ich genieße deine Gesellschaft. Das weißt du doch sicherlich.«

Sie verschluckte sich an ihrem Tee. »Das kommt ein bisschen spät.«

Er runzelte die Stirn. Es gefiel ihm nicht, dass sie die Wahrheit seiner Worte infrage stellte – selbst wenn das von einer jungen Dame kam, die er kannte, seit sie ein glucksendes kleines Baby gewesen war.

»Damit meinte ich deine Antwort«, stellte sie unnötigerweise fest. Dann beugte sie sich vor wie eine Gouvernante, die ihren Schützling lobte, und tätschelte ihm das Knie. »Aber sie war natürlich überaus angemessen und höflich.«

»Zweifelst du etwa an meiner Aufrichtigkeit?« Da er sie kannte, seit sie auf der Welt war und er selbst ein achtjähriger Junge gewesen war, wusste er, an Daisy Meadows war nichts auch nur im Geringsten Zimperliches oder Geziertes.

»Nur ein bisschen«, antwortete sie und zwinkerte noch einmal. Dann wurde sie plötzlich ernst. »Ich vermute, du bist nicht hergekommen, weil du wegen deiner Lady Anne an gebrochenem Herzen leidest.«

Lady Anne Adamson – beziehungsweise die ehemalige Lady Anne Adamson, denn sie hatte ja vor Kurzem den Earl of Stanhope geehelicht und war daher jetzt die Countess of Stanhope. Die junge Dame war zufälligerweise auch die Frau, die er für die Rolle seiner zukünftigen Herzogin ausgewählt hatte.

»Ein gebrochenes Herz?«, wiederholte er verächtlich. »Ich habe kein gebrochenes Herz.« Er schätzte die junge Dame sehr. Er hatte sie als eine Frau kennengelernt, die nicht um den heißen Brei herumredete und die ihn nicht einzig wegen seines Titels genommen hätte, aber zwischen ihnen hatte es keine Liebe gegeben. »Doch das nur nebenbei, was weißt du eigentlich über Lady Anne?«

»Oh, Auric«, erwiderte sie. »Bloß weil ich mein Debüt schon vor Jahren hatte und aus deinem Leben verschwunden bin, heißt das noch lange nicht, dass mir dein Glück egal wäre.«

Bei dieser direkten Antwort verspürte er Gewissensbisse. Sie war ihm immer schon eine viel bessere Freundin gewesen, als er es verdiente. Daisys erste Einführung in die Gesellschaft hatte ein jähes Ende gefunden, als ihr Vater viel zu früh gestorben war. Sie und ihre Mutter hatten sich für die Trauerzeit zurückgezogen und waren erst jetzt wieder in die Stadt zurückgekehrt.

Er setzte sich anders hin, fühlte sich nicht wohl dabei, sein Interesse an einer anderen Frau mit Daisy zu diskutieren. Sie war … war … nun, Daisy. »Ich dachte, du liest die Klatschspalten nicht?«, erkundigte er sich in einem Versuch, die Unterhaltung von Angelegenheiten des Herzens wegzulenken.

»Ah, ich hab gesagt, dass *du* die Klatschspalten nicht liest.« Sie hielt einen Finger mahnend in die Höhe und wackelte damit. »Du bist schließlich Herzog. Ich bin lediglich ein altes unverheiratetes Mauerblümchen, jemand, für den ein solcher Zeitvertreib völlig akzeptabel ist.«

»Du bist k…«

»Doch, bin ich«, stellte sie schlicht fest, als machte sie sich wegen ihres Familienstandes nicht mehr Gedanken als über ihren rasch kalt werdenden Tee. »Ich bin auf jeden Fall ein Mauerblümchen und damit auch zufrieden.« Sie trank einen Schluck aus ihrer Tasse.

Sie hatte immer schon die nahezu unheimliche Fähigkeit besessen, seine Gedanken zu Ende zu führen, so wie er das bei ihren vermocht hatte. »Muss das sein?«, knurrte er, obwohl es sich für einen Herzog überhaupt nicht schickte, etwas so Gewöhnliches zu tun, wie zu knurren.

»Ja, dagegen lässt sich einfach nichts machen. Ich fürchte, ich werde eine Saison nach der anderen haben, bis …«

»Ich meinte, dass du ständig meine Sätze beendest.«

Daisy stellte ihre Teetasse vor sich auf den Tisch und beugte sich vor, die Hände auf den Knien. »Ich weiß, Auric«, flüsterte sie, als verriete sie ihm ein großes Geheimnis. »Ich hab dich nur aufgezogen. Aber ich nehme an, du bist es nicht gewohnt, dass die Leute das mit dir tun.«

Er nahm selbst einen Schluck und dachte erneut über die einzige Frau nach, der es gelungen war, seine Aufmerksamkeit zu erregen. Lady Anne Adamson, inzwischen die neue Countess of Stanhope. Sie war in keiner Weise von ihm beeindruckt gewesen, was einen Teil ihres Reizes für ihn ausgemacht hatte.

Daisy tätschelte ihm die Hand. »Dir ist besser damit gedient, dass sie den Earl genommen hat. So bist du nicht mit einer Frau verheiratet, die einen anderen liebt.«

Sein Nacken wurde heiß, als sie ihre Unterhaltung wieder auf intimere Themen lenkte. Gespräche über Liebe und Zuneigung und Herzen hatten zwischen ihm und Daisy nichts verloren. Sie teilten eine behagliche Freundschaft, die aus der Verbindung zwischen den beiden Familien entstanden und durch einen gemeinsamen Verlust gestärkt worden war.

Eine Freundschaft, die vermutlich nicht Bestand haben würde, wenn sie erfuhr, welche Rolle er beim Tod ihres Bruders gespielt hatte. Dann würde sie gewiss nicht länger dasitzen und lächeln und ihn aufziehen, wie sie es jetzt tat. Er verspürte einen Stich in der Brust. Mit einiger Anstrengung drängte er die finsteren Gedanken und seine Reue zurück.

»Ich habe Lady Annes Entscheidung akzeptiert.« So, das war eine Antwort, die vage genug war. Er fühlte sich bemüßigt hinzuzufügen: »Und mein Herz war nicht wirklich involviert.«

Daisy seufzte. »Wenn das deine Vorstellung von Romantik ist, die du der Dame gezeigt hast, dann ist es kein Wunder, dass sie sich für einen anderen entschieden hat.«

Anstatt auf ihre Bemerkung einzugehen, erkundigte er sich ruhig: »Bist du jetzt eine Romantikerin, Daisy Meadows? Träumst du von Liebesheiraten?«

»Wovon sollte ich denn sonst träumen?« Sie hob eine ihrer dunklen Augenbrauen. »Von einer kalten, gefühllosen Verbindung mit einem Gentleman, der mich nur wegen meiner Mitgift nimmt?«

Auric erstarrte, schaute das junge Mädchen – Daisy – an und musste zugeben, in diesem Moment, in dem sie über Herzen und Liebesheiraten sprachen, dass sie eben nicht länger ein Mädchen war, sondern eine Frau. »Du hast immer schon einen Hang zur Romantik gehabt.« Eine Frau, die in der Tat, wenn man nachrechnete, mit ihrem Debüt, ihrem Verschwinden und ihrer Wiederkehr in die Gesellschaft inzwischen ihre dritte Saison hatte und sich selbst als Mauerblümchen bezeichnete.

Er betrachtete sie einen Moment lang, die dunklen Locken, die lose auf dem Kopf zusammengefasst waren, die Sommersprossen auf Wangen und Nase, ihre ein wenig zu vollen Lippen. Sie war überhaupt nicht zu vergleichen mit den makellosen Schönheiten und würde nach normalen Maßstäben nie als solche bezeichnet werden, aber sie war auf ihre ganz eigene Art überaus hübsch und auf jeden Fall interessant genug, um einen passenden Ehemann zu finden.

»Du wünschst dir also Liebe?«, erkundigte er sich und hasste es, dass Lionel nicht hier war, um diese Unterhaltung mit ihr zu führen – aus vielen verschiedenen Gründen.

Auric rechnete damit, dass sie das verneinen würde. Stattdessen seufzte sie nur und nahm ihren Stickrahmen wieder auf. »Du warst immer schon viel zu praktisch.« Sie machte eine Pause. »Und intelligent. Du hast natürlich recht. Ich bin eine Romantikerin.« Daisy betrachtete eine ganze Weile ihren Stickrahmen, dann hielt sie ihm noch einmal die Nadelarbeit hin. »Du kannst wirklich nicht erkennen, was das hier ist?«

»Keine Ahnung«, erwiderte er aufrichtig. Dann kam ihm plötzlich ein unerwarteter und unwillkommener Gedanke. »Hat irgendein Gentleman deine Zuneigung errungen?« Wer auch immer es war, er verdiente sie nicht.

Sie hielt inne, einen Herzschlag lang. »Sei nicht albern.«

Vor Erleichterung senkten sich seine Schultern. Er wollte sich lieber nicht vorstellen, dass Daisy irgendeinem Mann ihr Herz schenkte, weil Auric dann überprüfen müsste, ob der entsprechende Kandidat überhaupt für sie infrage kam, eine Aufgabe, auf die er sich ganz bestimmt nicht freute. Wenigstens jetzt nicht.

Wie sie es gerade schon angedeutet hatte: Da sie nach der Trauerzeit erneut in die Gesellschaft eingeführt wurde, würde sie bald schon eine Verbindung eingehen müssen. Darüber wollte er lieber nicht nachdenken. Für ihre Zukunft Verantwortung zu übernehmen war ihm zu viel.

Auric trank seinen Tee aus und stellte die Tasse hin. Er zog seine Taschenuhr heraus und blickte auf das Ziffernblatt.

»Hast du noch etwas zu erledigen?«, erkundigte sie sich mit einem trockenen Unterton, der verriet, dass ihr nicht entgangen war, wie sehr es ihn zum Aufbruch drängte.

»Ja, in der Tat«, murmelte er und stand auf. »Richte deiner Mutter bitte meine Grüße aus und meine Entschuldigung dafür, dass ich in den vergangenen …« Er blickte sie fragend an.

»Drei Wochen«, warf sie ein.

»Nicht da gewesen bin«, beendete er seinen Satz.

Daisy erhob sich mit raschelnden seegrünen Röcken, die alberne Stickerei in den Händen. »Das werde ich.« Forschend schaute sie ihn mit ihren schokoladenbraunen Augen an. Sie öffnete den Mund, als wollte sie noch etwas sagen, schloss ihn dann aber wieder.

Er verneigte sich und ging zur Tür.

»Auric?«

Bei seinem leise ausgesprochenen Namen blieb er stehen. Er drehte sich um und warf ihr einen fragenden Blick zu.

Daisy verschränkte die Hände, und unwillkürlich bemerkte er ihre Finger, lang und anmutig. Wie kam es, dass ihm vorher nie aufgefallen war, was für schöne Hände sie hatte? Mit einem Schütteln seines Kopfes konzentrierte er sich auf ihre Worte.

»Du musst dich uns nicht verpflichtet fühlen. Du hast genug, für das du verantwortlich bist. Meine Mutter und ich, wir wissen das.« Der Druck in seiner Brust nahm zu. Sie erwiderte seinen Blick. »Und Lionel hätte das auch«, versicherte sie ihm, bewirkte aber, dass der Druck nur stärker wurde und ihm das Atmen schwererfiel.

Höflich und ritterlich wäre es, wenn er Daisy versichern würde, dass sein Besuch mehr war als eine lästige Pflicht. Doch ihm gelang lediglich ein abgehacktes Nicken, dann verließ er den Raum, verspürte die vertraute Erleichterung, die er jedes Mal empfand, wenn er das Haus der Marchioness verließ.

Nur dass sich in die Erleichterung, dass er seinen erforderlichen Besuch absolviert hatte, Schuld mischte. Eine neue nagende Schuld, die nichts mit seinem Versagen in der Nacht, in der Lionel umgebracht worden war, zu tun hatte, sondern ausschließlich mit der ihm plötzlich bewusst gewordenen Tatsache, dass Daisy ihre dritte Saison hatte, unverheiratet war und … ihm schauderte … romantisch veranlagt.

Teufel noch mal. Das Mädchen war erwachsen geworden, und er wollte so wenig damit zu tun haben, dass Daisy von einer Liebesverbindung träumte, wie mit Ränke schmiedenden ehrgeizigen Müttern, die ihren Töchtern unbedingt zu seinem Titel verhelfen wollten.

Er erreichte das Foyer. Der treu ergebene Butler, der in den Diensten des Marquis of Roxbury ergraut war, stand schon bereit und hielt seinen schwarzen Mantel in den Händen. »Ihre Kutsche wartet, Euer Gnaden.« Ein Diener, der auf die Anstellung im Hause des Mannes, der den Titel geerbt hatte, verzichtete, um bei der verwitweten Marchioness und ihrer Tochter zu bleiben, war etwas wert.

»Danke sehr, Frederick«, bedankte Auric sich leise bei dem Bediensteten, den er seit seiner Kindheit kannte.

Der neigte den Kopf, dann half er Auric in den Mantel. Auric zögerte. Als Herzog bat er nur sehr selten um Hilfe. Und ganz bestimmt zog er keine Erkundigungen bei der Dienerschaft ein, schon gar nicht bei der anderer Leute, aber dies war der Butler, der bei Lionels und seinen Streichen stets Diskretion bewiesen hatte. Ein Mann, der eine angesehene Stellung abgelehnt hatte und loyal zu Daisy und ihrer Mutter stand.

»Sagen Sie mal, Frederick, gibt es …« Er schnippte einen Fussel von seinem Ärmel, der gar nicht da war. »Ist es einem Gentleman gelungen, Lady Daisys Zuneigung zu erringen?«

»Wie meinen, Euer Gnaden?«

»Einem Gentleman.« Er zupfte beiläufig seinen Mantel zurecht. »Oder genauer einem Gentleman, der ihrer nicht würdig ist und wegen dem Sie« – *ich* – »sich Sorgen machen müssten, wenn es um die junge Dame geht?« Ein Gentleman mit unehrenhaften Absichten vielleicht oder einer von diesen

Schurken, die nur an ihrer Mitgift interessiert wären und ihre unausgereifte Hoffnung auf Liebe ausnutzen würden. Er ballte die Hände zu Fäusten, wollte am liebsten diesem gesichtslosen, namenlosen und bislang noch gar nicht existenten Schurken einen rechten Haken verpassen.

Frederick senkte die Stimme. »Keinem unwürdigen Gentleman, Euer Gnaden. Nein.«

Auric atmete auf, während der alte Diener sich beeilte, ihm die Tür zu öffnen. Doch als er die paar Stufen zu seiner wartenden Kutsche hinablief, blickte er zurück und runzelte die Stirn, als ihm die Bedeutung hinter der Formulierung des Butlers aufging.

Keinem unwürdigen Gentleman … Das war kein Nein. Das war nicht: Nein, es gibt keinen Gentleman, der die Zuneigung der Dame errungen hat.

Was nur den einen Schluss zuließ, dass es in der Tat einen Gentleman gab. Was wiederum hieß, dass Daisy mit ihrer lächerlich romantischen Einstellung einer sorgfältigeren Beobachtung bedurfte. Jemand musste ein Auge auf sie haben.

»Zur Hölle«, stieß er aus, als er in seine Kutsche stieg. Er war es Lionel schuldig, und Daisy, der Schwester seines besten Freundes, auch.

Ob er das nun wollte oder nicht.

Kapitel 2

Daisy saß am Rand von Lady Harrisons Ballsaal und spielte mit dem Stoff ihrer Röcke. Paare wirbelten in einer Farbexplosion bunter Seidenkleider an ihr vorbei. Sie betrachtete die Tänzer sehnsüchtig und klopfte mit den Fußspitzen lautlos den Dreivierteltakt des Walzers mit.

Es ist völlig egal, dass du überhaupt nicht tanzen kannst. Wenn du etwas gern genug hast, wie das bei dir der Fall ist, dann wird es von ganz alleine klappen. Jetzt konzentrier dich. Eins-zwei-drei. Eins-zwei-drei.

Die sanft ermahnenden Worte, die vor so langer Zeit gesprochen worden waren, flüsterten durch ihren Sinn, so klar und deutlich, dass sie sich umblickte, beinahe erwartete, dass ihr Bruder da stünde, wie ein Fels in der Brandung, um sie zu unterstützen, an ihrer Seite, wie er es immer gewesen war. Nur leider blieb der Stuhl neben ihrem leer. Das gähnende Loch, das sie für immer in sich tragen würde, pochte, und sie rieb sich die Stelle an der Brust – Lionel fehlte ihr so. Sie schaute sich suchend nach dem einen Gentleman um, dessen tröstende Gegenwart jedes Mal den Schmerz zu bannen vermochte.

Auch jede andere unverheiratete junge Dame wartete atemlos auf die Ankunft des Duke of Crawford. Aber so überstürzt, wie er heute Nachmittag die Flucht ergriffen hatte, als ob das Haus in Flammen stünde und es um sein Leben ginge, war sich Daisy sicher, dass sie tatsächlich der letzte Mensch wäre, den er sehen wollte.

Sie lehnte sich in ihrem Stuhl zurück und seufzte. So lästig es auch war, unsichtbar zu sein, es hatte doch auch seine Vorteile. Sie berührte mit den behandschuhten Fingern ihren bloßen Hals, und der alberne Gedanke, der früher am Nachmittag in ihr aufgekeimt war, trieb Blüten. Der Anhänger. Sie benötigte eine Kette. Nein, nicht einfach nur irgendeine Kette, sondern die mit dem Herzanhänger, den den Gerüchten nach die Countess of Stanhope und die Frau vor ihr – ihre Zwillingsschwester – getragen hatten.

Beide waren für Daisy Fremde. Langsam stand sie auf, richtete ihren Blick auf ihre Mutter, die ein Gespräch führte. Trotz des leeren Ausdrucks in ihren Augen bewegten sich ihre Lippen, auch wenn die Marchioness of Roxbury wie stets dieser Tage nur eine inhaltslose Hülle war, der es gewiss nicht auffallen würde, wenn ihre unsichtbare Tochter etwas so Unerhörtes tat, wie den Ballsaal zu verlassen. Allein, unbegleitet. Vermutlich wäre es ihr egal, wenn sie in der Tat so ein schockierendes Verhalten bemerken würde, das so gar nicht zu Daisy passte.

Auf der anderen Seite des Saals hob sich ein Ballkleid in gedecktem Orange von dem Meer aus creme- und elfenbeinfarbenen Stoffen ab. Daisys Herz klopfte schneller, als sich die bildhübsche, goldblonde Frau suchend umschaute und dann aus dem Ballsaal verschwand.

Bevor ihr Mut sie im Stich ließ, hastete Daisy am Rand der Tanzfläche durch das Gedränge auf Lady Harrisons jährlichem Ball und folgte der anderen. Auf dem mit Teppichen ausgelegten Korridor ihrer Gastgeberin machten ihre weichen Tanzschuhe praktisch kein Geräusch, während sie ihn entlangschlich, dabei ihre voluminösen Röcke verfluchte, die ihre Geschwindigkeit bei einer eiligen Verfolgung doch erheblich einschränkten.

Sie erreichte das Ende des Korridors und bog rechtzeitig um die Ecke, um die andere Frau in den Wintergarten schlüpfen zu sehen. Daraus konnte nichts Gutes erwachsen, wenn eine Dame sich in den Wintergarten der Gastgeberin schlich.

Daisy beschleunigte ihre Schritte, folgte ihr weiter. Allerdings wurde verheirateten Frauen wesentlich mehr Freiheit zugestanden. Für Daisy hingegen war es ein Flirt mit dem Ruin, ohne Anstandsdame durch das Haus der Gastgeberin zu wandern.

Vor dem Wintergarten blieb sie stehen und steckte den Kopf hinein. Die junge Frau mit den blassgoldenen Locken saß auf einer Bank und betrachtete ihren eingerissenen Rocksaum. Schlank, blond, mit blauen Augen und makelloser Haut, war sie eine echte Schönheit. Somit repräsentierte sie alles, was die fülligere, sommersprossige Daisy mit ihrem schlichten braunen Haar niemals sein würde. Sie hatte sich damit abgefunden, dass sie nie eine Unvergleichliche, ein Diamant reinsten Wassers sein würde. Dennoch, in diesem Augenblick, in diesem Moment, würde sie ihre beiden kleinen Finger für einen Teil der Perfektion dieser englischen Schönheit eintauschen.

»Doppelt und dreifach verflixt«, murmelte die andere.

Daisy hielt inne. Denn mit diesem einen Fluch hatte sie die Vollkommenheit, die Daisy ihr zugeschrieben hatte, abgelegt und war menschlich geworden und irgendwie … nahbar.

Sie räusperte sich. »Mylady?«

Lady Stanhope schrie auf. Die Bank unter ihr kippte gefährlich nach hinten, und einen entsetzlichen Augenblick lang, der sich bis in die Ewigkeit zu dehnen schien, befürchtete Daisy, sie würde mit ihr umfallen.

Doch dann neigte die Bank sich nach vorne und stand wieder.

Erschreckt eilte Daisy zu ihr. »Oh, Mylady, verzeihen Sie.« Vor Verlegenheit wurden ihre Wangen ganz heiß. Beinahe hätte sie die bildhübsche Countess umgeworfen. An die unnahbare Strenge anderer Damen der Gesellschaft gewöhnt, wappnete sich Daisy für eine scharfe Zurechtweisung.

Stattdessen sah sie ein Lächeln. »Ach, machen Sie sich keine Gedanken.« Die frisch verheiratete junge Dame winkte ab. »Es wäre ganz gewiss nicht das erste Mal gewesen, dass ich auf dem Boden gelandet wäre.«

Sie hatte diese Frau fast drei Wochen lang verabscheut. Daisy *wollte* sie hassen, wollte sie nicht mögen, weil sie alles besaß, was Daisy selbst begehrte. Aber das konnte sie nicht. Nicht wenn ihr Gegenüber so lächelte und so freundlich war.

»Das ist sehr nett von Ihnen, das zu sagen«, entgegnete sie. »Aber es war allein meine Schuld.« Sie hatte schon immer die unglückliche Neigung gehabt, Sachen umzustoßen. Und wie es aussah, würde es sich jetzt nicht länger auf Gegenstände beschränken, sondern weitete sich auch auf Personen aus.

»Wohl kaum«, versicherte Lady Stanhope ihr. Sie deutete auf ihren eingerissenen Rock. »Ich habe mir den Saum beschädigt und wollte mich zurückziehen.« Kleidsame Röte stieg ihr in die Wangen, und obwohl Daisy sich nicht mit heimlichen Verabredungen und gestohlenen Momenten zu zweit auskannte, wusste sie, dass die Countess auf jemanden wartete.

Neid, dunkel und hässlich, ballte sich in Daisy zusammen, als sie darüber nachdachte, für wen die Countess sich wohl vom Ball davongeschlichen hatte. Gewiss würde der anständige, höfliche Duke of Crawford sich doch nicht mit verheirateten Frauen einlassen? Diesem Gedanken folgte die garstige Vorstellung auf dem Fuße, dass er mit *irgendeiner* anderen Frau etwas anfing. Eifersucht erfasste sie, so heftig, dass ihr der Magen davon wehtat, und sie verschränkte die Hände vor ihrem Bauch, um das Gefühl zu lindern.

»Mylady«, begann sie. »Mein Vater war der Marquis of Roxbury. Ich bin Daisy Meadows.« Schrecklicher Name. Hätte sie nicht einen freundlichen Vornamen wie Anne bekommen können oder einen beeindruckenden wie Katherine?

Lady Stanhopes Lächeln wurde breiter, und in ihre blauen Augen trat ein herzlicher Ausdruck. Blau. Nicht braun. »Bitte, so förmlich müssen wir nicht sein. Nennen Sie mich einfach Anne.«

Eine Frau von ihrer Schönheit, mit einer so heiseren, melodischen Stimme konnte nie in irgendeiner Weise einfach sein. Was Daisy wieder zurück zu dem Grund für dieses Gespräch brachte. Um ihre zitternden Finger zu beruhigen, strich sie sich über die hellgelben Röcke.

»Mylady ... Anne«, verbesserte sie sich. Sie holte tief Luft und schaute sich dann um. Als sie ihren Blick wieder auf die Countess richtete, merkte sie, dass die andere Frau sie mit schief gelegtem Kopf aufmerksam musterte.

»Gibt es etwas, bei dem ich Ihnen vielleicht helfen könnte, Lady Daisy?«

»Daisy«, korrigierte sie sie. »Bitte einfach Daisy.« Keine andere Dame, jedenfalls keine, die Daisy kannte, würde ihr so aufrichtig ihre Unterstützung anbieten. Was es ihr wesentlich leichter machte, fortzufahren. »Ich habe von einer Halskette reden gehört«, erklärte sie leise. Während die Worte noch ihren Mund verließen, wurde sie sich schon der Albernheit bewusst, die es bedeutete, an einen solchen Glücksbringer zu glauben.

Lady Stanhope blickte sie an. »Eine Halskette?« Die Frage kam stockend.

Daisy nickte. Sie berührte ihren Hals. »Einen Herzanhänger, um genau zu sein. Ich hab gehört, Sie und Ihre Schwester hätten ihn getragen, und ... und auch noch andere. Und dass, wer auch immer diesen Anhänger trägt, das Herz eines Herzogs gewinnt.«

Sobald sie die Worte ausgesprochen hatte, biss sie sich auf die Innenseite ihrer Wange. Der vernünftige Teil von ihr erhob erneut sein Haupt, führte ihr mitleidlos vor Augen, wie unpassend es war, so unverfroren eine Fremde aufzusuchen, und wie dumm, an Zauber zu glauben. »Äh, bitte verzeihen Sie«, sagte sie hastig. »Ich …« *Bin eine Närrin.* Sie wandte sich zum Gehen.

»Warten Sie«, rief die andere, und Daisy blieb stehen.

Sie zwang sich, sich wieder zu Lady Anne umzudrehen. Schmerzliche Verlegenheit erfasste sie. Sie krümmte die Zehen, und ihre Wangen fühlten sich ganz heiß an.

»Oh«, sagte die Countess. Ein Lächeln spielte um ihre schön geformten Lippen. »Sie haben von dem Anhänger gehört.«

Aufflammende Hoffnung drängte alle Verlegenheit zurück. »Dann stimmt es also.« Die Worte entschlüpften ihr in einem atemlosen Flüstern. Sie hatte schon lange begriffen, dass alle Geschichten, die der Klatsch verbreitete, nur einen winzigen Funken Wahrheit enthielten, wenn überhaupt, und hatte insgeheim befürchtet, dass das Gerede von dem Herzanhänger bloß ein albernes Hirngespinst war.

Lady Stanhope stand auf und schlenderte zu dem massiven Arbeitstisch, auf dem verstreut rosa Päonien und rote Rosen lagen und zwei Glaskelche mit prickelndem Champagner bereitstanden. In dem Glasgewächshaus herrschte der blumige Duft von Frühling, was nicht wirklich zu der frischen Kühle des Abends passte. »Es stimmt.«

Hoffnung loderte in Daisys Brust auf. »Ich wusste es«, flüsterte sie, mehr zu sich selbst. Vor sieben Jahren hatte sie eigentlich aufgehört, an Magie und Schicksal zu glauben, aber hierbei wagte sie zu hoffen. Das Gefühl, obwohl halb verschüttet, machte sich in einem Teil ihres Herzens hartnäckig bemerkbar, erinnerte sie daran, dass es immer noch in ihr existierte. Echt war und … da. Auch wenn sie es vor sich selbst leugnete.

»Dürfte ich …« Daisy befeuchtete ihre Lippen, verkniff sich die unverschämte Frage, die sie so gerne stellen wollte.

Für Lady Stanhope war sie nichts als eine Fremde, und sie hatte kein Recht, sie um einen so persönlichen Gefallen zu bitten. Die andere schaute sie weiter ermutigend an, und ehe ihr Mut sie gänzlich im Stich ließ, platzte sie heraus mit: »Ich wäre Ihnen ewig dankbar, wenn Sie bereit wären, mir Ihre Halskette zu leihen.«

Sie verzog das Gesicht, so armselig klang diese Bitte. Verzweifelt sogar. Hoffnungslos. Eine Frau, die bereit war, sich vor einer Fremden zu erniedrigen, nur wegen des Traums, einen bestimmten Gentleman für sich zu gewinnen.

Die Countess musterte sie eine Weile lang, den Kopf immer noch zur Seite geneigt, betrachtete sie, als wäre sie irgendeine Merkwürdigkeit, die plötzlich vor ihr aufgetaucht war. Dann glomm langsam Verstehen in ihrem Blick auf. »Oh, Sie möchten das Herz eines Herzogs gewinnen.«

»Nein!« Der Ausruf hallte wie zum Spott von den Glasfenstern wider. Neue Hitze breitete sich auf Daisys Wangen aus. »Nein«, sagte sie, dieses Mal energischer. Nur dass es eben nicht wirklich stimmte. »Nun, ja.« Sie presste die Lippen aufeinander, schaute zur Glastür, durch die man in den Garten des Marquis of Harrison gelangte, und erwog einen Moment lang, zu fliehen. »Nicht wirklich. Vielmehr …« Denn die Wahrheit lautete schließlich, sie wollte nicht das Herz von *irgendeinem* Herzog.

Sie wollte *Aurics* Herz. Wollte es, obwohl er in ihr immer noch nicht mehr sah als Lionels Schwester. Wollte es, obwohl sie mehr schlecht als recht beinahe drei Londoner Saisons hinter sich gebracht hatte, während der stets höfliche Auric ihr pflichtbewusst Besuche abstattete oder als Tanzpartner zur Verfügung stand, allerdings nie für einen Walzer.

»Daisy?«

Die leise Frage riss sie aus ihren wehmütigen Überlegungen. »Verzeihung«, murmelte sie. »Ich war in Gedanken versunken.« Sie straffte die Schultern und sprach weiter. »Ich brauche den Anhänger, Mylady.« Die berühmte Kette stand für den letzten Rest Unschuld und Hoffnung – die Hoffnung von Auric und mehr noch Daisys Hoffnung für sie beide.

»Daisy.« In den Zügen der Countess spiegelte sich Mitgefühl. »Es tut mir so leid.«

Nein! Sie wollte die Worte nicht hören, von denen sie wusste, sie würden gleich kommen. Sie wollte den letzten Rest ihrer Hoffnung auf den Zauber der Zigeunerin nicht aufgeben. Ihr Leben wies schon genug traurige Wahrheiten auf.

»Nachdem ich Stanhope geheiratet hatte, hatte ich keine weitere Verwendung für den Anhänger. Ich hatte das Herz des einzigen Mannes, den ich je wollte, errungen und habe das Halsband an eine andere junge Dame weitergegeben.« Hoffnung flammte in Daisys Brust auf. Die Countess wusste, wer den Herzanhänger jetzt hatte. »Seitdem hat Lady Imogen geheiratet.«

Daisys Gedanken überschlugen sich. Sie hatte einen Namen. Ein Funkeln trat in Lady Stanhopes Augen. »Keinen Herzog, aber sie hat Liebe gefunden, was am wichtigsten ist.« Alles, was Daisy jetzt noch tun musste, war, sich an Lady Imogen zu wenden und sich vor einer weiteren Fremden zu blamieren. Doch Auric war dieses Opfer wert. »Und danach haben wir es in die Obhut der rechtmäßigen Besitzerin zurückgegeben.«

Daisys Herz sank. Natürlich, Lady Stanhope, die kürzlich geheiratet hatte, und ihre Zwillingsschwester, die Duchess of Bainbridge, besaßen beide, wovon alle jungen Damen träumten: eine glückliche Ehe voller Liebe, ein Märchen, an das Daisy nicht länger zu glauben wagte.

Nur jetzt, da sie wusste, wie dicht sie davorgestanden hatte, diesen Anhänger zu bekommen, sah sie sich mit der schmerzhaften Wahrheit konfrontiert, wie dumm sie gewesen war, zu hoffen und an ein Märchen zu glauben, nach dem Ende des Regenbogens zu suchen, wo das Leben ihr bereits die Düsterkeit des Regens gezeigt hatte.

Sie schluckte. Fort. Sie hatte ihre einzige Hoffnung verloren. Ihre einzige Chance. Daisy senkte den Blick, und ihr gelang ein höflicher Knicks. »Verzeihen Sie, Mylady, dass ich Sie belästigt habe. Ich überlasse Sie jetzt …«

Gefühle schnürten ihr die Kehle zu, als sie wieder die hässliche Möglichkeit in Betracht ziehen musste, wessen Gesellschaft die Countess nun erwartete. »Ich lasse Sie jetzt allein«, erklärte sie und wandte sich zum Gehen.

»Daisy.«

Sie erstarrte und blickte fragend zurück zu Lady Stanhope.

»Als ich das erste Mal von der Existenz des ›Herz eines Herzogs‹-Anhängers erfahren habe, dachte ich, er würde mir das Herz eines Herzogs verschaffen.«

Und so war es ja geschehen. Auch wenn die närrische Frau einem anderen den Vorzug vor dem Duke of Crawford gegeben hatte, hatte Lady Stanhope Aurics Herz erobert.

»Und stimmt das nicht, Mylady?«, erkundigte Daisy sich leise. »In den Zeitungen stand zu lesen, dass Au…« Vor Verlegenheit krümmte sie sich innerlich, weil sie sich verraten hatte. »Der Duke of Crawford«, verbesserte sie sich, »Ihnen einen Antrag gemacht hat.« Das wusste Daisy. Sie wusste es, weil sie sich mit jedem schmerzlichen Wort in den Klatschspalten gequält hatte. Wusste es, weil sie Auric beobachtet hatte, während er öffentlich um die goldene Schönheit warb. Es stach wie tausend Nadelstiche in ihrem Herzen.

Verständnis blitzte in den Augen der Frau auf. »Sie mögen ihn.«

»Nein«, widersprach Daisy rasch. Weil sie ihn nicht wirklich mochte. Sie liebte ihn. Und Liebe, dieses tiefe, gnadenlose und schmerzliche Gefühl, das eine verheerende Wirkung auf den eigenen Verstand hatte, war viel größer, als einfach nur Zuneigung für jemanden zu empfinden. »Ich kenne ihn schon mein ganzes Leben«, murmelte sie. Und sie liebte ihn seit dem Picknick auf dem Landsitz ihrer Eltern, als er ihr versprochen hatte, sie zu seiner Herzogin zu machen, und sie davor gerettet hatte, sich die Finger zu verbrennen.

Daisy wandte den Blick ab, unfähig, ihre großen Hoffnungen und Wünsche vor dieser Frau auszubreiten. Niemand wusste von ihrer Liebe zu Auric. Vor allem, weil Daisy Meadows mit dem Tod ihres Bruders vor sieben Jahren aufgehört hatte zu existieren.

Anne ergriff ihre Finger, und Daisy erstarrte bei dieser unerwarteten Vertraulichkeit. »Sie wissen, dass der Anhänger, den meine älteste Schwester Aldora besessen hat, verlorenging. Wieder in die Obhut der Zigeunerin zurückgegeben wurde, die ihn ihr und ihren Freundinnen anvertraut hatte.«

Nein, den Teil mit der ältesten Schwester der Adamsons hatte sie nicht gewusst. Bis jetzt.

»Er findet immer seinen Weg in die Hände der Dame, die ihn braucht, Daisy.« Ein Lächeln spielte um Annes Lippen. »Für mich hat der Anhänger bedeutet, dass …« Ihr Blick richtete sich in die Ferne. »Nun, er hat mir eine Menge bedeutet. Als ich erfuhr, dass er fort war, habe ich geschworen, ihn zu finden. Ich hab meine Schwester Katherine mit zum Frostjahrmarkt geschleppt, um danach zu suchen.«

Der Frostjahrmarkt. Dieses Ereignis hatte vor beinahe zwei Jahren auf der gefrorenen Themse stattgefunden. Anne lachte glockenhell. »Alles auf das Wort einer Zigeunerin hin und einer Zofe, die andeutete, dort könnte er gefunden werden.« Sie schaute Daisy durchdringend an. »Wissen Sie, warum ich Ihnen das alles erzähle?«

Daisy schüttelte den Kopf. Die andere Frau sprach mit einer Hoffnung und einem Optimismus, die Daisy seit sieben Jahren nicht mehr kannte. Neid erwachte in ihr.

»Wissen Sie, Daisy, ich wollte diese Halskette beinahe verzweifelt. Ich war nicht bereit, meine Hoffnungen aufzugeben, einfach weil sie nicht aufzutreiben war. Ich habe mich auf die Suche gemacht.« Ihr Lächeln wurde breiter. »Und Katherine hat sie auf dem Frostjahrmarkt entdeckt.«

Alle Welt kannte die romantische Geschichte. Ein Herzog mit gebrochenem Herzen hatte Lady Katherine Adamson aus dem zugefrorenen Fluss gerettet, und jetzt erlebten sie die große Liebe, eine, die Debütantinnen und Witwen gleichermaßen neiderfüllt seufzen ließ.

»Manchmal, Daisy«, fuhr die Frau fort und unterbrach ihre Überlegungen. »Manchmal muss man intensiver suchen oder sich mehr Mühe geben, aber wenn man das tut, wird man am Ende das Herz eines Herzogs finden.«

Wenn du etwas gern genug hast, wie das bei dir der Fall ist, wirst du es bekommen. Ein kühler Wind ließ die Glasscheiben klirren. Daisy verschränkte die Arme vor ihrer Brust und rieb sie, während sie dem Echo von Lionels Stimme lauschte.

Schritte erklangen auf dem Korridor, und Anne und Daisy wirbelten gleichzeitig herum, schauten zum Eingang von Lord Harrisons Wintergarten. Ein hochgewachsener Gentleman mit goldblondem Haar trat ein.

»Hallo, Sü…« Die Worte des Earl of Stanhope erstarben, als er von seiner Frau zu Daisy und wieder zurück blickte.

Es war der Earl of Stanhope! Vor Erleichterung war Daisy so atemlos, dass sie fast fürchtete, der Wind draußen könnte hier eindringen, sie hochheben und aus dem Wintergarten tragen. Himmel, es war der Ehemann der Lady. Die Countess hatte sich aus dem Ballsaal fortgestohlen, um sich mit ihrem Mann zu treffen. Nicht mit Auric.

Plötzlich fühlte sie sich wie ein störender Eindringling, und sie knickste rasch. »Verzeihung«, murmelte sie. Sie müsste eigentlich schockiert sein, weil sie ein Tête-à-Tête zwischen zwei Liebenden gestört hatte. Nur dass die Erleichterung jedes andere Gefühl verdrängte.

Anne streckte eine Hand aus. Daisy erschrak, als die Countess nach ihr griff. »Die Frau, der wir es wiedergegeben haben, ist eine alte Zigeunerin mit dem Namen Bunică. Aber ich kann nicht sagen, wo sie gerade ist.« Sie drückte Daisys Hände. »Doch wenn es sein soll, werden Sie sie finden.«

Frustration rang mit Hoffnung. Die Zigeunerin Bunică war vor zwei Jahren mitten auf der gefrorenen Themse gewesen, unweit der Straßen von Gipsy Hill. Unterdessen konnte sie überall sein. Daisy straffte die Schultern. Das Herz war irgendwo dort draußen. Es war dieser Frau gegeben worden, dieser Bunică, nachdem mehr als drei Ladys geheiratet und dabei, was noch wichtiger war, die Liebe gefunden hatten.

Ein langsames Lächeln trat auf Daisys Lippen. Lady Stanhope hatte in der Tat recht. Manche jungen Damen fanden Liebe ohne die Hilfe von Glücksbringern. Die anderen, die Daisy Meadows dieser Welt, mit ihren albernen Namen und sommersprossigen Wangen, mussten härter dafür arbeiten und sich mehr anstrengen für ihr Glück, für den Gentleman, der sie lieben würde. Manche Männer verdienten diese Mühe – und Auric war wahrhaftig einer von ihnen.

Selbst wenn er über die Jahre alles andere als tadellos gewesen war. Wobei, nicht all die Jahre. Nur sieben davon. Die wichtigsten sieben.

»Ganz vielen Dank, Mylady«, erwiderte Daisy leise. Sie machte noch einen Knicks, eilte zur Tür und blieb einen Moment bei dem gut aussehenden Earl stehen.

Er verneigte sich und trat zur Seite, aber Daisy hielt auf der Türschwelle inne, drehte sich noch einmal um. »Mylady?«

»Ja?«

»Sie haben großes Glück.«

Das Strahlen in den Augen der Frau deutete an, dass sie das wusste. »Und Sie auch.«

Da sie den beiden bereits genug Zeit gestohlen hatte, verließ Daisy rasch den Wintergarten und schloss die Tür hinter sich. Sie ging den Flur entlang zurück zu dem überfüllten, überhitzten Ballsaal. Mit jedem Schritt wurden die Musik des Orchesters und das Stimmengewirr und Gelächter von Lady Harrisons Gästen lauter.

Am Eingang blieb Daisy stehen und ließ den Blick über die im sanften Schein der Kronleuchter mit den unzähligen Kerzen tanzenden Paare gleiten. Sie lehnte sich an eine Säule und ließ die ungezwungene Stimmung, das fröhliche Lachen auf sich wirken. War sie je so glücklich gewesen wie die Menschen hier?

Energisch drängte sie die vertraute Schwermut beiseite und schaute sich um. Sie suchte nach ihrer Mutter und entdeckte sie schließlich, wie sie traurig die Tanzenden beobachtete.

Genau in diesem Moment machte sich eine gewisse Unruhe im Ballsaal breit, fast als wäre ein Schwarm Bienen eingedrungen. Daisy folgte den Blicken und dem Geflüster zu ihrem Ursprung und erstarrte.

Auric stand oben an den Stufen des Ballsaals. Ihr Herz klopfte schneller beim Anblick seiner breiten, Ehrfurcht gebietenden Gestalt, die in dem überfüllten Saal alle Aufmerksamkeit auf sich zog. Ein König unter bloßen Sterblichen. Und sie wünschte, sie könnte wegschauen, wünschte, sie könnte anders sein als jede andere hoffnungsvolle und zugleich hoffnungslose junge Frau hier.

Aus dem Flüstern wurde Gemurmel von übereifrigen Müttern, die unbedingt den einflussreichen Herzog für ihre Töchter ergattern wollten, nachdem der mit seiner Werbung um Lady Stanhope bewiesen hatte, dass er tatsächlich auf Freiersfüßen wandelte.

»Er ist hier. Lächle, Liebes«, zischte eine Mama ihrer goldhaarigen, gerade erst in die Gesellschaft eingeführten Tochter zu.

Die junge Dame drückte ihr Rückgrat durch, wodurch sich ihr Busen hob, und reckte das Kinn, in der Absicht, Auric auf diese Weise aufzufallen.

Daisy widerstand dem Drang, die Augen zu verdrehen. Nicht dass irgendjemand es bemerkt hätte, wenn sie es getan oder sich im Kreis gedreht hätte oder plötzlich herumgehüpft wäre. Auric als Allerletzter. Nur sie schien die Wahrheit erraten zu haben. Der Duke of Crawford war nicht einfach auf der Suche nach irgendeiner Frau. Er hatte jemand Besonderen im Auge gehabt. Das waren zwei völlig verschiedene Dinge. Er hatte Lady Stanhope ausgewählt, und nachdem Daisy die Frau kennengelernt hatte, konnte sie ihm aus dieser sehr klugen Entscheidung keinen Vorwurf machen.

Sie stellte sich neben eine Säule aus weißem Marmor und gönnte sich einen Augenblick, in dem sie ihn musterte. Mühelos bewegte er sich durch das Gedränge, mit einer lässigen Eleganz, die die meisten Männer nachzuahmen suchten, aber nie zu meistern hoffen durften. Die Herren verbeugten sich tief, und die Damen schlugen die Augen nieder und legten eine Hand über ihre gewiss heftig klopfenden Herzen.

Während andere Auric wegen seines Titels begehrten, hätte Daisy die Herzogswürde nicht gleichgültiger sein können. Sie wollte, dass er der Mann war, den sie früher gekannt hatte. Sie wünschte sich den Mann, der ein Mädchen gerettet hatte, das das viel zu oft bitter nötig gehabt hatte.

Nach Lionels Tod war Auric steif und ernst geworden. Die Gesellschaft, die ihn nicht wirklich gut kannte, schrieb diese Strenge seinem Herzogstitel zu. Aber Daisy kannte die

Wahrheit. Er war durch den Verlust, den sie beide erlitten hatten, für immer verändert worden. Jetzt war Auric es, der dringend gerettet werden musste, und Daisy hatte sich vorgenommen, diejenige zu sein, die das tat. Ob er wollte oder nicht.

Auric blieb bei den Gastgebern stehen. Seine Lippen bewegten sich, doch sie konnte nicht verstehen, was er sagte, weil er zu weit weg war. Sie suchte nach einem Anzeichen des lächelnden jungen Mannes, der er einst gewesen war.

Die Jahre hatten seinen Zügen Tiefe und Stärke verliehen. Sein markantes, kantiges Gesicht mit der Adlernase hätte genauso gut in Stein gemeißelt sein können. Sein modisch geschnittenes, volles kastanienbraunes Haar – eine Farbe, um die sie ihn stets beneidet hatte – wies eine kaum wahrnehmbare Neigung auf, sich zu locken. Verschwunden war die schmale, schlanke Gestalt, hatte kräftigen Muskeln Platz gemacht.

Er stellte sich anders hin, und der schwarze Stoff seines Abendrockes spannte sich über den Muskeln in seinem Oberarm. Ihr Herz klopfte schneller.

Warum konnte er nicht wirklich einer dieser steinalten Herzöge mit Lorgnon sein? Dann wäre es so viel einfacher, ihn zu hassen – ein höflicher, zurückhaltender Mann, den sie kaum wiedererkannte.

Als spürte er ihre Musterung, versteifte er sich und ließ seinen kühlen, hochmütigen Blick durch den Ballsaal schweifen. Ein Anflug von Langeweile angesichts der schalen Unterhaltung des Abends lag darin. Dann entdeckte er sie, begegnete ihrem Blick. Die Andeutung eines Lächelns spielte um seine Lippen, und ihr Herzschlag beschleunigte sich weiter. Sie erwiderte sein Lächeln.

In dem Moment sagte das Gastgeberpaar etwas zu ihm, was seine Aufmerksamkeit von Daisy ablenkte. Die unnachgiebige Maske war wieder da. Hatte sie sich den weichen Ausdruck, als er sie in der Menge erblickt hatte, nur eingebildet?

Vielleicht waren die Jahre voller Lachen und Necken, an die sie sich erinnerte, die sie mit Lionel und ihm verbracht hatte, auch nur das Produkt der Fantasie eines einsamen, traurigen kleinen Mädchens. Nur dass da ein Lächeln gewesen war. Wenn auch schwach und flüchtig, es war immerhin echt gewesen.

Auch wenn Logik und Anstand ihr sagten, sie solle sich abwenden und ihm erlauben, sich so zu verhalten, wie er es stets bei diesen steifen Abendgesellschaften tat, fing sie seinen Blick über die Köpfe der Gäste auf der Tanzfläche hinweg auf und zwinkerte ihm zweimal rasch hintereinander zu – ihr altes Geheimzeichen.

Einen Moment zögerte er. Er sah sie an, dann schaute er weg.

Vor Verlegenheit wurden ihre Wangen ganz heiß. Natürlich musste man Daisy Meadows erst mal wahrnehmen, um zu merken, dass sie von Auric geschnitten worden war. Doch die Gesellschaft achtete nicht weiter auf Mauerblümchen wie sie.

Sie verschränkte die Arme vor der Brust und verzog die Lippen. Er hatte also vor, sie zu ignorieren. Sie zu meiden, als hätte er sie nicht an den Locken gezogen, als sie noch ein Kind gewesen war, und ihr nicht versprochen, sie zu seiner Herzogin zu machen. Zugegeben, sie war erst elf Jahre alt gewesen. Trotzdem, ein Versprechen war ein Versprechen.

Entschlossen machte sie sich auf den Weg durch den Ballsaal.

Auric mochte in ihr nicht mehr als Lionels jüngere Schwester sehen, aber er sollte besser auf der Hut sein. Daisy hatte sich vorgenommen, diesen dummen Anhänger zu suchen und aufzuspüren, und bei Gott, wenn ihr das gelang, würde Aurics verflixtes Herz ihr gehören.

Kapitel 3

Himmel. Sie hatte ihm zweimal zugezwinkert.

Es war bestimmt … Aurics Gedanken rasten … sieben Jahre oder länger her, dass sie sich gegenseitig zugezwinkert hatten. So lange, dass er ihren geheimen Code, den nur sie beide kannten, beinahe vergessen hatte.

»Du musst einmal blinzeln, wenn du dich gut amüsierst.«

Die zwölfjährige Daisy hatte nur geschnaubt. »Und wenn ich es furchtbar finde?«

Er hatte sie in die Nase gezwickt. »Dann zweimal.«

Bis zu diesem Moment hatte er das völlig vergessen gehabt.

Auric nahm sich ein Glas Champagner vom Tablett eines Lakaien und ging damit in die entfernteste Ecke des Ballsaals. Oder genauer gesagt die von der sommersprossigen, wohlgerundeten jungen Dame am weitesten entfernte Ecke. Der jungen Dame, die ihn noch immer offen anschaute. Er starrte düster in sein Glas.

Nicht hinsehen. Nicht hinsehen. Nicht hinsehen.

Er hatte sich große Mühe gegeben, Lady Daisy Meadows mit ihren blumigen Namen die Rolle eines Kindes zuzuweisen, das nicht älter wurde, und doch drängte sich ihm bei jedem Ball, jedem Dinner und jeder Abendgesellschaft, die er besuchte und bei der sie ebenfalls anwesend war, die Wahrheit auf, dass sie kein kleines Mädchen mehr war. All die Unschuld, die sie einst gekannt hatten, der unbeschwerte Umgang waren vorbei. Nein. Sie zu sehen erinnerte ihn nur an seinen größten Verrat an einem Freund, den er wie einen Bruder geliebt hatte.

Bei ihrem Anblick empfand er stets Schuld und Bedauern für all seine Vergehen, für alles, was er nicht getan hatte. Viel zu häufig stand sie vergessen an der Seite eines Ballsaals, und er bahnte sich den Weg durch die Menge und bot ihr seinen Arm, um zu versuchen, die Traurigkeit, die er immer wieder auf ihrem Gesicht bemerkte, zu vertreiben.

Auric schnitt eine Grimasse, nahm einen langen Schluck von seinem Champagner und verdrängte alle Gedanken an Daisy. Stattdessen konzentrierte er sich auf den Grund, warum er heute Abend hier war. Praktisch und auf Logik ausgerichtet, wie er war, wurde es Zeit, sich um seine Pflicht dem Titel gegenüber zu kümmern. Er brauchte eine Ehefrau, einen Erben und am besten noch einen weiteren Sohn. Diese Tatsache war ihm schon früh von seinen Eltern, Lehrern und der Gesellschaft eingebläut worden.

Mit diesem Gedanken ließ er seinen Blick über die Menge schweifen und wich dabei gekonnt einer gewissen kessen Miss mit ihren sanft geschwungenen Lippen aus. Die einzige Frau in diesem überfüllten Saal, die es wagte, ihn mit Missfallen zu betrachten. Die übrigen jungen Damen, die auf eine Ehe aus waren, hatten ein geübtes Lächeln aufgesetzt und klimperten affektiert mit den Wimpern, wenn sie seinen Blick erhaschen konnten. Sie alle hatten nur einen einzigen Wunsch für die Zukunft: seine Herzogin zu werden. Nur wollte er mehr, als nur als Titel betrachtet zu werden.

Er nahm einen weiteren Schluck von seinem Champagner und runzelte die Stirn. Eigentlich hatte er die perfekte Herzogin schon ausgesucht gehabt, Lady Anne Adamson, die unterdessen die Countess of Stanhope war. Blond, schlank, mit wohlgerundeten Hüften, einer wunderschönen Singstimme und vollkommen unbeeindruckt von seinem Titel, hätte sie eine gute Ehefrau für ihn abgegeben. Leider hatte sie, närrisch, wie sie war, den Antrag des Earl of Stanhope angenommen, obwohl Aurics eigener in jeder Beziehung deutlich vorzuziehen gewesen wäre. Was ihn wieder zurück zum Heiratsmarkt gebracht hatte, auf der Suche nach einer anderen Kandidatin für die Rolle seiner Herzogin.

Doch es gab keine einzige Dame, die ihm seitdem ins Auge gefallen war. In der Folge hatte er seine Suche nach einer Ehefrau mit erneuter Aufmerksamkeit und sehr speziellen Erwartungen fortgesetzt. Sie müsste zumindest einigermaßen hübsch sein, elegant, eine ehrbare englische junge Dame. Was er nicht brauchte, war ein Wildfang mit zu vielen Sommersprossen, der ihn ständig missbilligend ansah. Er hatte sich schon vor langer Zeit von lästigen Rangen mit Sommersprossen losgesagt. Auch wenn sie früher nicht so missbilligend geschaut hatte. Früher hatte sie ihn immer angelächelt.

Er wusste, welches Ereignis für den Verlust ihrer mädchenhaften Unschuld verantwortlich war. Und er trug die Verantwortung dafür, wegen seiner Unaufmerksamkeit und seiner Einflussnahme. Auric stürzte den Rest seines Champagners herunter. Ein Bediensteter eilte sofort herbei, um ihm den Kristallkelch abzunehmen.

Unwillkürlich wanderte Aurics Blick zurück zu der Säule, neben der Daisy stand. Mit Mühe gelang es ihm, wegzuschauen, und er verzog ärgerlich die Lippen. Was tat eine junge, unverheiratete Miss – allein, ohne Anstandsdame – überhaupt hier? Wo befand sich ihre sonst stets so überkorrekte Mutter?

Schließlich entdeckte er das ernste Gesicht der Marchioness of Roxbury. Die enge Freundin seiner verstorbenen Eltern war nun nur noch ein Schatten der Person, die sie vor dem Tod ihres Sohnes, des Erben des mittlerweile ebenfalls verschiedenen Marquis, gewesen war.

Ein lautes Summen erfüllte seine Ohren, als Lionels lächelndes Gesicht vor seinem geistigen Auge auftauchte. Auric nahm einen neuen Champagnerkelch und einen weiteren langen Schluck, versuchte, die Erinnerung an seinen Freund zu verdrängen. Er wandte seine Aufmerksamkeit dorthin, wo sie sein sollte – bei der Aufgabe, eine Herzogin zu finden, weil der Gedanke daran ihm nicht den Atem stahl und seinen Verstand mit Schuldgefühlen bedrängte …

»Euer Gnaden.«

»Verdammte Hölle.« Bei dem unerwarteten Auftauchen von Daisy neben ihm entfuhr ihm ein überraschter Fluch.

Sie riss die Augen auf. »Hast du gerade geflucht?«

»Habe ich geflucht?«, wiederholte er ausdruckslos. Er hatte alles unter Kontrolle. Tatsächlich war er stolz auf seine Fähigkeit, seit jener Nacht vor sieben Jahren immer und überall vollkommen gefasst zu bleiben. »Ich weiß nicht, was du …«

Das Funkeln in ihren braunen Augen nannte ihn Lügner, auch wenn sie es nicht aussprach.

Ein Grinsen zuckte um seine Mundwinkel. »Lady Daisy Meadows.« Die Dame, die sich weigerte, in der entsprechenden Schublade seines Verstandes verstaut zu bleiben. »Ich hätte gedacht, du weißt, dass es sich nicht schickt, miteinander zu sprechen, ohne einander offiziell vorgestellt worden zu sein.«

Daisy schnaubte. »Ich wage zu behaupten, dass es sehr viel unanständiger ist, auf Lady Harrisons Ball zu fluchen.« Sie wackelte übertrieben mit den Augenbrauen. »Selbst für einen Herzog.« Ihr Lächeln wurde breiter. »Und wenn man die lange Freundschaft zwischen unseren Familien bedenkt, sollte mir ein einfaches Hallo gestattet sein.«

Er sollte sie nicht weiter necken. Es ermutigte sie nur. Leider war er stets vollkommen hoffnungslos gewesen, wenn es um Daisy ging. »Das war es aber nicht.«

Sie legte den Kopf zur Seite.

»Ein einfaches Hallo«, erklärte er. »Du hast nur ›Euer Gnaden‹ gesagt und nicht einmal geknickst.« Sie war die einzige Frau in seinem ganzen Leben, die von seinem Titel mehr verärgert als beeindruckt schien. Seine Worte hatten den gewünschten Effekt.

Sie zog die Augenbrauen zusammen. »Wie bitte?«

»Ein Knicks, Mylady.« Er zeigte in Richtung ihrer Beine, die unhöfliche Geste eine weitere Freiheit, die er sich herausnehmen konnte, da er ein Herzog war. »Etwas, was Damen in Verbindung mit einem höflichen Gruß tun.« Er hielt kurz inne, zog den Moment in die Länge. »Und ich vergebe dir.«

Sie warf ihre braunen Locken zurück, das vertraute Funkeln blitzte in ihren Augen. »Ah, ja, ein Knicks.« Sie tippte sich mit den Fingern gegen die Stirn. »Wie konnte ich das nur vergessen? Der so wichtige Knicks, der normalerweise nach einer höflichen Verbeugung der Gegenseite kommt.«

Er hätte schon außer Hörweite sein müssen, um den sarkastischen Unterton, den ihre versteckte Zurechtweisung enthielt, nicht zu bemerken. Sie war schon immer geistreich gewesen, seine Daisy. Er erinnerte sich an ihre frühere Behauptung, ein Mauerblümchen zu sein. Wie merkwürdig, dass kein einziger englischer Gentleman über genug Verstand verfügte, sie zu schätzen zu wissen. Narren, alle miteinander.

Was ihn an sein eigenes Vorhaben an diesem Abend erinnerte. Mit großem Widerwillen beendete er den Schlagabtausch mit ihr und wandte seine Aufmerksamkeit erneut dem Ballsaal zu, nahm die Suche nach einer möglichen Herzogin wieder auf.

Daisy räusperte sich.

Es sollte eigentlich keine so schwierige Aufgabe sein, eine angemessene Ehefrau zu finden.

Sie hüstelte.

Ganz sicher gab es doch keinen Mangel an Damen, die sich um diese Aufgabe geradezu rissen.

Sie hustete wieder, diesmal schon etwas nachdrücklicher.

Mit Ausnahme von Lady Stanhope, die lieber für den Earl of …

»Ich sagte ›Ähem‹.«

Meine Güte. »Hast du etwas im Hals?« Aus dem Augenwinkel sah er, wie sie den Kopf schief legte. »Vielleicht solltest du einen Schluck Punsch oder Champagner zu dir nehmen oder ein wenig Wein trinken, um das unangenehme Kitzeln zu vertreiben.«

»Ich habe mich nicht entschuldigt.«

Er schaute sie an, ohne zu blinzeln.

»Vorhin«, fuhr sie zur Erklärung fort. »Weil ich nicht geknickst habe. Das war keine Entschuldigung. Ich dachte nur, das solltest du wissen. Euer Gnaden.«

Ah, jetzt nannte sie ihn »Euer Gnaden«. Das tat sie immer, wenn sie etwas an ihm störte. Selbst als er noch ein Marquis gewesen war. War sie schon immer so lästig gewesen? Die Töne des Walzers verklangen, und die Tänzer klatschten höflich. Dann verließen die Paare Arm in Arm die Tanzfläche. Ja, er erinnerte sich jetzt, dass sie schon immer so gewesen war. Und unmöglich. Und sie hatte auch immer geplappert, was sie aber offensichtlich abgelegt hatte. Er nippte erneut an seinem Glas.

»Ich vermute, du suchst eine Herzogin für dich.«

Er verschluckte sich.

Die goldenen Flecken in Daisys Augen funkelten vor Übermut, und sie klopfte ihm auf den Rücken.

»Ganz und gar nicht«, bekam er mit Mühe heraus.

Sie seufzte. »Früher warst du so viel unterhaltsamer, als du noch nicht dieser kalte, kurz angebundene und langweilige Herzog warst.« Sie wackelte übertrieben mit den Augenbrauen. »Also?«

Ermutige sie nicht auch noch. »Also, was?«, presste er zwischen zusammengebissenen Zähnen hervor, weil er es noch nie geschafft hatte, sie nicht zu ermutigen. Nicht als sie ein kleines Mädchen mit zu vielen Sommersprossen gewesen war, und auch nicht jetzt, wo sie eine Frau mit … nun, immer noch zu vielen Sommersprossen war.

»Wer ist sie?«

Auric warf einen verstohlenen Blick durch den Saal, um festzustellen, ob irgendeine hoffnungsvolle Dame diese gefährlichen Worte gehört hatte, die der Wildfang an seiner Seite gemurmelt hatte.

»Reiß dich zusammen, Daisy.«

Er warf ihr einen tadelnden Blick zu. Dies war ein gefährliches Spiel – in der Tat eigentlich gar kein Spiel –, das sie hier in der Öffentlichkeit spielte. Sein Interesse an Lady Stanhope hatte die heiratswütigen Mamas und titelhungrigen Intrigantinnen nur angestachelt.

Daisy verdrehte die Augen. »Oje, du hörst dich genau an wie meine Mutter.«

Und weil er die Marchioness kannte, seit er ein kleines Baby gewesen war, wusste er genau, was sie damit meinte, und es war auf keinen Fall ein Kompliment.

Nur vergaß die Lady, dass er sie genauso gut kannte wie sie ihn. »Und ich vermute, du bist auf der Suche nach einem Ehemann?«

Ihre Wangen röteten sich, und sie presste sofort ihre vollen Lippen zusammen. *Hmm.* Also das war alles, was es gebraucht hatte, um sie zum Schweigen zu bringen. Er betrachtete sie mit neuem Interesse. Das war faszinierend. Die Daisy, die er kannte, tat nie etwas so Verräterisches, wie zu erröten.

»Ach, komm schon, Daisy. Bist du auf einmal schüchtern? Ich bin mir sicher, es gibt einen Gentleman, der deine Aufmerksamkeit erregt hat.«

Die Farbe dunkelte zu einem tiefen Rot nach, in dem ihre Sommersprossen verschwanden.

»Äh, wenn du mich bitte entschuldigen würdest. Meine Mutter winkt mich zu sich.«

Auric trat ihr in den Weg und versperrte ihr so jeden Fluchtweg. »Das kannst du doch gar nicht wissen.«

»Natürlich weiß ich das.« Sie reckte indigniert die Schultern. »Sie ist schließlich meine Mutter.«

»Das stimmt.« Er beugte sich vor und murmelte an ihrem Ohr: »Aber sie steht zufälligerweise auch hinter dir.«

Daisy wirbelte herum und entdeckte die Marchioness. »Oh.« Falls ihre Wangen noch röter würden, würden sie vermutlich in Flammen aufgehen.

»Ja. Oh.« Unwillkürlich grinste Auric. Er hatte ganz vergessen, wie sich so ein Wortgefecht anfühlte. Zugegeben, es war deutlich amüsanter, wenn er derjenige war, der austeilte, und nicht der, der einstecken musste.

Sie knickste hastig. »Wenn du mich bitte entschuldigen würdest? Ich sollte dir wirklich gestatten, zu deiner Herzoginnenjagd zurückzukehren, und ich …«

»Sag es nicht.« Er hob eine Augenbraue. »Deine Mutter winkt dich zu sich?«

Daisy hob den Blick wieder zur Decke. »Du bist unerträglich«, murmelte sie. Mit diesen Worten drehte sie sich um und ließ ihn lachend stehen.

* * *

Oh, so ein grober Klotz.

Daisy marschierte in Richtung der Stuhlreihe, die genau in der Mitte an der hinteren Wand von Lord und Lady Harrisons Ballsaal aufgestellt worden war.

Ihre Gastgeber waren entweder gedankenlos oder tatsächlich absichtlich grausam, die Damen ohne Partner an genau dem Ort im Ballsaal zu platzieren, zu dem unweigerlich die Blicke aller gelangweilten Gäste wandern würden.

Sie setzte sich auf einen der Stühle und betrachtete die leere Reihe. Es war eine einsame Nacht für Mauerblümchen.

Sie tippte mit ihren kanariengelben Tanzschuhen auf den Marmorboden. Und das war überhaupt noch eine ganz andere Sache. Es sollte so etwas Schreckliches wie »Mauerblümchen« überhaupt nicht geben. Solange Gentlemen existierten, sollte jede junge Dame wenigstens für einen Tanz einen Partner haben. Aber wenn sie über die spöttische Bemerkung des Duke of Crawford nachdachte, war dieser Traum von galantem Verhalten vielleicht sowieso dem Untergang geweiht.

Daisy warf einen Blick auf die unseligerweise völlig leere Karte, die an ihrem Handgelenk hing. Das sollte allerdings nicht bedeuten, dass sie sich nach irgendeinem Partner sehnte. Denn sie wollte nicht *irgendeinen* Gentleman. Ganz im Gegenteil. Sie wollte einen bestimmten. Den groben Klotz, der die Gefühle, die sie für ihn hegte, nicht wirklich verdiente – und sie trotzdem besaß, wegen des Mannes, der er einmal gewesen war, und des Mannes, der er, wie sie genau wusste, sein könnte.

Der Mann, der nun seinen Blick über den vollen Ballsaal gleiten ließ.

»Vermutlich sucht er seine neue Herzogin«, murmelte sie leise.

Er hatte ihre Vermutung nicht bestätigt, aber das musste er auch gar nicht. Sie wusste genau, dass Auric, ein Mann, der Verantwortung und Ehre so sehr schätzte, dass er fast jede Woche die Familie seines verstorbenen Freundes besuchte, natürlich seine Pflichten dem Titel gegenüber erfüllen würde. Er würde eine passende blonde Dame heiraten, einen Erben und dann noch einen weiteren zeugen und sein perfektes langweiliges herzogliches Leben führen.

Mit einer anderen Frau.

Gedankenverloren berührte sie mit einem Finger ihren bloßen Hals. Es bewies nur, wie verzweifelt sie war, dass sie ihre Hoffnung auf Auric, den Duke of Crawford, an ein Schmuckstück hängte, das von einer Zigeunerin stammte. Wahrscheinlich hatte die Frau jede Menge Herzanhänger, die sie närrischen, romantischen jungen Ladys gab, die einen Ehemann suchten und zudem von Liebe träumten.

Daisy vermutete, dass die Schnapsidee, ihr Glück von solchem Tand abhängig zu machen, dem Verlangen entstammte, in eine unbeschwertere Zeit zurückzukehren. Seit Lionels lebloser Körper ins Haus getragen worden war, für immer verstummt, hatte beständig eine dunkle Wolke über ihrer Familie gehangen. Die Art von undurchdringlicher Traurigkeit, die kein Lächeln und kein Scherz vertreiben konnte.

Sie blickte über die Menge und sah ihre Mutter genau dort, wo Auric sie ihr gezeigt hatte. Die Marchioness stand auf der rechten Seite des Saals, mit einem leeren Blick in den Augen, während Lady Marlborough an ihrer Seite unablässig redete.

Daisy erinnerte sich nicht mehr daran, wann ihre Mutter das letzte Mal gelächelt hatte. Auch wenn sie einen Seufzer nicht unterdrücken konnte, weigerte Daisy sich, der Welle des Selbstmitleids nachzugeben, die über ihr zusammenzuschlagen drohte. Sie sollte ihre Aufmerksamkeit lieber dort lassen, wo sie hingehörte.

Bei Auric.

Der mit Lady Windermere und ihrer hübschen blonden, blauäugigen Tochter Leticia sprach.

Daisy kräuselte die Nase. Wirklich, besaß jede junge englische Dame blonde Locken und solch strahlend blaue Augen? Auric beugte sich über Lady Leticias Hand und schrieb seinen Namen auf ihre Tanzkarte.

»Hmpf«, murmelte Daisy.

Er wusste sehr genau, dass sie es liebte, Walzer zu tanzen. Er hatte es ihr sogar beigebracht, als der furchtbare französische Tanzlehrer, den ihre Eltern angestellt hatten, ihr eine Ohrfeige gegeben hatte, angeblich weil sie nicht das geringste bisschen Talent besaß. Auric und Lionel hatten sich ihrer angenommen und sich dabei abgewechselt, mit ihr so lange durch den Raum zu wirbeln, bis sie ihnen nicht länger auf die Zehen trat. Dennoch reservierte er dieser Tage nur die langweiligen Menuette und Ländler für sie und behielt die überwältigenden, wundervollen Walzer den übrigen Ladys vor.

War es ihm egal, dass jede andere junge Frau sich den traurigen Duke of Crawford nur sichern wollte, weil er lediglich einen kurzen Schritt vom Königshaus entfernt war? Wohingegen es Daisy um ihn ging, den Mann, der er war. Nein, diesen jungen Damen war es vermutlich egal, dass Auric so ernst war und kaum jemals lachte …

Er lachte über etwas, was Lady Leticia und ihre Mutter gesagt hatten, unterhielt sich offenkundig bestens.

»Hmpf«, murmelte sie wieder.

Wenn sie hier etwas so Unerhörtes tun würde, wie auf diese Art zu lachen, würde sie sich jede Menge böser Blicke einfangen. Aber er konnte sich als Herzog solche Freiheiten wie ein lautes Lachen natürlich herausnehmen.

Selbst wenn es nur ein falsches war.

Anders als Lady Leticia und jede andere der Damen, die gerne Herzogin werden wollten, erinnerte sich Daisy an den tiefen, verführerischen Klang seines Lachens, wenn er ehrlich belustigt war. Langsam und still, als wenn er abwöge, was er gehört hatte, und ihm spezielle Aufmerksamkeit schenkte.

Das Orchester begann mit den ersten Tönen einer Quadrille. Daisy nahm ihren Fächer und schlug sich damit im Rhythmus des lebhaften Tanzes auf den Arm.

»Ich habe nach dir gesucht, Liebes.«

Daisy zuckte bei dem unerwarteten Auftauchen ihrer Mutter zusammen. »Ich habe mir den Saum eingerissen«, log sie. Auch wenn sie stark vermutete, dass ihre ewig traurige Mutter ebenfalls schwindelte. Sie hatte nicht nach ihr gesucht. Sie schien sich meist gar nicht mehr daran zu erinnern, dass sie noch ein Kind besaß. Ihr Herz war mit Lionel gestorben.

»Amüsierst du dich gut?«, fragte ihre Mutter, die Worte waren vollkommen emotionslos.

»Oh, natürlich.« Die Lüge kam Daisy leicht über die Lippen. Sie nahm ihrer Mutter das schreckliche Leid, das sie wie einen Mantel trug, nicht übel. Zuerst hatte sie ihren einzigen Sohn verloren und dann wenige Jahre später ihren Ehemann. Sie verstand Verlust vielleicht besser als jeder andere.

Daisys Augen glitten suchend durch den Raum und fanden Auric, der wieder allein war, seinen abwesenden Blick auf irgendeine Stelle in dem großen Ballsaal gerichtet.

Nun, mit Ausnahme von Auric. Er und Lionel waren beste Freunde gewesen. Nur wenige Monate nacheinander geboren, waren sie unzertrennlich gewesen, hatten zusammen Eton und die Universität besucht. Aber nur einem der Jungen war es vergönnt gewesen, zum Mann heranzuwachsen.

Ihr Blick kehrte zu ihrer Mutter zurück. Zum ersten Mal leuchtete ein untypisches Funkeln in den sonst so toten Augen der Frau. »Es ist Auric.« Ihre Kehle bewegte sich krampfhaft. Sie zog Daisy heftig an der Hand hoch.

Daisy unterdrückte einen überraschten Aufschrei. »Mutter …«

»Komm mit, Daisy. Du wirst doch ganz sicher nicht so unhöflich sein, Auric aus dem Weg zu gehen.«

Nein. Ganz im Gegenteil. Wenn ihre Mutter die Augen öffnen und sie wirklich sehen würde, wäre ihr aufgefallen, dass sie sich vor dem Gentleman schon lächerlich gemacht hatte. »Ich habe gerade mit ihm gesprochen, Mama.«

Und hatte ihn geneckt und war geneckt worden. Das Herz schlug ihr heftig in der Brust. *Reiß dich zusammen, Daisy Laurel Meadows.* Er hatte seine Aufmerksamkeit seitdem Lady Leticia und anderen goldhaarigen Blondinen zugewandt, die er offensichtlich bevorzugte.

Ihre Mutter ignorierte ihren Protest und zog sie weiter hinter sich her. »Ganz sicher nicht.«

Daisy nickte heftig, sodass sich eine Locke löste und ihr in die Stirn fiel. »Ganz sicher doch.«

Was offensichtlich völlig egal war. Mit schrecklicher Entschlossenheit zog ihre Mutter sie durch die Menschenmenge. Sie winkte mit ihrer freien Hand. »Auric!«

»Mutter, bitte«, brachte Daisy zwischen zusammengebissenen Zähnen heraus.

»Auric?«, fuhr ihre Mutter fort und ignorierte Daisy wie üblich.

Oh, verflixt. Hitze schoss Daisy durch den Körper, während die Leute hochmütig die Marchioness of Roxbury und ihre unbeirrbare Jagd auf den begehrten Herzog beobachteten. Der guten Gesellschaft war nicht klar, dass dieses Interesse am Duke of Crawford nicht von einer ambitionierten Mama stammte, sondern von einer Mutter, die sich nach allem sehnte, was sie an ihr geliebtes verstorbenes Kind erinnerte.

Mit seiner beeindruckenden Größe von eins neunzig überragte Auric alle anderen um ihn herum. Der Herzog erstarrte. Er wandte seine Aufmerksamkeit ihrer Mutter zu.

»Auric!«, rief ihre Mutter wieder.

Und für einen schrecklichen, schmerzvollen Moment befürchtete Daisy, dass Auric sich umdrehen und ihnen beiden den *cut direct* geben würde. Sie konnte ihm den Kummer vergeben, der ihn umgab. Sie würde es ihm nicht verzeihen können, wenn er zu ihrer trauernden Mutter grausam wäre.

Die kam soeben vor ihm zum Stehen. Dann lächelte er, und mit einem langsamen Ausatmen verließ alle Spannung Daisys Körper. Es mochte dasselbe leere, kühle Lächeln sein, das er allen Mitgliedern der Gesellschaft zeigte, aber seine Bemühungen, der Frau Schmerz und Verlegenheit zu ersparen, waren nicht zu übersehen, und dafür würde er stets einen Teil ihres Herzens besitzen. Der Rest davon hatte ohnehin stets ihm gehört. Was machte da noch das kleine Stückchen?

»Lady Roxbury, ein Vergnügen.« Er neigte den Kopf, wie immer höflich und zuvorkommend zu ihrer Mutter. »Vergeben Sie mir, dass ich so lange nicht mehr zu Besuch bei Ihnen war.« Er hätte das genauso gut beenden können mit: »Ich war damit beschäftigt, mir meine zukünftige Herzogin auszusuchen.«

Ihre Mutter ließ Daisys Hand los und hob ihre bebenden Finger an die Lippen. »Oh, Auric, es ist so, so schön, dich zu sehen. Wir treffen uns viel zu selten. Das habe ich schon oft gesagt.« Sie wandte sich kurz an Daisy. »Nicht wahr, Daisy?«

Auric warf einen kurzen Blick in ihre Richtung.

»In der Tat.« Eine weitere Handvoll Lügen. Von ihnen allen. Dem Herzog, weil er behauptet hatte, es wäre ihm ein Vergnügen. Mutter, weil sie gesagt hatte, sie hätte mit Daisy gesprochen. Und ihr, weil sie diese Lüge bestätigte. Sie legte sanft ihre Finger auf den Arm der anderen Frau. »Mutter, komm, der Herzog ist ein viel beschäftigter Mann.«

Die Augen der Marchioness weiteten sich. »Sei nicht albern. Wir könnten uns niemals aufdrängen. Das ist doch so, nicht wahr, Auric? Sag Daisy, dass sie sich grundlos sorgt.«

Daisy krümmte ihre Zehen so fest, dass ihre Füße schmerzten. Es entging ihr nicht, dass er der Bitte ihrer Mutter nicht nachkam. Stattdessen stürzte sich die ansonsten so stille Marchioness in einen Wirbel von Fragen und Kommentaren, wie sie es immer in Aurics Nähe tat. Für ihn fand ihre Mutter irgendwie die Kraft, wieder zu der lebhaften Frau zu werden, die sie früher einmal gewesen war.

Verlegen blies sich Daisy eine Haarsträhne aus der Stirn, die ihr über ein Auge gefallen war, und wich Aurics Blick aus, auch wenn es schwierig war, einen so auffälligen Mann zu ignorieren. Mit seinen aufmerksamen eisblauen Augen konnte er den gesamten Raum mit einem einzigen Blick beherrschen. Sie hatte vorher noch nie die maskuline Perfektion zu schätzen gewusst, die er ausstrahlte, die …

»… müssen mit Daisy tanzen.«

Zwei Augenpaare richteten sich auf Daisy. Ihre Mutter runzelte die Stirn, forderte sie mit einem Blick auf, etwas zu sagen, und Auric wirkte viel zu amüsiert von den Worten ihrer Mutter. »Das ist nicht nötig. Ich bin mir sicher, der Herzog ist schon für alle Tänze vergeben.« Alle Tänze. Hier gab es schließlich ein wahres Meer von eleganten, perfekt blonden englischen Frauen, die auf einen Herzog hofften.

Ihre Mutter funkelte sie an. »Natürlich wird er mit dir tanzen. Stimmt das nicht, Auric?«

Er zögerte. »Es wäre mir eine Freude.« Da er, wenn schon nichts anderes, so doch immerhin höflich war, griff er nach Daisys Tanzkarte.

Daisy entriss sie ihm und presste sie an ihre Brust. »Was machst du da?« Sie hatte die kurze, fast unmerkbare Pause durchaus wahrgenommen, die der Bitte ihrer Mutter gefolgt war.

Er erstarrte.

Seit Lionels Tod war Daisy eine junge Dame, die von der Gesellschaft bemitleidet wurde. Nun, sie hatte genug von diesem Mitleid. Sie würde nicht mit Auric tanzen, nur weil er sich dazu verpflichtet fühlte oder weil ihre Mutter ihn dazu gezwungen hatte.

»Daisy!« Ihre Mutter starrte sie mit mehr Aufmerksamkeit an, als sie in den letzten Wochen gezeigt hatte.

Daisy reckte trotzig das Kinn. Und sie wollte auch keinen weiteren von Aurics verbindlichen Tänzen. Sie tanzte liebend gerne, doch sie hatte genug von diesen höflichen Menuetten und Ländlern mit ihm.

Mit derselben ruhigen Entschlossenheit, die er schon als junger Mann besessen hatte, griff Auric wieder nach ihrem Handgelenk. »Ich werde mich auf deiner Karte eintragen.«

Daisy presste sie weiter gegen ihre Brust. Sie wollte ihn, aber nicht so. Nicht, nur weil ihre Mutter ihn darum gebeten hatte, ein mitleidiger Gefallen von einem großmütigen Herzog. Sein Blick blieb an der verdammten Karte hängen, und etwas Hitziges blitzte in seinen Augen auf. Für einen kurzen Moment bildete sie sich ein, er hätte ihren Busen bemerkt, was zum einen albern war, weil Auric nichts an ihr bemerkte, und zum anderen beschämend, wenn sie sich vorstellte, dass er sie tatsächlich dort anstarrte. Peinlich auffällige Fleischberge. Das waren sie, mehr nicht. Sie wünschte sich wirklich, sie hätte eine schmale Taille und einen kleinen Busen. Nicht die wohlgerundete Figur, die niemals den Ansprüchen der guten Gesellschaft gerecht werden würde.

Schließlich beendete die Marchioness die Auseinandersetzung zwischen ihnen genau auf die Art, wie sie es immer getan hatte, als sie noch streitende Kinder gewesen waren. Unweigerlich war Auric immer im Recht. »Sei nicht albern, Daisy«, wies ihre Mutter sie zurecht, fasste sie am Handgelenk und zog es zu Auric.

Daisys Puls fing an zu hämmern, als seine Finger über ihre empfindliche Haut strichen. Eine Berührung sollte nicht dieses elektrisierende Gefühl hervorrufen, die Sorte, die … Sie biss sich auf die Innenseite ihrer Wange, während Auric seinen Blick über die Karte wandern ließ.

Die leere Karte. Vollkommen frei von Tanzpartnern. Wie unglaublich erniedrigend. Sie wollte, dass der Boden des Ballsaals sich auftat und sie und ihre mitleiderregende Karte an ihrem Handgelenk verschluckte. Oder wenigstens die Karte.

Er ließ sich nicht anmerken, ob er den Mangel an Partnern registriert hatte, schrieb sich für einen Tanz ein – wie er es manchmal tat – und verbeugte sich dann respektvoll – wie er es immer tat. »Wenn Sie mich jetzt entschuldigen wollen. Lady Roxbury, wie immer ein Vergnügen. Lady Daisy«, murmelte er, und sein tiefer Bariton umhüllte sie wie warmer Samt.

Als er sich entfernte, spielte sie nervös mit der Karte an ihrem Handgelenk.

»Wie konntest du so unhöflich zu Auric sein, Daisy?«, schalt ihre Mutter sie. »Er ist so ein guter Freund der Familie.«

Er war ein guter Freund gewesen. Jetzt war er mehr ein höflicher Gentleman, der sie und ihre traurige Mutter häufig besuchte.

Dann drehte sich ihre Mutter uncharakteristisch energiegeladen um und kehrte an den Platz zurück, den sie vorher auf der anderen Seite des Ballsaals innegehabt hatte. Was sie geflissentlich ignorierte, war, dass Auric gezwungen gewesen war, Daisys Tanzpartner zu werden. Nichts anderes als das Drängen ihrer Mutter und sein verflixtes Pflichtgefühl hatte ihn dazu gebracht.

Abwesend warf Daisy einen Blick auf ihre Karte – und ihr Herz setzte einen Schlag aus. Ein Walzer. Ihr Blick zuckte nach oben und durch den überfüllten Saal, bis sie ihn im Gespräch mit einer weiteren goldhaarigen, bekanntermaßen heiratswilligen Miss und ihrer Mama entdeckte. Sie sah an der jungen Frau vorbei.

Wenn Auric den Kontakt mit Daisy hätte vermeiden wollen, hätte er sich für eine Quadrille oder einen Ländler eintragen können. Hatte er aber nicht. Er hatte sich für einen Walzer eingetragen. Ein Walzer, wo er es doch vorher noch nie über sich gebracht hatte, sie bei diesem intimen, immer noch leicht skandalumwitterten Tanz als Partnerin zu wählen.

Ein kleines Lächeln spielte um ihre Lippen, als sie sich wieder auf ihren Sitzplatz begab. Wenn er den Walzer schon ohne die Hilfe des Herzanhängers gewählt hatte, würde der Duke of Crawford keine Chance haben, wenn das Schmuckstück erst einmal an ihrem Hals hing.

Beschwingt setzte sich Daisy hin und tippte mit ihrem Fuß zum Rhythmus des lebhaften Ländlers auf den Boden. Sosehr sie auch die Menschenmassen von London und die geistlosen Amüsements von Bällen und Abendgesellschaften verabscheute, sie liebte es, zu tanzen.

Es war wirklich schade, dass sie nicht häufiger Gelegenheit erhielt, die komplexe Schrittfolge der Quadrille oder die atemberaubenden Drehungen des Walzers zu üben. Sie würde sogar mit einem altmodischen Menuett vorliebnehmen. Und sie würde nicht mal besonders wählerisch sein, was ihren Partner anging. Sie runzelte wieder die Stirn und hielt unter den Tänzern nach Auric Ausschau. Immer vorausgesetzt, dass der Gentleman nicht von ihrer hartnäckigen Mutter gezwungen worden war.

Ihr Stirnrunzeln vertiefte sich. Auric bewegte sich mit eleganten Bewegungen durch den Tanz. Seine Partnerin war niemand anders als Lady Leticia, goldhaarig und liebreizend von außen, aber innerlich alles andere als das. Sie war kaltherzig und fürchterlich boshaft. Daisy krallte die Finger um die Sitzfläche ihres Stuhls. Er verdiente mehr als eine solche gefühlsleere Verbindung.

Was, wenn sie nicht gefühlsleer ist? Was, wenn er dasselbe schmerzhafte Verlangen für Lady Leticia verspürt wie ich für …?

»Daisy Meadows, die Blume unter den Mädchen.«

Ein kleiner Aufschrei entwich ihr, und die Gäste um sie herum schauten sie verwundert an. Sie errötete und kam auf die Füße, wobei sie sich eine Hand auf ihr schnell schlagendes Herz presste. Unwillkürlich spielte ein Lächeln um ihre Lippen. »Marcus«, begrüßte sie ihn freundlich.

Lord Wessex und Auric waren beide enge und loyale Freunde ihres Bruders gewesen und würden deshalb immer einen speziellen Platz in ihrem Herzen einnehmen. Sie ignorierte das entrüstete Aufkeuchen des einsamen Mauerblümchens, das wenige Plätze weiter saß.

Daisy und Marcus und Auric, sie drei verband etwas, das die gute Gesellschaft niemals wirklich verstehen würde. Ihre Beziehung war zementiert worden durch das unglückliche Band, das sie jetzt miteinander teilten, den Verlust ihres Freundes, ihres Bruders.

Marcus, Viscount Wessex, beugte sich über ihre Hand. »Hallo, Daisy.«

Während Auric in den vergangenen Jahren immer wieder zu ihr nach Hause gekommen war, hatte sich der Viscount kaum blicken lassen. Dem Klatsch nach war Marcus lange ein skrupelloser Lebemann gewesen, der sich nur für sein eigenes Vergnügen interessierte und für das kleine Mädchen, das früher um ihn herumgesprungen war, ganz sicher keine Zeit mehr hatte.

»Guten Abend, Mylord.«

»Meine Güte, wie formell du bist.« Er zog eine blonde Augenbraue hoch. »Muss ich damit rechnen, dass du gleich anfängst, darüber zu sprechen, welch angenehmes Wetter wir haben?«

Sie senkte den Kopf und setzte ihre beste Gesellschaftsmiene auf. »Was für ein wunderbares Frühlingswetter wir momentan genießen dürfen, finden Sie nicht, Mylord?« Genau da erzitterte das elegante Stadthaus unter einem lauten Donnerschlag, als wollte der Himmel ihrem Humor Tribut zollen.

Er lachte leise. »In der Tat.« Dann betrachtete er sie von oben bis unten. »Du siehst wie immer wunderschön aus.«

Sie schnaubte. »Es scheint, du bist zu einem dieser höflichen Gentlemen geworden, die mit Komplimenten um sich werfen.«

Sein Grinsen wurde breiter, aber dann trat plötzlich Ernsthaftigkeit an die Stelle seines vorherigen Amüsements. »Wie geht es dir, Daisy?« Er musterte sie eindringlich.

Sie zwang sich zu einem Lächeln. »Es geht mir gut.«

Marcus räusperte sich. »Ich hätte zu Besuch kommen sollen.«

Sie wischte seine Bemerkung mit einer Handbewegung beiseite. »Das ist schon in Ordnung.« Viele Jahre lang war es das nicht gewesen. Doch schließlich hatte sie gelernt, wieder zu lachen, auch ohne die Hilfe von denen, die Lionel wichtig gewesen waren.

Er schüttelte den Kopf. »Ist es nicht.«

Es schien ihnen beiden zur selben Zeit aufzufallen, dass er immer noch ihre Hand hielt. Daisy zog ihre Finger abrupt zurück. Auch wenn sie kaum im Mittelpunkt des Interesses stand, wäre es dennoch nicht passend, wenn man sehen würde, wie sie zu lange die Hand eines Gentlemans fasste, selbst wenn es nur Marcus war. Die gute Gesellschaft kümmerte es nicht, wie lange eine Dame einen Gentleman kannte oder wie eng die Verbindung zwischen den Familien war, sondern nur der köstliche Tratsch, den sie daraus spinnen konnten. Sie strich sich mit den Händen über den Rock und wandte ihre Aufmerksamkeit wieder dem Ballsaal zu.

»Hast du mich gerade abblitzen lassen, Daisy?«, erkundigte er sich gedehnt, und plötzlich war der ernsthafte junge Mann verschwunden, und an seiner Stelle befand sich der berüchtigte Lebemann.

»Äh … Nein.« Auch wenn sie erkannte, dass es so gewirkt haben mochte.

Marcus stand dicht neben ihr und verschränkte sehr langsam und bewusst die Arme vor der Brust.

Sie warf ihm von der Seite einen Blick zu. Seine Augen waren weiterhin auf den vollen Ballsaal gerichtet. »Was machst du?«

Seine Lippen verzogen sich zu einem Grinsen. »Ich versuche herauszufinden, wem genau deine Aufmerksamkeit gilt.«

Hitze brannte in ihren Wangen, und sie schaute rasch wieder zurück auf die Tanzfläche.

»Ah, du willst es mir nicht erzählen?«

Nein, das würde sie nicht. Sie presste die Lippen zu einer entschlossenen Linie zusammen. Sie würde sich eher jede Haarsträhne einzeln ausreißen, als vor ihm, Auric oder irgendjemand anderem zuzugeben, dass der einzige Gentleman, nach dessen Aufmerksamkeit sie sich sehnte, der Duke of Crawford war.

»Ich vermute, das heißt Nein«, murmelte Marcus.

Sie nickte entschlossen. »Sehr richtig.«

»Was bedeutet«, ließ er nicht locker, »dass es einen bestimmten Gentleman gibt, der deine Aufmerksamkeit erregt hat.«

Sie verdrehte die Augen. »Das habe ich nicht gesagt, Marcus.« Was Klatsch anging, war er fast noch schlimmer als Lady Jersey.

»Das musstest du auch gar nicht.«

Das Geplänkel, das Necken und der brüderliche Unterton, der in seinen Worten mitklang, ähnelten so sehr ihrem Umgang mit Lionel, dass ihr Herz schmerzte. Für einen Moment vergaß sie, dass sie die Wahrheit vor ihm verbergen wollte, vergaß, dass sie sich in einen Gentleman verliebt hatte, der nicht einmal mehr zu wissen schien, dass sie auch nur existierte.

Marcus' nächste Worte brachten sie zurück ins Hier und Jetzt. »Wer ist es, Daisy?«

Die Musik erreichte ein lebhaftes Crescendo, und in dem Stampfen der Füße und Klatschen der Hände drohten seine Worte unterzugehen. Sie legte eine Hand um ihr Ohr. »Was hast du gesagt?« Sie schüttelte den Kopf. »Ich konnte dich nicht verstehen«, formte sie lautlos mit den Lippen.

Er legte die Hände um seinen Mund. »Ich habe gesagt …«

Gerade als es schien, als würde er seine Vermutungen durch den ganzen Ballsaal schreien wollen, warnte sie ihn lautlos: »Wage es nicht.«

Marcus blinzelte in vorgetäuschter Unschuld. »Aber du hast mir doch gerade bedeutet, du hättest nicht verstanden …«

Sie schlug mit ihrer Tanzkarte nach ihm. »Oh, sei still. Du weißt genau, dass ich nur so getan habe.«

Sie lächelten beide. Ein kameradschaftliches Schweigen entstand zwischen ihnen, während sie sich im Ballsaal umblickten. »Du wirst es mir also nicht sagen.« Aus dem Augenwinkel erkannte sie, wie er entschlossen das Kinn reckte. »Nun gut. Dann muss ich wohl raten«, fuhr er fort.

Obwohl er ein guter Freund ihres verstorbenen Bruders gewesen war, hatte sie nie ein wirklich enges Verhältnis zu Marcus gehabt – anders als bei Auric, der ihr, selbst wenn er sie als lästig empfunden hatte, das jedenfalls niemals zu verstehen gegeben hatte. Wenn er es getan hätte, hätte sie ihn in all den Jahren vielleicht nicht so gern gemocht. »Ist er heute Abend da?«

Unwillkürlich wanderte ihr Blick zu Auric. Seine große Hand war mit der von Lady Leticia verschränkt. Sie waren ein wirklich bemerkenswertes Paar. »Hmm?« Erbittert über das perfekte Bild biss sie die Zähne zusammen. Es war absolut nichts Molliges oder Sommersprossiges an Lady Leticia.

»Daisy?«

Sie zuckte zusammen, als Marcus sie leicht anstieß, und schüttelte den Kopf. »Das werde ich dir nicht sagen.«

Er seufzte. »Dann zwingst du mich, die Identität des unwürdigen Idioten zu raten.«

Daisy verbiss sich ein Lächeln. »Es wäre mir lieber, wenn du keine Mühe darauf verschwenden würdest, die Identität des … Gentlemans zu erfahren.«

Marcus nahm sein Kinn zwischen Daumen und Zeigefinger. »Hm, dann beantworte mir das: Ist er ein guter Mann? Denn ich werde es nicht dulden, dass du die Aufmerksamkeit eines Schurken, wie ich es bin, erregst.«

Sie hatte niemandes Aufmerksamkeit erregt, und ganz sicherlich nicht die des Gentlemans, den sie sich wünschte. »Er ist ehrenhaft«, erklärte sie leise.

»Also gut. Dann tappe ich weiter im Dunkeln.«

»Tja, ich dachte, so weit waren wir eben schon«, bemerkte sie trocken.

»Hmpf«, murmelte er.

Sie biss sich auf die Innenseite ihrer Wange, um sich daran zu hindern, zu lächeln, und weigerte sich, ihm nachzugeben. Sie hätte ihre rechte Hand darauf verwettet, dass er die Identität des Gentlemans niemals erraten würde.

Doch so lästig Marcus jetzt auch war, es fühlte sich dennoch sehr nett an, geneckt zu werden. Zu lange hatten sowohl die Dienerschaft als auch die gute Gesellschaft sie mit Samthandschuhen angefasst und nur im Flüsterton und voller Mitleid über sie gesprochen. Lady Daisy Meadows, die arme junge Frau, deren Familie durch den Verlust von Lionel und dann den ihres Vaters zerstört worden war.

Das Spiel des Orchesters kam zu einem Ende, und die Tänzer applaudierten. Die Geigen hoben zu den ersten Tönen des nächsten Stückes an.

Marcus hielt ihr den Ellbogen hin.

Sie betrachtete ihn misstrauisch. »Was tust du?«

»Mit dir tanzen.«

Sie verschränkte die Arme und machte einen Schritt zurück. »Bittest du mich, oder befiehlst du es mir?«

Er beugte sich zu ihr und zog wieder eine Augenbraue hoch. »Hab Mitleid, Daisy. Wie soll ich sonst die Identität des Gentlemans herausfinden, für den du dich interessierst, wenn ich nicht ein wenig nachforschen darf?«

Ein ersticktes Lachen kam über ihre Lippen. »Nun, also dann, im Namen der Recherche, vermute ich, kann ich dir diesen Tanz zugestehen.« Sie legte ihre Fingerspitzen auf seinen Ärmel und erlaubte ihm, sie zur Tanzfläche zu führen.

Er manövrierte sie geschickt durch die Menge. »Lord Darbyshire?«, flüsterte er ihr ins Ohr.

Sie sah sich um. »Wo?«

»Ist es Lord Darbyshire, für den du dich interessierst?«

Sie kniff ihn in den Arm. »Lord Darbyshire ist mindestens sechzig.«

»Auch ältere Gentlemen suchen eine freundliche Lady.«

»Idealerweise eine freundliche Lady, die ihnen im Alter nähersteht«, erwiderte sie trocken.

Sie nahmen ihren Platz neben den anderen Paaren auf der Tanzfläche ein. Sie machte mit der Reihe von Damen einen Knicks. Er verbeugte sich. Sie gingen in der Mitte zwischen den Paaren entlang. »Dann also Lord Willoughby?«

Sie wechselten die Partner. Daisy schüttelte leicht den Kopf und schritt weiter durch die Quadrille, bis sie und Marcus wieder zusammengeführt wurden. Sie hoben ihre Hände und begannen die nächste Figur des Tanzes. »Ich vermute, ein Walzer wäre praktischer, um dein Geheimnis zu lüften«, bemerkte er leise.

»Du hättest dir eine bessere Strategie zurechtlegen sollen, bevor du übereilt die Quadrille gewählt hast.« Sie lachte und erntete damit böse Blicke von den anderen Tänzern. »Wir fallen unliebsam auf, Mylord.«

Er zwinkerte ihr zu. »Was nur bedeutet, dass es in deinem eigenen Interesse liegt, mir den Namen deines Verehrers zu verraten.«

Ihre Belustigung verging. Sie hatte etwa dieselben Chancen, Auric ihren Verehrer zu nennen, wie Favoritin der Königin zu werden. Beides war in etwa so wahrscheinlich wie ein Regenbogen ohne Regen. »Ich habe keinen Verehrer«, murmelte sie.

Der Tanz trennte sie wieder.

Als die Schritte sie erneut zusammenführten, nahm Marcus ihre Hand und wirbelte Daisy vorsichtig herum. »Du weißt, dass du mir kaum eine andere Möglichkeit lässt, als Auric hinzuzuziehen, um das Rätsel zu lüften.«

Daisy stolperte.

Marcus' neckendes Grinsen verschwand, und er half ihr, die Balance zu halten.

»Tut mir leid«, sagte sie hastig, froh, als der Tanz sie wieder voneinander trennte.

Sie blickte sich suchend nach Auric um und entdeckte ihn am anderen Ende des Ballsaals, wo er jetzt stand, ein Champagnerglas lässig zwischen den eleganten Fingern. Mit fast mildem Interesse schaute er in den Ballsaal. Sie runzelte die Stirn. Nein, sie durfte auf keinen Fall zulassen, dass Marcus herausfand, dass sie etwas so Dummes getan hatte, wie sich in den unerreichbaren Herzog zu verlieben.

Die Schritte des Tanzes brachten sie ein weiteres Mal mit Marcus zusammen. Das Funkeln in seinen blauen Augen war verschwunden. Ihr Magen verkrampfte sich, als sie sich für die Erkenntnis in seinem intelligenten Blick wappnete.

»Du weißt, dass ich dich nur ärgern wollte. Ich würde niemals Crawfords langweilige Hilfe in Anspruch nehmen.«

Die Spannung verließ ihren Körper, und ein fast euphorisches Gefühl der Erleichterung durchströmte sie. »Oh, ist er langweilig?« Dem Himmel sei Dank, Marcus hatte sie nicht durchschaut.

Marcus' Antwort kam automatisch. »Natürlich. Extrem langweilig, und es ist nur noch schlimmer geworden, seit er Herzog ist.«

Sie bewegte sich anmutig durch die Rundschritte der Quadrille.

Aurics Eltern waren vor einigen Jahren bei einem tragischen Kutschenunglück ums Leben gekommen. Nicht sehr lange nach Lionels Tod. Schmerz drückte ihr das Herz ab. Selbstsüchtig in ihrem eigenen Kummer gefangen, hatte sie nicht wirklich darüber nachgedacht, welch großes Leid er in so kurzer Zeit erfahren hatte. Sie sah sich wieder nach ihm um und stolperte erneut.

Sein distanzierter Blick glitt über ihre unelegante Bewegung, Marcus' schnelle Rettung, und dann wanderte er weiter über die Tanzfläche, und er vergaß sie sofort wieder.

Er war nicht immer so herzoglich gewesen. Nicht ihr gegenüber. Niemals ihr gegenüber. Sie wollte ihn wieder so, wie sie sich an ihn erinnerte, und sie war bereit, für diesen Mann zu kämpfen. Ob er das wollte oder nicht.

Kapitel 4

Daisy hatte fast den ganzen Abend im hinteren Mittelteil des großen Ballsaals gesessen und wieder einmal Mauerblümchen gespielt. Welche Gastgeberin sorgte für eine ordentliche Reihe Stühle genau in diesem Bereich, sodass alle die armen Geschöpfe anstarren konnten? Von denen es an diesem Abend hauptsächlich eines gab. Jemand, der Auric ziemlich wichtig war.

Er hatte den Abend damit verbracht, sie zu beobachten, und war dabei immer wütender geworden, als ihm klar wurde, dass Daisy tatsächlich eines dieser armen, bemitleidenswerten Wesen war. Wie konnte ihm das bisher entgangen sein? Vielleicht weil er sie nicht als junge Dame auf der Suche nach einem Ehemann gesehen hatte, sondern vielmehr als kleines Mädchen, das über die Ländereien ihres Familienanwesens rannte.

Jetzt studierte er sie aus völlig anderen Gründen.

Er verfolgte, wie sie anmutig ihre Schritte ausführte, während Marcus – sein einziger verbliebener Freund auf dieser Welt – sie durch eine Quadrille führte. In diesem Moment berührte Wessex Daisy am Rücken und flüsterte ihr etwas ins Ohr. Röte überzog ihre Wangen, und sie stolperte.

Auric verengte die Augen. Ein dunkelroter Schleier legte sich über sein Blickfeld. Er blinzelte ihn zurück. Wessex würde es nicht wagen, die Erinnerung an Lionel zu verraten, indem er seinen weltmännischen Charme an Daisy ausprobierte. Nicht dass sein Ärger über Marcus von irgendetwas anderem herstammte als dem Ehren von Lionels Andenken. Die blinde Wut hatte nichts mit der Lady zu tun. Absolut gar nichts.

Auric sah ihnen weiter zu, wie sie gemessen im Kreis umeinander herumschritten. Musste der Mann ihre Taille auf diese Art berühren? Sie war schließlich keines der amourösen Abenteuer des Viscounts.

Aurics Finger zuckten in dem plötzlichen Bedürfnis, den anderen Mann zu schlagen, und um sich davon abzuhalten, trommelte er mit den Fingerspitzen auf seinen Oberschenkel, während er sie ganz objektiv musterte, so wie die närrischen jungen Gentlemen, die ihr die Rolle des Mauerblümchens aufgezwungen hatten.

Da waren ihre braunen Locken und die vielen Sommersprossen. Es war schwierig, die Lady zu betrachten und diese sehr ungewöhnlichen Dinge nicht zu bemerken, die sie von allen anderen jungen Damen unterschieden. Doch er zwang sich, die Locken und die Sommersprossen zu ignorieren – und jetzt weiteten sich seine Augen, und er verbiss sich einen Fluch.

Daisy Meadows war von einem lästigen Kind zu einer begehrenswerten jungen Frau herangewachsen. Ganz anders als die schlanken, fragilen, goldenen Geschöpfe, die er normalerweise bevorzugte, hatte sie dichte braune Locken, die im Kerzenlicht schimmerten. Ihr herzförmiges Gesicht würde niemals als konventionell schön gelten, aber dennoch, ihre großen braunen Augen und fein gezeichneten Lippen waren genug, um einen Mann von jeder Menge Dinge träumen zu lassen, die diese Lippen tun könnten. Glühend heiß durchfuhr es ihn, als ihm bewusst wurde, in welche Richtung seine Gedanken sich bewegten.

In dem Moment ertönte Donner, und die Wände des Ballsaals erbebten. So wollte ihm der Himmel vermutlich mitteilen, dass er am Ende seiner Tage in der Hölle landen würde, wenn er Daisy Meadows begehrte. Nicht dass er sie begehrte, denn er besaß noch genug Verstand, genug Ehre, um Daisy nicht lüstern zu mustern. Jedenfalls nicht lüsterner, als er das ohnehin schon tat. Er hatte nur ihre atemberaubende Figur bemerkt, wie das jeder andere Gentleman auch tun konnte. Wie zum Beispiel Wessex. Er wandte seine Aufmerksamkeit wieder dem charmanten Viscount zu.

Sein Freund hingegen war weniger diskret, was seine Bewunderung anging. Auric funkelte ihn wütend an, während Wessex' Blick viel zu lange auf Daisys beeindruckendem Dekolleté verweilte. Bei Gott, der Mann musste doch über so viel Vernunft verfügen, dass er sich nicht nach Lionels Schwester verzehrte. Auric leerte sein Champagnerglas und stellte es auf ein von einem Lakaien vorbeigetragenes Tablett.

Diese lähmende Wut, die in ihm brodelte, stammte nur von dem Verlangen, Daisy vor Schmerz zu bewahren. Das war alles. Eine ganz typische Reaktion. Sie würde natürlich niemals romantische Gefühle gegenüber Wessex hegen. Allein der Gedanke war genauso albern wie die Vorstellung, dass sie ein *tendre* für Auric selbst entwickeln könnte.

Seine Augen folgten dem Paar weiter. Genau jetzt sagte der Mann, der Matronen ebenso mühelos wie junge Damen mit seinem Charme bezirzen konnte, etwas zu Daisy, das sie extrem lustig zu finden schien. Ihr Gelächter trug ihr die missbilligenden Blicke von ein paar älteren Damen ein.

Auric schnappte überrascht nach Luft, als sie sich für einen Moment von jemand nicht weiter Bemerkenswertem in jemand wirklich Faszinierenden verwandelte. Ihre Hüften waren breit, ihre Taille schlank, ihre Brüste … Er blinzelte. Zweimal. Das zweifache Blinzeln, das ihr, hätte sie ihn angesehen, deutlich gemacht hätte, dass er ihrer unverzüglichen Hilfe bedurfte. Und vielleicht war es so. Denn es stand ihm wirklich nicht zu, Daisy Meadows' üppige Brüste wahrzunehmen.

Meine Güte, sie war zu einer Frau herangewachsen, die einen Ehemann brauchte. Mit derselben methodischen Präzision, die er auf alle Aspekte seines Lebens anwandte, richtete Auric seine Aufmerksamkeit zurück auf den überfüllten Ballsaal und betrachtete die versammelten Gentlemen. Nach ihren eigenen Worten heute Morgen suchte die Dame … ihm schauderte … Romantik. Er widerstand dem Drang, an seinem plötzlich zu engen Halstuch zu zerren, da ihm der Gedanke, dass Daisy eine romantische Lady auf der Suche nach Liebe war, ganz und gar nicht gefallen wollte.

Wer von den Anwesenden hätte wohl Lionels Billigung gefunden? So wie der Mann seine jüngere Schwester angebetet hatte, lautete die offensichtliche Antwort: niemand. Als Daisys Beschützer und großer Bruder hätte Lionel fast jeden der Gentlemen hier abgelehnt.

Unruhe machte sich in Aurics Brust breit. Er wollte diese Verantwortung nicht. Die Aufgabe war zu groß. Über das Risiko, zu versagen, wollte er gar nicht nachdenken. Am Rande bemerkte er, dass das Orchester die lebhafte Quadrille beendete.

Nur dass er Lionel wenigstens das schuldete. Die Details der Nacht blieben hinter einem schwarzen Schleier verborgen. Er konnte die Erinnerungen nicht in eine Ordnung bringen, sondern es war eine zusammenhanglose Ansammlung von Erfahrungen, die ein anderer gemacht zu haben schien.

Er und Lionel, die sich sonst nie gestritten hatten, hatten genau das getan – doch über was? Auric hatte den anderen Mann eingeladen, ihn zu seinem Club zu begleiten, Auric hatte der Frau Geld gegeben, die mit Lionel in einen anderen Raum gegangen war, aber es war Lionel gewesen, der letztendlich bezahlt hatte – mit seinem Leben.

Er presste die Lider zusammen, während eine übelkeiterregende Welle von Schwindel ihn ergriff.

Das Orchester spielte die Eingangsakkorde eines Walzers. Er zwang sich, die Augen zu öffnen, und dort, auf der anderen Seite der Tanzfläche, wo sich jetzt die Paare versammelten, traf sein Blick auf Daisys, die immer noch neben derselben Säule stand. Nur war sie jetzt nicht allein. Sie war zusammen mit Wessex. Der Mann war ihr all die Jahre eher ein Bruder als etwas anderes gewesen, hatte sie stets wie eine lästige jüngere Schwester behandelt.

Beim Anblick von Daisys einladendem Lächeln, das jetzt einem anderen Mann galt, presste sich Auric merkwürdig die Brust zusammen. Er schnaubte. Warum sollte es wichtig sein, dass sie mit Wessex zusammenstand? Die Anwesenheit des Viscounts enthob ihn der Verantwortung. Nur dass da so gar nichts Brüderliches in Wessex' Aufmerksamkeit war, und als ihm die Wahrheit dieser Aussage aufging, regte sich Ärger in Auric.

Entschlossen durchschritt er den Ballsaal, vorbei an heiratswütigen jungen Damen und ihren hoffnungsvollen Mamas. Er blieb vor Daisy und Wessex stehen. »Wessex«, sagte er träge in dem gelangweilten Ton, den er schon als Junge, der gewusst hatte, dass er einmal die Rolle eines Herzogs würde ausfüllen müssen, perfektioniert hatte. Er ignorierte, wie sein Freund die Augen zusammenkniff, und wandte seine Aufmerksamkeit der jungen Dame an seinem Arm zu. »Guten Abend, Daisy.«

Sie runzelte die Stirn. »Guten Abend, Euer Gnaden.«

Sie runzelte die Stirn, wo sie mit Wessex doch gelächelt und gelacht hatte, was nur wichtig war, weil sie Lionels Schwester war. Er hielt ihr den Arm hin. »Ich glaube, das ist mein Tanz.«

Daisy zögerte einen Moment und legte dann ihre Fingerspitzen auf seinen Ärmel.

Wessex verbeugte sich. »Ich wünsche dir einen angenehmen Abend, holde Blume.« Bei dem Kosenamen biss Auric die Zähne zusammen. Mit einem Zwinkern verabschiedete sich der Viscount.

Ohne den anderen eines Blickes zu würdigen, führte Auric Daisy auf die Tanzfläche. Freund hin oder her, Wessex konnte der jungen Dame in der Öffentlichkeit nicht einfach zuzwinkern.

»O Auric, es ist doch nur Marcus«, teilte sie ihm mit, als würde sie einem kleinen, ein wenig begriffsstutzigen Kind etwas erklären.

»Ich habe gar nichts gesagt.«

Sie lächelte wieder. »Das musstest du auch nicht.« Sie zwinkerte ihm zu. Einmal.

Du musst einmal blinzeln, wenn du dich gut amüsierst … Sein Herz schlug plötzlich schneller. Direkt nach dieser verdammten Leichtigkeit in seiner Brust folgte eine Welle der Verärgerung über sich selbst.

»Könntest du etwas langsamer gehen?«, murmelte Daisy.

Es tat ihm sofort leid, und er passte seine Schritte ihren an und führte sie zum Rand der Tanzfläche. Sie nahmen ihre Plätze unter den anderen Paaren ein.

»Also ist es Wessex?«, erkundigte er sich, während er ihre Hand auf seine Schulter und seine an ihre Taille legte. Die Musik setzte ein.

Eine leichte Röte breitete sich über ihre sommersprossigen Wangen. »Also ist Wessex was?«

Ein Muskel an seinem Mundwinkel zuckte. Errötete sie, weil ihm ihr Interesse an Lord Wessex aufgefallen war? »Sag mir nicht, dass du dich romantischen Träumen bezüglich einer Liebesheirat mit Wessex hingibst?«

Ein Lachen kam über ihre vollen, schön geschwungenen Lippen. »Ich wüsste nicht, was dich das angeht, Auric.«

Er zog eine Augenbraue hoch. »Alles, was du tust, geht mich etwas an, Daisy.« Er hatte diesen Schwur über Lionels Leichnam getan.

Sie lachte schnaubend. »Meine Güte, ich nehme all deine herzogliche Arroganz für bare Münze, wenn du das ernst meinst.«

Aber das hier war eben Daisy, und sie war nie besonders beeindruckt von seinem Rang als Marquis gewesen oder der Aussicht, dass er später Herzog werden würde.

Sie tätschelte ihm den Arm. »Ich versichere dir – genau wie ich es Lord Wessex versichert habe –, dass ich keine weitere Mutter brauche.«

Er sagte sich, dass seine plötzliche Erleichterung mehr damit zu tun hatte, dass Wessex offensichtlich auch die ehrenhafte Absicht hatte, sich um sie zu kümmern, und doch, warum fühlte sich das wie eine Lüge an?

»Was, wenn ich dir sagen würde, dass es so ist, weil du mir wichtig bist, Daisy?«

* * *

Was, wenn ich dir sagen würde, dass es so ist, weil du mir wichtig bist …

Daisys Herz schlug schneller bei der Frage, die mehr ein Eingeständnis als alles andere war. Wenn sie ehrlich sein sollte, wäre ihre Antwort: »Ich warte schon ewig darauf, dass du mich wahrnimmst …«

Nur dass seine Worte nicht von einem Mann kamen, der eine Frau liebte. Er liebte sie nicht. Nicht auf die Art und Weise, wie sie es sich verzweifelt wünschte. Sie wusste, dass sie ihm wichtig war. Er würde vermutlich sein Leben geben, um sie zu beschützen, wegen der Freundschaft ihrer Familien. Aber sie wollte mehr von ihm als das.

Er übte leichten Druck auf ihre Taille aus, und Wärme strömte von seiner Hand durch sie. Sie war sich seiner Nähe überdeutlich bewusst.

Daisy befeuchtete sich die Lippen und suchte nach einer passenden Antwort. »Ich würde Danke sagen«, erwiderte sie schlicht. Denn auch wenn sie ihm nicht so wichtig war, wie sie es sich wünschte, war es doch so, dass er sich an ihre Existenz erinnerte, die ihre eigene Mutter nur zu oft zu vergessen schien.

Aurics Blick glitt über ihr Gesicht. »Du bist mir wichtig, Daisy. Ich habe mich in den letzten vier Wochen nicht genug um dich gekümmert.« Drei Wochen und sechs Tage.

Die Wärme von eben verschwand. Sie war nie mehr als eine Verpflichtung für ihn gewesen.

Sie reckte das Kinn. »Ich weiß es zu schätzen, dass du meine Mutter besuchst«, begann sie, und das stimmte. Seine Anwesenheit, wenn auch nur aus Pflichtgefühl geboren, bereitete der trauernden Marchioness viel Freude. »Du hast noch viele weitere Aufgaben, die über meine Familie hinausgehen.« Sie schluckte krampfhaft. »Bei deinen Bemühungen, Lionels Andenken gerecht zu werden, darfst du nicht vergessen, dass du zuerst dein eigenes Leben leben musst.« Und das war das einzige Vergehen, dessen er sich in den Wochen, in denen er Lady Anne umworben und sich dazu entschlossen hatte, eine Herzogin zu finden, schuldig gemacht hatte.

Nun, das und der Umstand, dass er ihr das Herz gebrochen hatte.

Die starken Muskeln seines Arms zuckten unter ihren Fingern, verrieten ihr die Anspannung in seinem Körper. Aber es entging ihrer Aufmerksamkeit nicht, dass er ihren Worten nicht widersprach.

Ihr Blick wanderte zu den Tänzern um sie herum und blieb an der lächelnden Lady Stanhope und ihrem Ehemann hängen. Der große blonde Gentleman flüsterte seiner Frau etwas ins Ohr, woraufhin sie errötete. Selbst über den Klang des Orchesters und das Murmeln der Unterhaltungen im Ballsaal hinweg hörte sie das heisere Lachen der Frau, zusammen mit dem dunkleren des Earls.

Neid machte sich in ihrer Brust breit. Das war es, was sie sich für sich selbst ersehnte, und doch, wenn sie die andere Frau in ihrer goldenen Schönheit betrachtete, die so freundlich und nett und warm war, war es wirklich ein Wunder, dass Auric sie als Herzogin hatte haben wollen?

Auric folgte ihrem Blick.

»Sie ist wunderschön«, murmelte sie.

Er gab nicht vor, sie nicht zu verstehen. »Sie ist verheiratet.«

»Bist du immer noch verletzt, weil sie dir einen Korb gegeben hat?« Sie wollte die Worte sofort zurücknehmen. »Es geht mich nichts an.« Dann lächelte sie selbstironisch. »Schließlich bin ich kein Herzog und habe nicht das Recht, so intime Fragen zu stellen«, fügte sie hinzu, in einem Versuch, ihn von ihren Worten abzulenken.

Ein kleines Grinsen hob seine Mundwinkel, und ihr stockte der Atem. »Was du bist und nicht tun solltest, hat dich bislang noch nie zurückgehalten.«

Sein Lächeln, einst so präsent, war nun nur noch ein schaler Abklatsch und hatte nicht mehr viel mit Erheiterung zu tun. Das brachte sie zurück zu dem jungen Mann, der mit ihr früher bereitwillig Streiche ausgeheckt hatte.

Sie bemerkte, dass sie lächelte. »Nein, das stimmt wohl.« Daisy wollte, dass ihr Walzer nie aufhörte, um mehr Zeit mit Auric zu verbringen, und doch erklangen die letzten Takte, die Tänzer hielten an und klatschten höflich, bevor sie sich von der Tanzfläche entfernten.

Sie und Auric blieben einen Moment stehen, betrachteten einander und fingen sich dann zur selben Zeit. Sie knickste hastig und erlaubte ihm, sie zu ihrer Mutter zurückzuführen.

Als sie bei ihr ankamen, leuchteten die Augen der Marchioness erfreut auf. »Auric.«

Er lächelte. »Lady Roxbury.«

Daisys Herz schmerzte. Er war immer so geduldig mit ihrer Mutter.

Sie ergriff die Hand ihrer Tochter und drückte sie. »Ich habe Daisy gesagt, dass du nicht nur aus Pflichtgefühl mit ihr tanzt. Stimmt das nicht, Auric?«

O Gott.

Der Hauch eines Lächelns spielte um seine Lippen. »In der Tat. Es ist natürlich immer eine Freude, mit Daisy zu tanzen.«

Jede andere Lady würde lächeln und sich in den freundlichen Worten sonnen. Doch was Auric anging, war sie nie wie alle anderen gewesen. Sie zwinkerte ihm zweimal zu. Wenn jetzt nicht irgendeine Art von Rettung nötig war, wusste sie es auch nicht.

Er lachte und kaschierte das Lachen dann mit einem Husten. »Wenn Sie mich bitte entschuldigen wollen«, sagte er ein weiteres Mal.

Ihre Mutter streckte die Hand aus und hielt ihn am Arm zurück. »Versprich mir, dass du häufiger vorbeischaust, Auric. Wir vermissen dich so.«

Peinlich berührt, dass ihre Mutter sich so erniedrigte, drängte Daisy sie sanft. »Mama, bitte.« Sie warf einen Blick auf die neugierigen Gäste, die die Szene verfolgten.

Aurics Blick begegnete Daisys, sowohl beruhigend als auch verständnisvoll. »Ich verspreche, häufiger zu Besuch zu kommen«, murmelte er.

Und sie erinnerte sich an all die Gründe, warum sie sich in ihn verliebt hatte.

Er verbeugte sich wieder und verabschiedete sich, bevor er sich auf die andere Seite des Ballsaals begab. Zu Lady Leticia.

Daisy runzelte die Stirn. Sie betrachtete das Paar, das sie abgaben, mit demselben Interesse wie die anderen Mitglieder der guten Gesellschaft, die anwesend waren.

Sie hatten in dem Moment, in dem sie ihr Debüt gemacht hatte, begonnen, darauf zu wetten, dass Daisy Meadows die Duchess of Crawford werden würde. Diese Einschätzung stützte sich auf die vielen Besuche und seine verlässliche Anwesenheit bei Almack's und jeder anderen Gesellschaft, bei der sie das Pech gehabt hatte, anwesend zu sein.

Alle Gerüchte waren jäh verstummt, als die Trauerzeit vor zwei Jahren geendet und der Duke of Crawford ihr keinen Antrag gemacht hatte. Das hatte tatsächlich bewiesen, dass nichts auch nur ansatzweise Romantisches in der Beziehung des Dukes zu Daisy war. Nichts.

Gespannt fragten sich all die neugierigen Mitglieder der Londoner Gesellschaft, wer die Herzogin werden würde, nachdem Lady Stanhope anderweitig vergeben war.

Jetzt führte Auric Lady Cordelia, ebenfalls eine goldhaarige, perfekte englische Schönheit, auf die Tanzfläche, und Daisys dummes Herz brach weiter. Sie ballte die Hände zu Fäusten. Selbst durch den Stoff ihrer Handschuhe pressten sich ihre Fingernägel in ihre Haut.

»Irgendwann wird ihm auffallen, dass du da bist, Daisy.«

Sie erstarrte, blickte weiter mit großen Augen auf die Paare, die die komplexen Schritte eines Ländlers meisterten. Für einen Moment stellte sie sich vor, sie hätte diese Worte in ihrem Kopf gehört oder, noch schlimmer, hätte ihre intimsten Gedanken ausgesprochen, wie sie es viel zu häufig tat.

Ihre Mutter legte ihr eine Hand an die Taille und drückte sie sanft. »Das wird er«, wiederholte sie leise, nur für Daisys Ohren bestimmt.

Sie wollte ihre Mutter daran erinnern, dass das hier sicher nicht der Ort und genauso wenig die Zeit war, ihre Hoffnungen, Träume und ihre Liebe zu Auric, dem Duke of Crawford, zu diskutieren. Und doch … Sie drehte sich zu ihrer Mutter um. Woher wusste sie es? Wie, wenn sie Daisy in den letzten sieben Jahren überhaupt nicht wahrgenommen hatte?

Die ältere Frau warf ihr einen sprechenden Blick zu. »Mütter wissen alles, Daisy.« Sie zwinkerte ihr zu. »Eines Tages wirst du das selbst herausfinden. Lady Harrison winkt mir.« Ein angespannter Zug erschien um ihren Mund.

Früher einmal, vor einem ganzen Leben, hätte ihre Mutter wie viele andere der Matronen hier gut gelaunt die Runde gemacht, um zu klatschen und Neuigkeiten auszutauschen. Jetzt tastete sie sich schmerzvoll, unsicher und unbehaglich durch die meisten Gespräche.

»Würde es dir etwas ausmachen, wenn ich hinübergehe und mit ihr plaudere?« Für einen Moment beschlich Daisy das Gefühl, ihre Mutter sehnte sich danach, dass ihre Tochter irgendeine Form von Protest einlegte.

»Überhaupt nicht«, erwiderte sie leise. Sie würde ihrer Mutter nicht dabei helfen, wenn sie in ihrer Trauer verharren wollte. Die Marchioness zögerte und ging dann mit einem Seufzen los, in einem Meer saphirblauer Röcke, eine weitere angemessene Farbe neben der schwarzen Trauerkleidung, die sie zu Hause trug.

Daisy starrte ihr nachdenklich hinterher. Wie viel hatte ihre Mutter verstanden, und wie wenig hatte Daisy ihr zugetraut! Es war etwas schmerzhaft Bloßstellendes daran, in einem überfüllten Ballsaal zu erkennen, dass sie gar nicht so unsichtbar war, wie sie immer gedacht hatte.

Sie ließ erneut den Blick über die Menge gleiten, doch ihr war nur einer wichtig – ein großer, beeindruckender Herzog mit seiner unwürdigen Tanzpartnerin. Daisy fand ihn, während sie noch über ihre Mutter nachdachte, die tatsächlich alles infrage gestellt hatte, was Daisy in den letzten sieben Jahren geglaubt hatte.

Sie hatte geglaubt, niemand würde sie wahrnehmen. Hatte es sich eingeredet. Wie hatte sie sich getäuscht! Wenn sie sich aber in dieser Hinsicht getäuscht hatte, hatte sie sich vielleicht auch getäuscht, was Auric anging. Vielleicht sah er tatsächlich mehr in ihr, als sie dachte.

In diesem Moment schaute er auf, und ihre Blicke trafen sich.

Und er zwinkerte ihr langsam zu. Zweimal.

Kapitel 5

Am nächsten Morgen spähte Daisy aus dem Kutschenfenster auf die vorüberziehenden Straßen von London. Die eleganteren Viertel wichen der überfüllten Einkaufsmeile North Bond Street, auf der sie an vielen modisch gekleideten Damen und Herren vorbei nach Gipsy Hill fuhren. Auric, wie er gestern Abend gewesen war, als er gelächelt und ihr zugezwinkert hatte und so nett zu ihrer Mutter gewesen war, beschäftigte all ihre Gedanken.

Sie ließ den Vorhang fallen. Seit Lionels Hinscheiden – die einzige Bezeichnung, die sie sich für seinen Tod zu verwenden erlaubte – war der unbekümmerte, fröhlich grinsende Auric ihrer Jugend durch einen so viel ernsteren … nun, *Herzog* ersetzt worden. Sie trommelte mit den Fingerspitzen auf das bequeme Lederpolster der Kutsche. Er war in die Rolle eines Herzogs hineingewachsen, und sie passte ihm perfekt.

Allerdings nicht auf eine gute Weise.

Manchmal gestattete sie sich den Traum, dass der Mann, den sie liebte, nicht mehr als eine Erinnerung war, aber dann, wenn er zu Besuch kam oder ihr zweimal zuzwinkerte, wie er es gestern Abend getan hatte, erhaschte sie einen flüchtigen Blick auf den wahren Mann, der unter der steifen Würde und den herzoglichen Verpflichtungen halb vergraben war. Sie liebte Auric nicht wegen des Titels, den er besaß. Sie liebte ihn aus einer Million anderer Gründe.

Sie wollte den Anhänger finden, der ihr helfen würde, Aurics Herz zu gewinnen. Regentropfen prasselten gegen die Kutschenfenster und schienen ihre Bemühungen zu verspotten. Von einem grauen Himmel ließ sie sich allerdings nicht von ihrem Vorhaben abbringen.

»Mylady, vielleicht ist heute doch nicht der beste Tag für einen Einkaufsbummel.«

»Ach Unsinn.« Daisy zog den Vorhang wieder zurück und spähte zu dem dunklen Himmel empor. Dicke grau-weiße Regenwolken zogen über sie hinweg.

»Es ist ein ganz wunderbarer Tag zum Einkaufen«, versicherte sie der nervösen Zofe. Regen bedeutete leere Straßen. Und war genau das, was sie brauchte. Menschenleere Straßen und dass sie der Aufmerksamkeit der guten Gesellschaft entging. Nicht dass Daisy vorhatte, die modischen Läden an der North Bond Street aufzusuchen, wo sie viel eher von Mitgliedern des *ton* gesehen werden würde.

Die Kutsche kam mit einem Ruck zum Stehen. Um den Erwiderungen ihrer Zofe, die den Mund schon geöffnet hatte, zuvorzukommen, stieß Daisy den Kutschenschlag auf, sprang hinaus … und landete mitten in einer Pfütze. Seufzend hob sie ihren Fuß aus dem schlammigen Wasser und schüttelte es ab. Stoffschuhe anzuziehen war eine echt dumme Idee gewesen.

Ohne zu warten, ob Agnes ihr folgte, eilte Daisy in die Gasse, die von Zigeunerkarren gesäumt war und in der die fahrenden Händler ihre Waren anpriesen. Obwohl sie eben noch gedacht hatte, dass der Regen eigentlich gut war, erschauerte sie in der Kälte. Rasch wickelte sie sich fester in ihren Umhang, um sich gegen den unfreundlich kalten Frühlingstag zu wappnen.

Sie ging zwischen anderen Passanten hindurch und suchte sich vorsichtig ihren Weg über den Unrat auf dem Kopfsteinpflaster, während sie sich ihr parfümiertes Taschentuch vor die Nase hielt. Der Geruch von verfaultem Gemüse verschmolz mit dem von gezuckerten Süßigkeiten zu einer übelkeiterregenden Mischung. *Was eine Lady nicht alles bereit ist, für die Liebe zu tun.*

Gerade noch rechtzeitig duckte sie sich aus dem Weg, als ein Mann einen Eimer Wischwasser schwungvoll aus der Tür seines Ladens kippte. Braune Tropfen spritzten auf das Pflaster und ihre Röcke. Mit einem Aufkeuchen riss Daisy ihren bereits hoffnungslos verschmutzten Saum hoch. Leider hatte ihr grüner Musselin-Umhang bereits irreparablen Schaden genommen.

Sie zog den Stoff enger um sich und ging weiter, befeuert von der Erinnerung an dieses Doppelzwinkern gestern Abend und ihren Tanz mit Auric. Oh, er hatte sie schon zu unzähligen Tänzen aufgefordert, zu jeder Menge Quadrillen und hochanständigen Ländlern, aber niemals zu einem Walzer – bis gestern.

Sicher, angesichts des Drängens ihrer Mutter hätte Auric auch gar nicht anders gekonnt, als sie um den Tanz zu bitten. Allerdings hätte er einen weniger intimen wählen können. Doch er hatte sich für einen Walzer entschieden. Das musste einfach etwas bedeuten.

»Mylady«, rief ihre Zofe hinter ihr her, und ihre Stimme klang flehend.

Daisy blieb stehen und drehte sich um. Der Wind zerrte an ihren Röcken. Immer wieder trafen Regentropfen ihre Haut, und sie wischte sich einen von der Nasenspitze.

»Agnes, wir müssen eine ganze Reihe von Läden und Verkaufsständen durchsuchen. Ich bemühe mich, stets in Sichtweite zu sein, aber wenn ich auch nur eine kleine Hoffnung haben soll, diese Kette zu finden, brauche ich deine Hilfe.«

Agnes seufzte. »Mylady, die Marchioness wird mich entlassen, wenn sie herausfindet, dass ich Ihnen von der Seite gewichen bin.« Sie ließ ihren besorgten Blick über die Kopfsteinpflastergassen von Gipsy Hill schweifen. »Und auch noch ausgerechnet in einer Gegend wie dieser.«

Daisy klopfte dem Mädchen tröstend auf die Schulter. »Agnes, das wird sie nicht. Das verspreche ich«, fügte sie in dem Versuch hinzu, die Sorgen der jungen Frau zu beschwichtigen.

Wenn ihre Mutter eine ihrer melancholischen Phasen hatte, was häufiger der Fall war, würde sie es nicht bemerken, wenn Daisy die Röcke schürzte, auf einem Bein über die Flure hüpfte und ihren Namen rief. Nach Lady Harrisons Ball gestern Abend hatte sich die Marchioness mit einer heftigen Migräne auf ihre Zimmer zurückgezogen. Obwohl Daisy schon lange den Verdacht hegte, dass es weniger Kopfschmerzen waren als vielmehr ein Verlangen nach Einsamkeit, damit sie ungestört Erinnerungen an den Sohn nachhängen konnte, den sie verloren hatte.

Nein, in ihrem gegenwärtigen Zustand würde Mutter es kaum zur Kenntnis, geschweige denn daran Anstoß nehmen, wenn Daisy ein paar Schritte von ihrer Zofe entfernt Einkäufe in der Bond Street machte – selbst wenn es in Wahrheit der weniger mondäne Teil von Gipsy Hill war.

Agnes musterte sie und seufzte dann. »Also gut. Ein Herz, sagen Sie?«

Erfreut, dass sie wenigstens etwas Hilfe bei diesem verrückten Plan erhielt, den sie ersonnen hatte, nickte Daisy. »Ja. Ein Herz. Man hat mir erzählt, es sei etwa so groß«, sie zeigte es mit ihren Fingern, »und aus Gold, mit einem eingravierten Muster.« Sie nagte an ihrer Unterlippe und blickte die Gasse entlang, an der zahllose Händler ihre Waren anboten. »Ich glaube, es wäre insgesamt am besten, wenn jede von uns eine Straßenseite übernimmt.« Sie fasste Agnes sachte an den Schultern und lenkte sie zu der nächsten Reihe Verkaufskarren. »Und jetzt los.«

Agnes zögerte einen Moment, aber dann ließ sie sich mit einer gemurmelten Bemerkung, die Daisy nicht verstand, vorwärtsschieben.

Da sie nicht riskieren wollte, dass Agnes ihre Meinung änderte und doch lieber an ihrer Seite blieb, wie es sich eigentlich gehörte, hob Daisy ihren Saum ein wenig an, damit der Stoff nicht durch eine Pfütze schleifte, und machte einen Schritt hinüber. Während sie zu den nächsten Wagen ging, erinnerte sie sich an Lady Stanhopes Worte, dass die betreffende Zigeunerin eine alte, grauhaarige Frau mit dem Namen Bunică sei. Sie war die rechtmäßige Eigentümerin und die Letzte, die den Herzanhänger besessen hatte.

Wie standen die Chancen wohl, dass irgendeine andere junge Frau ihr zuvorgekommen war und den Anhänger bereits gefunden und erhalten hatte? Andererseits, welche junge Frau würde überhaupt danach suchen? Jäh blieb sie auf dem geschäftigen Gehweg stehen. »Jede einzelne im verflixten ganzen Königreich«, sagte sie halblaut zu sich selbst.

Ein Verkäufer in der Nähe, ein älterer Mann mit einem Schopf weißen Haares, zog seine schwarze Mütze. »Wie meinen, Ma'am?«

Hitze stieg ihr in die Wangen. »Äh, nichts.« Eine wahrlich lästige Angewohnheit, diese Selbstgespräche. Sie brauchte wirklich eine Freundin oder andere Vertraute. Anders ging es nicht. Sie schüttelte den Kopf, wandte sich wieder der Aufgabe zu, die sie heute hergeführt hatte – und die bestand nicht daraus, wegen ihres Lebens Trübsal zu blasen.

Der alte Mann drehte sich zu seinem Verkaufsstand um, auf dem verschiedene Stoffe und allerlei Firlefanz lagen, was ihre Aufmerksamkeit auf seine Waren lenkte. Sie trat näher und fuhr mit den Fingern über den zerkratzten und eingedellten Rand des

Holzkarrens. Der Wind wehte ihr Nieselregen ins Gesicht. Mit den Spitzen ihrer behandschuhten Finger wischte sich Daisy die Feuchtigkeit ab und ging langsam um den Wagen herum.

Ein kleines Einglas voller winziger Regentropfen fiel ihr auf. Das fein gearbeitete Stück funkelte trotz der Nässe. Sie beugte sich über das wild zusammengewürfelte Angebot und nahm es in die Hand, rieb die Feuchtigkeit weg.

Wenn du in die Gesellschaft eingeführt wirst, wird Auric natürlich schon einer dieser alten Herzöge mit einem Lorgnon sein.

Ein wehmütiger Zug legte sich um ihren Mund, als sie im Geiste Lionels Stimme hörte, so klar und deutlich wie an dem Tag, an dem er diese Worte ausgesprochen hatte. Unwillkürlich blickte sie sich nach ihrem Bruder um, der so oft und so gerne gelächelt hatte. Doch in der Menge war kein vertrautes Gesicht, nicht einmal ein freundliches Lächeln. Allein. So wie sie es inzwischen schon sieben Jahre lang war. Ihre Mundwinkel bogen sich nach unten.

»Möchten Sie das kaufen, Mylady?« Die Frage des Zigeuners holte sie aus ihren traurigen Überlegungen.

»Nein. Ich …« Sie fuhr mit dem Finger über den Rahmen und erstarrte, als sie in der Mitte eine feine silberne Verzierung entdeckte. Ein Gänseblümchen – ihre Namensvetterin. Der Wind zog an ihren Haaren, befreite eine Locke aus ihrer Frisur. Das kleine Lorgnon war perfekt. »Ja, ich glaube schon.«

Sie griff in das Retikül, das von ihrem Handgelenk hing, und fischte in den Tiefen des Stoffbeutels nach ein paar Münzen, holte einen Sovereign hervor und hielt ihn dem Mann hin, der ihn erstaunt anschaute.

Seine wässrigen Augen wurden groß, und er lüpfte seine Mütze noch einmal. »Vielen Dank, Mylady. Gibt es noch etwas, womit ich Ihnen behilflich sein kann?«

Daisy schenkte ihm ein Lächeln. »Nein, danke.« Sie schob das Lorgnon in ihr Retikül. »Das hier ist perfekt.«

Er steckte die großzügige Bezahlung ein und verneigte sich.

Beschwingt überquerte Daisy die Gasse. Jeder Herzog benötigte irgendwann eine Sehhilfe. Vor allem Herzöge, deren dreißigster Geburtstag unaufhaltsam näher rückte. Vielleicht half es, Auric daran zu erinnern, dass er heiraten musste. Und zwar bald.

Der Wind zerrte an ihrem Umhang, und sie fuhr sich mit den Händen über die Vorderseite, strich den Stoff glatt. Es stimmte zwar, er schien sich dieses wichtigen Teils seiner herzoglichen Pflichten bewusst geworden zu sein. Nur hatte er offenbar sie nicht als jemanden wahrgenommen, der ihm bei der Erfüllung dieser seiner Pflichten helfen könnte.

Sie trat auf die Straße, gerade als eine heftigere Windböe ihr die Kapuze über die Augen wehte. Daisy schob sie zurück und hätte beinahe vor Schreck aufgeschrien, als ein Gentleman auf seinem Pferd in raschem Galopp dicht an ihr vorbeiritt. Sie stolperte. Mit dem Fuß rutschte sie auf dem unebenen Kopfsteinpflaster aus und fiel hin, landete hart auf ihrem Hinterteil.

Daisy entwich ein Schmerzenslaut, als ihre Handflächen über den Stein und den Schmutz auf der Gasse schabten und der dünne Stoff ihrer Handschuhe aufriss. Bei dem Aufprall und dem unangenehmen Brennen, das ihren Rücken hochstrahlte, schnitt sie eine Grimasse. Der Wind hatte zugenommen, befreite mehr Haarsträhnen aus ihrer Frisur und peitschte damit ihre Wangen. Sie spuckte mehrere feuchte Locken aus und steckte sie sich hinters Ohr, verzog das Gesicht, als ihr dabei der Gestank in die Nase stieg, der von ihren Fingern ausging.

Sie schaute sich verstohlen um und war erleichtert, als sie ihre Zofe auf der anderen Straßenseite entdeckte, wo sie vollauf mit der Suche beschäftigt war.

Vorsichtig zog sich Daisy die Handschuhe aus und betrachtete ihre Handflächen. Das arme Mädchen würde einen Anfall bekommen, wenn sie ihre Herrin in diesem Moment sehen würde, wie sie auf dem Boden saß.

Daisy rappelte sich auf und klopfte sich den Schmutz und die Schottersteinchen von den Händen. Sie hoffte nur, das war nicht die Einstellung des Schicksals zu ihrer Suche nach dem »Herz eines Herzogs«-Anhänger.

Wie aufs Stichwort begann es in Strömen zu regnen.

* * *

Auric starrte auf die nassen Straßen Londons. Nach seinem gestrigen Besuch bei Daisy, bei dem sie ihn auf sein Ausbleiben in den vergangenen Wochen angesprochen hatte, hatte er sich Vorwürfe gemacht, weil er sie und ihre Mutter derart vernachlässigt hatte. Daher fand er sich nun auf dem Weg zum Stadthaus der Marchioness of Roxbury wieder, um seine Aufwartung zu machen.

Die vertraute Fassade tauchte vor seinem Fenster auf, und wenige Augenblicke später kam seine Kutsche vor dem Eingang zum Stehen. Ein Lakai in einer schmucken Livree öffnete die Tür, und ein kalter Windstoß drang ins Innere, zerzauste Auric das Haar. Er fuhr sich glättend über die Vorderseite seines Rockes, ehe er ausstieg. Der schwarze Stoff seines Mantels peitschte um seine Beine, und in der Ferne grollte unheilvoll Donner.

Mit fünf langen Schritten erreichte er die vertraute Eingangstür. Eine Tür, durch die er häufiger gegangen war, als er zählen konnte. Als Kind an der Seite seines Vaters, als junger Mann, um seinen besten Freund zu besuchen, und als Gentleman auf der Suche nach Absolution für ein Vergehen, das einfach unverzeihlich war. Er klopfte einmal an.

Sogleich wurde die Tür aufgezogen. Der Butler, so vertraut wie die Eingangstür, machte einen Schritt zurück, ließ ihn ein.

»Guten Tag, Frederick.«

»Euer Gnaden«, erwiderte der uralte Bedienstete und machte eine tiefe, respektvolle Verbeugung. Er räusperte sich, erriet den Grund für Aurics Besuch. »Die Marchioness ist unpässlich.«

Wieder spürte er die Schuld wie einen Mühlstein um den Hals. Die Frau musste sich oft tagsüber auf ihre Zimmer zurückziehen. Die Trauer hatte sie zu einer leeren Hülle der herzlichen Gastgeberin gemacht, die sie einst gewesen war. Er neigte verständnisvoll den Kopf. »Bitte teilen Sie Lady Daisy mit, dass ich hier bin.«

Seltsam, dass ausgerechnet Daisy, die früher einmal alle gesellschaftlichen Anlässe, zu denen ihre Eltern geladen hatten, aus tiefster Seele verabscheut hatte, nun in die Bresche sprang, wenn ihre Mutter indisponiert war. Nun, sie waren alle erwachsen geworden. Sie waren nicht lange Kinder gewesen. Bedauern erfüllte ihn bei dem Gedanken daran, wie einfach das Leben früher gewesen war. Das war es jetzt bestimmt nicht mehr.

»Lady Daisy weilt nicht hier, Euer Gnaden«, erwiderte der alte Diener.

Auric runzelte die Stirn. »Sie weilt nicht hier?«

»Sie weilt nicht hier«, wiederholte der Mann. Sorge stand in seinen alten Augen. »Sie ist«, er hüstelte in seine Hand, »auf einem Einkaufsbummel.«

»Einkaufsbummel«, wiederholte Auric dumpf, war sich bewusst, dass er wie ein Einfaltspinsel klingen musste, aber solange er Daisy Laurel Meadows nun schon kannte, was die gesamte Spanne ihres Lebens umfasste, hatte sie Einkaufsbummel gehasst.

»Ja, Euer Gnaden«, bestätigte Frederick mit einem Nicken. »Einkaufen.«

Auf Aurics Stirn bildete sich eine steile Falte. Das einzige Mal, dass sie daran Spaß gehabt hatte, war gewesen, als er und

Lionel mit ihr auf einem Markt gewesen waren und ihr eine kleine Sammlung Zinnsoldaten gekauft hatten, mit denen sie jedoch nur heimlich hatte spielen dürfen, da ihre Mutter es ihr untersagt hatte.

Frederick sah sich um, richtete dann seinen Blick wieder auf Auric. »Wenn es mir gestattet ist, Euer Gnaden …«

»Ich bitte darum«, antwortete er knapp.

»Sie ist ausgefahren.«

»Ausgefahren.« Er schien einfach nicht damit aufhören zu können, wie ein Echo des Butlers zu klingen oder einer dieser Papageien, die in letzter Zeit so in Mode gekommen waren. »Ich glaube, Sie sagten, die Dame sei zu einem Einkaufsbummel aufgebrochen.« Aber Daisy unternahm nie Einkaufsbummel.

»Heute ist sie das auch, Euer Gnaden.« Sorge mischte sich in die Stimme des Mannes. »In Gipsy Hill.«

Eine ungute Vorahnung machte sich in Auric breit, und er öffnete den Mund, schloss ihn jedoch sogleich wieder, damit er die Worte des Dieners nicht noch einmal wiederholte. Gipsy Hill befand sich am äußersten Rande des mondänen London, und Daisy hatte da bestimmt nichts verloren. Er verkniff sich einen Fluch.

»Hat sie jemanden bei sich?«, erkundigte er sich knapp, denn bei Gott, wenn sie das nicht hatte, würde er ihr eine gehörige Standpauke halten, wenn er sie erst mal gefunden hatte.

»Sie hat ihre Zofe mitgenommen.«

Ihre Zofe? Ja, für solchen Leichtsinn verdiente sie mehr als nur die Standpauke. »Vielen Dank, Frederick«, erwiderte er kurz angebunden.

Der Diener öffnete die Tür. Ein Windstoß fuhr ins Haus, wehte Auric Regentropfen ins Gesicht. »Der Dank liegt ganz auf meiner Seite, Euer Gnaden«, sagte der Diener leise.

Auric hielt inne und schaute ihn fragend an.

»Dafür, dass Sie ein Auge auf sie haben«, erklärte er. »Lord Lionel wäre Ihnen ebenfalls sehr dankbar«, fügte Frederick hinzu und schloss die Tür hinter ihm.

Mit wütenden Schritten stürmte Auric zur Straße, die irrigen Worte des alten Dieners folgten ihm. Lionel wäre nicht dankbar gewesen. Im Tode hasste Lionel Auric sicherlich dafür, dass er ihn zu der Sünde verleitet hatte und sich jetzt nicht so um Daisy kümmerte, wie sie es verdiente.

»Gipsy Hill«, befahl er, als er seine Kutsche erreichte. Der livrierte Lakai öffnete die Tür, und Auric stieg ein.

Was hatte sie eigentlich in diesem eher gewöhnlichen Teil Londons verloren? Er zerbrach sich den Kopf, dachte über das Mädchen nach, das er schon so lange kannte. Er glaubte nicht, dass Daisy von den Launen beherrscht wurde, die den anderen Damen der guten Gesellschaft häufig als Motiv dienten, aber andererseits, wie gut kannte er sie wirklich?

Die Zinnsoldaten, mit denen sie einmal gespielt hatte, waren durch einen Stickrahmen ersetzt worden. All die Jahre, die er jetzt schon regelmäßig seine Aufwartung machte, folgte er den ungeschriebenen Regeln für einen solchen Besuch, doch nicht ein Mal hatte er die Wahrheit bemerkt – Daisy wurde älter. Sein Stirnrunzeln vertiefte sich. Nein, sie war nicht länger ein Mädchen, und er kannte nicht länger ihre Interessen.

Der Kutscher ließ die Zügel schnalzen, und das Gefährt setzte sich mit einem Ruck in Bewegung. Während er über die überfüllten Straßen von London fuhr, spähte Auric zu den dicken grauen Wolken und den feinen Regentropfen, die am Fenster hinabliefen. Das Wetter passte perfekt zu seiner Stimmung und unterstrich nur, wie verrückt es von Daisy war, mit nicht mehr Schutz als ihrer Zofe als Begleitung unterwegs zu sein. Ein Knurren bildete sich tief in seiner Brust, genährt von einer sich rasch steigernden Angst um ihr Wohlergehen.

Trotz der kalten Luft und seiner Handschuhe wurden seine Handflächen feucht, als er unwillkürlich in die schreckliche Nacht zurückversetzt wurde. Früher einmal war Auric ein selbstsüchtiger Idiot gewesen, der die Aufregung gesucht hatte, die es mit sich brachte, sich am Rande der Achtbarkeit zu bewegen. Er hatte Lionel genötigt, sich in die Londoner Unterwelt zu begeben, und Aurics Selbstsucht hatte Lionel letzten Endes das Leben gekostet, tot im Bett einer Hure mit dem Messer eines nichtsnutzigen Straßenräubers im Bauch.

Und Daisy hatte ihren Bruder verloren. All die Folgen davon, allein auf der Welt zu sein – denn ihre Mutter zählte in ihrem gegenwärtigen Zustand nicht –, schossen ihm durch den Kopf, und ihm wurde eiskalt, wenn er daran dachte, dass einer fröhlich lächelnden, sommersprossigen Daisy ein ähnliches Schicksal drohen könnte wie ihrem Bruder. Ihm wurde übel. Wenn ihr irgendetwas zustieß, würde er sich das nie verzeihen können. Es wäre der ultimative Verrat an seinem Freund, für den es keine Wiedergutmachung gab.

Die Erinnerungen kamen nun hart und schnell – Lionel, wie er in einer Blutlache lag, blicklos zur Decke mit den Wasserflecken starrte. Bloß dass er plötzlich ein anderes Bild sah: Daisy allein in diesem schäbigen Raum mit einem gesichtslosen Fremden.

Ein gequältes Stöhnen entrang sich ihm, erstickte ihn fast. Er klopfte von innen gegen das Kutschdach. »Schneller, fahr schneller«, rief er. Der Kutscher gehorchte, und sie rasten rumpelnd über das Kopfsteinpflaster.

Auric schaute aus dem Fenster, ohne etwas wahrzunehmen, weder die Reiter, die vorbeikamen, noch die Wagen oder Karren, die die Gassen von Gipsy Hill säumten, während er nach Daisy suchte.

Das scharfe Wiehern eines Pferdes lenkte seine Aufmerksamkeit auf die andere Seite der Straße. Während seine Kutsche weiterfuhr, kniff er die Augen zusammen und blickte hinaus, gerade als der Wind einer jungen Frau die Kapuze vom Kopf wehte. Ein wildes Durcheinander brauner Haare und jede Menge Sommersprossen.

Er presste seine Stirn gegen die Fensterscheibe und klopfte gegen das Dach. Mit einem Ruck blieb die Kutsche stehen. Er stützte sich mit den Füßen auf dem Boden ab, dann stieß er die Tür auf und sprang hinaus. Ein lauter Schrei durchschnitt den Lärm der geschäftigen Straße und das Heulen des Windes. Auric lief ein eisiger Schauer über den Rücken. Einen quälenden Moment lang blieb die Zeit stehen und seine Welt mit, als Daisy um Haaresbreite unter die riesigen Hufe des schwarzen Pferdes irgendeines Idioten geraten wäre.

Sein Puls pochte heftig in seinen Ohren, als Auric über die Kopfsteinpflastergasse rannte. Er wich Karren und Kutschen aus, während das Blut ihm durch die Adern rauschte. Wie aus weiter Ferne nahm er die Eiseskälte der Pfützen wahr, die seine Stiefel durchweichten, und den inzwischen peitschenden Regen.

»Daisy«, rief er, aber der pfeifende Wind, der an seinem Umhang zerrte, verschluckte seine Worte. Die junge Dame blinzelte ein paarmal, als wäre sie benommen. Bei Gott, er würde es sich nie verzeihen können, wenn sie verletzt war. Sein Leben wäre ohne sie für alle Ewigkeit jeglichen Lichts beraubt.

Mit ein paar Schritten war Auric bei ihr.

Der Regen klebte ihr Haar an ihren Kopf und lief ihr über das blasse Gesicht. Sie hob den Blick, starrte ihn an. Eine steile Falte bildete sich zwischen ihren Brauen, und sie kniff die Augen zusammen, als müsse sie überlegen, wer er sei – was natürlich Unsinn war. Er kannte sie, seit sie auf der Welt war, und hatte sie auf seinen Schultern durch ihr Elternhaus getragen.

»Auric«, begrüßte sie ihn mit einem Lächeln.

Bei diesem unbekümmerten Lächeln, der Bestätigung, dass sie unverletzt war, kehrte sein Herz zu seinem normalen Rhythmus zurück.

Er ließ zu, dass seine Verärgerung die Oberhand gewann, da er das der würgenden Furcht vorzog, die es in ihm ausgelöst hatte, sie hier vorzufinden, allein auf der Straße. Hatte sie kühl und höflich »Auric« gesagt? Als würden sie sich in einem Ballsaal befinden oder einem Empfangssalon und nicht hier, mitten auf einer schmutzigen Straße.

Wut trat an die Stelle der lähmenden Angst von vor wenigen Augenblicken, und mit einem letzten Schritt war er bei ihr. Ihre Augen weiteten sich – vielleicht in Sorge? Gut, sie sollte sich Sorgen machen. Sein Zorn wuchs.

»Was tust du hier draußen bei diesem Wetter, ohne irgendeine Form von Begleitung, und auch noch in diesem Teil Londons, wenn ich fragen darf?« Regen ließ seine Sicht verschwimmen, und ärgerlich wischte er die Tropfen weg.

»Ich unternehme einen Einkaufsbummel.« Sie stützte die Hände in die Hüften. »Die bessere Frage lautet doch, was tust du hier, Auric?«

»Ich bringe dich nach Hause.«

»O nein, das tust du nicht.« Sie zwinkerte einmal.

Ach, sie unterhielt sich gerade bestens? »Das hier ist kein Spiel«, presste er hervor. Sie begriff offenbar nicht, dass sie Leib und Leben aufs Spiel setzte, indem sie herkam.

»Das habe ich auch nie behauptet«, erwiderte sie mit einem Seufzen. Sie kniff die Augen zusammen. Ein argwöhnisches Glitzern leuchtete in den braunen Tiefen. »Und mal abgesehen davon, wie hast du mich hier gefunden?« Daisy krauste die Nase. »Spionierst du mir etwa nach?«

Was wiederum nahelegte, dass sie etwas im Schilde führte, weswegen er sie bespitzeln sollte. Er rieb sich mit einer Hand über das Gesicht. Der Himmel mochte ihm beistehen. Er konnte seine Ländereien verwalten, sodass seine Geldtruhen überquollen. Er konnte einen Raum voll Adeliger mit einem einzigen Blick verstummen lassen. Aber er war offensichtlich nicht imstande, diese Älterer-Bruder-Sache ordentlich hinzubekommen.

»Nun?«, hakte sie unverkennbar verärgert nach.

Auric senkte seinen Arm. »Frederick war sehr hilfreich.« Weil der alte Diener eindeutig über mehr Vernunft verfügte als Daisy und ihre Mutter zusammen.

»Verräter«, murmelte sie. Dann warf sie ihre nassen Locken nach hinten. »Egal, ich habe etwas Wichtiges zu erledigen.« Damit machte sie auf ihrem schmutzigen Absatz kehrt und marschierte die Straße entlang.

Auric blieb wie angewurzelt stehen, blinzelte mehrmals hintereinander verwirrt. Himmel, ignorierte sie ihn etwa einfach und lief weiter? In diesem Wetter? Unbegleitet? In diesem Teil Londons? Mit einem erbitterten Knurren folgte er ihr. »Lady Daisy Meadows, bei Gott, wenn du nicht freiwillig mitkommst, werde ich dich mir über die Schulter werfen und dich persönlich in meine Kutsche setzen.« Er baute sich vor ihr auf, sodass sie anhalten musste.

Was sie auch tat. Das war gut. Denn er wollte sie sich nicht wirklich über die Schulter werfen. Doch er würde es tun, wenn es denn nötig wäre. Auch wenn es ihm lieber wäre, wenn nicht. Nicht Daisy. Oder irgendeine andere junge Dame. Aber besonders nicht Daisy. Angesichts all der Vergehen, derer er schuldig war, zöge er es vor, wenn keine weiteren hinzukämen, die mit Daisy zu tun hatten, und vor allem auch keine empörenden Handlungen, die es erforderten, dass er seine Hände auf sie legte.

Der Regen fiel weiter in Strömen, hinterließ kristallklare Tropfen auf ihren Wangen. Dann jedoch lächelte sie, ein Quell der Freude in einer ansonsten freudlosen Welt, und für einen winzigen Moment vergaß er das lähmende Entsetzen, das ihn befallen hatte, seit Frederick ihm von Daisys Plan, nach Gipsy Hill zu fahren, berichtet hatte, und ebenso allen Ärger.

»Was hast du dir dabei gedacht, ohne Begleitung auszugehen?«, erkundigte er sich, als er wieder imstande war, zusammenhängende Fragen zu formulieren.

»Ich habe eine Begleitung.« Daisy blickte sich um. Besorgt zog sie die Mundwinkel nach unten, aber dann hob sie einen Finger. »Ach, da ist sie ja.«

Wie aufs Stichwort kam eine junge Frau in einem schlichten braunen Umhang die Straße herabgeeilt. »Mylady, wir müssen gehen. Es ist … « Abrupt hielt sie beim Anblick von Auric an und verstummte.

Er richtete seine Aufmerksamkeit wieder auf Daisy. »Das ist keine ausreichende Begleitung.«

Sie verschränkte die Arme vor der Brust. »Doch.«

Auric holte langsam Luft, um sich zu beruhigen, und zählte im Geiste bis fünf. »Nein. Nein, das ist sie nicht.« Sie war eine junge Zofe, die nicht kräftig genug aussah, dem wütenden Wind standzuhalten, der um sie pfiff.

Wieder wurde ihm eiskalt bei dem Gedanken daran, was Daisy alles hätte zustoßen können.

»Was für ein Irrsinn hat dich dazu verleitet, allein hierherzukommen, Daisy?«, wollte er wissen. Ihre Mutter sollte sie besser für den Rest der Saison nicht aus den Augen lassen, oder noch besser, bis sie sicher verheiratet und unter dem Schutz irgendeines Gentlemans war.

Nur dass er sich dann vorstellte, dass sie irgendeinen Bastard zum Ehemann hatte, der sie gar nicht verdiente, und dann überrollte ihn eine neue Welle der Schuld, weil sie keinen Bruder mehr hatte, der sich um einen passenden Gatten für sie kümmern und dafür sorgen konnte, dass …

Daisy stieß etwas aus und begann, in ihrem Retikül zu kramen.

Er furchte seine Stirn. »Was tust du da?«

Sie kramte weiter in ihrer blassgelben Seidentasche.

»Daisy, ich hab dich gefragt, was du …«

Sie hob abrupt den Kopf, und ihr Lächeln wurde breiter. »Hier.« Sie reichte ihm einen kleinen, silbernen Gegenstand.

Auric nahm ihn entgegen. »Ein Lorgnon?« Er schaute von Daisy zu dem Einglas und wieder zurück.

Sie deutete mit dem Finger darauf. »Ich kann mir vorstellen, wenn du nicht erkennen kannst, dass Agnes direkt vor dir steht – was klar belegt, dass ich in der Tat nicht allein bin –, nun, dann brauchst du das hier früher, als ich dachte.«

Er rieb sich mit einer Hand über das Gesicht. »Daisy?«

»Ja, Auric?«

»Steig in deine verdammte Kutsche. Sofort.«

Daisy öffnete den Mund, um Einspruch zu erheben, als in der Ferne Donner grollte. Sie zuckte zusammen. Unglücklicherweise landete dabei ihr Fuß in einer rasch größer werdenden Pfütze zwischen ihnen. Betrübt blickte sie nach unten auf ihren durchweichten Saum. »Du weißt schon, dass das hier in Wahrheit alles deine Schuld ist?«

Wenn er nicht vollauf damit beschäftigt gewesen wäre, sie sicher zu ihrer Kutsche zurückzubringen, hätte er liebend gerne eine nähere Ausführung der Logik dahinter verlangt. »Ich versichere dir, so viel Macht ich auch besitzen mag, ich kann keinen Donner machen.«

Ihr Mund formte ein überraschtes O.

Er beugte sich zu ihr hinab, so dicht, dass er den leichten Hauch von Honig und Lavendel wahrnahm, der sie einhüllte. »Hast du gedacht, ich hätte deine Angst vor Gewittern vergessen?«

Sie rümpfte ihre kecke kleine Nase. »Ich habe keine Angst mehr vor Gewittern.« Wie um sie Lügen zu strafen, durchzuckte ein Blitz den dunkelgrauen Himmel, und sie schrie erschreckt auf.

Er grinste, steckte ihr Geschenk in seine Tasche. Ein echtes Lächeln, das erste, das ihm seit mehr Jahren gelang, als er sich erinnern konnte. Es geziemte sich schwerlich für eine unverheiratete junge Dame, einem unverheirateten Gentleman, der nicht mit ihr verwandt war, ein Geschenk zu machen. Aber das hier war Daisy. »Lügnerin.«

»Das hat mir keine Angst eingejagt«, erwiderte sie fest. »Es …« Er hob eine Augenbraue. »Es …« Sie seufzte. »Na gut, ich verspüre vielleicht noch ein leichtes Unbehagen. Ein ganz leichtes«, fügte sie hinzu, als sein Lächeln breiter wurde. »Vor allem hat mich der Blitz erschreckt. Das geht vielen Leuten so. Dass sie von einem Blitz erschrecken«, schob sie nach, als wäre er irgendein Idiot, der nicht ohne Hilfe zusammensetzen konnte, was sie damit meinte.

Eine feuchte braune Locke fiel ihr in die Stirn, und sie versuchte, sie wegzublasen. Leider waren die Haare so nass, dass sie kleben blieb.

Als hätte sie einen eigenen Willen, schoss seine Hand vor, und er steckte sie ihr hinters Ohr. »So«, murmelte er.

»Was tust du da?«

»Ich bringe dich zu deiner Kutsche.«

»Oh, das wird gar nicht notwendig sein. Nicht wahr, Agnes?«, wandte sie sich an ihre Zofe.

Die war klug genug, darauf nichts zu erwidern.

Mit einem leisen Fluch griff Auric nach Daisys Handgelenk und legte sich ihre Finger auf seinen Ärmel. Agnes murmelte ein rasches Dankgebet und machte sich auf den Weg zur Kutsche.

»Ich vermute, deine Mutter wird wütend sein«, erklärte Auric. Die Daisy von früher hätte die Aussicht auf eine Zurechtweisung durch ihre Mutter mit berechtigter Sorge erfüllt.

»Da irrst du dich«, entgegnete sie.

Er schnaubte. Die junge Daisy Meadows war der Fluch im Leben ihrer Mutter gewesen. Die arme Marchioness hatte so oft tadelnd den Kopf über sie geschüttelt, dass er und Lionel gescherzt hatten, ihr müsse davon bestimmt schon ganz schwindlig sein.

Er erkannte Daisys schwarzen Landauer. Der Kutscher sprang von der Bank und öffnete die Tür. Auric schaute Daisy an. »Ich erwarte von dir mehr Vernunft, als dass du bei so furchtbarem Wetter einen Einkaufsbummel planst. Ich kann einfach nicht verstehen, wie irgendwelcher Firlefanz es wert sein soll, dass du dein Leben dafür riskierst.«

»Da irrst du dich.« Etwas glomm in ihren Augen auf. »Es war wichtig. *Ist* wichtig«, verbesserte sie sich. »Und ich werde mich nicht dafür entschuldigen, dass du in den Regen hinausmusstest, Auric. Ich bin nicht länger ein Kind und auch keine Frau, die dir Rechenschaft schuldig ist.« Ihre Brust hob und senkte sich unter ihren heftigen Empfindungen, was seinen Blick auf die köstlichen Rundungen ihres Busens unter ihrem regennassen Umhang lenkte.

An irgendeinem Punkt in diesen vergangenen sieben Jahren war Daisy eine Frau geworden. Eine wunderschöne Frau. Auric schluckte schwer und zwang seinen Blick zu ihrem Gesicht.

»Gibt es noch etwas anderes, was du mir sagen möchtest, Euer Gnaden?«

Ach, jetzt war er also »Euer Gnaden«? Gut, das war sicher. Er konnte mit spitzen Bemerkungen und ärgerlichen »Euer Gnaden« wesentlich besser zurechtkommen als mit Daisys üppigem Busen und ihren vollen Lippen.

»Ich warne dich, in Zukunft besser aufzupassen.« Er nahm ihre Hand, um ihr in die Kutsche zu helfen.

Sie verzog das Gesicht zu einer Grimasse des Schmerzes.

Auric blickte nach unten. Er drehte ihre Hand um und betrachtete ihre feinen, jetzt jedoch zerrissenen Ziegenlederhandschuhe. Eine zornige rote Schramme, die bereits zu verschorfen begann, zog sich über ihre Haut. Ihm wurde übel, und er schloss die

Augen einen Moment lang, zählte bis drei, um das Entsetzen der Vergangenheit, das mit der Gegenwart verschmolz, zurückzudrängen. Der Anblick von Blut erinnerte ihn stets an jenen entsetzlichen Tag – und würde das wohl für immer tun.

»Auric?« Ihre zögernde Frage holte ihn in die Gegenwart zurück.

Er schluckte die Übelkeit hinunter. »Verdammt, Daisy«, knurrte er. Er zerrte ein Taschentuch aus seiner Rocktasche. »Warum hast du nicht gesagt, dass du dich verletzt hast?«

»Es ist ja nur ein Kratzer«, wandte sie leise ein.

Die meisten anderen jungen Damen hätten sich beim Anblick von Blut und blauen Flecken einem hysterischen Anfall hingegeben. Nicht so Daisy. Denn das Mädchen, das schon früh zum Angeln an dem fischreichen See auf dem Anwesen ihres Vaters mitgekommen war, hatte, ohne mit der Wimper zu zucken, die Köder auf die Haken gesteckt. Sie war nie zimperlich gewesen.

Er benutzte sein Taschentuch, um den Schmutz und die winzigen Steinchen, die in ihrer Haut steckten, abzuwischen. Sie keuchte auf. »Tut mir leid«, entschuldigte er sich. Er würde sich lieber seinen rechten Arm abschlagen, als ihr weiteren Schmerz zuzufügen. Er erstarrte mitten in der Bewegung, als erneut Schuldgefühle in ihm aufwallten, und er musste daran denken, welch unermesslichen Schmerz er ihr schon bereitet hatte.

»Was ist los?« Ihre geflüsterte Frage riss ihn aus seinen Grübeleien. »Du bist plötzlich so ernst.«

Seine Miene verschloss sich. »Ich bin immer ernst.« Allerdings war er das nicht immer gewesen.

»Ja.« Sie schüttelte den Kopf. »Das hier ist anders. Deine Lippen sind ganz …«

»Hier.« Rasch wickelte er ihr das Tuch um die Hand. Es wäre unschicklich, wenn sie auf den Straßen von Gipsy Hill dabei entdeckt würden, wie Daisy über seinen Mund redete oder irgendeinen anderen seiner Körperteile. »Jetzt fahr heim, Daisy, und sei in Zukunft vorsichtiger.«

»Aber …«

Er schob sie in die Kutsche.

Sie steckte den Kopf hinaus. »Auric …«

Er schloss die Tür.

Daisy zerrte die roten Samtvorhänge zurück und starrte ihn an.

Und wenn der Fahrer nicht genau in dem Moment die Zügel hätte schnalzen lassen und die Pferde angetrieben hätte, sich in Bewegung zu setzen, wäre Daisy Meadows zweifelsohne postwendend wieder ausgestiegen und hätte ihm unmissverständlich mitgeteilt, was sie von seiner Anmaßung hielt. Seine Lippen verzogen sich zu einem Grinsen.

Er stand da, als ihre Kutsche die Straße entlangfuhr, bis sie nur noch ein kleiner schwarzer Punkt vor dem grauen Hintergrund des Himmels war. Regen durchnässte seinen Umhang.

Ihm war bis zu diesem Augenblick gar nicht bewusst gewesen, wie sehr es ihm gefehlt hatte, zu lächeln.

Kapitel 6

Daisy saß auf dem türkisfarbenen Sofa im Blauen Salon und beschäftigte sich wieder mit ihrer Stickarbeit. Ungeduldig zerrte sie den karmesinroten Faden durch den Stoff.

Mit einem Seufzen hielt sie inne, um ihren sechsten Versuch eines Herzens in dieser Woche prüfend zu betrachten. Es war ein gewisser Fortschritt erkennbar. Dieses hier erinnerte zwar eher an zwei nebeneinanderliegende Tränen, doch das war gegenüber dem lustlosen Kreis mit der Delle in der Mitte eine entschiedene Verbesserung.

Sie warf den Stickrahmen hin und kam auf die Füße. Sonnenstrahlen fielen durch die geöffneten Vorhänge und tauchten das Zimmer in ein weiches, beinahe ätherisches Licht. Von der Wärme angezogen schlenderte sie zum Fenster und schob die Vorhänge noch weiter zurück, genoss die Wärme auf ihren Wangen. Nach mehreren Tagen Regen waren die dicken Wolken am Himmel aufgebrochen und hatten einen seltenen Blick auf die Sonne freigegeben.

Daisy schaute auf die geschäftige Straße vor dem Haus. Sie hatte den Herzanhänger nicht gefunden. Natürlich war sie nicht so naiv gewesen, ernsthaft zu glauben, es würde ihr ohne

Weiteres gelingen, die alte Zigeunerin an nur einem Nachmittag aufzuspüren.

Wobei es nicht vollkommen nutzlos gewesen war. Ein Lächeln spielte um ihre Lippen, während ihr Herz wild klopfte. Denn gestern, an dem kalten, trüben Londoner Vormittag, war ihr eine erschütternde Erkenntnis gekommen: Obwohl sie immer geglaubt hatte, dass Auric sie in all den Jahren gar nicht wahrgenommen hatte, wusste sie jetzt, sie war für ihn nicht unsichtbar.

Wenn seine Verbindung zu ihr lediglich in seinem Verantwortungsbewusstsein wurzeln würde, so hätte er in dem Moment, als er vorgesprochen, aber erfahren hatte, dass Mutter indisponiert und Daisy ausgegangen war, auf dem Absatz kehrtmachen und sich in einen seiner Clubs begeben können oder tun, was auch immer ein Gentleman so tat. Stattdessen hatte er Frederick ausgefragt.

Und er war ihr nachgefahren. Wenn sie aufrichtig sein sollte, nach Jahren, in denen sie weder gesehen noch gehört oder bemerkt worden war, hatte die Entdeckung, dass sie für die, auf die es ankam, nicht aufgehört hatte zu existieren, wie sie es so lange geglaubt hatte, etwas entschieden Belebendes.

Zugegeben, er war eher brüsk, barsch und sehr herzoglich gewesen, aber darunter waren auch Anzeichen von Sanftheit gewesen. Ihre immer noch wunden Hände begannen zu prickeln, als sie an das Gefühl seiner Finger auf der weichen Haut ihrer Handfläche dachte. Ihr breit lächelndes Gesicht spiegelte sich in der Fensterscheibe.

Sie wirbelte herum und wandte sich an ihre Zofe Agnes, die in einer Ecke saß. »Wir kehren zurück nach Gipsy Hill.«

Die junge Frau zögerte. »Sind Sie sicher, Mylady? Seine Gnaden …«

»Ach, komm, Agnes.« Sie wollte nichts von Aurics anmaßender Meinung über ihre Ausflüge hören. »Die Sonne scheint.

Gipsy Hill ist im Sonnenschein viel schöner als an einem kalten, trüben Regentag.«

»Wie Sie meinen.« Was natürlich hieß, dass Agnes die Idee aus tiefstem Herzen verabscheute, aber zu höflich war, das auszusprechen. Mit der Begeisterung von jemandem, der zum Galgen geleitet werden soll, stand sie auf. Sie warf einen zweifelnden Blick zu den zurückgezogenen Vorhängen. »Ich bestelle die Kutsche, Mylady«, verkündete sie.

Kurze Zeit später kam Daisy aus dem Salon ins Foyer. Frederick stand wartend bereit, ihren grünen Umhang in den Händen. Sie musterte den Butler vorsichtig.

»Frederick«, sagte sie, während sie sich den Umhang umlegen ließ. »Ich möchte noch einmal einen Einkaufsbummel unternehmen.« Sie warf ihm einen Blick unter zusammengezogenen Brauen zu. »In Gipsy Hill.« Mit einundzwanzig Jahren genoss sie die Freiheit, einzukaufen, wo sie es wollte.

Der Geist eines Lächelns spielte um seine Lippen. »Sehr wohl, Mylady.«

»Falls gewisse … Leute«, beziehungsweise ein bestimmter Herzog, »zufällig vorbeikommen und sich nach meinem Aufenthaltsort erkundigen«, womit sie ganz gewiss nicht rechnete, da Auric ja schon seinen wöchentlichen Pflichtbesuch erledigt hatte, »wären Sie da bitte so freundlich, nicht zu erwähnen, wohin ich mich gewandt habe?«

Schließlich würde es ihr vermutlich nie gelingen, den Anhänger zu finden, wenn ihre Bemühungen ständig von einem Butler, der meinte, sie beschützen zu müssen, und einem sturen Narren, der zu blind war, zu erkennen, dass sie rettungslos in ihn verliebt war, vereitelt wurden.

»Wie Sie wünschen, Mylady.« Frederick neigte den Kopf. Er drückte sich eine Hand aufs Herz. »Ich versichere Ihnen, dass ich mit keinem Wort Ihr Ziel gegenüber Sein… äh … einem gewissen Gentleman erwähne.«

Daisy betrachtete ihn einen Moment lang, um seine Aufrichtigkeit einzuschätzen. Frederick war ihr gegenüber stets loyal gewesen. Er hatte sie nie an ihre gestrengen Gouvernanten verpetzt, wenn sie sich vor ihnen versteckt hatte, und manchmal, wenn Mutter einen ihrer Wutanfälle hatte, hatte er sie sogar vor der Hausherrin gedeckt.

Er hob eine buschige weiße Augenbraue. »Gibt es noch irgendetwas, das Sie benötigen, Lady Daisy?«

Nur seine Verschwiegenheit. »Nein, das ist alles.« Mit einem Nicken trat sie durch die offene Tür und eilte die paar Stufen zu der wartenden Kutsche hinab. Sie ließ sich von dem Lakaien hineinhelfen und setzte sich auf die Bank gegenüber ihrer Zofe.

Der Diener schloss die Tür hinter ihr, und dann schwankte der Wagen, als der Fahrer auf seinen Platz auf dem Kutschbock kletterte. Daisy setzte sich, von neuer Energie beflügelt, zurecht. All die Zeit hatte sie geglaubt, Auric würde sie gar nicht sehen. Aber ihre letzte Begegnung hatte ihr vor Augen geführt, dass das nicht stimmte. Vielleicht nicht in dem Licht, wie sie es sich wünschte. Doch nach dem, was Lady Stanhope ihr verraten hatte, brauchte sie lediglich den Herzanhänger.

Ihre Lippen verzogen sich zu einem Lächeln. Es fühlte sich so wunderbar an, diese Hoffnung zuzulassen. Sie hatte die Nüchternheit und Strenge ihrer Mutter und von Auric in den vergangenen Jahren oft beklagt, aber war sie selbst denn überhaupt anders gewesen? Mit den traurigen Gedanken, die sie quälten, hatte sie sich gar nicht so sehr von den beiden Menschen unterschieden, die ihr noch geblieben waren.

Nun, damit war jetzt Schluss. Die Zeit für Trauer, betrübte Mienen und Bedauern war vorüber. Lionel hätte nicht gewollt, dass einer von ihnen in einem Nebel der Traurigkeit durch das Leben wandelte. Sie starrte hinaus auf die vorüberziehenden Straßen. Nein, Lionel hätte sich vermutlich darangemacht, ihnen allen ein Lächeln zu entlocken oder sie zum Lachen zu bringen, weil er genau so ein Mensch gewesen war.

Es war Zeit, sein Andenken zu ehren – indem sie lebte und indem sie ihre Ängste überwand. Donner grollte über ihnen.

Ach was, Angst vor Donner? Stell dir einfach vor, Mutters und Vaters steife Gäste spielen bloß laut Kegeln …

»Mylady, vielleicht sollten wir umkehren?«, erkundigte sich Agnes von der gegenüberliegenden Bank. »Das Wetter schlägt um.«

Daisy beugte sich vor und tätschelte ihrer Zofe die Hand. »Ach was, das ist nur ein bisschen Donner.« Ihr Lächeln vertiefte sich. Sie hatte nicht vor, ihre Suche wegen eines kleinen Gewitters aufzugeben. Nein, da sie heute frei von Aurics nüchterner Gegenwart war, würde sie die Gelegenheit nach Kräften nutzen. Donner hin oder her.

* * *

Donner ließ die Grundmauern seines Stadthauses erbeben, und Auric erstarrte, seinen Federhalter in der Luft, seinen Blick auf die Handvoll Worte gerichtet, die er geschrieben hatte.

> *Lieber Lionel,*
> *erneut habe ich dich im Stich gelassen …*

Er klopfte mit seinem Federhalter gegen die Seite in seinem aufgeschlagenen Tagebuch. Sich hinzusetzen und die Worte aufzuschreiben, die er seinem Freund sagen wollte, hatte ihn am Anfang nach dessen Tod davor bewahrt, vollends den Verstand zu verlieren. Wenn er nicht schlafen konnte oder die hässlichen Erinnerungen ihm keine Ruhe ließen, schrieb er seinem Freund. Es brachte ihm Frieden, ehrlich zu sein – wenigstens auf den Seiten in dem in schwarzes Leder gebundenen Buch.

Nur dass er jetzt mitten in der Bewegung innehielt und auf diese neun Worte schaute. Heute war er abgelenkt. Er hielt seinen Stift hoch und betrachtete die scharfe Spitze. Mit zwei Besuchen bei der Marchioness of Roxbury in dieser Woche hatte er seine Pflicht mehr als erfüllt. Das vertraute nagende Schuldgefühl, das er stets in sich trug, hatte nicht nachgelassen.

Er seufzte. Und dann war da noch die lästige Angelegenheit mit Daisy. Verärgerung machte sich in ihm breit. Nein, das hier war etwas viel Heftigeres, Machtvolleres. Es raubte ihm den Atem, bis es ihn in den Fingern juckte. Er atmete ein paarmal tief durch. Welcher Wahnsinn hatte sie dazu bewogen, ganz allein nach Gipsy Hill zu fahren? Scherte sie sich nicht um die Gefahren, die einer jungen Dame drohten, die sich außerhalb der mondänen Viertel Londons bewegte?

Auric warf den Federhalter hin. Er griff in die Innentasche seiner Jacke und holte das kleine, silberne Lorgnon hervor, das sie ihm gestern gegeben hatte. Ein Sonnenstrahl fiel durchs Fenster und auf das glänzende Metall, von wo er reflektiert wurde und ein Muster aus Lichtflecken auf die Wände malte. Seltsam, wie es selbst inmitten solch bedrückender Dunkelheit einen Lichtschimmer geben konnte. Er nahm das Einglas von einer Hand in die andere und musste wieder über Daisy nachdenken.

Sie war immer noch ein keckes, unverschämtes junges Ding. Und aufreizend. Und lästig. Und wunderschön. Er runzelte die Stirn. Halt, wo verdammt war das denn hergekommen?

Es klopfte an der Tür.

Dankbar für die Unterbrechung schloss Auric sein Tagebuch und schob es zur Seite. »Herein.«

Ein Lakai trat ein, hatte einen kleinen Silberteller mit einem Brief darauf in der Hand. Der junge Mann eilte zu ihm und hielt ihm die Nachricht hin. Mit einem gemurmelten Dankeswort nahm Auric das zusammengefaltete Blatt Papier mit einer ihm fremden Handschrift. »Danke, das ist alles«, sagte er und begann den Brief aufzufalten.

Es erscheint mir unverzichtbar, Euer Gnaden davon in Kenntnis zu setzen, dass eine gewisse junge Dame erneut nach Gipsy Hill …

»Halt!« Auric sprang so rasch auf, dass sein Stuhl nach hinten kippte.

Der Lakai erstarrte auf der Schwelle.

»Mein Pferd«, befahl er barsch. »Ich brauche mein Pferd, augenblicklich.«

Der junge Mann nickte und eilte davon, um den Auftrag auszuführen. Mit einem finsteren Fluch überflog Auric noch einmal die Sätze auf dem nicht unterzeichneten Brief, dann stopfte er ihn sich in die Vordertasche seines Rockes. Mit großen Schritten durchmaß er den Flur und gelangte ins Foyer.

Was für einem Hirngespinst jagte sie jetzt schon wieder nach? Dass sie nicht nur ein-, sondern sogar zweimal nach Gipsy Hill aufbrach, dafür konnte es keine vernünftige Erklärung mehr geben. Und wenn er den nichtsnutzigen Kerl fand, der für diese unüberlegten Ausflüge verantwortlich war, dann würde er ihm, so wahr ihm Gott helfe, ein paar Zähne ausschlagen.

Sein Butler stand wartend da, Aurics Mantel in den gichtgekrümmten Fingern. Auric schlüpfte in das dicke schwarze Kleidungsstück. »Wann ist der Brief abgegeben worden?«

»Das ist noch nicht lange her, Euer Gnaden«, erwiderte der Mann viel zu ruhig.

Minuten? Sekunden? Stunden? »Wann?«, verlangte Auric knapp. Denn jeder Moment mehr war ein weiterer Moment, in dem die junge Dame allein unterwegs war, ohne Anstandsdame mit irgendeinem Tunichtgut … Ein tiefes Knurren stieg in seiner Brust auf.

»Sechs Minuten und ein paar Sekunden, Euer Gnaden.«

Hätte irgendjemand anders ihm diese Antwort gegeben, hätte er darin Sarkasmus vermutet. Allerdings nicht bei Justin, dem mustergültigen Bediensteten, der seine Pflichten mit militärischer Präzision erfüllte. Er zog die Tür auf, und Auric eilte hindurch und die Stufen hinab zu seinem bereitstehenden Pferd, einem schwarzen Wallach namens Valiant.

»Gipsy Hill«, murmelte er vor sich hin. Das Pferd wieherte, als wolle es sein Unbehagen zum Ausdruck bringen. Selbst sein verdammtes Pferd wusste es besser. Was zur Hölle hatte sie in der Gegend verloren? Es ließ ihm einfach keine Ruhe.

Der Stallbursche reichte ihm die Zügel. »Mylord?«, erkundigte er sich mit gefurchter Stirn.

Konnte sie nicht in der Bond Street bleiben, wie alle anderen vernünftigen jungen Frauen auch? »Nichts«, antwortete er knapp und bedankte sich verspätet.

Er saß auf und trieb Valiant an. Andererseits war sie noch nie wie irgendeine andere englische Lady gewesen. Sie war schon immer schamlos kühn und stolz und – er biss die Zähne zusammen – furchtlos gewesen. Früher einmal hatte er das amüsant gefunden.

Jetzt, da sie erwachsen war, war es wesentlich weniger unterhaltsam. Genau genommen hatte es überhaupt nichts auch nur im Geringsten Witziges, wenn Daisy in Gipsy Hill unterwegs war. Zum wiederholten Male. Nachdem er es ihr ausdrücklich verboten hatte.

Auric lenkte sein Pferd schneller durch die dankenswerterweise gerade nicht überfüllten Londoner Straßen, in Richtung Gipsy Hill. Mit jedem Moment wurde ihm deutlicher bewusst, wie sehr er Lionel und Daisy im Stich gelassen hatte.

Er hatte sich der irrigen Annahme hingegeben, dass die Aufmerksamkeit, die er Daisy und ihrer Mutter in den vergangenen Jahren geschenkt hatte, ausreichend gewesen war. Er hatte in seinem übervollen Tagesablauf Platz gemacht, um die beiden regelmäßig zu besuchen.

Er hatte dafür gesorgt, dass er bei ihrem Debüt anwesend war, und hatte ihr seine Unterstützung als Duke of Crawford zukommen lassen. Der Schmerz, dass er quasi die Stelle ihres Bruders vertreten hatte, als er neben der jungen Dame mit den riesigen Augen und zu vielen weißen Rüschen stand, in dem Wissen, dass es eigentlich die Aufgabe eines anderen wäre, würde ihn nie verlassen. Es hätte Lionel sein sollen.

Auric tätschelte Valiant die Mähne und trieb ihn mit einem leichten Schenkeldruck zu einem höheren Tempo. Gehorsam streckte der Wallach die Beine. In seiner Hingabe an Lionels Familie hatte Auric geglaubt, was er tat, würde helfen, seine Schuldgefühle über den Verlust seines Freundes zu lindern. Die Zeit hatte ihm jedoch bewiesen, dass er nie frei von ihnen sein würde. Nicht ein einziger Tag und keine einzige Nacht war vergangen, ohne dass ihn die Erinnerung an Lionels letzten Abend überfiel.

Jung und noch an der Universität waren er und Lionel leichtsinnig und voller Tatendrang gewesen, hatten in einer Welt gelebt, in der ihr Stand als Adelige sie immun gemacht hatte gegen die harten Realitäten des Lebens. Auf Aurics Vorschlag hin hatten sie eine Spielhölle in Seven Dials aufgesucht.

Galle brannte ihm sauer in der Kehle. Lionel hatte zu einem der saubereren und sichereren Teile Londons zurückkehren wollen. Und was hatte Auric auf das Unbehagen seines Freundes hin geantwortet? Er hatte spöttisch gelacht und ihm angeboten, ihm eine Dirne zu spendieren. Dann hatte er Lionel mit einer spärlich bekleideten Schönheit nach oben geschickt.

Lionel war nie wieder heruntergekommen. Nicht lebend.

Geistesabwesend betrachtete Auric die Schaufenster und Holzkarren, die die Straßen säumten, und verlangsamte Valiants Tempo. Die Möglichkeit, dass nun auch Daisy in

Gefahr war, ließ ihm keine Ruhe. Wenn sie in ihrer naiven Vertrauensseligkeit zu Schaden kam, wenn sie Orte wie Gipsy Hill aufsuchte, würde ihn das zerstören.

Auric suchte mit den Augen die überfüllten Straßen ab, dann fiel sein Blick auf einen Schopf wirrer, dunkelbrauner Locken und einen vertrauten Umhang. Der leuchtend grüne Stoff war ein Farbklecks an dem grauen Regentag. Mit einem lästerlichen Fluch brachte er sein Pferd zum Stehen und sprang aus dem Sattel. Er winkte einen jungen Burschen zu sich, ohne den Blick von Daisy zu wenden.

Der Junge kam herbeigelaufen.

»Halte ihn mal eine kurze Weile für mich«, trug er ihm auf. Er zog einen Beutel mit Münzen hervor und warf ihn dem Burschen zu, der ihn mühelos aus der Luft auffing. »Und es gibt mehr, wenn ich zurückkehre.«

Der Junge warf sich in die Brust und bezog neben Aurics Wallach Stellung.

Auric machte sich an Daisys Verfolgung. Er runzelte die Stirn, als sie vorsichtig über eine besonders große Pfütze stieg, und schaute sich nach einem kräftigen Lakaien um. Ihm entwich ein unwirsches Brummen. Verdammt noch mal, sie besaß nicht mal so viel Vernunft, dass sie einen Diener zu ihrem Schutz mitnahm. War ihr nicht klar, dass der Kutscher, der bei ihrem Landauer bleiben musste, ihr wenig helfen würde? Nicht hier, wo es vor zwielichtigen Gestalten nur so wimmelte.

Genau da blieb Daisy an einem großen Verkaufskarren stehen und zeigte mit einer Hand auf ihren Hals. Eine alte Zigeunerin mit strähnigem Haar schüttelte einmal den Kopf, und Daisy ging weiter. Dieses Mal blieb sie an dem Verkaufsstand eines Mannes stehen, dessen Alter sich schlecht schätzen ließ.

Mit wachsendem Zorn beschleunigte Auric seine Schritte. Er hatte sich so daran gewöhnt, dass die Leute sein Wort als herzoglichen Befehl betrachteten, dass er, als er Daisy gestern wieder in ihre Kutsche verfrachtet hatte, überhaupt nicht auf die Idee gekommen war, dass sie sich seiner Anweisung widersetzen könnte – einer Anweisung, die er ihr zu ihrem eigenen Schutz gegeben hatte.

Er lief schneller, während sie weiterschlenderte. »Ich hätte mit ihrer Mutter sprechen müssen«, sagte er halblaut zu sich selbst, was ihm neugierige Blicke von den Männern und Frauen eintrug, die ihre Waren feilboten. Mit dem einen Fuß trat er in eine tiefe Pfütze, achtete gar nicht weiter auf das kalte Wasser, das seine früher einmal glänzend polierten Stulpenstiefel durchweichte.

Denn wenn er mit der Marchioness gesprochen hätte, würde Daisy jetzt sicher aufgehoben in ihrem Zuhause sein oder wenigstens unter der Obhut einer Anstandsdame, die über genug gesunden Menschenverstand verfügte, ihren Schützling zur North Bond Street zu bringen, wo alle jungen Damen einkaufen gingen. Nun, nicht alle jungen Damen, wie Daisys Anwesenheit hier bewies. Aber zumindest die vernünftigen.

Auric trat auf die Kopfsteinpflastergasse, gerade als Daisy ihre Kapuze zurückschob. Er blieb wie angewurzelt stehen, als ein Sonnenstrahl durch eine Lücke zwischen den dicken, weißlich grauen Wolken hindurch auf ihre zarte Haut und auf die seidigen braunen Locken fiel, die im Nacken lose zusammengesteckt waren.

Ein Windstoß löste eine Strähne aus der Frisur und wehte sie ihr ins Gesicht. Sie lachte über etwas, das der Verkäufer zu ihr sagte, und strich sie sich hinters Ohr. Ihm stockte der Atem. Und er, der bis dahin nur Blondinen wahrgenommen hatte, sah auf einmal eine Brünette.

Die nächste Gewitterwolke schob sich vor die Sonne, gerade als eine Kutsche vorbeifuhr und Auric aus dem Bann riss, den Daisy vorübergehend über ihn geworfen hatte. Die Welt drehte sich wieder. Und Verärgerung, ein wesentlich sichereres

Gefühl gegenüber Lionels Schwester, vertrieb den Anfall von Wahnsinn. Auric blickte nach links und rechts, dann eilte er über die Straße.

Daisy wickelte sich fester in ihren Umhang und ging weiter. Er folgte ihr, beschleunigte seine Schritte. Sie blieb neben einem anderen großen Holzkarren stehen, der von Stoffen und Firlefanz überquoll, und sagte etwas zu der älteren Frau mit dem weißen Haar, die dahinter stand. Mit dürren Fingern durchsuchte die Zigeunerin ihre Waren. Daisy zog die Brauen zusammen, dann schüttelte sie den Kopf.

Die alte Frau kramte erneut und hielt dann eine Kette hoch. Daisy nahm sie und drehte sie in den Händen, dann schüttelte sie wieder den Kopf, reichte sie der Frau zurück. Was war der Grund für die irgendwie verloren wirkende Kopfbewegung? Hatte sie nicht genug Geld? Suchte sie etwas Auffälligeres? All diese Möglichkeiten passten überhaupt nicht zu dem, was er über sie wusste.

Er verschränkte seine Arme und klopfte mit den Fingerspitzen auf seine Ärmel. Vielleicht kannte er sie wesentlich weniger, als er gedacht hatte. Denn das lebhafte junge Mädchen von früher hätte nicht alles für ein Schmuckstück aufs Spiel gesetzt. Die romantische Frau, die glaubte …

Er hielt inne, während sich seine Gedanken quälend langsam in Gang setzten und dann immer schneller durcheinanderschossen, während er sie noch zu ordnen versuchte. Eine romantische Frau, die an Liebe glaubte, würde durchaus ihre Sicherheit riskieren und allein herkommen, ohne Anstandsdame.

Trotz der Entfernung zwischen ihnen konnte er ihre üppigen roten Lippen sehen, die sich zu einem Lächeln verzogen. Ein gefährliches Bild erschien vor seinem geistigen Auge – wie ein Schuft, der Gentleman, mit dem sie sich vermutlich hier treffen wollte, diesen Mund mit seinem bedeckte, ihn erforschte …

Blinde Wut, die sich verdächtig nach Eifersucht anfühlte, durchströmte ihn, vertrieb alle mäßigenden Gedanken. Er rang um Selbstbeherrschung. Die Vorstellung, dass er wegen Lady Daisy Meadows Eifersucht verspürte, war lachhaft. Auric hatte eine Verpflichtung Lionel gegenüber, und das war der einzige Grund für diese lästige Wut.

Daisy legte offenkundig keinen Wert auf Sicherheit, aber Auric schuldete es Lionel, dafür zu sorgen, dass ihr nichts zustieß. Doch warum verspürte er einen so heftigen Wunsch, den namenlosen Verehrer mit bloßen Händen zu würgen? Mit zornigen Schritten marschierte er zu ihr und baute sich neben ihr auf. »Was haben wir denn hier?«

Ein erschreckter Ausruf entwich Daisy, und sie wirbelte herum. Dabei riss sie die Faust hoch und traf ihn damit an der Nase.

Er blinzelte. Bei Gott, sie hatte ihn geschlagen. Er versuchte das noch zu verarbeiten, als er bemerkte, dass ihm Blut aus der Nase lief.

»Auric!« Der Schreck und das Entsetzen in Daisys Miene vertrieben alle Erinnerungen an jene furchtbare Nacht. »Meine Güte, du hast mich so erschreckt.«

Und er wusste, er musste wie der größte Narr überhaupt aussehen, aber wie er da so stand und sich die schmerzende Nase hielt, grinste Auric.

* * *

Ach du gute Güte!

Daisy schlug sich eine Hand vor den Mund. Ihr Herz hämmerte immer noch von dem Schreck von Aurics unerwartetem Auftauchen. »Ich hab dich geschlagen«, stieß sie hervor. Und dann bemerkte sie die roten Tropfen unter seinen Fingern.

Auric tastete seinen Rock ab und zog ein Taschentuch hervor. Er presste es gegen seine Nase und zuckte zusammen. »Allerdings«, antwortete er gedehnt und klang viel amüsierter, als es die Lage rechtfertigte.

Die alte Verkäuferin hielt einen schmalen Stoffstreifen hoch. Daisy nahm ihn der Frau ab. Sie zog ihre Unterlippe zwischen ihre Zähne, und Schuldgefühle stürmten auf sie ein. »Es tut mir so leid«, sagte sie hastig. Und das tat es. Aber dennoch … »Du hast mich zu Tode erschreckt.« Es gehörte sich nicht für einen Mann, sich so an eine Frau heranzuschleichen.

Er hielt weiter das mit seinem Monogramm bestickte Taschentuch an seine Nase. »Du hast da eine bemerkenswerte Rechte. Sogar Gentleman Jackson persönlich wäre beeindruckt.«

Daisy pflückte das Taschentuch aus seinen Fingern und stopfte es in ihr Retikül. Sie gab ihm den Stoff, den die Zigeunerin ihr gereicht hatte. »Lionel«, erklärte Daisy. Sie suchte etwas in ihrer Tasche und reichte der alten Frau mehrere Münzen, die das kleine Vermögen mit großen Augen entgegennahm.

Als Auric Daisy nur verwirrt anschaute, führte sie näher aus: »Lionel hat es mir beigebracht. Er hat gesagt, alle jungen Damen sollten wissen, wie sie sich verteidigen können.« Als hätte er irgendwie gewusst, dass er nicht da sein würde, um selbst auf sie aufzupassen.

»Ich vermute, dass Lionel sich dabei nicht vorgestellt hat, dass du dieser Fertigkeiten beim Einkaufen bedürfen würdest.« Er neigte seinen Kopf dichter zu ihr. »Ohne Anstandsdame, wieder einmal.« Sein Atem strich über ihre Lippen, er roch schwach nach Brandy und Minze. Seine Männlichkeit hüllte sie förmlich ein und wärmte sie von innen.

Ihre Lider flatterten, als sie sich einen Herzschlag lang vorstellte, dass er sie küssen wollte, genau hier, auf den dreckigen Straßen von London, wo alle sie sehen konnten. Was wirklich ziemlich lachhaft war, denn der anständige, mächtige Duke of

Crawford würde nie etwas so skandalös Wunderbares tun, wie Daisy Meadows mitten in London auf den Mund zu …

»Daisy?«

»Hmm?«

»Hast du was im Auge?«

Sie riss sie auf, und ihre Haut wurde ganz heiß, als sie sah, wie Auric sie musterte. Die Verkäuferin reichte ihr ein weiteres Tuch. »Äh …« Sie winkte ab. »Nein.«

Seine kastanienbraunen Augenbrauen rückten dichter zusammen.

»Äh, das heißt … Ich hab nichts im Auge.« Nur, wie sonst sollte sie das alberne Flattern ihrer Wimpern erklären? »Oder vielleicht doch«, sagte sie hastig, ihr Mund war schneller als ihr Verstand. »Aber jetzt nicht mehr. Ich glaube, es ist mir gelungen …« *Halt den Mund, Daisy Meadows. Hör auf zu reden.* Ihre Worte erstarben, als er sie weiter forschend anschaute. »Es ist alles in Ordnung«, sagte sie mit einem leichten Seufzen. Der Wind zerrte an ihrem Umhang, und sie zog ihn enger um sich.

»Was machst du eigentlich hier?«, fragte er ernst.

Sie hob die Schultern zu einem kleinen Achselzucken. »Einen Einkaufsbummel.« Das stimmte. Auch wenn sie nicht auf der Suche nach irgendwelchem Tand war.

»Die Daisy, an die ich mich erinnere, liebte es, im Herrensitz zu reiten und zu fluchen. Einkaufen verabscheute sie.«

Sie biss sich auf die Innenseite ihrer Wange. Sah er sie immer noch so? Als das kleine, lästige Mädchen, das ihm und Lionel auf Schritt und Tritt gefolgt war? Und irgendwie hatte er ja recht. Sie war inzwischen zwar vielleicht eine erwachsene Frau, aber an ihrem Abscheu vor Einkaufsbummeln hatte sich nichts geändert. Sie war das irgendwie vorwurfsvolle Seufzen der Modemacherinnen angesichts ihrer üppigen Formen mehr als leid.

»Was ist so wichtig, dass du ohne Begleitung hergekommen bist, Daisy?«, wollte er mit seiner tiefen Stimme wissen.

Wäre sein Tonfall missbilligend oder herablassend gewesen, hätte sie auf dem Absatz kehrtgemacht und seine Frage einfach ignoriert. Aber das war er nicht. Stattdessen klang seine Frage sanft und eindringlich zugleich.

»Ich suche nach einer Kette.« Nach Jahren der Nichtbeachtung wärmte sie das Wissen, dass jemand interessiert war und sich um sie kümmerte.

Er steckte das blutbefleckte Stück Stoff in seinen Mantel. »Irgendeine besondere Kette?«

Sie hatte schon vor langer Zeit gelernt, dass Argwohn angebracht war, wenn Auric zu viele Fragen stellte. Daisy betrachtete ihn misstrauisch. »Vielleicht«, sagte sie schließlich unverbindlich. Sie wappnete sich für sein strenges Herzogsmissfallen.

Seine Lippen zuckten auf eine Art und Weise, die sie an den zum Necken aufgelegten jungen Mann erinnerte, als den sie ihn früher gekannt hatte. »Das ist nicht sehr genau.« Er verschränkte die Arme wieder vor seiner Brust. Und wartete. Und weil sie aus erster Hand wusste, wie hartnäckig und stur er sein konnte, vielleicht sogar besser als irgendjemand anders, war ihr klar, dass er viele Stunden lang hier stehen bleiben würde, sogar bis es Nacht wurde, wenn es nötig war.

»Also gut.« Daisy wippte auf ihren Schuhsohlen. »Es ist eine Kette mit einem Herzanhänger.« Sie spreizte Daumen und Zeigefinger ein wenig. »Ungefähr so groß, aus Gold und mit einem eingravierten Muster.«

Auric blickte die Gasse entlang auf die endlosen Reihen von Verkaufskarren und Ständen mit den zahllosen Waren. »Und du glaubst, dieses Herz hier finden zu können?«

»Ja«, antwortete Daisy leise. Sie *musste* dieses Herz finden. Denn laut Lady Anne und deren Schwester würde das bedeuten, dass sie auch Aurics Herz gewann. Die Einfältigkeit solcher

Überlegungen entging ihr nicht, aber trotzdem … Sie musste daran glauben: den Anhänger, Auric, den Traum von ihnen beiden. Ohne diese kleine Hoffnung würde sie sich leer fühlen.

Sie machte sich auf sein kühles Lächeln und die spöttischen Worte gefasst. Doch eine lange Weile sagte er nichts, und sie begann unruhig zu werden. Es wäre ihr wirklich viel lieber, er würde endlich etwas erwidern – selbst wenn er sich mit seiner Antwort über sie oder die Sinnlosigkeit ihrer Suche lustig machen würde. Alles war besser als dieses Schweigen.

Sie schaute sich um und entdeckte ihre Zofe. Agnes eilte zwischen den Wagenreihen hindurch, erfüllte pflichtschuldig ihre Aufgabe. Wieder blickte Daisy zu Auric.

Er bot ihr seinen Ellbogen.

Daisy reckte das Kinn und verschränkte die Arme vor der Brust. »Ich gehe nicht weg, Auric. Ich werde mich von dir nicht in die Kutsche setzen lassen, als wäre ich ein unartiges Kind. Ich bin eine erwachsene Frau und …«

»Daisy?«

»Ja?«

»Nimm meinen Arm.« Sein glatter Tonfall verriet durch nichts, was er dachte.

Sie musterte ihn argwöhnisch. Denn sicherlich war er ihretwegen verärgert, wie es in letzter Zeit so oft der Fall gewesen war. »Warum?« Sie würde sich nicht einfach so in ihre Kutsche verfrachten lassen, wie er es gestern mit ihr gemacht hatte.

Der Geist eines Lächelns spielte um seine Lippen. »Du brauchst eindeutig Hilfe bei der Suche nach dieser Kette.«

Ihr Herz setzte einen Schlag lang aus. »Was?« Sie hasste, wie atemlos sie klang.

Auric deutete auf die Wagen, die die Kopfsteinpflastergasse säumten. »Ich könnte es mir nicht verzeihen, wenn ich dich dir selbst überlasse, sodass du allein in all diesen Verkaufsständen nach dem Blumenanhänger suchst.«

Er wollte ihr helfen. »Es ist ein Herz«, flüsterte sie. Sicherlich war es einfach der Wunsch, sie zu beschützen, nur seinem Pflichtbewusstsein geschuldet, aber er brachte sie nicht wie gestern zurück zur Kutsche. Stattdessen blieb er bei ihr.

Er hob einladend seinen Arm.

Mit einem Lächeln legte Daisy ihre Fingerspitzen auf seinen Rockärmel. Dann gingen sie die Straße weiter hinunter.

»Ein Herz, sagst du?«

Sie nickte.

»Was ist so Besonderes an diesem Anhänger?«

Alles war besonders am »Herz eines Herzogs«-Anhänger. Ihre Finger gruben sich in den Stoff seines Ärmels. Sie hielt den Blick nach vorn gerichtet und hob ihren Rocksaum, als sie einer tief aussehenden Pfütze auswichen.

»Nun, er ist …«, sie suchte nach Worten, »schön.« Da sie die Kette nie zuvor zu Gesicht bekommen hatte, konnte sie das nicht wirklich wissen. Allerdings kannte sie den besonderen Zauber und die Legende rund um das berühmte Schmuckstück. Das allein reichte, um es schön zu machen.

Er blieb an einem Wagen stehen. Daisy ließ seinen Arm los und trat näher, suchte mit den Augen die Waren ab. »Leider kann ich dein Herz nicht sehen.«

Sie nahm ein kleines Einglas und spähte durch die Linse. »Vielleicht haben Sie Ihr Lorgnon vergessen, Euer Gnaden?« Aurics Züge verschwammen, und sein schiefes Lächeln wechselte von scharf zu unscharf und wieder zurück.

»Kann ich Ihnen bei der Suche nach etwas Passendem für Ihre Dame behilflich sein, Eure Lordschaft?«

Das Lorgnon entglitt ihren Fingern und landete in der Auslage. »Oh, nein. Ich …«

Auric begann die Sachen durchzugehen. Er hielt ein Paar Haarkämme in Schmetterlingsform hoch, in die ein zierliches rotes Herz eingraviert war. »Wir nehmen die hier.« Er holte eine Münze aus seiner Tasche und warf sie dem beglückten Verkäufer zu. Der grinste, wobei er eine Reihe von schiefen Zähnen enthüllte.

Der Herzog reichte Daisy die Kämme, die sie betrachtete. Es war völlig ungehörig, hier mit ihm zu stehen, und es würde ihren Ruin bedeuten, wenn sie dabei beobachtet werden würde, dass sie ein Geschenk von ihm akzeptierte.

»Nimm sie, Daisy«, drängte er.

Sie fuhr mit dem Finger über die herzförmige Verzierung in der Mitte der beiden Kämme. *Ein Herz.* Nicht das sagenhafte Schmuckstück, das Frauen suchten, die sich einen Herzog zum Gemahl wünschten. Dieses besondere Symbol tauchte wieder und wieder auf, als Schmuckstück, auf ihren furchtbaren Stickarbeiten und jetzt … bei Aurics Geschenk.

Er hielt ihr wieder seinen Arm hin. »Und nun, lass uns weiter nach dem Anhänger suchen, der zu deinen Kämmen passt.«

Daisy öffnete ihr Retikül und ließ sie hineinfallen. Doch als sie seinen Arm erneut ergriff, öffnete der Himmel seine Schleusen, und es begann in Strömen zu regnen. *Mist, elender, verflixter Mist.* Sie spähte zu den grauen Wolken über ihnen.

Auric lehnte sich zu ihr herunter. Ihr Herz setzte kurz aus, aber dann zog er ihr lediglich die Kapuze wieder über die Haare. »Ich fürchte, das Wetter mag nicht mitspielen bei deiner Suche nach diesem besonderen Anhänger.«

Sie blickte über die Straße dorthin, wo ihre Zofe gerade hastig herangeeilt kam. Mit einem bedauernden Seufzen ließ sie sich von Auric zurück zu ihrem Landauer bringen.

Ihr Kutscher wartete schon mit geöffneter Tür. Agnes kletterte rasch hinein.

Daisy zögerte, wollte nicht, dass der Augenblick vorüber war. »Danke, Auric«, sagte sie leise.

Er neigte den Kopf. Der stetige Regen durchweichte sein kastanienbraunes Haar und lief ihm in Rinnsalen über die

Augen, seine aristokratische Nase und die harten Lippen. Und trotzdem blieb er makellos elegant, auf kühne Weise attraktiv. So musste Poseidon, der mächtige griechische Gott des Meeres, ausgesehen haben, wenn er aus den Tiefen auftauchte. Sie seufzte.

»Daisy?«

Er war wirklich großartig. »Ja, Auric?« Mehr, als es irgendeinem Mann zustand.

»Falls du dir keine Lungenentzündung holen möchtest, schlage ich vor, dass du einsteigst.« Damit schubste er sie praktisch in die Kutsche.

Nachdem der Fahrer die Tür hinter ihr geschlossen hatte, schaute sie durch die Fensterscheibe zu, wie Auric die Straße überquerte und zu seinem eigenen Pferd zurückkehrte. Sie stützte ihr Kinn in die Hand und lächelte.

Kapitel 7

Daisy ließ ihre Finger über den Rand des zerknüllten Taschentuchs gleiten, das sie früher am Tag in ihr Retikül gestopft hatte. Sie studierte die Initialen, die mit Goldfaden in den Stoff gestickt waren. Ihre Suche nach dem »Herz des Herzogs«-Anhänger hatte ihr bislang zwar verletzte Handflächen, eine rote Nase und ein Taschentuch, das Auric gehörte, beschert, aber keine Kette.

Sie saß auf der Bettkante und starrte wehmütig auf das Stück Stoff in ihren Händen. Wenn es auch nicht der legendäre Anhänger war, gehörte es doch Auric und war daher kostbar. Daisy hob das Taschentuch an die Nase und erstarrte mitten in der Bewegung. Sie stöhnte auf und ließ den Kopf zurückfallen. »Ich bin wirklich armselig.« Jetzt war sie mit einem Mal eine schwärmerische Gans geworden.

Es klopfte an der Tür. Rasch hob sie den Kopf. »Ja?«

Ihre Zofe erschien auf der Türschwelle. »Die Marchioness erwartet Sie in der Halle, Mylady.«

Mit einem Seufzen schob Daisy das Stück Stoff unter ihr Kopfkissen. »Danke, Agnes.«

Die Zofe nickte und verschwand wieder.

Daisy stand in einer Wolke von grünen Satinröcken vom Bett auf. Sie hatte sich vor Lord und Lady Windermeres

Dinner-Gesellschaft gefürchtet, seit der Gesellschaft letztes Jahr und der im Jahr davor. Wenn sie darüber nachdachte, hatte sie diese Zusammentreffen im kleinen Kreis mit den steifen und überkorrekten Freunden ihrer Eltern immer gehasst.

Sosehr die Marchioness sich auch zurückgezogen hatte, konnte sie sich für den kleinen, intimen Zirkel besonderer Freunde doch aufraffen. Vielleicht fühlte sie sich so der Vergangenheit näher? Diese Freunde bemerkten aber entweder nicht, dass das Lächeln, das die Marchioness zeigte, falsch war, oder es war ihnen egal.

Daisy bewegte sich leise durch den Flur, ihre Schritte gedämpft durch den dünnen mauvefarbenen Teppich. Kurz nach Lionels Tod, als sie keine einzige Träne mehr hatte herausbringen können, hatte sie sich gefragt, wie viele Tage wohl vergehen müssten, bevor sie das Gefühl hatte, wieder atmen zu können. Sie hatte sich gefragt, ob sie jemals wieder lachen oder lächeln könnte oder sich überhaupt bewegen, ohne zu meinen, sich durch ein Meer aus Schmerz zu kämpfen.

Daisy blieb neben einer immer geschlossenen Tür stehen. Sie legte ihre Hand auf das Holz.

»Klopf dreimal, wenn du mich brauchst …«

Sie schlang ihre Arme um Lionels Taille. »Aber was, wenn du nicht da bist?«

»Ich werde immer da sein, Kleines …«

Sie glaubte, immer noch sein Lachen zu hören, das auf diese Worte eines Bruders, der sich für unverwundbar hielt, gefolgt waren.

Sie klopfte dreimal an die Tür. Egal, wie häufig oder wie fest sie anklopfte, er würde niemals zurückkommen. Nach seinem Tod hatte sie gedacht, sie würde nie wieder lächeln können. Doch trotz des Kummers, der immer noch die Macht hatte, ihr die Luft aus den Lungen zu pressen, hatte sie es schließlich wieder gelernt.

Daisy ließ ihre Hand zurück an ihre Seite fallen und ging langsam weiter den Korridor entlang. In den dunkelsten Momenten, wenn die Albträume kamen, hatte sie sich nach Aurics beruhigender Gegenwart gesehnt. Denn er war der Einzige, der sie verstehen konnte.

Als ihre Welt um sie herum zusammengebrochen war, hatte sie gewusst, wenn irgendjemand ihr wieder beibringen könnte, zu lachen und zu lächeln, würde es Auric sein. Denn er hatte sich eines ungelenken Mädchens ohne Freunde angenommen und hatte sie geneckt, als gehörte sie zu einem besonderen Club, in dem nur er, Lionel und Marcus Mitglieder waren. Nur dass nach Lionels Tod auch Auric für immer verändert war. Aus dem freundlichen Jungen war ein ernsthafter, oft finster dreinblickender Marquis geworden, der wenige Jahre später Herzog geworden war.

Aber wie auch nicht? Als Dame hatte man sie sorgfältig abgeschirmt von den Vorfällen jener Nacht, und als Resultat war es ihr möglich gewesen, fast normal weiterzumachen. Auric hatte als Letzter mit Lionel gesprochen, ihn gesehen und mit ihm gelacht, und für ihn war es nicht so leicht gewesen. Bis zu diesem Moment hatte sie nicht darüber nachgedacht, wie sehr es ihn getroffen und sicherlich auch verändert hatte.

Sie ging weiter in Richtung der großen Treppe, die ins Foyer führte. Ihre Mutter stand unten, wirkte teilnahmslos wie immer. Daisy hatte gelernt, wieder zu lachen. Ihre Mutter jedoch nicht.

Schnell lief sie die Treppe hinunter. »Hallo, Mutter.«

Die Marchioness zuckte zusammen. »Daisy«, murmelte sie.

Seltsam, sie hatte sich in den ersten dreizehn Jahren ihres Lebens stets gewünscht, dass ihre Mutter nicht die vollkommene Aristokratin wäre, die jede einzelne Veranstaltung der guten Gesellschaft auskostete. Jetzt würde sie ihre rechte Hand dafür geben, um ihre Mutter von früher zurückzubekommen.

Der Butler lächelte Daisy verständnisvoll zu und zog die Tür auf. Ihre Mutter trat nach draußen. Daisy folgte ihr zur Kutsche und ließ sich von dem Lakaien beim Einsteigen helfen. Er schloss die Tür hinter ihr, und dann setzte sich das geräumige Gefährt in Bewegung, in Richtung von Lord und Lady Windermeres Stadthaus.

»Ich vermute, Auric wird ebenfalls dort sein.«

Schon lange nur an ihre eigenen Gedanken und Worte als Gesellschaft gewöhnt, verspannte sich Daisy. Sie blickte auf.

Und ihre Mutter sprach weiter. »Es war so schön, ihn wiederzusehen. Er ist so ein lieber Junge.«

Ja, das war ihre Mutter, die da redete. Gefühle schnürten Daisy die Kehle zusammen, und sie schöpfte Hoffnung, dass sie vielleicht ins Leben zurückkehren und einen Grund finden könnte, wieder zu lächeln. Und sei es nur, weil sie sich an Lionels Freundschaft mit dem Herzog erinnerte. Das war auf jeden Fall dem stillen Geist vorzuziehen.

»Ja, das ist er.«

Dann schüttelte ihre Mutter den Kopf, und ihre Miene wurde wieder ausdruckslos, jede Spur von Lebhaftigkeit war wie weggewischt.

Daisy wandte ihre Aufmerksamkeit aus dem Fenster auf die vorüberziehenden Straßen. Ja, ihr Leben drehte sich wieder auf seiner langsamen, vorhersehbaren Achse, aber dennoch wollte sie mehr. Sie wollte Auric zurück, zumindest die Erinnerung an ihn. Den Traum, für den er stand.

Lord und Lady Windermeres Stadthaus kam in Sicht. Kerzenlicht drang aus den Fenstern und hüllte die beeindruckende weiße Stuckfassade in einen sanften orangefarbenen Schein. Sie ließ den Vorhang wieder zufallen, als der Fahrer den Kutschenschlag öffnete. Ihre Mutter stieg aus und wandte sich in Richtung der Eingangstür.

Daisy folgte ihr. Sie trat vorsichtig über die Pfützen und ging die wenigen Stufen zum Eingang hoch. Ein Butler öffnete die Tür und nahm ihre Mäntel entgegen, bevor er sie in den Salon im ersten Stock führte.

Etwa zehn von Lady Windermeres Gästen waren schon anwesend. Die Gastgeberin kam herüber, um die Marchioness zu begrüßen. Während die beiden Höflichkeiten austauschten, sah Daisy sich in dem opulent ausgestatteten Zimmer um. Ihr Blick fiel auf Lady Leticia, die neben Daisys Intimfeindinnen aus Kindertagen, den Schwestern Lady Caroline und Lady Amelia Davidson, saß. Leticia sagte etwas, und die anderen jungen Frauen kicherten.

Daisy seufzte. Auch wenn sich viele Aspekte ihres Lebens geändert hatten, waren es doch die alltäglichen Dinge, die sich mit einer ermüdenden Vorhersehbarkeit wiederholten.

In diesem Moment erschien Viscount Wessex an Daisys Seite. »Lady Daisy. Wie schön, dich zu sehen«, sagte er mit seinem üblichen Charme.

Daisy lächelte. »Wenn dein jüngeres Selbst dich in diesem Moment hören könnte, würde es dich als schlimmen Lügner bezeichnen.«

Seine Lippen verzogen sich zu einem Lächeln. »Aber wir werden alle erwachsen, oder? Das Leben hält uns mitleidlos die Fehler vor, die wir gemacht haben.«

»Ja, vermutlich schon.« Unwillkürlich wanderte ihr Blick auf der Suche nach Auric durch den Raum.

»Ich wage zu vermuten, dieser sehnsüchtige Ausdruck bedeutet, dass du einen bestimmten Gentleman suchst«, bemerkte der Viscount gedehnt. Er zog eine Augenbraue hoch, als sie ihn anschaute. »Vielleicht denselben Gentleman, den du schon auf dem Ball der Harrisons gesucht hast?«

Hitze kroch Daisy in die Wangen. »Nein.« Sie schüttelte den Kopf. »Das hab ich nicht. Ich meine …« Seine blauen

Augen funkelten. »Oh, du willst mich nur ärgern«, beendete sie den Satz, wobei ihr zu spät klar wurde, dass sie seine Vermutung bestätigt hatte, die gar nicht wirklich eine Vermutung gewesen war, sondern nur gutmütiges Necken.

»Ich habe dich geärgert«, fügte er leise hinzu. »Jetzt frage ich aus ganz anderen Gründen.«

Daisy bewegte sich unbehaglich hin und her. »Ich mag dich nicht gerne so ernst und in der Beschützerrolle. Mir gefällst du besser …«

»Egozentrisch und gleichgültig?«

»Ich wollte eigentlich ›sorglos und lächelnd‹ sagen«, fügte sie trocken hinzu.

Lord Wessex senkte die Stimme. »In diesem Fall scheint mir, dass ›sorglos‹ tatsächlich ›gleichgültig‹ gewesen ist.«

Daisy schnaubte abfällig. »Sei nicht albern.« Sie wischte seine Bemerkung mit einer Handbewegung beiseite. »Du hast genug eigene Verpflichtungen, mit deiner Mutter und deiner Schwester und …«

»Und ich hätte auf jeden Fall bemerken sollen, dass dir irgendein dahergelaufener Taugenichts schöne Augen macht.«

»Er ist kein Taugenichts.« Sein Gesichtsausdruck verriet ihr, dass sie genau in seine Falle getappt war. »Er ist nicht einmal echt«, murmelte sie leise, was im Grunde genommen keine Lüge war. Auf alle Arten, die wichtig waren, war sie praktisch unsichtbar für Auric.

»Du kannst mich gerne einen Narren schimpfen«, flüsterte er. »Aber halt mich nicht für einen Dummkopf, der eine so erbärmliche Lüge glauben würde.«

Daisy seufzte. Sie sollte dankbar sein, dass er und Auric sich um sie sorgten. Angesichts ihrer einsamen Existenz seit Lionels Tod sollte sie jedes bisschen Aufmerksamkeit, das man ihr schenkte, zu schätzen wissen … Und doch, sie wollte weder ihn noch Auric nur aus einem falschen Gefühl der Verpflichtung ihrem Bruder gegenüber. Keiner von beiden konnte ihn ersetzen, und das wollte sie auch gar nicht. Vor allen Dingen nicht bei Auric, dessen Herz sie schon so lange erobern wollte.

Aufgeregtes Geflüster, das wie eine Welle anschwoll, unterbrach ihre Unterhaltung, rettete sie vor einer Antwort.

Ihr Puls beschleunigte sich, als Auric auf der Schwelle erschien. Lord und Lady Windermere eilten herbei, um ihn zu begrüßen, während Auric seinen Blick durch den Salon schweifen ließ, als wenn er nach jemandem suchte. Am wahrscheinlichsten nach einer der Damen aus dem goldhaarigen Trio, das zusammen auf dem Sofa saß und in seine Richtung seufzte.

»Es sind Momente wie dieser, in denen ich froh bin, nur ein Viscount zu sein.«

Ein unerwartetes Lachen entschlüpfte ihr bei Marcus' Worten, dankbar, dass er nicht länger den missbilligenden Bruder spielte.

Sie blickte wieder zu Auric. Er stand da im Gespräch mit ihrer Mutter. Was auch immer er sagte, war wegen der Entfernung nicht zu verstehen. Die Marchioness nickte immer wieder. Wie hingebungsvoll Auric sich ihrer Familie widmete – ohne sie dabei je wirklich wahrzunehmen.

In diesem Moment prickelte Daisys Haut, und sie sah hoch. Zwei von Lady Windermeres Gästen schauten sie unverhohlen an und schüttelten mitleidig den Kopf. Daisys Magen zog sich zusammen, und sie wandte sich abrupt ab.

Da waren sie. Diese besonderen Blicke, die für sie und die Marchioness of Roxbury reserviert waren. Sie biss sich innen auf die Wange, während sie ein wildes Verlangen durchfuhr – ein Verlangen, bemerkt zu werden, nicht wegen der Tragödie, die ihrer Familie widerfahren war, oder wegen ihrer Verwandtschaft zu Lionel, sondern weil jemand bemerkte, dass es eine junge Dame mit dem Namen Daisy Meadows gab … Eine Frau, die es wert war, bemerkt und geliebt zu werden.

Sie sah wieder zu Auric. Er war noch immer in die Unterhaltung vertieft und sich nicht bewusst – wie er es nie war –, dass Daisy dort stand und wartete.

»Du bist stiller, als ich dich in Erinnerung habe, Daisy.«

Marcus' Bemerkung holte sie zurück in die Gegenwart. Sie zwang sich, ihre Aufmerksamkeit von Auric abzuwenden. »Es ist, wie du gesagt hast: Ich bin erwachsen geworden.«

Der Viscount öffnete den Mund, um etwas zu erwidern, blickte dann aber auf einen Punkt hinter ihrer Schulter.

»Wessex«, sagte eine gelangweilte, vertraute Stimme gedehnt.

Ein Schauer durchlief sie, und Daisy richtete sich auf und drehte sich um, um Auric zu begrüßen. Mein Gott, mit seinen langen Beinen war er wirklich schnell.

Marcus verbeugte sich, erwiderte den Gruß und erstarrte dann. »Was zur Hölle ist mit deinem Auge passiert, Crawford?«

Ein fleckiges Rot zog sich über Aurics Wangen. »Nichts«, presste heraus.

Belustigung spiegelte sich in Marcus' Miene, die einer Vertrautheit entstammte, der Aurics hoher Titel nichts entgegenzusetzen hatte. »Es sieht jedenfalls nicht nach nichts …«

»Halt den Mund«, fuhr Auric ihn auf sehr unherzogliche Weise an. Nicht zum ersten Mal fühlte Daisy Gewissensbisse wegen seiner Verletzung. Sein eindringlicher Blick ruhte auf ihr, und sie schluckte.

»Euer Gnaden.« Sie knickste kurz. »Ich hoffe, es geht dir gut.«

* * *

Sie hoffte, es ginge ihm gut? Meine Güte, würde sie ihm als Nächstes Tee und Kekse anbieten? Wessex schenkte sie ein sorgenfreies Lächeln und ihm einen halben Knicks und zwei Wörter in Form seines Titels?

»Ohne Zweifel«, antwortete er mit seinem schroffsten, hochmütigsten Ton, sodass sie das Gesicht verzog. Trotzdem ging es ihm ganz sicher nicht gut. Er war … Er wusste nicht, was er war. Verärgert vielleicht. Entrüstet? Wütend? Vermutlich eine Kombination aus allen dreien. Aus irgendeinem Grund störte ihn ihr enges Verhältnis zu Wessex. Was wirklich überhaupt keinen Sinn ergab. Jahre der Erziehung zu herzoglicher Höflichkeit halfen ihm hinauszupressen: »Es geht dir gut, Wessex?«

»War das eine Frage oder eine Aussage, Crawford?« Der Viscount klang belustigt.

»Das war ohne Frage eine Aussage«, sagte Daisy mit viel zu viel Erheiterung in ihrem Tonfall.

Dass sie sich auf seine Kosten amüsierte, ließ Auric die Zähne so fest zusammenbeißen, dass es schmerzte. Doch die beiden schienen entweder nicht zu bemerken, dass er wütend war, oder es war ihnen egal. Nach dem spitzbübischen Blick zu urteilen, der zwischen ihnen hin- und herwanderte, war es vermutlich Letzteres.

Dann hob Marcus den Kopf. »Mir geht es auch gut.« Er grinste langsam. »Wir haben nun festgestellt, dass es uns allen dreien«, er wackelte mit den Augenbrauen, »gut geht.«

Daisy lachte auf, und Wessex tat es ihr nach. Auric hätte ihm am liebsten eine Faust in den Magen geschlagen, weil er so verdammt unterhaltsam und charmant und so ein verdammt mustergültiger Aristokrat war, der Daisy zum Lachen brachte. Was ihm völlig egal sein sollte. Er sollte einfach nur froh sein, dass sie lächelte. War er aber nicht. Er war wütend, kochte geradezu vor Wut.

Nie war er glücklicher über die Unterbrechung durch einen Butler gewesen, der eintrat, um das Dinner anzukündigen. Wegen seines Ranges kam Lady Windermere zu ihnen.

Mit einem letzten Blick zu Daisy hielt er ihr den Arm hin, verdammte die alberne Komplexität der Tischordnung, die Daisy Wessex zur Tischdame bestimmte.

Während die Paare ihre Plätze an der festlichen Tafel mit den silbernen Kerzenleuchtern einnahmen, warf Auric einen Blick zu Daisy. Wessex sprach mit der Dame zu seiner Linken, Lady Leticia, die errötete und genau wie ihre Eltern seine Aufmerksamkeit genoss.

Daisy jedoch saß schweigend neben ihm und starrte die silbernen Kerzenleuchter an, und er fühlte sich an einen anderen Tisch zurückversetzt, in eine andere Zeit, an die er sich bis zu diesem Moment nicht mehr zurückerinnert hatte. Daisy, zehn oder elf Jahre alt, die Ellenbogen gedankenverloren auf den Tisch gestützt.

Die Erinnerung verschwand, während er darüber nachdachte, zu was für einer Frau sie herangewachsen war. Das Kerzenlicht tauchte ihre Wangen in ein weiches Licht, und er zuckte innerlich zusammen. Sie war wirklich erstaunlich schön, und dennoch, trotz dieser frischen, ungewöhnlichen Schönheit, haftete ihr etwas so Sehnsüchtiges, so Trauriges an.

Ein Schraubstock legte sich um sein Herz, als ihn die bekannte Schuld überkam. Durch seine Selbstsucht in der schrecklichen Nacht hatte er dafür gesorgt, dass es ihr jetzt so ging – und ihrer Mutter auch.

Als wenn sie seinen Blick auf sich spürte, sah Daisy hoch, einen fragenden Ausdruck in den Augen.

Auric beugte sich vor und flüsterte ihr ins Ohr: »Ist die Terrine zu weit von dir entfernt, Daisy? Ich möchte nicht, dass du den Kerzenleuchter umwirfst und den ganzen Tisch in Flammen setzt.«

Überrascht verzog sie das Gesicht. »Du erinnerst dich?«

»Wie könnte ich es vergessen?« Er lachte leise. »Ganz sicher das erinnerungswürdigste Picknick aller Zeiten.«

Nostalgie strahlte aus ihren Augen, wandelten sie von einfachem Braun zu einem dunklen Schokoladenton und … Er schüttelte leicht den Kopf, verscheuchte den ungewollten Gedanken, der sich in seinem Gehirn einnistete. Der sich um die junge Dame neben ihm drehte und ihre vollen Brüste, die sich seinen Blicken darboten.

Wenn es nicht schon längst feststünde, würde er jetzt auf jeden Fall zur Hölle fahren. Sie war schließlich die Schwester seines besten Freundes. Auric griff nach seinem Weinglas und nahm einen langen Schluck.

Ein Lakai eilte herbei und bediente erst Auric und dann Daisy aus einer schneeweißen Porzellanschüssel. Sie nahm ihren Löffel und tauchte ihn vorsichtig in die Schildkrötensuppe. Die anmutige Bewegung zog seinen Blick auf ihre kleinen Hände. Wusste sie, dass sie seine Welt auf den Kopf gestellt hatte?

Auric brach die Stille. »Ich hoffe, es geht dir gut?« Er verfluchte sich im Geiste stumm für den peinlichen Versuch, Konversation zu machen, und wünschte sich nicht zum ersten Mal, auch nur einen Anflug von Wessex' Charme zu besitzen.

Daisys Lippen zuckten.

Himmel, wie geistlos. »Ich meine, es geht dir hoffentlich gut nach deinem Sturz?« Andererseits waren Gespräche über das Wetter oder ähnliche Themen so viel ungefährlicher als das, was ihm so hartnäckig durch den Kopf ging.

Sie hielt mitten in der Bewegung inne. »Ja, danke.« Sie hob einen Löffel Suppe an ihren Mund, und seine Augen wurden unweigerlich von ihren vollen, roten, fein gezeichneten Lippen angezogen, die sie jetzt öffnete.

Auric verbiss sich ein Stöhnen und nahm rasch einen weiteren Schluck Wein. Er starrte in sein Glas, nicht willens, sie noch einmal anzusehen, damit der Wahnsinn nicht seine Sinne und seinen Verstand überwältigte. Daisy Meadows zu begehren wäre der schlimmste Verrat überhaupt an Lionels Andenken.

»Oje«, sagte Daisy und schnalzte mit der Zunge.

Er kannte sie schon lange genug, um zu wissen, dass er darauf auf keinen Fall eingehen sollte.

Dann seufzte sie.

»Was ist los?«

»Ich fürchte, deine Sehfähigkeit ist viel mehr in Mitleidenschaft gezogen, als ich gedacht hatte.« Sie deutete auf sein halb leeres Weinglas. »Du scheinst dich ganz auf den Inhalt konzentrieren zu müssen, und ich kann mir nur vorstellen, dass das wegen deiner sich verschlechternden herzoglichen Sehfähigkeit ist.«

Er setzte sich auf und stellte das Kristallglas hin. »Ich bin kaum schon in einem so fortgeschrittenen Alter, dass ich ein Lorgnon brauche.« Auch wenn er aus irgendeinem Grund das alberne Geschenk, das sie ihm gemacht hatte, in seinen Rock gesteckt hatte und ständig mit sich herumtrug. Nicht weil er das dumme Ding brauchte. Seine Augen arbeiteten einwandfrei und würden das auch noch etliche weitere Jahre tun.

»Auric, alle Herzöge brauchen ein Lorgnon.« Sie senkte die Stimme zu einem verführerischen Flüstern. »Vor allen Dingen Herzöge in den besten Jahren, wie du es bist.«

»Ich bin nur wenige Monate älter als neunundzwanzig«, sagte er leicht verteidigend.

Daisy nickte entschlossen. »Auf jeden Fall alt genug, um eine Sehhilfe zu benötigen.« Sie blinzelte ihm zu und widmete sich wieder ihrer Suppe.

Sie hatte ihm zugeblinzelt. Zugeblinzelt. Während eines Dinners, und mehr noch, sie hatte ihn auflaufen lassen. Er öffnete den Mund, aber in dem Moment sagte Wessex etwas auf ihrer anderen Seite, und sie wandte sich ihm zu. Wut erfasste ihn, die jedoch nichts, absolut nichts damit zu tun hatte, dass Daisy ihre Aufmerksamkeit Wessex schenkte. Schließlich war der Viscount für sie, so wie er selbst, eher ein weiterer Bruder.

Aber seine Faszination von ihrer üppigen Figur, die eher ins Schlafzimmer als in einen Speisesaal gehörte, fühlte sich nicht im Geringsten brüderlich an. Er griff nach seinem Wein und nahm einen weiteren langen Schluck, leerte das Glas. Wenn es nicht schon vor sieben Jahren entschieden worden wäre, wäre es das jetzt – wegen seiner lüsternen Gedanken würde Auric direkt in die Hölle wandern.

Ein Lakai nahm seine unangerührte Suppe fort.

»Euer Gnaden?« Die Gastgeberin Lady Windermere sah den Teller fragend an, war aber zu höflich, um einen Herzog darauf anzusprechen, ob sie nicht geschmeckt hatte. »Es tut mir so leid, zu hören, dass Lady Anne sich entschieden hat, den Earl of Stanhope zu heiraten.« Sie schüttelte den Kopf. »Es sind wirklich traurige Zeiten, Euer Gnaden, wenn junge Damen den Heiratsantrag eines Earls dem eines Herzogs vorziehen.« Aber nicht höflich genug, schien es, um sich so eine unangebrachte Bemerkung zu verkneifen. »Die Countess ist wirklich wunderschön mit ihren goldenen Locken und dem freundlichen Lächeln.«

Die Bediensteten eilten herbei, um Platten mit Ente, Kiebitzeiern in Aspik, Fruchtsalat und anderen Gerichten aufzudecken.

Lady Windermere neigte sich näher. »Auch meine Tochter hat wunderschöne goldene Locken, und man liest, dass Sie niemals eine Lady mit braunem Haar als Herzogin wählen würden. Und wer kann Ihnen da schon einen Vorwurf machen?«, plapperte sie weiter.

Das laute Geräusch von Silberbesteck, das gegen Porzellan stieß, hallte durch den Speisesaal. Aus dem Augenwinkel entdeckte er, dass Daisys Wangen gerötet waren, während sie sich beeilte, ihr Besteck wieder aufzunehmen. Wieder dachte er an einen anderen Tisch mit einer jüngeren, trotzigen Daisy und ihm selbst. Hatte sie schon immer solche herablassenden

Bemerkungen ertragen müssen? Wie konnten die Mitglieder der guten Gesellschaft nicht erkennen, dass sie mit ihren Sommersprossen und braunen Locken eine Einzigartigkeit besaß, neben der alle anderen Ladys verblassten?

Auric legte seine Arme auf die Lehnen seines Stuhls. Sein Gesicht war eine kalte Maske. »Man sollte nicht zu viel auf den Klatsch in den Skandalblättern geben, Lady Windermere.« Egal, wie lange die Familien befreundet gewesen waren, er würde nicht zulassen, dass Daisy erniedrigt wurde.

Dunkle Röte färbte bei seiner Zurechtweisung ihre Wangen.

»Und, Lady Windermere?«

»Ja?«, flötete sie.

»Finden Sie nicht, dass die Farbe Braun sehr schön ist?«

Sie schluckte hörbar. »Äh, natürlich. Ja, ohne Zweifel«, stotterte sie und wandte ihre Aufmerksamkeit dann sofort zurück zu ihrem Ehemann, der ihr am Kopf des Tisches gegenübersaß.

Auch wenn Auric Lady Anne den Hof gemacht hatte und sie hatte heiraten wollen, war es klar gewesen, dass ihre Gefühle anderweitig vergeben waren. Sein Interesse war geweckt worden, weil sie so unkonventionell war, aber er hatte in ihr nie mehr gesehen als eine geeignete Kandidatin für die Position der Herzogin.

Ein zierlicher Ellbogen stieß ihn an, und sein Arm rutschte von der Lehne. Goldene Flecken wirbelten in Daisys Augen. »Das hast du gut gemacht, Auric.«

Sie lächelten beide. Und einfach so, mit einem kleinen Schubs und einem Lächeln, waren sie wieder Auric und Daisy. Und wenn er ehrlich war, musste er zugeben, wie richtig sich das anfühlte.

Kapitel 8

Am folgenden Abend saß Auric an einem Tisch im hinteren Teil seines Clubs und starrte in sein Brandyglas. Er nahm einen langsamen Schluck und gestand sich selbst ein, dass sich eine große Veränderung mit ihm vollzogen hatte, mit Daisy, mit ihnen. Von irgendeinem Punkt an hatte er sie wirklich gesehen, nur noch sie, und jetzt konnte er es nicht länger ändern.

Er schwenkte den Brandy im Glas und trank dann einen weiteren Schluck. Genauer gesagt, konnte er nicht länger ignorieren, dass Daisy erwachsen geworden war. Und mehr noch, die junge Dame mit romantischen Ideen, die nach Gipsy Hill fuhr, die Schwester seines besten Freundes, brauchte jemanden, der sich ihrer annahm.

Sein Gesicht verzog sich, und er gönnte sich einen weiteren langen Schluck. So formuliert hörte es sich eher an, als ginge es um einen Jagdhund. Nur dass sie das mit ihrem großzügigen Mund, ihrer köstlich gerundeten Figur und ihrem heiseren Lachen ganz sicher nicht war.

Mit einem stummen Fluch leerte er sein Glas. Er sollte nicht so über Daisys atemberaubenden Körper nachdenken. Er blickte hoch.

Durch den Eingang von White's trat Wessex. Er kam direkt und sehr bewusst auf Auric zu. Der normalerweise so verbindliche Gentleman ignorierte alle Grußworte, die man ihm zurief. Er blieb vor Auric stehen und sah ernster aus, als er es in den sieben Jahren … Auric drängte die Erinnerung zurück.

»Wessex«, begrüßte er seinen Freund. Sie zwei verband ein Erlebnis, das man niemandem wünschen würde. Sie hatten zusammen Lionels leblosen Körper entdeckt.

Der Viscount verschwendete keine Zeit mit einer langen Vorrede. Er zog sich einen Stuhl heran. Ein Lakai eilte mit einem Glas herbei. Wortlos nahm Marcus es und winkte ihn fort, schenkte sich selbst einen großen Brandy ein und stellte die Flasche unsanft auf den Tisch zurück.

Er nahm seinen Drink und leerte ihn in einem langen Schluck, verzog das Gesicht und griff erneut nach der Flasche. Wieder goss er sich mehrere Fingerbreit in das Glas.

Auric runzelte die Stirn. Wessex hatte sich einen Ruf als skrupelloser Lebemann erarbeitet. Doch die gute Gesellschaft schaute nicht genau genug hin, um die Wahrheit zu sehen: Der Viscount hatte seit Lionels Tod keinen Tropfen mehr angerührt. Bis jetzt. Dieser aufgewühlte Gentleman war niemand, den er wiedererkannte.

Wessex hob das Glas an die Lippen und nahm diesmal einen etwas langsameren Schluck. Er brach die Stille. »Daisy Meadows.«

Auric Stirnrunzeln wurde tiefer. »Daisy …?«

»Lionels Schwester«, erwiderte Wessex, als ob es noch eine weitere Daisy gäbe, die ihnen beiden wichtig wäre. Wessex gestikulierte mit der Hand, und mehrere Tropfen Brandy spritzten über den Rand. Der Viscount sah sich um, stellte sicher, dass niemand mithören konnte, und wandte sich dann wieder an Auric. »Es gibt da einen Gentleman.«

Was meinte er? Auric blickte sich suchend nach dem Gentleman um, den sein Freund erwähnt hatte.

»Du missverstehst mich«, zischte Wessex. Er beugte sich über den Tisch. »Es gibt jemanden, der Daisys Zuneigung errungen hat.«

Auric öffnete den Mund, aber es kamen keine Worte heraus. Es war eine Sache gewesen, sich selbst mit diesen Gedanken herumzuschlagen. Da waren es unbegründete Ängste gewesen. Es war jedoch etwas ganz anderes, wenn sein Freund ihnen jetzt Leben und Wahrheit einhauchte.

Der Viscount lehnte sich auf seinem Stuhl zurück. »Es sollte keine solche Überraschung sein. Sie ist nicht länger ein junges Mädchen, auch wenn sie das für dich immer sein wird.«

Schuldgefühle erfassten Auric. Wessex hielt ihn für einen ehrenhaften Gentleman und loyalen Freund, dabei musste Auric viel zu oft an ihre Lippen denken. Und an ihren Busen. Und ihr …

»Crawford?«

Er schüttelte leicht den Kopf, um ihn zu klären. »Und das schließt du aus …?« Daisy, wie sie in Gipsy Hill gewesen war und sich zwischen den Zigeunerwagen bewegt hatte, ging ihm durch den Kopf. »… aus …« Er atmete langsam aus.

Er hatte die Vorstellung von Daisy mit einem anderen Mann verworfen, als er sie zuerst in jener Gegend von London entdeckt hatte. Nur jetzt erschien ihm ihr skandalöses Tun aufgrund von Wessex' Worten in einem ganz anderen Licht.

»Was?«

Er rieb sich mit der Hand über den Mund. »Ich habe sie in Gipsy Hill getroffen.« Zweimal. »Ohne Anstandsdame.«

Sie hatte behauptet, eine Kette finden zu wollen. Aber natürlich würde eine Frau mit Daisys Verstand und ihrer romantischen Ader sich nicht in diese Gegend von London wagen, nur um nach billigem Tand zu suchen. Nein, was sonst würde eine Dame zu etwas so Unvernünftigem verleiten als ein heimliches Stelldichein von Liebenden?

Auric bewegte unwillkürlich sein Bein, stieß gegen den Tisch. Bei Gott, er würde den Mann töten.

»Gipsy Hill?«

Auric nickte knapp.

Der Viscount sank verwundert zurück auf seinen Stuhl. Er strich sich übers Kinn. »Und dann war da noch der Ball bei den Harrisons«, erklärte er, fast wie zu sich selbst.

Spannung erfasste Aurics Körper. Seine Gedanken und Gefühle vermischten sich zu einer wirren Masse. »Was ist damit?« Jetzt, wo Wessex seinen eigenen ersten Verdacht bestätigt hatte, war er gezwungen, alle möglichen Dinge anzunehmen, die er lieber nicht annehmen wollte – über Daisy, ihre Zukunft, seine Verantwortung, sich um diese Zukunft zu kümmern.

Wessex nahm sein Glas vom Tisch und trank wieder. Er setzte es hart ab und sagte für eine lange Zeit nichts, sodass Auric schon dachte, dass er nicht mehr vorhätte, überhaupt noch zu antworten. Dann: »Sie hat einen Gentleman beobachtet.«

»Wen?«, presste er heraus.

»Oh, ich habe sie nur geneckt, weil ich nicht geglaubt habe, dass sie wirklich …«

»Wen?«, wiederholte Auric so laut, dass es ihm neugierige Blicke von den Umsitzenden eintrug. Er wartete, bis die Männer ihre Aufmerksamkeit wieder ihren eigenen Getränken und Tischnachbarn zuwandten.

»Das ist das Problem, Crawford. Ich habe die Dame jetzt schon mehrere Male dazu befragt. Und nichts herausgefunden.« Wessex hob bedauernd die Schultern. »Aber wenn er ehrbar ist …«

Daisy würde nicht weglaufen, um ihn in den Straßen von London zu treffen, wenn seine Identität kein Geheimnis wäre.

Wessex stellte sein Glas ab. Er drehte die Hände um und betrachtete ganz bewusst seine Handflächen. »Sie ist unverheiratet. Weißt du, wie viele Saisons sie schon hatte?«

»Zwei«, beantworteten sie beide gleichzeitig die Frage.

»Genau.« Der Viscount nickte. Nach dem Tod des Marquis hatte sich Daisy für die Trauerzeit zurückgezogen, und als sie zwei Jahre später in die Gesellschaft zurückgekehrt war, hatte keiner der Gentlemen, die auf der Suche nach einer Ehefrau waren, erkannt, wie besonders Daisy war. Sie war der verborgene Diamant unter all dem anderen Tand – niemand hatte sich die Mühe gemacht, wahrzunehmen, was sich direkt vor ihnen befand. Dass sie unverheiratet war und ihre romantische Ader erklärte, warum eine junge Frau wie Daisy Logik und Verstand in den Wind schlagen würde, um sich heimlich mit einem unwürdigen Taugenichts zu treffen.

Wessex erwiderte seinen Blick, drängte sich in seine wild durcheinanderwirbelnden Gedanken. »Ihre Mutter hat ihre Existenz praktisch vergessen.«

»Das ist lächerlich«, erwiderte Auric. Er erinnerte sich, wie die Marchioness Daisy auf dem Ball von Lord und Lady Harrison hinter sich hergezogen hatte. »Sie hat Daisy immer viel Aufmerksamkeit geschenkt.«

»Vielleicht früher, aber nicht mehr seit«, Wessex' blaue Augen erschienen fast schwarz, »nicht seit … Was zur Hölle ist eigentlich mit deinem Gesicht passiert?«

Ah, ja, die beeindruckende violettschwarze Verfärbung um sein eines Auge war auch eine Folge von Daisys Bemühungen in Gipsy Hill. Auric schob die Frage mit einer Handbewegung beiseite. »Das ist jetzt nicht wichtig.«

Glücklicherweise war Wessex es zufrieden, die Frage nicht weiter zu verfolgen, und konzentrierte sich auf Daisy. »Es ist mir gestern Abend bei Lord und Lady Windermere klar geworden, dass es unsere Aufgabe gewesen wäre, uns um sie zu kümmern, Crawford, und wir haben versagt.«

Eine weitere Schuld, die er auf sich geladen hatte. Zuerst Lionel, den er in diese Hölle geschleppt hatte und damit verantwortlich für seinen Tod war und seine Eltern so ihrer Zukunft beraubt hatte, und jetzt … Daisy. Sie hatten beide die Verantwortung gehabt, sie zu beschützen und zu verteidigen.

Wessex schien das ähnlich zu sehen, denn er fuhr fort: »Wir haben nicht nur Daisy im Stich gelassen, sondern auch Lionel. Es scheint mir, dass einer von uns«, er atmete scharf ein, »sich ihrer annehmen muss.« Er umgriff sein Kristallglas so fest, dass seine Knöchel weiß wurden. »Das schulden wir Lionel.«

Es war nicht misszuverstehen, was er meinte. Sie mussten einen Ehemann für sie finden. Aurics Hand schloss sich reflexartig um die Armlehne seines Stuhls. Er wusste nicht, warum es ihm wichtig sein sollte, ob Daisy Meadows eine Ehe einging, solange sie einen anständigen Mann heiratete, der sich um sie kümmern und ihr eine Handvoll Kinder schenken würde. Doch es war ihm wichtig. Sehr sogar.

Etwas Heißes loderte in seinem Inneren auf, etwas, was sich sehr nach Eifersucht anfühlte … Was natürlich albern war. Er hatte keinerlei Recht, eifersüchtig zu sein, und ganz bestimmt nicht wegen …

»Crawford? Hörst du mir eigentlich zu?«

Er räusperte sich. »Was hast du gesagt?« Er nahm sein Glas in die Hand und wusste plötzlich den guten französischen Alkohol außerordentlich zu schätzen.

Er konnte nicht länger ein Feigling sein. Er hatte sich selbst eingeredet, dass es lediglich aus einem Gefühl des Mitleids heraus geschah. Er hatte ihre Tanzkarte gesehen, vollkommen leer, und etwas hatte sich in seiner Brust zusammengezogen. Vielleicht waren es Schuldgefühle. Denn wenn Lionel am Leben geblieben wäre, hätte er es ganz sicher geschafft, einen passenden Gentleman dazu zu bringen, nicht nur mit Daisy zu tanzen, sondern sie zu heiraten.

»Sie braucht einen Ehemann«, sagte Wessex direkt.

Ein Bild entstand in Aurics Kopf. Daisy in ihrer ganzen üppigen Schönheit, ausgestreckt auf weichen Seidenlaken, während er sie mit seinem Körper bedeckte. »Ganz sicher willst du doch nicht vorschlagen, dass einer von uns sie heiratet?«, fragte er mit rauer Stimme.

Der Viscount hob eine Augenbraue. »Guter Gott, nein.« Er täuschte ein Schaudern vor.

Auric biss die Zähne aufeinander. Was hatte Wessex an ihr auszusetzen? Sie war wunderschön und sehr viel intelligenter und geistreicher als viele andere Mitglieder der guten Gesellschaft.

»Nicht dass ich irgendetwas an ihr auszusetzen hätte«, sprach Wessex weiter, ohne die geringste Ahnung, wie dicht er davorstand, dass Auric ihn schlug. »Sie ist …«

Auric hob eine Augenbraue.

»Sie ist Lionels Schwester«, beendete der Viscount seinen Satz ernst. »Und wir müssen ihr«, fügte er hinzu, »einen passenden, ehrbaren Gentleman präsentieren, der ein geeigneter Ehemann für sie wäre.« Ein roter Schleier legte sich über Aurics Blickfeld und nahm ihm für einen Moment die Sicht. Und was war dieser merkwürdige Druck in seiner Brust? »Mit deinem Einfluss kannst du vermutlich jede Menge geeigneter Gentlemen dazu bringen.«

Diese Worte sanken irgendwie ein, und er erlangte wieder Kontrolle über sein unerklärliches und überhaupt nicht brüderliches Interesse an Daisy. »Du hast recht«, sagte er mit der kühlen, emotionslosen Logik, die ihn all diese Jahre begleitet hatte. Natürlich hatte sein Freund recht. Sie schuldeten das nicht nur Lionel, sondern auch Daisy. »Was schlägst du vor?« Er erkannte seinen Tonfall selbst kaum wieder.

Wessex erwiderte seinen Blick. »Wir bieten ihr mehrere Kandidaten an. Wir …«

Auric schob seinen Stuhl zurück und stand auf.

»Wo willst du hin?«, rief Wessex ihm hinterher.

»Ich muss mich um etwas Geschäftliches kümmern.«

Vielleicht hatte sein Freund recht. Vielleicht entstammte dieses plötzliche unpassende Interesse an der Dame nur seinen Schuldgefühlen. Daisy brauchte einen Ehemann, und er würde dafür sorgen, dass sie einen bekam. Er ignorierte alle, die grüßend die Hand hoben, und ging weiter zur Tür.

Vielleicht dann, wenn sie ordentlich verheiratet war, konnte er sein Leben weiterleben mit dem Gefühl, dass er wenigstens in dieser Beziehung Lionel nicht verraten hatte.

* * *

Daisy saß auf dem blau gepolsterten Sofa und hielt ihrer Zofe ihren Stickrahmen hin.

Die Lippen der jungen Frau zuckten. »Äh … Ein …«

»Sag nicht, ein Kreis mit einer Delle in der Mitte«, flehte Daisy sie an.

Agnes schloss abrupt den Mund und lehnte sich vor, um Daisys neuestes Werk besser betrachten zu können. Es war nie ein gutes Zeichen, wenn eine derart gründliche Musterung nötig war.

»Eine Träne?«, vermutete Agnes schließlich.

Ja, kein gutes Zeichen. Daisy warf den Stickrahmen beiseite. »Würdest du bitte so freundlich sein und die Stickerei holen, die ich in meinem Zimmer gelassen habe?«

Agnes sprang auf, knickste und eilte davon. Daisy nahm den armseligen siebenten Versuch eines Herzens wieder zur Hand. Sie legte den Kopf zur Seite und betrachtete es objektiv. Ein Seufzen kam ihr über die Lippen. Ja, da half nichts. Sie war wirklich ziemlich schlecht. Also machte Übung nicht immer den Meister, wie sie jetzt wusste. Nur zu gut.

Aus dem Foyer erklangen Schritte. Sie sah auf, als der Butler Auric hereinführte. Ihr Herz flatterte merkwürdig. Er betrachtete sie auf diese merkwürdige Art, und sie erwiderte seinen Blick.

Frederick räusperte sich. »Mylady, Seine Gnaden, der Duke of Crawford.«

Sie kam auf die Füße. »Frederick, würden Sie bitte für Erfrischungen sor…?«

»Das wird nicht nötig sein«, fiel Auric ihr ins Wort.

Sie runzelte die Stirn. Er hatte seinen »Ich bin hier wegen einer wichtigen Herzogsangelegenheit«-Ton benutzt. Er kam mit einigen wenigen langen und kraftvollen Schritten herüber, und als Frederick sich rückwärts aus dem Raum entfernte, hätte sie geschworen, ein kleines Lächeln auf seinen Lippen zu sehen. Sie ließ sich auf die Stuhlkante sinken und blickte Auric gespannt an.

Der faltete die Hände hinter seinem Rücken, wippte zurück auf die Fersen … und blieb stehen.

»Würdest du dich hinsetzen, Auric? Oder hast du vor, drohend über mir aufzuragen wie eine zu strenge Gouvernante?«

Statt eines kleinen Lächelns runzelte er nur noch mehr die Stirn. Oh, das hier war sehr ernst. Aber dann warf Auric seine Rockschöße zurück und setzte sich. Ohne zu fragen, griff er nach ihrem Stickrahmen und betrachtete ihre Arbeit. »Eine Wolke?«

»Eine rote Wolke?«, erkundigte sie sich ungläubig. Wenn sie es als Wolke gedacht hätte, wäre es doch ganz sicher grau oder weiß gewesen. Nein, das würde nicht funktionieren. Weiß würde sich auf dem ebenfalls weißen Hintergrund verlieren.

»Du bist gekommen, um meine Stickkünste zu bewundern?« Oder war er gekommen, nur um sie zu sehen? Das hätte sie auf jeden Fall vorgezogen. Ein aufgeregtes Kribbeln lief durch ihren Körper.

Er legte den Stickrahmen beiseite. »Du bist noch unverheiratet.«

Daisy verschluckte sich fast, während ihre frühere Freude starb. Sie hustete leicht in ihre Hand und winkte die besorgte Frage, die sie in seiner Miene sehen konnte, beiseite. »Wie bitte?« Es hatte sich angehört, als hätte er gesagt …

»Du bist unverheiratet.« Auric trommelte mit seinen Fingern auf die Armlehne seines Stuhls. »Ganz sicher hast du doch schon darüber nachgedacht, wen du heiraten möchtest?«

»Ohne Zweifel«, antwortete sie mit einem trockenen Humor, den er entweder nicht bemerkte oder ignorierte. »Damit verbringt schließlich jede ledige junge Dame ihre Tage.«

»Natürlich.« Oh, der Schuft. »Und?«, hakte er nach.

Ihr Herz schlug plötzlich in einem merkwürdigen Rhythmus. Welche Gründe hatte er, eine Hochzeit mit ihr zu diskutieren, außer dass er selbst genau diese Möglichkeit in Betracht zog? »Und bist du hier, um mir einen Antrag zu machen?«

Auric zuckte derart heftig zurück, dass es sie verletzt hätte, wenn seine Reaktion nicht so untypisch für ihn gewesen wäre. »Gott, nein.«

Und da ging er hin, dieser spezielle Wunsch. Sie unterdrückte ein Seufzen, und damit er sie nicht zu genau ansah und den Traum, den sie in ihrem Herzen trug, auf ihrem Gesicht las, beugte sie sich vor und tätschelte ihm das Knie. »Keine Sorge, Auric. Ich habe dich nur geneckt.«

Er versteifte sich. Wegen ihrer Worte? Der Kühnheit ihrer Berührung? Wie auch immer, sie hatte gelogen. Sie würde ihn auf jeden Fall zum Ehemann nehmen, wenn er sie nur fragen würde.

Er machte eine abrupte Handbewegung. »Ich bin hier, um mit dir die Frage deines Ehemanns zu diskutieren.«

»Ich habe keinen Ehemann«, konnte sie sich nicht zurückhalten zu erwidern. Aber sie hatte einen ganz speziellen Herzog, der sich wunderbar für die Rolle eignen würde. Wenn der dumme Mann nur mal seine Augen öffnen und sie bemerken würde.

Wenn du etwas gern genug hast, wirst du es irgendwann bekommen … Lionels geflüsterte Worte legten sich um sie, trösteten sie mit ihrer Vertrautheit und Wahrheit – und weil sie zu ihm gehörten.

Auric sprang auf. »Das ist genau der Grund, warum ich hier bin.« Er begann, unruhig auf und ab zu gehen.

Daisy betrachtete seine Rastlosigkeit. »Um mich zu heiraten?«, erkundigte sie sich, ihre Worte voller Verwunderung. »Im Moment ergibt das, was du sagst, nicht sehr viel Sinn, auch …«

»Ich bin mit der Absicht gekommen, dir zu helfen, einen Ehemann zu finden.«

Daisy erstarrte, ihren Blick auf seine muskulösen Beine in den mitternachtsschwarzen Hosen gerichtet. Er sprach so beiläufig, als wenn er erwähnt hätte, er wolle ein vergessenes Taschentuch für sie finden und nicht einen Ehemann, an den sie für immer gebunden sein würde. Ein Summen füllte ihre Ohren wie Tausende Bienen, die ihren Kopf umkreisten.

Sie ballte die Hände zu Fäusten, freute sich über das Brennen ihrer Fingernägel, die sich ihr in die Handfläche bohrten. Langsam wurde ihr die Bedeutung klar, und ihr sank das Herz, aber sie stellte sich der hässlichen Wahrheit … »Du willst mir einen Ehemann suchen.« Ihre Worte, kaum mehr als ein Flüstern, ließen ihn abrupt innehalten.

Auric schlug sich mit der Faust in die andere Hand und stellte sich vor sie. »Genau, Daisy. Ein ehrbarer Gentleman, und«, sein Mund spannte sich, »was immer du sonst noch wesentlich bei einem Ehemann findest.«

Daisy verrenkte sich den Hals, um zu ihm hochzusehen. »Er sollte kein zu großer Idiot sein«, teilte sie ihm nicht ohne Schärfe mit, weil das genau das war, was Seine Gnaden gerade war.

»Natürlich nicht«, erwiderte er brüsk und nickte. »Du wirst einen intelligenten Gentleman wollen.«

»Falls es so etwas gibt«, murmelte sie, denn ganz sicher würde ein intelligenter Herzog irgendwann erkennen, dass die perfekte Frau für ihn direkt vor ihm saß, vor seinem Lorgnon, für das er eigentlich noch zu jung war.

»Wie bitte?«

Daisy kam auf die Füße, stand dicht vor ihm. Ihr stockte der Atem, als sie die Wärme spürte, die von ihm ausging, und sie schalt sich, dass sie so reagierte, wie sie es tat, wo er doch nicht einmal den Hauch einer Ahnung von ihrem Herzensverlangen haben sollte. »Weißt du, was ich will?«

Auric neigte den Kopf, und sein Geruch, Sandelholz und Kaffee und ein Hauch Brandy, umhüllte sie auf berauschende Art und Weise. »Wa…?« Die Frage verklang, als sein Blick sich senkte und auf ihre Lippen fixierte.

Bildete sie sich das hörbare Einatmen nur ein? Sie leckte sich mit der Zunge über die Unterlippe. »Ich will …«

Auric senkte den Kopf und nahm ihren Mund in einem Kuss, verlangend und suchend zugleich. Mit einer Hand an der Taille zog er sie an sich, legte den Kopf zur Seite, um die Berührung ihrer Lippen noch zu vertiefen. Selbst durch den Stoff ihres Kleides brannte ihre Haut unter der Hitze seiner Finger, und sie stöhnte, schmiegte sich an ihn.

Abrupt riss er seinen Kopf weg, stieß sie mit solcher Heftigkeit von sich, dass sie beinahe stolperte. Er machte einige unsichere Schritte zurück, sein Gesicht eine Maske des Schreckens. »Ich … Ich …«

»Ich wollte, dass du das tust«, erklärte sie atemlos, weil sie den Schock und das Entsetzen nicht würde ertragen können, die dieser gestammelten Antwort folgen würden.

Normalerweise so unerschütterlich, strich sich Auric mit einer zitternden Hand durchs Haar. »Du brauchst einen Ehemann.« Er sprach, als hätte er mit dem Kuss nicht ihre Welt auf den Kopf gestellt und in ihr nicht die Hoffnung auf eine gemeinsame Zukunft geweckt. »Was begehrst du …«, eine matte Röte stieg ihm den Hals empor und bis in die Wangen, »bei einem Ehemann?«, presste er heraus. Die Worte klangen schmerzvoll.

Dich. Ich begehre dich. Daisy strich sich mit den Händen über ihre Röcke. »Er muss mir ergeben sein. Mein Wohlergehen und mein Glück müssen ihm am Herzen liegen.« *Und ich muss mehr für ihn sein als nur eine Verpflichtung.*

»Dir ergeben sein. Dein Wohlbefinden und Glück müssen ihm am Herzen liegen.« Auric nickte ihr kurz zu, und dann war er fort.

Kapitel 9

Lieber Lionel,
möge Gott mir vergeben. Ich hab deine Schwester geküsst.

Mit einem Stöhnen warf Auric den Federhalter beiseite und starrte auf die irgendwie vorwurfsvoll wirkenden Seiten seines Tagebuchs, fühlte sich kein bisschen besser davon, dass er die Wahrheit auf das leere Blatt geschrieben hatte. Er hatte Daisy Laurel Meadows geküsst. Zu allem Überfluss war dieser Kuss ganz bestimmt keine höfliche, bedeutungslose Geste auf ihre behandschuhten Finger oder auch nur ein zartes Aufeinandertreffen der Lippen gewesen. Nein, es war eine explosive, leidenschaftliche Erkundung zweier Menschen gewesen, die einander kennenlernten, sich nach mehr verzehrten.

Sie hatte nach Frühling geschmeckt, nach Leben und Unschuld, und er hatte in ihre Süße eintauchen wollen. Die elf Worte, schwarz auf weiß, starrten ihn in stummem Vorwurf an. »Ich weiß, es war unverzeihlich«, gab er zu.

Seit seinem überstürzten Aufbruch bei Daisy war es ihm nicht gelungen, die Erinnerung an ihre Lippen oder an die Rundung ihrer Hüften aus seinen Gedanken zu tilgen. Mit einem weiteren Stöhnen ließ Auric den Kopf auf die verdammenden Worte sinken.

Welcher Wahnsinn hatte von ihm Besitz ergriffen, dass er sie geküsst hatte? Um Himmels willen, er hatte kein Recht, sie so zu begehren, wie er das tat. Sie war die Schwester des Mannes, dessen Tod er auf dem Gewissen hatte, und ein Mädchen, in dem er zuvor nie etwas anderes gesehen hatte als ein lästiges, lebhaftes Kind und später dann eine ebenso lästige, lebhafte junge Frau.

Nur dass er jetzt wusste, sie schmeckte wie warme Schokolade und Honig, duftete nach einem Anflug von Lavendelwasser, das sie auf ihre Haut getupft hatte, und der Himmel mochte ihm verzeihen, er wollte die Stelle finden, auf die sie diesen köstlichen Duft aufgetragen hatte.

»Ich komme in die Hölle«, murmelte er in die Seiten des Lederbandes. Er öffnete die Augen und starrte auf die elfenbeinfarbenen Blätter. »Es war nur ein Kuss«, erklärte er durch zusammengebissene Zähne und richtete sich entschlossen wieder auf. Nur ein Kuss. Nach einem tiefen, beruhigenden Atemzug strich er mit den Händen über die zerknitterte Seite und versuchte Ordnung in seine turbulenten Gedanken zu bringen.

Natürlich reagierte er so auf Daisy. Wie Wessex so wenig hilfreich erklärt hatte, war sie längst kein kleines Kind mehr, das ihm auf Schritt und Tritt folgte und einmal zwinkerte, wenn alles gerade wunderbar war, oder zweimal, wenn es gerettet werden musste. Nein, stattdessen war sie kompliziert und wanderte ohne angemessene Begleitung durch Londons Straßen, zwinkerte einmal, wenn alles wunderbar war, und zweimal, wenn sie gerettet werden musste.

Mit einem weiteren langsamen, tiefen Atemzug überflog er die paar Worte, die er vor wenigen Augenblicken erst zu Papier gebracht hatte, bevor er von der Erinnerung abgelenkt worden war, wie richtig es sich angefühlt hatte, Daisy in den Armen zu halten.

Er blätterte die Seiten seines Tagebuchs durch, blieb am gestrigen Eintrag hängen.

Lieber Lionel,
es ist meine Absicht, einen guten, fürsorglichen Gentleman für deine Schwester zu finden …

Er klopfte mit den Fingerspitzen auf die längst getrocknete Tinte. Er wusste schon lange, dass Daisy romantisch veranlagt war. Jetzt wusste er, sie suchte einen Ehemann, der ihr ergeben war, und gewiss verdiente sie auch nichts weniger.

Auric presste seine Lippen zu einer harten, wütenden Linie zusammen und blätterte zu dem letzten vollendeten Eintrag.

Lieber Lionel,
ich habe die folgende Liste mit Junggesellen zusammengestellt, die einen angemessenen Ehegatten für Daisy abgeben würden …

Bei allen Heiligen, er würde den Mann ruinieren, der ihr nicht treu war. Angesichts der Unmengen Schufte, Schurken und Bastarde in London, die wahllos ihr Vergnügen suchten und sich mit Huren, Kurtisanen und Witwen einließen, welcher Gentleman würde sich da als ihrer würdig erweisen? Im Geiste ging Auric alle infrage kommenden Männer seiner Bekanntschaft durch.

Da war der Marquis of Fenworth. Seit zwei seiner Schwestern in die Londoner Gesellschaft eingeführt worden waren, hatte sich der junge Marquis als hingebungsvoller Bruder erwiesen, hatte sie zu einer ganzen Reihe von Abendgesellschaften und

Bällen begleitet. Auric tauchte die Spitze seines Federhalters in die Tinte und fügte den Namen des Mannes der Liste hinzu.

Eines Tages wirst du Herzogin sein, während all die anderen Mädchen sich mit einem bloßen zukünftigen Marquis wie mir begnügen müssen … Lionels Worte zu seiner Schwester vor all diesen Jahren bei der Sommerparty der Marchioness of Roxbury gingen ihm durch den Sinn. Ein Schauer lief ihm über den Rücken.

Er zog einen schwarzen Strich durch den Namen. Kein Marquis. Ein Marquis würde sie immer an die Rolle erinnern, die Lionel hatte ausfüllen sollen, und diesen Schmerz verdiente sie nicht. Mit einem kleinen nachdenklichen Stirnrunzeln starrte Auric auf die Spitze seines Federhalters.

Der Earl of Coventry. Er notierte den Namen. Der dunkelhaarige, hochgewachsene Mann, der sich beeindruckend gegen Gentleman Jackson behaupten konnte, war bekannt für seinen genau strukturierten Tagesablauf. Sein Geschick im Ring und seine Hingabe legten beredt Zeugnis ab von seinem Pflichtbewusstsein. Nur dass sie leider auch ein Bild von Daisy heraufbeschworen, wie der muskulöse Mann sie küsste, genau so, wie Auric es sich selbst wünschte.

Mit einem unwilligen Laut strich er auch Coventrys Namen durch. Der Mann sah zu gut aus, und gut aussehende Männer waren unweigerlich Schufte, die irgendwann Herzen brachen. Er würde nicht zulassen, dass Daisy einen Schuft heiratete.

Verdammte Hölle. Wen gab es noch? Natürlich! Baron Winterhaven.

Winterhaven würde perfekt zu ihr passen. Der buchvernarrte Mann, den er aus ihrer Zeit in Oxford kannte, war so wissbegierig gewesen, dass es hieß, er habe in all den Jahren an der Universität keine einzige Vorlesung versäumt. Ein gelehrter Bücherwurm würde treu sein. So ein Mann würde auch nicht

Daisys Feuer und Leidenschaft haben, was Auric gut passen würde …

Er schüttelte den Kopf, um ihn zu klären. Daisy. Eine leidenschaftslose, sichere Verbindung würde *Daisy* gut passen, weil … Also, das würde sie einfach. Er besah sich die länger gewordene Liste mit einem zufriedenen Nicken.

Es klopfte an der Tür. Er hob seinen Blick nicht von dem Lederband. »Herein«, rief er, während er nachdachte, welcher andere Gentleman noch als Ehemann für Daisy infrage käme. Es musste ein Mann sein, dessen Glück von dem seiner Frau abhing, der sie …

»Lord Wessex«, verkündete sein Butler.

Ohne weiter auf seine Aufzeichnungen zu achten, blickte Auric hoch, als Wessex den Raum betrat. Der andere Mann schlenderte zu ihm, schien zu gelangweilt und desinteressiert für jemanden, der ihrer beider Verpflichtung Daisy gegenüber kannte. Mit einem Gähnen ließ er sich in einen der beiden Ledersessel gegenüber von Aurics Schreibtisch sinken. »Und?«

»Und was?«, fragte Auric ungeduldig zurück. Glaubte Wessex etwa, er könne Gedanken lesen?

»Wie ich dich und deine Besessenheit mit dem Tagebuch da kenne«, Marcus deutete mit dem Kinn in Richtung des geöffneten Journals, »hast du schon mindestens drei mögliche Kandidaten für die Dame auf diesen Seiten notiert. Also, wer sind sie?« Ohne Auric die Gelegenheit zu einer Antwort zu geben, beugte er sich vor und zog das Buch zu sich. Er ließ seinen Blick über die Seite gleiten. »Hm.«

Verärgert über die Unverschämtheit seines Freundes, starrte Auric ihn finster an. Aber Wessex hätte erstens hochschauen müssen, um seine Verärgerung zu bemerken, und sich zweitens etwas draus machen. Ihre Freundschaft reichte weit genug zurück, dass er nicht leicht zu beeindrucken war. Aurics Neugier gewann die Oberhand. »Nun?«

»Fenworth hatte ich auch in Erwägung gezogen.« Allerdings verriet Marcus nichts über die Entscheidung, die er letzten Endes über dessen Eignung getroffen hatte. »Coventry«, murmelte er nachdenklich. Er hob den Kopf und schaute Auric fragend an. »Was stimmt mit Coventry nicht?«

»Er ist …« Zu gut aussehend. »Er ist …« Auric machte eine Handbewegung und wünschte sich, er könnte die treffenden Worte aus der Luft pflücken. »Ein Wüstling«, gelang es ihm schließlich zu sagen.

»Oh.« Sonst nichts, das aber endlos in die Länge gezogen, was nahelegte, dass Marcus eine andere Meinung hatte. »Ist er das?«

»Allerdings«, antwortete Auric knapp.

Der Viscount richtete seine Aufmerksamkeit wieder auf die Seite. »Winterhaven?«

Aus der Ungläubigkeit, mit der er diesen besonderen Namen aussprach, hörte Auric heraus, dass auch hier ihre Meinungen auseinandergingen.

Er bezwang seine Verärgerung und richtete sich auf. »Ich nehme an, du hast ebenfalls eine Liste entsprechender Herren zusammengestellt?«, erkundigte er sich, obwohl er stark daran zweifelte, dass Wessex auch nur einen Gedanken auf Daisy und ihren zukünftigen Bräutigam verwandt hatte.

Er beugte sich über den Tisch und nahm dem anderen sein Tagebuch wieder ab. Während er sich der Aufgabe verschrieben hatte, sich um Lionels Familie zu kümmern, hatte Wessex die vergangenen sieben Jahre vor allem damit verbracht, sich seinem Vergnügen zu widmen. Höchstwahrscheinlich hatte er nicht mal flüchtig überlegt, wer zu Daisy passen würde …

Sein Freund griff vorn in seinen Rock und zog ein zusammengefaltetes Blatt Papier heraus. »Nun, schau selbst.« Er legte es vor Auric auf den Schreibtisch.

Mit einem erschreckten Blinzeln griff Auric nach Wessex' Liste. Einer beachtlich langen Liste. Dem Viscount war es gelungen, eins, zwei, drei … Er zählte mit dem Finger ab, fünf, sechs, sieben … Er zählte weiter. »Zehn Namen?«

Wessex nickte. »Jedenfalls fraglos ein besseres Ergebnis als deine klägliche Ansammlung«, erklärte er, missverstand den Grund für Aurics Frage. »Du hast nur Winterhaven und Danport.«

Dies war nicht der richtige Zeitpunkt, um zu erwähnen, dass er vorgehabt hatte, auch Danports Namen wieder von der Liste zu streichen. Der Earl of Danport war kein Schuft, aber er war zu charmant. Das würde einfach nicht gehen.

»Die Liste«, sagte sein Freund gedehnt, holte ihn damit sehr wirkungsvoll in die Gegenwart zurück.

Verärgerung machte sich in Auric breit, während er seine Aufmerksamkeit wieder den möglichen Ehekandidaten zuwandte, die der Viscount herausgesucht hatte. Bestimmt dachte Wessex doch nicht etwa wirklich, dass all diese Männer Daisy verdienten? Nein, anders als Auric hatte er sich nicht die Zeit genommen, sich nach Daisys Ansprüchen an den Mann zu erkundigen, den sie sich zum Ehemann wünschte, was vermutlich für diese lange Liste verantwortlich war.

Coventry war da, Fenworth auch. Und Winterhaven …? Er hob den Blick.

»Winterhaven habe ich nicht aufgenommen«, bestätigte Wessex, der seine unausgesprochene Frage richtig erriet.

Auric warf das Blatt zurück, und es flatterte durch die Luft. Der andere Mann fing es reflexartig, zerknitterte es dabei.

Auric runzelte die Stirn. Freund hin oder her, was verstand der leichtfertige Viscount schon davon, wer zu Daisy passte? »Nach welchen Gesichtspunkten hast du denn mögliche Kandidaten ausgesucht?«, wollte er wissen, unfähig, die Verärgerung aus seiner Stimme herauszuhalten.

Von Aurics Missfallen völlig unbeeindruckt, lächelte Wessex. »Ich hab einen respektablen Gentleman für die Dame gesucht, dem kein Skandal anhaftet.«

Auric stützte seine Ellbogen auf die Tischkante. »Das ist dein Hauptkriterium?« Wo es doch ihr Glück sein sollte und jemand, der nicht nur ihr Herz begehrte, sondern – was noch viel wichtiger war – dem auch etwas an ihr lag.

Wessex schnaubte. »Ach, dann soll ich wohl glauben, dass du, in all deiner herzoglichen Arroganz, das richtige Kriterium festgelegt hast?«

Auric runzelte die Stirn. Er hatte nicht viel weiter gedacht als bis zu Daisys Wünschen und seinen eigenen leidenschaftlicheren Gefühlen. Kein gut aussehender Gentleman. Kein Wüstling. Kein Mann, der sie so küssen würde, wie er es gestern Nachmittag getan hatte. Er schüttelte den Kopf.

Sein Freund kniff die Augen zusammen, musterte ihn durch die schmalen Schlitze. »Was ist das?«

Auric blickte sich um. »Was ist was?«

»Das da zwischen deinen Augenbrauen.« Er deutete auf Aurics Stirn. »Es sieht aus, als hättest du da Tinte.«

Vermutlich stammte das von eben, als er die Stirn auf die Seite hatte sinken lassen. Er fischte in der Vordertasche seines Rockes herum und zog das bestickte Taschentuch heraus. Und dachte zu spät daran … Das kleine Lorgnon mit dem kurzen Griff und den eingravierten Blüten fiel aus den Falten des weißen Stoffes und landete klappernd auf dem Schreibtisch. Sogleich griff er danach.

Wessex folgte seinem Blick. Seine Augen weiteten sich, und er stieß ein scharfes Lachen aus. »Was zur Hölle ist das denn?« Er lachte weiter und klopfte sich auf die Schenkel. »Sag jetzt nicht, dass du in deinem Alter schon eine Sehhilfe brauchst.«

»Halt die Klappe«, befahl Auric ihm, obwohl er seinen Freund lang genug kannte, um zu wissen, dass Wessex das Thema nicht auf sich beruhen lassen würde.

Lachtränen liefen dem Viscount über die Wangen, während er sich vor Erheiterung schier ausschüttete. »Die Alternative wäre, dass du deine Rolle als steifer, mürrischer Herzog weiter perfektioniert hast.«

Bei den Worten runzelte Auric die Stirn. Sah die Welt ihn so? Als diesen elenden, unleidigen, missbilligenden Kerl, der niemals seinen eigenen Namen auf eine Liste wie die für Daisy kritzeln würde?

Du warst früher so viel unterhaltsamer, als du noch nicht dieser kalte, kurz angebundene und langweilige Herzog warst …

Nicht dass er auf Daisys Liste stehen wollte. Und sie hatte ja auch gar keine. Aber wenn sie eine hätte, würde er seinen Namen dort nicht sehen wollen. Weil … »Ach, zur Hölle«, sagte er zu dem immer noch grinsenden Wessex. Ihm gefiel die Vorstellung nicht, dass sein Freund sich auf seine Kosten amüsierte.

Wessex stand auf. Er zog sein eigenes Taschentuch hervor und wischte sich damit die Lachtränen ab. »Ich weiß aus vertrauenswürdiger Quelle, dass die ersten drei Herren auf dieser Liste auf der Suche nach einer Ehefrau sind.«

Auric studierte Coventrys, Wentworths und Marsdales Namen. Herren, die auf der Suche nach einer Ehefrau waren, waren das in der Regel aus einem Grund. Kein Mann würde sie nur wegen ihrer Mitgift bekommen. Dafür würde er sorgen. »Ihre Finanzen …?«

»Es gibt keine Schulden. Dazu habe ich eigens Erkundigungen eingezogen.«

Auric blickte überrascht auf. In den Augen des anderen Mannes blitzte Verärgerung auf. »Komm schon, hast du geglaubt, ich würde Daisy und damit auch das Andenken an Lionel nicht ehren?«

»Nein«, antwortete Auric sogleich, und eine Welle aus Schuldgefühlen drang auf ihn ein angesichts der Treffsicherheit in dem Vorwurf seines Freundes.

Wessex zog an den Aufschlägen seines Rockes. »Egal, ich würde Astor vorschlagen.«

Der unfassbar reiche Earl of Astor war nicht an den Spieltischen anzutreffen. Man erzählte sich, er hätte nur eine einzige Mätresse, und er tat nie etwas Unerhörtes. Kurz gesagt, der Mann war ein verdammter Musterknabe. Auric hatte ihn noch nie leiden können.

»Crawford?«

»Äh, richtig. Ich werde dem Mann einen Besuch abstatten.« Denn wie wahrscheinlich war es, dass Astor auf der Suche nach einer Ehefrau war, die etwas zu volle Lippen und zu üppige Rundungen besaß und …?

»Und?«, hakte Wessex nach.

Auric sprach durch zusammengebissene Zähne. »Und ich werde ihn dazu bringen, dass er Daisy in meiner Begleitung seine Aufwartung macht.«

Wieder lachte Wessex, und Aurics Verärgerung über die Erheiterung des anderen auf seine Kosten wuchs.

»Das ist dein Plan?« Der Viscount schüttelte den Kopf. »Erzähl mir unbedingt, wie Daisy darauf reagiert hat.« Er deutete eine Verneigung an und verabschiedete sich immer noch lachend.

Mit einem Stirnrunzeln in Richtung der verwaisten Tür wandte Auric sich wieder den zwei so unterschiedlichen Listen mit so unterschiedlichen Namen von Gentlemen zu.

* * *

Daisys Kutsche fuhr vor ihrem Stadthaus vor, kam leicht schwankend zum Stehen. Sie schürzte die Lippen. Ein weiterer

Ausflug, ein weiterer Fehlschlag. Obwohl sie sich über Lady Stanhopes optimistische Meinung freute, dass Daisy tatsächlich den »Herz eines Herzogs«-Anhänger finden würde, glich die Suche eher der nach einer Nadel im Heuhaufen … oder besser in den Straßen von London.

Ein Lakai öffnete die Tür und half ihr beim Aussteigen. Sie bedankte sich bei dem jungen Mann in Livree – Thomas? – mit einem Lächeln und ging zur Eingangstür.

Ja, der feste Glaube der anderen Frau war tröstlich, aber gleichzeitig auch … Daisy blieb unten an der Treppe stehen und runzelte die Stirn. Sie war furchtbar frustriert, weil sie jetzt schon dreimal in Gipsy Hill gewesen war, ohne auch nur eine Spur von der Zigeunerin namens Bunică entdeckt zu haben. Von allen, die sie befragt hatte, hatte kein Einziger ihr einen Hinweis geben können, wo sie zu finden war. Oder auch der Anhänger selbst. Stattdessen hatte die Antwort auf Daisys Erkundigungen aus versteinertem Schweigen und misstrauischen Blicken bestanden.

Sie lief die Handvoll Stufen hoch, und Frederick öffnete prompt die Tür, wie er das auch schon in ihren Kindertagen getan hatte, als die Flure des Hauses noch von Lachen widerhallten.

»Lady Daisy«, begrüßte er sie.

»Frederick.« Ein weiterer Lakai eilte hinzu, und sie schlüpfte aus ihrem Umhang.

Dass es ihr gelang, Aurics Herz zu erobern, hing von diesem Anhänger ab, und obwohl sie aufgehört hatte, an Magie und Märchen und an »Sie lebten glücklich bis ans Ende ihrer Tage« zu glauben, gönnte sie sich diesen letzten Traum.

Sie trat zur Treppe und begann sie emporzusteigen. Frederick räusperte sich. Obwohl es närrisch war, ihre Hoffnung an den Tand einer Zigeunerin zu hängen, war es nun einmal ihr letzter Traum, und ihn aufzugeben würde bedeuten, auf jeglichen Rest von Freude zu verzichten.

Frederick hüstelte noch einmal leise. Sie blickte über ihre Schulter zu ihm. »Ich habe mir erlaubt, Seine Gnaden, den Duke of Crawford, in den Empfangssalon zu begleiten, und auch …«

»Danke, Frederick.« Ihr Herzschlag beschleunigte sich, und sie eilte die Stufen, die sie bereits hochgestiegen war, so hastig wieder hinab, dass ihre Mutter früher zusammengezuckt wäre. In der Folge seines Besuches gestern, als er mit ihr darüber gesprochen hatte, dass sie einen anderen heiraten sollte – einen Mann, der nicht er war –, hatte sie zwischen Empörung, Kränkung und Verärgerung geschwankt.

Sie erreichte das Ende des Korridors und hielt abrupt an. Sie strich sich mit den Händen über die Wangen und über die Vorderseite ihrer Röcke, versuchte, sich zu sammeln. In all den Jahren hatte sie immer geglaubt, dass seine häufigen Besuche lediglich einem Gefühl der Verpflichtung ihrer Mutter gegenüber geschuldet gewesen waren, aber angesichts der Häufigkeit, mit der die Marchioness unpässlich war, schien es unwahrscheinlich, dass Auric Tag für Tag wiederkommen würde, wenn nicht ein kleiner Teil von ihm sich danach sehnte, auch sie selbst zu sehen.

Daisy drehte sich zur Tür. Es konnte doch nur bedeuten … Sie trat in den Raum.

Ihr Blick fiel auf Auric, der am Kamin stand, die Hände hinter dem Rücken verschränkt. Und sie bemerkte einen weiteren Gentleman, der auf einem Louis-XIV.-Sessel saß und ebenso zwiespältige Gefühle für Auric zu hegen schien wie sie selbst.

Der große, schlanke, dunkelhaarige Mann war der Earl of Astor. Bis auf eine kurze Vorstellung hatte sie nicht viel mit ihm zu tun gehabt, vielleicht zwei- oder dreimal bei verschiedenen Anlässen mit ihm getanzt. Jedenfalls nicht genug, um einen unangekündigten Nachmittagsbesuch zu rechtfertigen. Außer …

Ihre Gedanken überschlugen sich. Dann dämmerte ihr die Wahrheit, und Daisy kniff die Augen zusammen. Bei Gott, hierfür würde sie Auric eine blutige Nase verpassen. Und wenn er sehr viel Glück hatte, würde sie es dabei belassen.

Lord Astor zog seine Taschenuhr hervor, schaute darauf und blickte dann zufällig zu der stummen Gestalt auf der Türschwelle. Sofort sprang er auf. »Mylady«, rief er in einem sehr angenehmen Bariton.

Auric versteifte sich, dann drehte er sich langsam herum, wirkte kühl und gelassen, wie es so oft war. Daisy unterdrückte ihren Ärger und wandte ihre Aufmerksamkeit von ihm auf den lächelnden Lord Astor. »Mylord«, erwiderte sie. Sie machte einen kleinen Knicks und kam dann weiter in den Raum. Ihre Zofe Agnes folgte dicht hinter ihr und bezog wie gewohnt in der entfernten Ecke des Raumes auf einem blauen Polsterstuhl Stellung.

Den Drang ignorierend, Auric zu erwürgen, griff Daisy auf ihre Kinderstube zurück und deutete auf einen Stuhl. Sie selbst nahm Astor gegenüber Platz.

Der Dummkopf am Kamin durchquerte mit drei langen Schritten den Salon. Auric setzte sich mit finsterer Miene auf das blaue Sofa, wobei er das elegante Möbelstück mit seinem großen, muskulösen Körper hoffnungslos zerbrechlich wirken ließ.

Daisy faltete geziert die Hände im Schoß. »Darf ich den Herren Erfrischungen servieren lassen?«

»Nein«, beschied Auric ihr knapp.

Sie zog eine Augenbraue hoch und blickte dann betont zu dem Earl.

Der grinste. »Nein, danke, Mylady.«

Der Gentleman hatte gute Manieren, was wesentlich mehr war, als man von einem gewissen eher ungeschliffenen Herzog sagen konnte, der sich anmaßte, ihr einen Ehemann suchen zu wollen. Wut regte sich erneut in ihr. Sie zwang ihre Züge zu einer freundlichen, gelassenen Miene.

Ein unbehagliches Schweigen legte sich über den Raum, das durch das laute Ticken der Uhr auf dem Kaminsims umso mehr auffiel.

Geistreiche Konversation. Geistreiche Konversation. Sie ging im Geist Jahre voller Lektionen in gutem Benehmen durch. Das Wetter. Das verwarf sie als geistlos und unzulänglich. Schließlich würde man nur zum Fenster schauen müssen, um etwas darüber sagen zu können.

Der Blick des Earls wanderte durch den Raum.

»Lady Daisy liebt Musik«, bemerkte Auric wenig hilfreich.

Sie presste die Lippen zusammen, um ihm nicht unverblümt mitzuteilen, was sie von dieser Erklärung hielt. Wollte er etwa als Nächstes, dass sie ihr Gebiss vorzeigte?

»Ach ja?«, erkundigte sich Lord Astor, und seine Miene hatte etwas Gequältes. Ihr gefiel die Aufrichtigkeit dieser Reaktion.

»Allerdings.«

War es das, was Auric nach ihrer lebenslangen Freundschaft über sie zu wissen glaubte? Sie hätte ihm einen Tritt gegen das Schienbein verpasst, wäre nicht ein anderer Gast anwesend gewesen.

Daisy schüttelte den Kopf. »Nein, ich mag Musik nicht besonders.«

Beide Männer schauten sie bei diesem Widerspruch überrascht an. Sie lächelte breit. »Ich tanze gern zu Musik.« Sie runzelte die Stirn. »Besonders hasse ich das Klavier, da ich daran so schrecklich schlecht bin.«

Lord Astor gab galanterweise einen protestierenden Laut von sich.

Sie winkte ab. »Oh, Sie müssen mich nicht verteidigen.« Daisy senkte ihre Stimme zu einem nicht wirklich leisen Flüstern. »Ich bin ziemlich schrecklich. Meine Mutter ist an meinen nicht vorhandenen Fähigkeiten diesbezüglich schier verzweifelt.«

Das erste echte Lächeln kräuselte die Lippen des Gentlemans, und die steife Haltung seiner Schultern entspannte sich etwas. Er legte beide Hände auf seine Knie und beugte sich vor, kam ihr dabei näher. »Ihr Geheimnis ist bei mir sicher«, flüsterte er zurück.

Auric hüstelte vernehmlich.

Daisy blickte von dem Earl zu ihm. »Bist du krank?«

Er schüttelte energisch den Kopf. »Alles gut«, erwiderte er mit zusammengebissenen Zähnen.

»Ich wette, eine Frau von Ihrer Anmut ist in nichts schlecht«, erklärte Lord Astor ernst. »Ganz im Gegenteil.«

Genau die richtigen Worte, die ein romantisches Gefühl in ihr wecken müssten. Trotzdem war ihr seine aufrichtige Reaktion von vorhin lieber als diese geübte Antwort. »Dann …«

»Astor wollte gerade gehen«, unterbrach Auric sie und stand jäh auf.

Der Mann drehte sich zu ihm um. »Wollte ich?« Der finstere Blick des Herzogs sorgte dafür, dass er rasch auf die Füße kam. »Äh … Richtig. Ja.« Er verneigte sich tief. »Mylady, wenn Sie mir die Kühnheit verzeihen, würde ich Sie gerne in Zukunft wieder aufsuchen, sofern es Ihnen recht ist.«

Sie neigte den Kopf und schenkte ihm ein Lächeln. »Selbstverständlich«, erwiderte sie und erhob sich.

Er öffnete den Mund, um noch etwas zu sagen, aber Auric brachte ihn mit seinem Blick zum Schweigen. Daher drehte sich Lord Astor um und brach hastig auf.

Was sollte das denn? »Warum hast du Lord Astor vertrieben?« Den Mann, den er selbst mitgebracht hatte. Daisy machte einen Schritt auf Auric zu und deutete anklagend mit dem Finger auf ihn, ehe er auch nur etwas antworten konnte. »Und vor allem, warum war Lord Astor hier? Mit dir?«

Fleckige Röte erschien auf seinen Wangen. »Astor ist ein überaus angenehmer Gentleman.«

Nicht, dass sie Zeit gehabt hätte, das bei dem kurzen – sehr, *sehr* kurzen – Besuch selbst zu bemerken. »So nett, dass du ihn vertreiben musstest?«

Ihre Worte machten ihn offenbar sprachlos. Das war eine beeindruckende Leistung, wenn man bedachte, dass kein Dienstbote, Aristokrat und nicht einmal der Prinzregent selbst jemals den beeindruckenden und einflussreichen Duke of Crawford zum Schweigen hatte bringen können.

»Warum war er hier?«, wiederholte sie mit fester Stimme, obwohl sie die Antwort schon kannte.

»Um dir den Hof zu machen.«

»Mir den Hof zu machen?«, platzte sie heraus. Dann entfuhr ihr ein lautes Lachen. Bedauernd schüttelte sie den Kopf. »Das war gewiss kein Gentleman, der mir den Hof macht.« Wenigstens nicht freiwillig.

Plötzlich riss sie die Augen auf. Das würde er nicht tun. Das hatte er nicht. Sie stöhnte und hielt sich eine Hand vor die Augen.

»Was ist los?«, erkundigte sich Auric gereizt.

»Du hast ihn gezwungen, herzukommen.«

Er zögerte. »So kann man das nicht direkt nennen.«

Genau wie sie ihm das nicht direkt glaubte.

Daisy schloss die Augen, wusste nicht, ob sie lachen oder weinen sollte bei dem Gedanken daran, dass der Mann, den sie liebte, solche Mühen auf sich nahm, um eine Verbindung zwischen ihr und einem anderen Gentleman zu stiften.

Sie öffnete die Augen. »Agnes, kümmerst du dich bitte um Erfrischungen?«, fragte sie, ohne den Blick von ihm zu nehmen.

Agnes sprang auf und eilte zur Tür.

»Ich benötige keine Erfrischungen.«

Die Zofe blieb mit einem Fuß auf der Schwelle stehen und blickte ihre Herrin fragend an.

»Doch, ich glaube schon«, erwiderte Daisy knapp. Denn sie kannte ihn schon ihr ganzes Leben, sodass sie sehr wohl wusste, er würde es nicht gutheißen, wenn sie ihm in Anwesenheit ihrer Zofe die Meinung sagte.

Agnes vollendete ihren Schritt.

Auric zog ärgerlich die Brauen zusammen. »Ich versichere Ihnen, das ist nicht nötig.« Er wandte sich direkt an ihre Zofe.

Bei Gott, wenn er jetzt anfing, ihrer Zofe Anweisungen zu geben, würde sie ihn, Herzog hin oder her, persönlich aus dem Haus befördern. »Agnes, Erfrischungen.«

Auric mochte ein mächtiger Herzog sein, der einen ganzen Raum mit einem Blick bezwingen konnte, aber sie würde sich nicht von ihm einschüchtern lassen. Und ihre Zofe auch nicht.

Die junge Frau verließ mehr oder weniger fluchtartig den Salon.

Im Salon herrschte Schweigen. Auric brach es. »Mochtest du Lord Astor nicht?« Er sprach, als ob einen möglichen Bräutigam auszusuchen das Gleiche wäre, als ob man sich zwischen einem Schokoladenkeks und einem süßen Feigenpudding zum Nachtisch entscheiden müsste.

Daisy zählte im Geiste bis fünf, um nicht die Geduld zu verlieren. »Das weiß ich nicht, Auric«, antwortete sie mit ruhiger Stimme. »Außer seiner Meinung, dass ich nicht schrecklich bin, und einer möglichen Andeutung, dass ich anmutig wäre, hat er ja nicht mehr als zwei Sätze gesagt.« Seine Begrüßung und die hastige Verabschiedung nicht mitgezählt.

Auric stimmte mit einem knappen Nicken zu. »Da hast du recht. Er würde einen beklagenswerten Ehemann für dich abgeben.«

Trotz ihrer Empörung über seine Anmaßung zuckten Daisys Lippen, und die vernichtenden Worte, die ihr auf der Zunge lagen, erstarben. Das hatte er durch den kurzen Austausch erkannt? Schon als Junge hatte er die gleiche Arroganz besessen. Wenn man als Erbe eines der ältesten und angesehensten Herzogtümer geboren wurde, war solche Überheblichkeit wohl unvermeidlich.

Er machte einen Schritt auf sie zu, und dann noch einen und einen weiteren, bis nur noch ein Haarbreit Luft sie trennte. Sein muskulöser Körper strahlte Wärme aus, und ihr Puls beschleunigte sich. Verärgerung und beinahe schmerzliche Erheiterung kämpften in ihr um die Oberhand, während sie um Beherrschung rang. Sie legte den Kopf in den Nacken und erwiderte seinen Blick.

Eine Strähne glitt aus ihrem Chignon, und Auric nahm sie zwischen Daumen und Zeigefinger. Er betrachtete die dunklen Haare, als hätte er nie zuvor eine einzelne Locke gesehen. »Was wünschst du dir sonst noch von einem Ehemann, Daisy?« Seine Stimme, ein tiefes, heiseres Raunen, schien über sie zu gleiten, und ihr Gehirn musste ihre Lungen daran erinnern, weiterzuatmen. »Sag es mir, und ich werde ihn für dich finden.«

Das hatte sie bereits getan. Er war nur zu blind, um es zu erkennen. Sie befeuchtete sich die Lippen, und sein Blick senkte sich auf ihren Mund, verfolgte die kleine Bewegung. »Selbstvertrauen«, gelang es ihr hervorzubringen.

Seine dichten Wimpern senkten sich weiter.

»Ich möchte, dass er unerschrocken ist.« Sodass nicht schon ein finsterer Blick von einem anderen Mann – selbst wenn es sich bei diesem Mann um einen Herzog handelte – ausreichte, ihn in die Flucht zu schlagen. Auric war sowohl als Junge früher als auch als Mann jetzt in jeder Beziehung furchtlos und kühn.

Er ließ ihr Haar fallen, als hätte er sich daran verbrannt, und wich einen Schritt zurück. »Unerschrocken«, wiederholte er, wie für sich selbst.

»In jeder Beziehung.« In Bezug auf sein Herz, auf seinen Glauben, seine Hoffnungen und Träume. So wie Auric.

Mit einer weiteren Verbeugung machte er auf dem Absatz kehrt und ließ sie wortlos stehen.

Mit hängenden Schultern trat sie ans Fenster, zog die Vorhänge ein wenig zur Seite und spähte hinaus auf die Straße. Die Eingangstür öffnete sich, und Auric kam heraus. Er blieb auf der obersten Stufe stehen und sah die Straße entlang. Dann, als könnte er ihren Blick auf sich spüren, schaute er hoch. Mit einem Aufkeuchen ließ sie den Stoff los, und der Vorhang fiel zurück.

»Daisy?«

Sie wirbelte herum, legte sich eine Hand auf die Brust. »Mutter.« Was hatte ihre Mutter dazu bewogen, ihre Zimmer zu verlassen? Das tat sie nur sehr, sehr selten.

»Er ist fort, Mutter«, unterrichtete sie sie. Oder genauer, er war weggelaufen. *Der Feigling.*

Ein wehmütiger Ausdruck legte sich über das Gesicht der Marchioness. »Ich glaube, er umwirbt dich«, flüsterte sie mit einem Anflug von Freude. Seltsam, wie jede andere stolze Mama der guten Gesellschaft auf eine Verbindung mit dem Duke of Crawford fixiert war, ihre eigene Mutter sie jedoch aus völlig anderen Gründen ersehnte. Gründen, die nichts mit materiellen Erwägungen zu tun hatten.

Daisy hasste es, ihrer traurigen Mutter diese Andeutung von etwas, das ihr ein wenig Glück bringen könnte, wieder wegzunehmen. »Er umwirbt mich nicht, Mama«, widersprach sie sanft. Sie durfte nicht zulassen, dass die Marchioness sich falsche Hoffnungen machte.

Ihre Mutter kam mit raschelnden schwarzen Seidenröcken zu ihr, blieb vor Daisy stehen. »Er besucht *dich*.«

»Er ist mit dem Earl of Astor hergekommen.«

»Dem Earl of Astor?« Ihre Mutter runzelte verwirrt die Stirn. »Ist er mit dem Earl befreundet?«

Daisy glaubte nicht, dass Auric mit irgendjemandem außer Marcus befreundet war. Da sie keinen anderen Weg sah, ihre Mutter von der Wahrheit zu überzeugen, erklärte sie: »Er spielt den Heiratsvermittler, Mama.«

»Für dich?« Ihre Mutter schürzte die Lippen. »Sei nicht albern. Warum sollte Auric das tun?«

Vermutlich weil er meinte, er müsse in gewisser Weise Bruderpflichten an ihr erfüllen. Nur dass an seinem Kuss nichts Brüderliches gewesen war. »Vielleicht aus irgendeinem fehlgeleiteten Gefühl von Loyalität Lionel gegenüber.« Aurics Verbindung zu Lionel war sowohl im Leben als auch im Tod unerschütterlich gewesen.

Daisy hätte ihrer Mutter genauso gut einen Dolch in die Brust stoßen können. Bei diesen Worten, der bloßen Erwähnung von Lionel, richtete sie sich jäh auf. »Unsinn.«

Daisy bezweifelte nicht, dass Auric sich für die Familie seines besten Freundes verantwortlich fühlte. »Das ist alles, was wir für ihn sind«, sagte sie, musste die Worte mehr für sich selbst laut aussprechen. »Eine Verpflichtung, Mama. Aber er muss sein Leben leben.«

Ihre Mutter wandte sich mit wirbelnden Röcken ab. »Hör sofort auf damit«, rief sie und hielt sich mit den Händen die Ohren zu. »Das hier hat nichts mit … mit …«

»Lionel«, half Daisy ihr aus, spürte den Stich der Schuld, als ihre Mutter blass wurde. »Und es geht um Lionel, denn es gibt keinen anderen Grund für seine häufigen Besuche.« Selbst wenn sie sich wünschte, es wäre anders, hatte er mit seinem Interesse daran, sie zu verheiraten, bewiesen, dass dem nicht so war.

Aber dann war da noch der Kuss …

Agnes betrat den Raum, trug ein Tablett mit Erfrischungen vor sich. Sie schaute zwischen Mutter und Tochter hin und her und lief dann zu einem Tisch, auf dem sie ihre Last abstellte. Daisy rechnete damit, dass ihre Mutter die Hände an ihre Schläfen legen und Migräne vorschützen würde, bevor sie wie sonst auch immer aus dem Raum eilte. Stattdessen setzte sie sich auf das Sofa und begann sich eine Tasse Tee einzuschenken. »Nimm doch Platz, Daisy.«

Daisy blinzelte und ließ sich dann beinahe automatisch auf den Stuhl gegenüber von ihrer Mutter sinken. Die Marchioness fügte dem Tee Zucker und Milch hinzu und nahm einen Schluck. »Wie lange liebst du ihn schon?«

Daisy verschluckte sich fast. »Wie lange ich … was?«

»Du ihn schon liebst. Dreizehn Jahre? Vierzehn?« Zwölf. »Ich würde sagen, du wärst nicht so leicht dabei, Auric abzutun, wenn du sein Herz besäßest.« Über den Rand ihrer Teetasse hinweg warf sie ihr einen wissenden mütterlichen Blick zu.

Nicht daran gewöhnt, mit ihrer Mutter so – oder überhaupt über irgendetwas – zu sprechen, schlug Daisy die Augen nieder. »Er weiß nicht einmal, dass es mich gibt.« Nach so vielen Jahren mit niemandem, mit dem sie reden oder dem sie sich anvertrauen konnte, war es wunderbar, ihre eigene Stimme zu hören und zu wissen, jemand anderes hörte sie auch.

Ihre Mutter schnaubte wenig damenhaft. »Wenn das der Fall wäre, dann würde er nicht Woche für Woche hierherkommen, selbst wenn ich keine Besucher empfange.«

»Und was ist mit den ganzen Verehrern, die er mir aufzudrängen versucht?« Schmerz drückte Daisy das Herz ab. Warum sollte er das tun, wenn ihm wirklich etwas an ihr lag, so wie sie sich das wünschte?

»Oh, ich habe nie behauptet, er wäre klug. Schließlich ist er ein Gentleman und somit nicht mehr dazu imstande, seine eigenen Gefühle zu kennen, als er es bemerken würde, wenn die Sonne vom Himmel fiele.«

Das entlockte Daisy ein Lachen, und sie war überglücklich, einen flüchtigen Blick auf ihre Mutter von früher werfen zu können.

Die Marchioness schenkte ihr ein Lächeln. »Statt all dieser verletzten Gefühle, weil er dir mögliche Verehrer vorstellt, mein Liebes, schlage ich vor, dass du etwas viel Besseres tust.«

Daisy legte den Kopf schief.

Ihre Mutter nahm einen weiteren Schluck Tee, dann ließ sie die zierliche Porzellantasse wieder sinken. »Du machst ihn einfach eifersüchtig.«

Es war wahrscheinlicher, dass die Sonne vom Himmel fiel, wie ihre Mutter es eben ausgedrückt hatte, als dass Auric ihretwegen eifersüchtig wurde. Daisy stieß einen ungeduldigen Laut aus und sprang auf. »Ihn eifersüchtig machen?« Ein humorloses Lachen entwich ihr. »Ich habe dich wirklich lieb, Mutter, aber siehst du nicht selbst …« Sie sprach nicht weiter. Denn die gleiche Frau, die in den vergangenen Jahren anscheinend völlig vergessen hatte, dass sie eine Tochter hatte, schaute sie nun durch die verklärten Augen einer stolzen Mama an, statt mit denen eines objektiven Betrachters.

»Was soll ich sehen, Daisy?«, erkundigte sich ihre Mutter. »Du hast so schönes Haar.«

»Es ist braun«, beschwerte sich Daisy. Lady Stanhope und Lady Leticia mit ihrer goldenen Lockenpracht kamen ihr in den Sinn. »Und es ringelt sich.« Wo doch jede andere von der Gesellschaft bewunderte Schönheit großzügige Locken besaß.

»Es ist einzigartig. Genau wie deine Sommersprossen.«

Einzigartig, was einfach nur ein höflicherer Ausdruck für »merkwürdig« war. Daisy ging hinüber zu dem Spiegel mit dem goldverzierten Rahmen. Sie musterte sich kritisch. Sie sah diese braunen Locken und die Sommersprossen und versuchte verzweifelt etwas von dem, was in den stolzen Worten ihrer Mutter durchgeklungen hatte, an sich zu erkennen.

Mit einem unwilligen Kopfschütteln lenkte sie ihre Aufmerksamkeit auf ihre Figur. »Und ich bin füllig«, erklärte sie, ohne den Blick von der überhaupt nicht schlanken, anmutigen Gestalt zu nehmen, wie sie Gentlemen bevorzugten. Oder vielmehr der eine Gentleman, auf den es ankam.

Ihre Mutter stand auf und trat zu ihr. »Das bist du allerdings.«

Daisys Lippen verzogen sich zu einem trockenen Lächeln. »Danke.« Sie war nicht gekränkt. Sie wusste die Aufrichtigkeit zu schätzen.

Ihre Mutter gab ihr einen kleinen Klaps. »Sei still, ich war noch gar nicht fertig.« Sie fasste Daisy an den Schultern und zwang sie, ihren Blick auf die wohlgerundete, sommersprossige junge Frau, die ihnen aus dem Spiegel entgegenschaute, zu richten. »Du hast eine Figur, die jeder vernünftige Mann bewundern würde.« Die Marchioness ignorierte Daisys Schnauben und nahm sie bei den Händen.

»Was tust du?«, fragte Daisy und verlagerte unbehaglich ihr Gewicht, während ihre Mutter sie herumdrehte, sie betrachtete, wie die Köchin ein Stück Rindfleisch mustern würde.

»Sch«, machte ihre Mutter, ließ sie dann plötzlich los und hob eine Hand ans Kinn. »Hmm.« Sie tippte sich mit der Fingerspitze auf die Unterlippe und sagte nichts, hatte nur ein nachdenkliches Schimmern in den Augen. So standen sie eine Weile da.

Daisy verlagerte ihr Gewicht und dachte, dass es ihr vielleicht doch besser gefallen hatte, von ihrer Mutter nicht wahrgenommen zu werden, als so prüfend gemustert zu werden. Sie hatte sich so daran gewöhnt, für ihre Mutter unsichtbar zu sein, dass sie nicht so recht wusste, welchen Reim sie sich auf diese plötzliche Aufmerksamkeit machen sollte.

Dann trat ihre Mutter einen Schritt zurück und schüttelte den Kopf. »Oh, Daisy, wie sehr ich dich vernachlässigt habe.« Sie betrachtete Daisys mauvefarbene Röcke, und in ihren Augen erschien ein schuldbewusster Ausdruck.

Daisy strich sich mit den Händen über die Vorderseite ihres Kleides und versuchte zu erkennen, was den bedauernden Blick bei ihrer Mutter ausgelöst hatte.

»Ich habe dich so lange gar nicht wahrgenommen, meine Liebe.«

Ein Aufwallen von Gefühlen ballte sich in Daisy zusammen. »Ist schon in Ordnung«, gelang es ihr hervorzupressen, sie wünschte sich, dass die Worte klar und überzeugend klingen würden.

»Nein. Ist es nicht.«

Ein selbstsüchtiger Teil von ihr hatte sich immer danach gesehnt, bei den belanglosen Sachen, die für andere Frauen wichtig waren, mütterlichen Rat zu haben. Ein schönes Kleid. Eine hübsche Frisur. Doch angesichts des Verlustes ihrer Familie hatte sie gewusst, wie trivial, wie unbedeutend diese Sachen eigentlich waren.

Dann verzogen sich die Lippen ihrer Mutter zu dem ersten echten Lächeln, an das Daisy sich seit Lionels Tod erinnern konnte. Die Marchioness nahm sie an der Hand und begann sie zur Tür zu ziehen.

»Wohin gehen wir?«

Ihre Mutter warf ihr einen Blick über die Schulter zu, und ein Zwinkern stand in ihren Augen. »Wir besuchen jetzt eine Modemacherin. Es ist höchste Zeit, das Herz eines Herzogs zu erobern.«

Kapitel 10

Seit drei Tagen hatte Auric kein Wort von Daisy gehört. Nicht, seit er gegangen war. Und es lag nicht daran, dass er es nicht versuchte. Er hatte drei Anläufe unternommen, bei der Dame vorzusprechen.

Er schüttelte den Kopf. Bei den Damen. Er hatte vorgehabt, die Marchioness und ihre Tochter zu besuchen. Jedes Mal waren sie unpässlich gewesen. Zunächst hatte er sich Sorgen gemacht. Solange er Daisy kannte, war sie gesund und munter gewesen, verfügte über eine robuste Konstitution. Am zweiten Tag jedoch hatte er begonnen zu glauben, dass er sie mit dem Herren, den er ihr präsentiert hatte, unbeabsichtigt beleidigt hatte. Schließlich war Astor nicht unerschrocken und … nun, nicht unerschrocken, und Auric war sich sicher, es gab noch eine ganze Reihe anderer Mängel, die er dem anderen Mann zuschreiben konnte, wenn er wollte.

Am dritten Tag war er gezwungen, sich damit abzufinden, dass Lady Daisy Laurel Meadows, die ihm früher auf Schritt und Tritt gefolgt war, nicht einmal von seinem Titel beeindruckt gewesen war und ihn mitleidlos aufgezogen hatte, ihn mied – und sie fehlte ihm. Er hatte sich in den vergangenen Jahren erfolgreich eingeredet, dass sie nicht mehr war als eine Verpflichtung, eine Schuld Lionel gegenüber, die er mit seinen wöchentlichen Besuchen abtrug. Doch irgendetwas hatte sich in ihm geändert, zwischen ihnen, und das Verlangen, sie zu sehen, war wie ein körperlicher Schmerz.

Er ließ seinen Blick durch Lord und Lady Ellis' überfüllten Ballsaal schweifen, suchte nach Daisy. Wo zur Hölle war sie? Er wusste von seinem Butler, der es wiederum vom Butler der Marchioness of Roxbury erfahren hatte, dass die Dame sich in der Tat bester Gesundheit erfreute und vorhatte, diesen Ball heute zu besuchen. Es waren schlimme Zeiten, wenn der Duke of Crawford darauf zurückgreifen musste, über seine Bediensteten Nachforschungen anzustellen, und sich auf die mangelnde Diskretion der Dienerschaft anderer Leute verlassen musste.

Sicherlich wusste Daisy, dass er ihr nur helfen wollte, eine vorteilhafte Verbindung einzugehen. Nein, nicht nur irgendeine vorteilhafte Verbindung, sondern eine mit einem Gentleman, der ihr ehrlich ergeben war und ihr Zuneigung entgegenbrachte … und nun auch noch unerschrocken war.

Auric ballte seine Hände zu Fäusten, begriff erst jetzt, dass er keinen einzigen Mann unter den Anwesenden kannte, der die Anforderungen der Dame erfüllte, weil kein Einziger von ihnen sie verdiente. Und mehr noch, es würde ihn innerlich zerreißen, wenn er jemanden aussuchte, der nicht er selbst war …

Er atmete zischend aus. Mochte Gott ihm helfen. Er …

»Auf der Suche nach jemand Besonderem, Crawford?«, erkundigte sich Viscount Wessex gedehnt, der neben ihm stehen blieb.

Das unerwartete Auftauchen des anderen Mannes traf Auric unvorbereitet. Er verkniff sich einen Fluch und ignorierte ihn.

»Vielleicht nach jemandem, der deinen strengen, unrealistischen Ansprüchen für eine gewisse Dame gerecht wird?«

Wieder regte sich Eifersucht in seiner Brust. »Es sind nicht meine Ansprüche«, entgegnete er knapp. Genau genommen waren es Daisys. Doch er würde ihr Vertrauen nicht verraten.

»Was führt dich her, Wessex?« Alle Welt wusste, dass der Viscount keine Mühen scheute, um gesellschaftliche Veranstaltungen zu meiden. Doch plötzlich, seit dieser Saison, hatte er mit einem Mal begonnen, an Dinnergesellschaften und Bällen teilzunehmen.

»Jetzt sag nicht, du wärst selbst auf der Suche nach einer Frau?«, fragte Auric in dem Versuch, das Thema von Daisy und all den Männern, die Wessex mit ihr zusammenbringen wollte, auf ein anderes Gebiet zu lenken.

»Sei nicht albern«, tat der Viscount diese Idee als absurd ab. Doch die plötzliche Röte auf seinen Wangen erzählte eine ganz andere Geschichte. Ja, es sah ganz so aus, als steckte mehr dahinter. Doch sein Freund steuerte die Unterhaltung geschickt wieder zu dem gefährlichen, unerwünschten Thema. »Es sind Gerüchte im Umlauf, dass Lord Astor Daisy einen Besuch abgestattet hat. Weißt du mehr dazu?«

Auric richtete seine Aufmerksamkeit wieder auf Wessex. Ein dunkles, unangenehmes Gefühl regte sich in seiner Brust. »Wann?« Die Frage brach aus ihm heraus. Ihn hatte sie nicht empfangen, den Earl aber schon?

Ein Lakai blieb mit einem Tablett voller Champagnergläser bei ihnen stehen. Mit einem gemurmelten Dank nahm der Viscount eines der Gläser. »Ich würde sagen, du solltest dich daran erinnern«, antwortete er, als der Lakai weiterging. »Schließlich hast du den Mann bei deinem eigenen Vorsprechen dort angetroffen. Ich nehme an, du hattest was mit Astor zu tun?«

Erleichterung erfasste Auric. Es hatte also nur diesen einen Besuch gegeben. Nicht noch einen weiteren. Nur … Er musste an das Aufflackern von Interesse in den Augen des

Mannes denken. Daran, wie hingerissen er gewirkt hatte. Und die schmeichlerischen Komplimente. Was für ein verdammter Narr er gewesen war, dem Kerl Daisy praktisch auf einem Silbertablett zu präsentieren.

»Ich habe lediglich ein Treffen zwischen«, dem einfallslosen Bastard, »dem Earl und Daisy arrangiert.« Jeder weitere Besuch wäre ein Ergebnis von Daisys Reizen und ihrem Charme. Sie verdiente eine Menge mehr als Astor. Ein unerschrockener Gentleman hätte sich von dem Missfallen eines Herzogs – oder von wem auch immer – nicht in die Flucht schlagen lassen. »Astor wird nicht genügen«, erklärte er schließlich.

Wessex war offenbar entschlossen, so lästig wie möglich zu sein. »Ah, ich hatte schon damit gerechnet, dass du so etwas sagen würdest.« Er neigte den Kopf. »Ich habe noch eine Liste aufgestellt.«

Wie viele Männer glaubte der Idiot eigentlich aus dem Ärmel ziehen zu können, die für Daisy einen angemessenen Ehemann abgeben würden?

»Bloß drei Namen diesmal.«

»Das ist alles?«, erwiderte Auric, zwang sich zu einem amüsierten Tonfall, obwohl er die verdammte Liste am liebsten genommen und seinem Freund in den Hals gestopft hätte.

Wessex redete weiter, als hätte er nichts gesagt. »Der Earl of Warwick.«

»Hat eine Vorliebe für das Glücksspiel.«

»Baron Wright«, hielt Wessex dagegen.

»Ein Muttersöhnchen.« Daisy verdiente viel mehr als einen Gentleman, der einzig seiner Mutter Hingabe, Liebe und Unerschrockenheit entgegenbrachte und sonst niemandem.

»Viscount Reddingbrooke.«

Auric runzelte die Stirn. Reddingbrooke war … Und außerdem … Die Falten auf seiner Stirn vertieften sich. »Er ist zu alt«, sagte er schließlich. Himmel, der Mann musste mindestens …?

Wessex lachte laut, lenkte damit unerwünschte Aufmerksamkeit auf sie. »Er ist ein Jahr jünger als du selbst, Crawford, was vermutlich erklärt, warum du ein Lorgnon brauchst.« Sein Lachen wurde heftiger.

Er musste an das zierliche Einglas denken, das Daisy ihm geschenkt hatte und das er in der Vordertasche seines Rockes bei sich trug. »Sei still«, erklärte er. »Ich …«

Wessex' Belustigung verschwand, und er blickte zur Tür. »Hier.« Er drückte Auric seinen Sektkelch in die Hand.

»Was?« Verwirrt blickte Auric von dem Glas zu seinem Freund und wieder zurück.

»Trink das«, riet ihm Marcus.

Da war irgendeine Art von Aufruhr am Eingang zum Ballsaal, bemerkte Auric. Stimmengemurmel schwappte durch den Saal, während alle versuchten zu erkennen, was dort vor sich ging.

Auric hätte der Klatsch und Tratsch der guten Gesellschaft nicht weniger interessieren können. Er musste sich schließlich um Daisy kümmern. Wenn sie ihre so gar nicht zu ihr passende Launenhaftigkeit überwand und ihn wieder empfing.

Wessex machte ein ersticktes Geräusch in der Kehle.

Auric musterte ihn besorgt, bereit, dem anderen auf den Rücken zu klopfen. »Was …?« Dann folgte er dem schockierten Blick seines Freundes zum Kopf der Empfangsreihe. Alle Luft wich aus seinen Lungen.

Da war etwas Vertrautes in dem herzförmigen Gesicht, und doch war es vollkommen anders. An den Sommersprossen auf ihren Wangen und ihren dunkelbraunen Kringellöckchen erkannte er Daisy so sicher wieder wie sein eigenes Gesicht, wenn er in einen Spiegel schaute. Doch die üppige Schönheit in eisblauer Seide, die sich an wohlgerundete Hüften und einen vollen Busen schmiegte, war eine Sirene.

Wessex ließ einen leisen Pfiff hören. »Bei Gott, aus dem Entlein ist ein Schwan geworden.«

Nein, sie war kein Schwan. Aurics Mund wurde trocken, als eine Welle der Sehnsucht, tief und mächtig, über ihm zusammenzuschlagen drohte, hier an Ort und Stelle, vor den Augen der versammelten guten Gesellschaft. Sie bewegte sich mit der gleichen Entspanntheit und Lässigkeit, ein Lächeln auf den vollen Lippen, ein lebhaftes Funkeln in den Augen. Seine Daisy. Sein Blumenmädchen. Ihre Gastgeber Lord und Lady Ellis sagten etwas zu ihr. Sie nickte und ging mit ihrer Mutter neben sich zu den Sitzgelegenheiten am Rande des Ballsaals.

Dann wich ihre unvorsichtige Mutter von ihrer Seite, um sich mit Lord und Lady Ingold zu unterhalten. Was für eine Mutter würde sie schutzlos zurücklassen, sodass jeder wertlose Tunichtgut einfach zu ihr …

Eine ganze Schar Männer stürzte sich förmlich auf sie.

»Verdammte Hölle«, stieß Auric aus. Etwas Urtümliches erwachte in ihm. Eine siedend heiße Wut, die aufkochte und ihn von innen zu verbrennen drohte beim Anblick der unwürdigen Idioten, die sich überschlugen, um ihren Namen in ihre Tanzkarte einzutragen.

»Allerdings«, murmelte Wessex.

»Verdammte Hölle«, fluchte Auric noch einmal, ignorierte Wessex' überraschten Blick.

Der Viscount deutete mit seinem Kinn in ihre Richtung. »Das hier wird es unnötig verkomplizieren, den besten Kandidaten auszuwählen.« Trotz der flapsigen Erklärung verriet der harte Zug um seinen Mund Wessex' Sorge.

Auric leerte das Glas seines Freundes in einem Zug. Das würde es allerdings. Er verfolgte, wie sie von einer ganzen Reihe von liederlichen Taugenichtsen begafft wurde. Mit einem weiteren Fluch stellte er das Glas auf einem Tischchen in der Nähe ab und machte sich dann auf den Weg zu Daisy. Er wollte verdammt sein, wenn er tatenlos danebenstehen würde, während diese *Gentlemen* sie mit den Blicken auszogen.

»Wo willst du hin?«, rief Wessex ihm hinterher.

Auric ignorierte ihn, bewegte sich entschlossen durch die Menge, kniff die Augen zu schmalen Schlitzen zusammen, als der Marquis of Rutland, ein berüchtigter Lebemann und Schurke, Daisy etwas ins Ohr flüsterte, woraufhin sie errötete.

Er beschleunigte seine Schritte und bahnte sich einen Weg zwischen den Dandys und eitlen Gecken hindurch, die um Daisy herumscharwenzelten. Mit seinem finsteren, geübten Herzogsblick sorgte er dafür, dass eine Reihe der Männer ihr Heil in der Flucht suchte. »Rutland«, sagte er scharf.

Daisy zuckte zusammen, und ihre Wangen röteten sich weiter. Verärgerung regte sich in ihm. Sicherlich war sie klug genug, den billigen Charme von jemandem wie Rutland zu durchschauen.

Der Marquis versteifte sich, straffte die Schultern und drehte sich halb zu ihm um. »Crawford«, sagte er in einem bedrohlichen Flüstern.

Aurics Verlangen, Daisy von Rutland fortzuschaffen, entsprang einzig und allein dem lüsternen Ausdruck in den Augen des anderen, mit dem er ihren Busen anstarrte.

Daisy runzelte die Stirn und sah zwischen ihnen hin und her, eine Frage in ihrem Blick, der viel zu unschuldig für jemanden von Rutlands Schlag war.

»Lady Daisy.« Auric verneigte sich kurz und griff nach ihrer Tanzkarte. Er erstarrte. Er betrachtete die ausgefüllten Zeilen und riss den Kopf hoch. Himmel, wie rasch hatten sich die Geier auf sie gestürzt und alle Tänze bis auf … Er blickte noch einmal hinab auf die Karte. Eine Quadrille.

»Ein bisschen spät«, sagte Rutland spöttisch. Das Orchester begann die ersten Takte eines Walzers zu spielen. Er hielt Daisy seine Hand hin.

Wut sammelte sich in Aurics Bauch. Bei Gott, er würde Rutland eher dem Teufel ausliefern, als ihm zu gestatten, seine schmutzigen Hände auf Daisy zu legen. Von dieser Wut getrieben trat Auric zwischen sie. »Das ist mein Tanz.«

»Ach ja?« Rutland zog die beiden Wörter höhnisch in die Länge. Wieder streckte er Daisy seine Hand hin. »Das glaube ich nicht, Crawford.«

* * *

Daisy starrte verwirrt zwischen den Männern hin und her. Die fleckige Röte auf Aurics Wangen, der Muskel, der neben seinem rechten Auge zuckte, so untypisch für ihn, der sich immer in der Gewalt hatte. Doch der eisige Zorn, den er verströmte, deutete auf einen Mann hin, der bereit war, sich mit dem Marquis auf Handgreiflichkeiten einzulassen.

Sie räusperte sich. »Mylord«, wandte sie sich an den Marquis. »Es tut mir sehr leid, aber ich habe völlig vergessen, dass ich versprochen hatte, diesen Tanz dem Herzog zu reservieren«, log sie. Unter dem feindseligen Glitzern in den dunklen Augen des anderen Mannes lief ihr ein Schauer über den Rücken.

Auric trat näher und hielt ihr seinen Ellbogen hin. Sie legte ihre Fingerspitzen auf seinen Ärmel und ließ sich von ihm auf die Tanzfläche führen, wo die anderen Paare sich bereits aufstellten. Daisy hob ihre Hand auf seine Schulter, und Erregung durchfuhr sie, als sie seine Berührung warm an ihrer Taille spürte.

Die unwiderstehliche, leicht sehnsüchtige Melodie eines Walzers füllte den Ballsaal, und Auric und Daisy bewegten sich zu der Musik, in angespanntem Schweigen. Früher hatten sie sich immer etwas zu sagen gehabt, hatten gescherzt oder einander geneckt, doch jetzt fehlten ihnen die Worte. Als ihre Mutter ihr vorgeschlagen hatte, sich neu einzukleiden, war Daisy sofort klar gewesen, wie zwecklos so ein Unterfangen wäre. Auch wenn das eisblaue Seidenkleid mit Abstand das schönste, luxuriöseste und gewagteste Kleidungsstück war, das sie je besessen hatte. Trotzdem hatte es ihr nicht mehr eingebracht als einen finsteren Blick von Auric.

Wollte er denn gar nichts zu ihr sagen?

»Ich möchte dich nicht in der Nähe von Rutland sehen.«

Sie betrachtete ihn aus schmalen Augen. *Das* war es, was er schließlich herausbrachte? »Wie bitte?« Er gab ihr Befehle, als wäre er ihr großer Bruder.

Auric zog sie näher, senkte den Kopf. »Das hier ist kein Spiel, Daisy.«

Ihr Atem stockte angesichts der Nähe seiner Lippen, und sie erinnerte sich an seinen Mund auf ihrem, sehnte sich schamlos nach der zu Kopfe steigenden Leidenschaft, die sie in der viel zu kurzen Umarmung erlebt hatte. »Rutland ist ein verkommener Wüstling.« Um seinen Mund erschien ein harter Zug. »Und ganz bestimmt nicht der hingebungsvolle, liebevolle und unerschrockene Gentleman, der dir vorschwebt.«

Sie zuckte zusammen. Musste er ihr ihre Sehnsüchte auch noch unter die Nase reiben? Sie antwortete mit gedämpfter Stimme. »Du hast so viele Jahre damit verbracht, der Duke of Crawford zu sein und anderen Befehle zu erteilen, dass du von allen blinden Gehorsam erwartest und völlig vergessen hast, wie man mit Freunden spricht«, wies sie ihn zurecht. Die Falten auf seiner Stirn vertieften sich. »Du, Euer Gnaden, hast es dir selbst zur Aufgabe gemacht, zu entscheiden, dass ich einen Ehemann brauche, und warst sogar anmaßend genug, einen möglichen Kandidaten persönlich anzuschleppen.«

Mit jedem Wort erfüllte die Erinnerung an sein Verhalten in den vergangenen Tagen sie mit heißer Wut. Sie redete weiter, sprach durch zusammengebissene Zähne. »Du willst für mich einen Ehemann finden. Warum, Auric?« Er öffnete den Mund, um etwas zu erwidern, aber sie kam ihm zuvor. »Um dich von der Schuld wegen Lionels Tod zu befreien.«

Er wurde blass, und vorübergehend tat es ihr leid, dass sie ihm das in der Öffentlichkeit vorgehalten hatte. Wenn er sie in den letzten Jahren nur wirklich gesehen und gehört hätte, hätte er begriffen, dass sie mehr von ihm wollte.

»Ich möchte, dass du glücklich bist, Daisy.«

»Warum?«, wollte sie wissen. *Sag mir, dass du das möchtest, weil dir etwas an mir liegt, weil du mich gernhast wie ein Mann eine Frau. Sag mir, dass du in dein Herz gesehen hast und erkannt hast, dass einzig ich dich glücklich machen kann.*

Auric zögerte. »Du bist meine Freundin«, antwortete er schließlich mit flacher, hohler Stimme, die irgendwie schmerzlicher war als die eisige herzogliche Verärgerung, die sie von ihm zu erwarten gelernt hatte.

Ich möchte nicht deine Freundin sein. Das reichte nicht länger aus. »Du hast in mir immer nur eine Schwester gesehen, nicht wahr?«, flüsterte sie, mehr an sich selbst gerichtet.

Ein beinahe wehmütiges Lächeln spielte um seine Lippen. »Du bist uns immer auf Schritt und Tritt gefolgt«, erwiderte er gedankenversunken, hatte den Schmerz in ihren Worten überhaupt nicht wahrgenommen. »Aber dann hat sich alles geändert. Weißt du noch, wann das war?«

Ihre gemeinsame Vergangenheit rührte etwas in ihr an, und in diesem Moment war das genug. Die Verbindung zu den Zeiten, die sie gemeinsam erlebt hatten. »Als ich euch Tinte in den Tee getan habe?«

Sein Lächeln wurde breiter. Es war das echte, unkomplizierte Lächeln eines Mannes, der sich in der Tat an diesen schlichten Ausdruck von Übermut erinnerte. »Tinte, die für Lionel bestimmt war.«

Sie musste bei der Erinnerung an ihren Bruder und seine tintenverschmierten Zähne kichern. »Ja, das war sie. Ich hatte mich ziemlich geärgert, dass er mich bei eurem Angelausflug nicht dabeihaben wollte.« Und bei dem Gedanken daran empfand sie keinen Schmerz über den Verlust ihres Bruders, sondern nur die Freude, die solche Erinnerungen mit sich brachten.

»Es war nicht die Sache mit dem Tee.«

Daisy blinzelte ihn an. »Es sind zu viele Dinge gewesen, um sich zu erinnern, oder? War es, als ich deine und Lionels Westen zerschnitten habe, um aus dem Stoff Kleider für meine Puppe zu machen?«

»Sie sah wirklich großartig aus in ihrem mitternachtsblauen Kleid, aber nein, das auch nicht.«

Sie kniff ihn in den Arm. »Hör auf, und sag es endlich.«

»Bei dem jährlichen Sommerpicknick deiner Eltern. Du hast die anderen Mädchen, die garstig zu dir waren, niedergestarrt und dann den Tisch in Flammen gesetzt.«

Ihr Herz klopfte merkwürdig schnell in ihrer Brust. Sie holte tief Luft, um das Flattern in ihrem Magen zu beruhigen. »Natürlich erinnerst du dich an den Tag«, erklärte sie. »Wer würde schon ein Tischfeuer vergessen?« Und doch, das war jetzt das zweite Mal, dass er den Vorfall erwähnte. Vielleicht bedeutete er auch ihm mehr?

Sein schiefes Lächeln passte zu dem Gentleman, der die gehässigen Lady Leticias dieser Welt mit finsteren Blicken bedacht hatte. »Ja, die aufgeregten Schreie der bedeutendsten Aristokraten des Landes beim Anblick einer Tischdecke in Flammen vergisst man nicht so leicht. Nur dass das nicht das ist, was mir am lebhaftesten von jenem Tag vor Augen steht, Daisy.« Er schaute angestrengt auf einen Punkt über ihrem Kopf. »Du warst die Einzige, die nicht geschrien hat«, sagte er leise zu sich. »Du hattest diesen verträumten Ausdruck im Gesicht.«

Weil das der Augenblick gewesen war, in dem sie sich in ihn verliebt hatte, und das, obwohl es für sie eigentlich schmerzlich sein müsste, dass Auric sie in der ganzen Zeit vor allem als lästigen Ballast betrachtet hatte … bis zu diesem Tag, so viel später, als sie schon auf der Schwelle zur Frau gestanden hatte.

Der Tanz näherte sich seinem Ende. Langsam blieben sie stehen. Als die Paare um sie herum höflich klatschten und dann die Tanzfläche verließen, warteten sie noch einen Moment, schwiegen und musterten einander eindringlich.

Schließlich machte Daisy einen Knicks und ließ sich von ihm zurück an den Rand des Ballsaales bringen. Es entging ihr nicht, dass er, statt sie an die Stelle, wo sie vorhin gestanden hatte, zurückzubringen, nach ihrer Mutter Ausschau hielt.

»Deine Mutter?«, fragte er sie schließlich. Daisy zuckte die Achseln. Es war für niemanden ein Geheimnis außer für Auric, wie es schien, dass ihre Mutter sich stets am Rande des Geschehens aufhielt, blass und zurückgezogen. »Ah, da ist sie ja«, bemerkte er.

Daisy schürzte die Lippen. Er wollte sie vermutlich loswerden. Sie sagte nichts, gestattete ihm aber, sie zu der Säule zu bringen, bei der ihre Mutter wartete.

Die Augen der Marchioness leuchteten auf. »Mein lieber Junge, wie schön, dich zu sehen.« Sie warf ihnen einen so vielsagenden Blick zu, dass Daisy unbehaglich von einem Fuß auf den anderen trat und sich insgeheim wünschte, der Boden möge sich auftun und sie verschlingen.

»Das Vergnügen liegt ganz auf meiner Seite, Lady Roxbury«, antwortete er, tadellos höflich und immer respektvoll.

»Ich hoffe, die Besuche bei Daisy waren angenehm.«

Daisy verkniff sich ein Stöhnen, als sie den Anflug eines Lächelns um Aurics Lippen sah. Der Schuft amüsierte sich auf ihre Kosten. »Zweifellos«, murmelte Daisy. »Oder man könnte auch sagen, ›in der Tat‹«, schlug sie ihm vor. Sein Lächeln wurde breiter, und ihr Herz begann zu rasen.

Lord Astor wählte genau diesen Moment, um zu ihnen herüberzukommen. Die freundschaftliche Stimmung zwischen ihr und Auric löste sich in Luft auf, während er sich wieder in den gestrengen Herzog zurückverwandelte. Die beiden Männer beäugten einander einen langen Augenblick kritisch, schauten sich prüfend an.

»Crawford«, brach der Earl als Erster das Schweigen. Sie wechselten steife Höflichkeiten, ehe Astor sich an Daisys Mutter wandte. »Guten Abend, Mylady.«

Die Lippen der älteren Frau verzogen sich unwillig. »Lord Astor, was für ein Vergnügen.« Allerdings klang in diesen Worten ein solches Missfallen mit, dass es sich kaum nach Vergnügen anhörte. »Ich hoffe, Ihre Mutter ist wohlauf.«

»Allerdings, sie erfreut sich bester Gesundheit«, antwortete er rasch. Dann hielt er Daisy den Arm hin.

Sie starrte einen Moment darauf. Die Quadrille begann, während sie noch darüber nachsann, warum er den Arm so komisch hielt. »Unser Tanz«, platzte sie schließlich heraus. Ihre Haut wurde ganz warm. »Äh … Ja, richtig«, sagte sie und legte hastig ihre Finger auf seinen Ärmel.

Während der Earl sie auf die Tanzfläche geleitete, prickelte ihr Nacken unter Aurics Blick. Seltsam, bis jetzt war sie gar nicht mehr so davon überzeugt gewesen, dass sie den Herzanhänger brauchen würde, den Lady Stanhope getragen hatte.

Ein weiterer Besuch in Gipsy Hill stand an, ganz besonders nach Aurics Eingeständnissen heute Abend.

Kapitel 11

Nur das Ticken der Standuhr durchdrang die Stille, während Auric hastig die leeren Seiten seines Tagebuchs füllte.

> *Lieber Lionel,*
> *mein Leben lang habe ich Daisy stets nur als eine Schwester betrachtet und als eine Verpflichtung. Ich schulde dir so viel, da ich der Grund war, dass du dein Leben verloren hast. Ich gelobe, dafür zu sorgen, dass sie einen guten Ehemann bekommt.*

Er fand eine gewisse Art Absolution darin, diese Worte zu schreiben, da er Daisy so lange vernachlässigt hatte. Und dass er sie nun auch noch so heftig begehrte, half ebenfalls nicht.

Auric beendete den Eintrag und legte den Federhalter zur Seite. Er blies auf die Seite, um die Tinte zu trocknen, und schloss das Buch einen Moment später. Mit einem Seufzen lehnte er sich zurück.

Seit er sich von Daisy verabschiedet hatte, war es ihm nicht gelungen, sie aus seinen Gedanken zu verbannen, sie und all diese Bastarde, die sie angegafft hatten, die erwachsene Frau gesehen hatten. Es sollte ihm ein überwältigendes Gefühl von Erleichterung verschaffen, zu wissen, dass es nicht lange dauern würde, bis irgendein Gentleman um ihre Hand anhalten würde. Er rieb sich übers Gesicht.

So, wie sie immer gewesen war, hatten sie sie allerdings nicht zu schätzen gewusst. Sie hatten weder ihr Lächeln noch ihre ungebärdige Lebenslust oder ihre Keckheit wahrgenommen – nicht so wie er. *Nur hast du sie wirklich wahrgenommen?* Oder war sie für ihn Daisy Laurel Meadows gewesen, sein ewig kindliches Blumenmädchen? In dieser Beziehung unterschied er sich wirklich kaum von all den anderen Idioten, denen es nicht gelungen war, Daisys Einzigartigkeit zu erkennen.

Mit einem unwilligen Laut schob er diese unsinnigen Überlegungen beiseite, da es ihm nicht gefiel, in dieselbe Kategorie wie alle anderen Männer zu gehören. »Sei nicht albern«, murmelte er leise. Zudem war er sich nicht wirklich sicher, warum es ihm etwas ausmachen sollte, dass Gentlemen, die auf der Suche nach einer Ehefrau waren, sie endlich bemerkten. Nur dass es so war.

Auric trommelte mit den Fingern auf sein Tagebuch. Es würde wichtiger als je sein, diese Männer, die sie umwarben, genau unter die Lupe zu nehmen, vor allem diejenigen, die für sie als Ehekandidaten infrage kamen. Sich darum zu kümmern, dass Daisy glücklich und gut versorgt war, war etwas, was er Lionel schuldig war. Es hatte nichts, aber auch absolut gar nichts mit Daisy selbst zu tun.

Ganz sicher nicht.

Er sah durch den Raum, und sein Blick blieb an der Uhr hängen. Er hatte die Marchioness of Roxbury jetzt schon mehrere Tage nicht mehr besucht. Wie hatte er so nachlässig sein können?

Auric verstaute sein Tagebuch im obersten Schubfach und schloss es. Ja, ein Besuch bei der Lady und ihrer Tochter stand sicher an. Er erhob sich und ging in Richtung Tür und aus seinem Arbeitszimmer.

Warum fühlte es sich so an, als würde er sich selbst belügen?

* * *

Kurze Zeit später stand Auric vor dem Stadthaus der Marchioness of Roxbury. Er klopfte an und wartete. Und wartete weiter.

Mit einem Stirnrunzeln sah er die belebte Straße entlang. Seine Anwesenheit erregte keinerlei Aufmerksamkeit, da die Freundschaft zwischen seinen verstorbenen Eltern und der Marchioness of Roxbury und ihrem inzwischen leider ebenfalls verstorbenen Ehemann allgemein bekannt war.

Ungeduldig trommelte er mit den Fingern auf seinen Oberschenkel. In all den Jahren, in denen er den Butler gekannt hatte, war es nie vorgekommen, dass er einen Besucher hatte warten lassen.

Auric hob wieder die Hand, um ein weiteres Mal anzuklopfen, als ein leicht atemloser Frederick die Tür öffnete.

»Frederick, wie …?« Das freundliche Grußwort erstarb Auric auf den Lippen, als der weißhaarige Bedienstete zusammen mit Baron Winterhaven in all seiner kühlen Arroganz vor ihm stand.

Der Baron fasste sich als Erster. »Crawford«, begrüßte er ihn und verbeugte sich.

Auric musste mit seinem offenen Mund wie ein Idiot aussehen. Er schloss ihn abrupt. »Winterhaven«, erwiderte er den Gruß.

»Guten Tag.« Der Baron setzte sich den Hut auf und ging an Auric vorbei.

Er starrte dem anderen Mann einen Moment hinterher und betrat dann das Haus. Winterhaven? Hatte er diesen Mann wirklich als passenden Verehrer für Daisy in Erwägung gezogen?

Ganz sicher nicht. Er war viel zu hochmütig und kühl für die lebhafte Daisy.

Auric sah den alten Bediensteten an. »Was soll das bedeuten?«, erkundigte er sich, während er aus seinem Mantel schlüpfte.

Die Lippen des Butlers zuckten. »Bedauerlicherweise habe ich keine Ahnung, auf was Sie sich beziehen, Euer Gnaden«, bemerkte er, nahm den Mantel entgegen und reichte ihn an einen wartenden Lakaien weiter.

Auric fasste sich und folgte Frederick durch die vertrauten Korridore zum Blauen Salon. Als Duke of Crawford stellte er an sich selbst bestimmte Ansprüche und Erwartungen. Es war eine Sache, einen Bediensteten zu Daisys Wohlbefinden zu befragen. Es war ganz etwas anderes, sich kühn über das unerwartete Auftauchen eines Taugenichts zu erkundigen, dem es nicht zustand, die beiden Damen des Hauses zu besuchen.

Er räusperte sich. Hatte er wirklich gedacht, dass Winterhaven langweilig und lebensfremd wäre? Nein, der Mann war ein Schurke erster Güte und verdiente Daisy auf keinen Fall. Auric runzelte die Stirn. Ganz sicher erinnerte er sich doch, dass Winterhaven irgendwann einmal in den Klatschspalten erwähnt worden war. Nicht dass Auric auf die Klatschspalten vertraute …

Sie blieben an der Schwelle zum Salon stehen. Ein Lachen drang aus der offenen Tür und in den Korridor, das Geräusch von Daisys offenkundiger Erheiterung, so ausgelassen, dass es ihn einen Moment erstarren ließ. Verlangen durchströmte ihn. Wie konnte ihm die bezaubernde Qualität ihres Lachens bisher entgangen sein? Ihm fiel Fredericks neugieriger Blick auf. Welche Art von Wahnsinn hielt ihn dieser Tage in ihrem Griff? Er rückte sich die Rockaufschläge zurecht.

Auric trat in den Raum und sah, dass Daisy auf dem himmelblauen Sofa saß – mit einem Gentleman, viel zu dicht an ihrer Seite. Auric verengte die Augen. Daisy und der Earl of Danport wirkten ganz versunken in ihr Gespräch.

Bei Gott, er hatte gewusst, dass er das Richtige getan hatte, als er stillschweigend den Namen des Mannes von der verdammten Liste gestrichen hatte. Seine Knie drückten gegen ihre Röcke, und sein Blick ruhte auf Daisys großzügigem Busen, als wäre sie eine reife Beere, die er gerne pflücken würde.

Ein primitives Knurren kam aus Aurics Kehle, und das Paar sah gleichzeitig zu ihm, wie er in der Türöffnung stand. Bildete er sich das schuldbewusste Erröten auf Daisys Wangen nur ein?

»Seine Gnaden, der Duke of Crawford«, kündigte ihn Frederick verspätet an und zog sich dann unauffällig zurück.

Plötzliche Stille legte sich über den Raum. Verärgerung machte sich in Aurics Brust breit. Wo war Daisys Lächeln jetzt? Sie betrachtete ihn mit nachdenklicher Miene.

Aurics Blick schweifte weiter und landete auf einem Margeritenstrauß in einer Kristallvase. Er verengte erneut die Augen.

Daisy, die offensichtlich bemerkt hatte, was er entdeckt hatte, räusperte sich. »Sind sie nicht hübsch? Lord Danport«, sie deutete auf den Earl, »hat sie mitgebracht.«

Der Mann hatte ihr Blumen geschenkt. Auric sah zu dem anderen Mann hinüber, der langsam auf die Füße kam und sich auf, wie Auric fand, unverschämte Art verbeugte.

»Crawford«, sagte der viel zu charmante Gentleman gedehnt.

Welt- und wortgewandt und lässig sorglos, war der Earl alles, was Auric nie gewesen war. Und auch nie hatte sein wollen. Bis jetzt.

»Danport«, erwiderte er steif. Dann schaute er wieder zu Daisy und vergaß den anderen Mann sofort.

Sie nestelte an ihren hellrosafarbenen Röcken, zerdrückte den Stoff in den Händen auf eine Art, die, wie er gelernt hatte,

Nervosität bedeutete. Nervös? Bei ihm? Plötzlich war er gereizt. Er trat vor, blieb vor ihr stehen. Die Stille hielt an.

»Einen Platz«, brachte sie heraus. Er hob eine Augenbraue. »Ich meine, würdest du bitte Platz nehmen?« Ihre Wangen röteten sich.

»In der Tat«, erwiderte er in dem arroganten Tonfall, den er schon als Kind gelernt hatte.

Ihre vollen Lippen verzogen sich verärgert, und er hätte seinen gesamten Landbesitz darauf verwettet, dass sie ihn zurechtgewiesen hätte, wenn Danport nicht anwesend gewesen wäre. So setzte sie sich einfach wortlos wieder hin.

Er und Danport taten es ihr nach. Auric trommelte mit den Fingerspitzen auf die Lehne des schmalen Sessels, auf dem er saß.

Daisy räusperte sich. »Hättest du gerne …«

»Nein.«

»Aber ich habe noch nicht einmal ausge…«

»Du wolltest mich fragen, ob ich irgendwelche Erfrischungen möchte.«

Danport sah mit gerunzelter Stirn zwischen ihnen hin und her. Er erhob sich langsam. Daisy wandte ihre Aufmerksamkeit wieder dem großen, viel zu charmanten Gentleman zu.

»Wenn Sie mich bitte entschuldigen wollen«, erklärte er und kehrte Auric bewusst den Rücken. »Ich habe noch andere Verpflichtungen.« Der Feigling ergriff die Flucht. Daisy verdiente mehr als das. »Ich werde Sie nun der Obhut Seiner Gnaden und seinem Besuch überlassen.«

Daisy sprang auf, und Auric stand auch langsam auf. »Vielen Dank für die Blumen«, sagte sie freundlich, und bei Gott, Auric wollte sie mit Küssen zum Schweigen bringen, und zur Hölle mit Danport, sodass er sie für sich selbst haben konnte.

Sie warf ihm einen sprechenden Blick zu. Auric erinnerte sich an die Höflichkeit, die ihm von seinen Hauslehrern eingebläut worden war, und verbeugte sich. »Danport, wie immer ein Vergnügen«, log er.

»Crawford.« Die Augen des anderen Mannes verrieten, dass er die Lüge durchschaut hatte, doch er verabschiedete sich mit einer knappen Verneigung.

Nachdem der Earl gegangen war, funkelte Auric die Kristallvase an. »Margeriten?« Er wusste, dass er sich fürchterlich verhielt, unhöflich und arrogant. Aber *Margeriten*?

Daisy wirbelte zu ihm herum. »Ja. Und was ist falsch daran?«

Er biss die Zähne zusammen, um sich davon abzuhalten, all die Dinge aufzuführen, die an dem Geschenk falsch waren. Der fantasielose Idiot hatte ihr Margeriten mitgebracht. »Außerdem …«

»Du hast mir noch keinen Grund genannt, Auric.«

»Ach, nicht?« Er bewegte sich unruhig hin und her, als die Eifersucht nachließ und nur eine ordentliche Dosis Verlegenheit zurückblieb.

»Nein. Hast du nicht.« Daisy stemmte die Hände in die Hüften. »Was sollte das?«

Er blinzelte mehrere Male. »Was sollte was?« Auch wenn ihm nur allzu klar war, was sie meinte. Sie hatten beide immer die unheimliche Fähigkeit besessen, zu wissen, was der andere dachte.

»Oh, du weißt genau, auf was ich mich beziehe.«

Mit wenigen Schritten überwand er die Distanz zwischen ihnen. Er senkte den Kopf und bemerkte, dass sie hörbar einatmete. »Was, wenn ich sage, es ist, weil ich Danport verabscheue?«, flüsterte er.

Sie legte den Kopf zurück, um ihm in die Augen zu blicken. »Warum?«, fragte sie scharf.

Er gab ihr die einzige Antwort, die er hatte – die Wahrheit. »Das weiß ich selbst nicht«, erklärte er leise und legte ihr eine

Hand an die Wange. »Alles, was ich weiß, ist, dass der Anblick von Danport in deiner Nähe oder irgendwo mit dir mich wie Gift auffrisst.«

Dies waren nicht die Gefühle eines Mannes, der einfach nur eine Schwester in ihr sah. Ihre Augen weiteten sich vor Erstaunen.

»Er verdient dich nicht, Daisy.«

Sie fuhr sich mit der Zunge über die Lippen, befeuchtete sie. »Und wer würde es?«, erkundigte sie sich kühn.

Diese Frage brachte ihn zum Schweigen. Ganz sicher nicht er. Er ließ seine Hand an seine Seite fallen. Mit etwas, was Schrecken glich, wich Auric einen Schritt zurück und gleich noch einen weiteren. Seine Gedanken rasten wie ein außer Kontrolle geratener Phaeton. Mit den Beinen stieß er gegen den mit Intarsien verzierten Mahagonitisch, woraufhin das Teeservice, das von dem vorigen Gast noch dastand, klapperte.

»Was ist?«, fragte sie und streckte ihm die Hand hin.

Auric erstarrte in wachsendem Schrecken, als ihm die Wahrheit klar wurde. Er wollte sie.

* * *

Während eines der jährlichen Sommerfeste ihrer Eltern war Daisy auf Auric gestoßen, der allein am Ufer des Sees stand. Offensichtlich waren ihm die Bücklinge nicht bekommen, denn sein Gesicht war fahl, und ein Schweißfilm bedeckte seine Stirn. In diesem Moment, wo er jetzt vor ihr aufragte, hatte er eine große Ähnlichkeit mit dem jungen Mann von damals.

»Geht es dir gut?«, erkundigte sie sich vorsichtig.

Er nickte abrupt, blieb jedoch still.

Daisy machte einige Schritte auf ihn zu, erwartete schon, dass er sich verabschieden würde, aber sein Blick blieb auf einen Punkt oberhalb ihrer Schulter gerichtet. Für einen kurzen

Moment, während er ihr Gesicht in seine Hand genommen und sie so intensiv angesehen hatte, hatte sie zu hoffen gewagt, dass er hier war, weil er in sein Herz geschaut und seine Liebe für sie entdeckt hatte.

Schmerz durchzuckte sie. Seine Liebe würde ihr niemals gehören, auch wenn sie immer seine Freundschaft haben würde. Hatte sie wirklich je geglaubt, das würde genug sein? Sie wollte ihn ganz, auf jede Art, auf die eine Frau einen Mann besitzen konnte.

»Hast du Bücklinge gegessen?«

»Ob ich …?« Er verstummte, und dann verzogen sich seine Lippen zu einem kleinen Grinsen. O Gott, jetzt begehrte sie ihn noch mehr. »Nein, ich habe seit zehn Jahren keine Bücklinge mehr gegessen.«

Neun Jahre. In diesem Sommer würden es zehn sein. Auf das genaue Datum hinzuweisen würde sie nur als eine armselige Kreatur abstempeln, die sich im Geheimen nach ihm gesehnt hatte, seit sie ein kleines Mädchen gewesen war.

»Warum bist du hier, Auric?«, fragte sie mit einer Offenheit, die nur möglich war, weil sie sich schon so lange kannten.

Ein Muskel zuckte an seinem Mundwinkel, aber er sagte weiter nichts.

»Du kommst jeden Tag …«

»Kaum jeden Tag«, erwiderte er kurz.

Ja, das stimmte wohl. »Also gut, dann kommst du jede Woche.« Jeden Mittwoch, um genau zu sein, wie er es seit fast sieben Jahren tat. Außer zu der Zeit, als er Lady Anne den Hof gemacht hatte, war er ein fester Bestandteil dieses Haushalts gewesen. Sie war es so müde.

»Agnes«, rief sie der Zofe in der hinteren Ecke des Salons zu.

Die junge Frau kannte Daisy so gut, dass sie auf die Füße sprang, aus dem Raum lief und die Tür halb hinter sich schloss.

Nicht einmal die Bediensteten fanden etwas dabei, wenn sie mit Auric allein war. Die ganze Situation erbitterte sie.

»Du solltest deine Zofe nicht wegschicken.«

Sie riss die Augen auf. Tadelte er sie allen Ernstes? »Ich glaube kaum, dass mein Ruf in deiner Gegenwart in Gefahr ist«, erwiderte sie. Seine Augen wurden dunkel. »Du hast gesagt, du wolltest mir einen Ehemann suchen.« Seine Lippen wurden zu einem schmalen Strich. »Du schleppst Astor an, und dann jagst du ihn fort.« Sie zeigte auf die Tür. »Du vertreibst auch Danport …«

»Er ist ein Wüstling.«

Daisy verdrehte die Augen. »Er ist *kein* Wüstling.« Äußerst angesehen bei der guten Gesellschaft, hatte Lord Danport kaum einen Ruf wie einige der skandalöseren, unanständigen Schufte und Schurken.

Aus Gründen, die vermutlich seinem Pflichtgefühl entsprangen, hatte Auric es sich zur Aufgabe gemacht, für sie Ehekandidaten zu finden. All diese Jahre hatte sie damit verbracht, ihn zu lieben, und er verwandte seine Energie darauf, ihr einen Ehemann zu suchen.

Ihre Geduld war zu Ende. Sie stieß ihm einen Finger in die Brust. »Ich brauche dich nicht, um unter die Haube zu kommen.« Nicht wenn sie schon längst jemanden liebte, aber der starrköpfige Esel zu blind war, sie zu sehen – sie *wirklich* zu sehen.

Er betrachtete ihre Hand, als wenn sie ihn mit einer stumpfen Klinge ins Herz getroffen hätte.

Wieder bohrte sie ihm den Finger in die Brust. »Ich brauche nicht«, einen weiteren Bruder, »deine Einmischung«, ersetzte sie.

Mit lässiger Eleganz nahm er ihre Hand in seine große, starke. »Ist es das, was ich bin?«, fragte er. »Eine Einmischung?« Er zog ihr Handgelenk an seinen Mund, und ihr stockte der

Atem, als sie für einen winzigen Moment glaubte, dass er vorhatte, seine Lippen auf die empfindliche Haut zu pressen.

Daisy kämpfte um Worte, wünschte, sie hätte irgendeine schlagfertige Antwort, die nicht verraten würde, wie verzweifelt sie sich nach ihm sehnte.

Sein Blick wanderte über ihr Gesicht, blieb dann an ihren Lippen hängen. An den aufleuchtenden Emotionen in seinen blauen Augen erkannte sie denselben Hauch von Verlangen wie in dem Moment, als er sie das erste Mal geküsst hatte.

Sie legte den Kopf zurück, überwand die Distanz zwischen ihren Lippen, wollte den Kuss, brauchte ihn auf jede Art. Auric senkte den Kopf.

Schritte erklangen aus dem Foyer, und er beeilte sich, sofort Abstand zwischen sie zu bringen.

Frederick erschien mit einem weiteren Besucher. »Der Earl of Astor«, verkündete er.

Daisys Herz sank, während sich Enttäuschung in ihr ausbreitete. Sie knickste kurz, sich sehr des misstrauischen Blicks des jungen Earls bewusst, der zwischen ihr und Auric hin- und herglitt.

»Mylady«, grüßte er sie. »Crawford«, sagte er, eher widerwillig und mehr wie einen Nachsatz.

»Mylord«, murmelte sie.

Auric blieb kühl und still, blickte an der Länge seiner Nase herab auf den Earl – der Gentleman, den er selbst vor vier Tagen in ihren Salon gebracht hatte.

Lord Astor bewegte sich nervös hin und her, als wenn ihn der einschüchternde Herzog unruhig machte. Er sah sich rasch im Raum um, bemerkte offensichtlich die Abwesenheit der Zofe.

Daisys Wangen röteten sich, als das Misstrauen in seinen Augen wuchs. Sie dankte Agnes stumm, die gerade mit einem

Tablett mit Tee den Raum betrat. Genauer gesagt, einem weiteren Tablett mit Tee.

»Wie Sie gewünscht haben, Mylady«, bemerkte die Zofe und stellte ihre Last auf dem Tisch zwischen Daisy und Auric ab. Sie warf ihrer Herrin aus dem Augenwinkel einen Blick zu und zwinkerte.

Auric verbeugte sich steif und höflich. »Ich werde Sie beide jetzt allein lassen«, sagte er, die Stimme völlig ausdruckslos.

Sie wollte protestieren, schluckte es aber herunter und verfolgte seine Bewegungen, als er aus dem Raum schritt. Widerwillig wandte Daisy ihre Aufmerksamkeit dem Gentleman zu, der durch seine Besuche deutlich zum Ausdruck brachte, dass er sich für sie interessierte und einen Heiratsantrag erwog. Sie wartete, dass ihr Herz anfangen würde zu rasen oder sie bei dieser Aussicht ein Schauer der Vorfreude durchrieseln würde.

Doch als sie auf den Platz gegenüber von dem hübschen jungen Earl glitt, musste sie zugeben, wie sehr sie sich nach einem anderen Mann sehnte, der trotz jenes einen unerwarteten Kusses nie etwas anderes in ihr sehen würde als das Mädchen, das sie einst gewesen war.

Mit einem erzwungenen Lächeln schob sie alle Gedanken an Auric beiseite und widmete sich ihrem Verehrer.

Kapitel 12

Am nächsten Morgen saß Auric im Frühstückszimmer, einen Teller mit kaltem Schinken und Brötchen unangerührt vor sich. Er überflog die Seiten der *Times* und las die Skandalblättchen – er, ein Mann, der noch nie etwas auf Klatsch gegeben hatte. So weit war es mit ihm gekommen. Oder vielmehr, so weit hatte sie ihn getrieben. Er übersprang die Gerüchte über Lords und Ladys, die ihm nichts bedeuteten, und konzentrierte sich stattdessen auf eine bestimmte Dame.

Lady D. M. hat die Gesellschaft im Sturm erobert und wird vom Earl of D. umworben.

Er warf die Seite mit einem Fluch auf den Tisch und griff nach seiner Kaffeetasse. Er blies auf die heiße Flüssigkeit und nahm einen vorsichtigen Schluck, verzog das Gesicht angesichts der Bitterkeit des Getränks, bemerkte in sich eine tiefe Unruhe wegen seines Treffens mit Daisy.

Lange Zeit hatte er in Daisy nichts anderes gesehen als das Mädchen, das er und Lionel gleichermaßen geärgert und in Schutz genommen hatten. Aber nicht mehr. Doch an die Stelle dieses Mädchens war eine verführerische Sirene getreten. Obwohl sie keine goldenen Locken und keine blauen Augen hatte, war Daisy Laurel Meadows, sein Blumenmädchen, bezaubernd, und das wusste jetzt jedes verdammte männliche Mitglied der guten Gesellschaft.

Auric ließ im Geist all die Gentlemen vorbeispazieren, die Daisy an den letzten Abenden begehrlich betrachtet hatten. Astor und Danport, selbst Rutland bei dem verdammten Ball vorgestern. Aurics Griff um die Tasse festigte sich, beinahe wäre das Porzellan zerbrochen.

Schritte erklangen im Foyer, und er sah auf, als sein Butler Wessex ankündigte. Das Gesicht des anderen Mannes war ernst. »Crawford«, begrüßte er ihn, und sein Blick glitt über die Skandalblättchen, die über den ganzen Tisch verstreut lagen. Als er wieder Auric anschaute, wirkten seine Augen viel zu aufmerksam.

Dumpfe Röte kroch Auric den Nacken hoch. Er winkte seinen Freund heran.

Wessex schlenderte am Sideboard vorbei. »Ich sehe, du liest jetzt die Klatschspalten«, bemerkte er, während er sich auf den Stuhl rechts von Auric setzte.

»Geh zur Hölle«, presste Auric hervor und nahm einen weiteren Schluck von seinem Kaffee.

Ein Lakai kam mit einer dampfenden Tasse für den jungen Viscount herbeigeeilt, der sie mit einem Dankeswort entgegennahm, bevor er seine Aufmerksamkeit wieder Auric zuwandte. »Sie muss heiraten«, begann er ohne weitere Vorrede.

Die Muskeln in Aurics Brust zogen sich schmerzhaft zusammen. »Das weiß ich.«

Nur, wenn er über Daisy nachdachte, wie sie mit einem Lebemann wie Rutland zusammen war, der sie nicht verdiente, der Mann aber von Rechts wegen jede üppige Kurve ihres Körpers erkunden durfte, erwachte etwas Dunkles und Urtümliches in ihm, bis er den Kopf zurückwerfen und heulen wollte wie ein wildes Tier. Es war nichts auch nur annähernd

Brüderliches an seinem Verlangen, all jene unwürdigen Männer zu vernichten, die es wagten, ein Auge auf sie zu werfen.

Als es offensichtlich wurde, dass er nicht vorhatte, weiterzusprechen, setzte Wessex seine Tasse ab und beugte sich vor. »Wir sind zusammengenommen auf zwanzig« – siebzehn – »Namen von möglichen Verehrern gekommen.«

»Keiner dieser Gentlemen wäre ein passender Ehemann«, erwiderte Auric, sein Ton war scharf. »Ich habe keine Namen«, fuhr er fort, als der Viscount ihn weiterhin still und vorwurfsvoll ansah.

»Wir schulden es Lionel, dafür zu sorgen, dass sie heiratet.« Wessex kannte keine Ruhe. Er stützte die Ellenbogen auf den Tisch. »Wenn es einer von uns gewesen wäre …« Er schluckte schwer. »Wenn es einer von uns gewesen wäre«, wiederholte er, »der eine jüngere Schwester zurückgelassen hätte, hätte er sich ohne Zweifel darum gekümmert, dass mindestens ein ehrenwerter Gentleman um sie anhält.«

Mit jedem Wort von Wessex' Lippen wuchs Aurics Schuld. Denn Lionel war genau so loyal gewesen. Immer mehr Erwachsener als Kind, hatte er die einzigartige Fähigkeit besessen, zu lachen, während er die Welt aus einem Blickwinkel betrachtete, der zu jemand viel Älterem gehörte.

Auric setzte seine Kaffeetasse hart ab und kam auf die Füße. »Aber er hätte nicht gewollt, dass Daisy irgendjemanden heiratet.« Und ganz sicher hätte er nicht zugelassen, dass sie sich für den Lebemann Danport oder den Earl of Astor entschied.

Wessex sank in seinem Stuhl zurück. Sein Gesicht verzerrte sich ärgerlich. »Ich habe nicht gesagt, dass ich versucht habe, sie mit ›irgendjemandem‹ zu verheiraten. Was hast du an Astor auszusetzen?«

Astor, der seine Hand auf ihre Taille gelegt und sie durch den Walzer geführt hatte. »Alles an ihm ist falsch.« Der Protest sprang Auric förmlich von den Lippen. Er begann auf und ab zu gehen. »Er … Und …« Mit einem üblen Fluch beschleunigte er seine Schritte.

Zur Hölle, er hasste es, wenn er im Unrecht war, und dennoch … Er blieb abrupt stehen. »Er ist ihr vor zwei Nächten auf die Füße getreten.« Schon als die lahme Ausrede über seine Lippen kam, erkannte er, wie armselig sich das anhörte.

Ein leichtes Lächeln spielte um Wessex' Mund, verschwand dann jedoch schnell.

Auric ballte seine Hände zu Fäusten und setzte sich wieder, fühlte sich nackt vor dem Viscount auf Arten, die er nicht verstand und im Moment auch nicht näher erforschen wollte. Oder überhaupt je.

Er griff nach seinem nun lauwarmen Kaffee und nahm einen Schluck von dem schrecklichen Zeug. Die ganze Zeit prickelte seine Haut unter dem aufmerksamen Blick seines Freundes.

Wessex räusperte sich. Er setzte seine Tasse ab und griff dann vorn in seinen Rock. »Ich habe einen letzten Namen«, murmelte er. »Es gibt einen Gentleman, über den wir noch nicht nachgedacht haben, einen Mann, der ihrer würdig ist.« Er legte seine Liste auf den Tisch.

Auric trank den Rest seines Kaffees. Er stellte die Tasse auf den Tisch und warf einen verärgerten Blick auf diese wunderbare Liste seines Freundes. Er wollte den Namen eines weiteren Junggesellen für Daisy verdammt noch mal nicht lesen. Tatsächlich wollte er den Zettel an einem der Kerzenleuchter auf dem Tisch verbrennen. Was nur dazu führte, dass er an die elfjährige Daisy denken musste und daran, wie er mit ihr gelacht hatte. Er nahm das Papier vom Tisch und faltete es auf.

Der Duke of Crawford.

Er starrte, ohne zu blinzeln, auf den einsamen Namen, der auf dem Blatt stand. Seine Finger zitterten leicht, und er riss den Kopf hoch. »Was soll das bedeuten?«, verlangte er in rauem

Ton zu wissen. »Soll das irgendeine Form von Scherz sein? Denn ich versichere dir, es ist nicht im Geringsten lustig.« Sein Puls schlug ihm laut in den Ohren, und der schnelle Stakkato-Rhythmus drohte Wessex' Antwort zu übertönen.

Der Viscount schüttelte den Kopf, und als er sprach, klang er ernst. »Das ist kein Scherz.« Wessex lehnte sich zurück und stützte die Ellbogen seitlich auf die Stuhllehnen. »Vor zwei Abenden, nachdem ich Lady Harrisons Ball verlassen hatte, habe ich über Daisys unglaubliche Veränderung nachgedacht. Ich habe den größten Teil dieser Nacht damit verbracht, darüber nachzugrübeln, wer es verdienen könnte, Lionels Schwester zu heiraten. Wem hätte er ihr Glück anvertraut? Wem hätte er ihr Herz anvertraut?«

»Nein«, keuchte Auric.

»Wer würde sich auf eine Art um sie kümmern, dass es ihr nie an irgendetwas fehlen würde, dass sie beschützt und geliebt wäre?« Wessex hielt seinem Blick stand. »Du bist es«, schloss er ruhig. »Du bist es, der sie heiraten muss. Das ist der Grund, warum du niemand anderen akzeptieren kannst. Das ist der Grund, warum …«

»Sei still«, fuhr Auric ihn an. Der scharfe Befehl hallte von den Wänden wider, und der Gefühlsausbruch verriet viel zu viel. »Du weißt nicht, was du sagst. Das ist Daisy.«

Lionels Schwester. Das Mädchen, das er selbst als Schwester betrachtet hatte. Nein, die Frau, die er früher einmal als Schwester betrachtet hatte. Doch von dem Moment an, in dem er sie in die Arme genommen und die vollen Konturen ihrer Lippen erkundet hatte, hatte alles, was er früher einmal geglaubt hatte, aufgehört zu existieren, und er hatte sich in einer Welt wiedergefunden, die er nicht mehr verstand.

»Heirate sie selbst.«

Hatte er diese Worte gesagt? Oder war es der erbarmungslose Wessex gewesen?

Auric sah ein weiteres Mal auf das Blatt Papier, hob dann ungläubig wieder den Blick. »Du bist wahnsinnig.«

Ein leises Lachen kam über die Lippen des Viscounts. »Ja, das stimmt vermutlich.« Er zeigte mit dem Kinn auf das Blatt, das Auric umklammerte. »Aber ich habe trotzdem recht.«

Auric starrte verständnislos auf die vertraute Handschrift seines Freundes. Der Name, so sorgfältig auf die Seite geschrieben. Sein eigener. »Das kann ich nicht.«

Er hörte seine Stimme durch einen langen Korridor. Seine Handflächen waren feucht, und alles drehte sich um ihn, wie es das immer tat, wenn die Schuldgefühle ihn übermannten.

»Du kannst es.« Wessex lehnte sich auf seinem Polsterstuhl vor, der protestierend knarrte. »Und du solltest es tun.« Er erwiderte Aurics Blick. »Sie liebt dich.«

Auric wurde der Mund trocken. »Sei nicht albern. Sie …«

»Liebt dich«, wiederholte Wessex.

Und Gott helfe ihm, er war ein echter Bastard. Denn er wollte Wessex' Vorschlag annehmen und Daisy zu der Seinen machen, aus Gründen, die nichts mit Ehre und Loyalität zu tun hatten, sondern ausschließlich etwas mit seinem neuen Verlangen nach ihr.

»Ich …« *Will sie. Selbst wenn ich kein Recht auf sie habe. Alles zwischen Daisy und mir, dem Mann, der für den Mord an ihrem Bruder verantwortlich ist, ist die Art tragische Geschichte, die Shakespeare selbst als Inspiration dienen würde.*

Auric studierte den Zettel, den Wessex ihm gegeben hatte. »Selbst wenn ich mehr von der Lady wollte, was nicht der Fall ist«, erklärte er, als sein Freund eine Augenbraue hochzog, »ist da immer noch …« Lionel. Es würde immer Lionel zwischen ihnen stehen. Das war ein Bund, der durch ihren Verlust besiegelt war.

»Es war nicht deine Schuld.«

Derselbe Bund, der jede mögliche Verbindung zwischen ihnen verhinderte. Denn trotz Wessex' Versicherung lautete die Wahrheit nun einmal, dass es Aurics Schuld war.

»Hast du mich gehört?«, beharrte Wessex mit derselben Hartnäckigkeit wie eine stolze Mama auf der Suche nach einem Ehemann für ihre Tochter.

Lionels Tod war genauso sehr seine Schuld, als hätte er ihm selbst das Messer in den Bauch gerammt. »Ich habe dich gehört«, antwortete er, sein Ton war bewusst ausdruckslos. Dieser eine Moment seines Lebens hatte alles geändert.

Es war auch der Grund, warum er nicht tun konnte, was sein Freund vorschlug, und Daisy heiraten. Sie würde ihm nie seine Rolle bei Lionels Tod vergeben, und er verdiente diese Vergebung auch nicht.

Auch wenn ich sie noch so will … Er schob den Gedanken beiseite. Sie war immer noch Daisy, das Mädchen, dem er beigebracht hatte, wie man eine Angel mit Ködern versah. Nur jetzt besaß sie sinnliche Lippen und eine Figur, die ihn seit Tagen im Wachen wie im Schlafen verfolgten.

»Heirate sie«, drängte ihn Wessex ein weiteres Mal.

Das konnte er nicht. Auric legte die Finger gegen seine Schläfen und presste sie dagegen, um diese langsam aufkommende Erkenntnis zu unterdrücken. *Ich will sie.* Und es war nicht das Gefühl eines Mannes, der sich nach ihrem Körper verzehrte. Er wollte Daisy ganz – ihr Lächeln und ihre Keckheit und ihre Lebenslust.

Mit einem langsamen Grinsen bestätigte Wessex: »Endlich wird es dir klar.«

»Ich kann nicht.« Auch wenn er sich wünschte, sie auf jede mögliche Art zu kennen. Lionel würde stets zwischen ihnen stehen.

Was auch immer sein Freund vorhatte zu sagen, wurde durch das Auftauchen von Aurics Butler unterbrochen. Der

Bedienstete brachte ein Silbertablett mit einem Brief. Auric nahm ihn und erkannte sofort die Handschrift eines gewissen Butlers.

Er runzelte die Stirn und ignorierte Wessex' neugierigen Blick, wandte seine Aufmerksamkeit stattdessen der Nachricht zu. Schon als er das elfenbeinfarbene Papier auseinanderfaltete, wusste er, was darauf stehen würde.

Die Dame ist nach Gipsy Hill zurückgekehrt. Ihr ergebener Diener.

Mit einem Fluch zerknüllte er das Papier in der Hand und sprang auf. Das Herz schlug ihm bis zum Hals und drohte ihn mit seiner eigenen Angst zu ersticken. Die Närrin. Die verdammte Närrin! Er wandte sich zur Tür.

»Was ist los?«, rief Wessex ihm hinterher.

»Ich muss mich um etwas Wichtiges kümmern«, erwiderte er, ohne stehen zu bleiben, und verlangte nach seinem Pferd.

Bei Gott, die Lady war anstrengend und trieb ihn in den Wahnsinn und brachte sich mit jeder wagemutigen Handlung in Gefahr. Während er mit langen, entschlossenen Schritten durch die Flure eilte, schlug ihm das Herz bis zum Hals.

Daisy brauchte einen Ehemann, und trotz all der Gründe, aus denen eine Verbindung zwischen ihnen falsch war, konnte er den einen, wichtigsten Grund nennen, warum es genau richtig war. Es war nicht, weil er sie wollte – auch wenn das stimmte. Sie brauchte Schutz. Seinen Schutz.

Sein Puls hämmerte ihm laut in den Ohren, während er praktisch ins Foyer rannte, wo er beinahe mit seinem Butler zusammenstieß. »Mein Pf…?«

»Ihr Pferd steht bereit, Euer Gnaden.«

Ein Lakai eilte mit seinem Hut und Mantel herbei. Auric schlüpfte hinein und setzte sich den Hut fest auf den Kopf. Er lief die wenigen Stufen zur Straße hinunter und ignorierte die neugierigen Blicke der Passanten, beeilte sich, Valiants Zügel zu greifen.

Er stieg auf und ritt schnell los. Er lenkte den Hengst direkt aus den mondänen Vierteln von Mayfair in einen raueren Teil von London. Eine schreckliche Panik raubte ihm den Atem. Selbst beim Verlust von Lionel hatte Daisy sich ihre Unschuld bewahrt. Sie verstand nicht die Tiefe männlicher Verkommenheit und Grausamkeit. Sie würde in die Außenbezirke Londons fahren und ihre eigene Sicherheit aufs Spiel setzen.

Auric griff die Zügel fester. Wenn ihr etwas zustoßen würde, würde er sich das nie verzeihen. Das würde etwas sein, was ihn zerstören würde. Er presste die Lider zusammen, als der bekannte Schrecken ihn überfiel. Wie so viele in London sehnte sie sich nach der Romantik und Aufregung, die außerhalb der glitzernden Welt der guten Gesellschaft gefunden werden konnten. Auric wusste das, weil es eine Zeit gegeben hatte, als er sich selbst nach der Freiheit und dem Hauch der Gefahr gesehnt hatte, als er seine Rechte und Verpflichtungen hinter sich hatte lassen wollen für etwas Raueres, Authentischeres.

Er konzentrierte sich auf das langsame Heben und Senken seiner Brust, da er sonst an der Reue ersticken würde. In einer Nacht war jede Illusion, die er gehegt hatte, zerstört worden, zusammen mit Lionels Leben. Nie hatte er die Wahrheit in Wessex' Worten unverhohlener erkannt – Daisy brauchte dringend einen Ehemann, denn dann würde sie es sich nicht in den Kopf setzen, etwas so Verrücktes zu tun wie … er knurrte … was auch immer es war, was sie in Gipsy Hill wollte.

Und wenn sie dort einen Mann traf – Astor, Danport oder irgendjemand anders –, dann würde er ihn bei Gott fordern und im Morgengrauen erschießen, weil er es gewagt hatte, sich dem zu nähern, was ihm gehörte.

Kapitel 13

Daisys Kutsche kam in den geschäftigen Straßen von Gipsy Hill schwankend zum Stehen. Der Kutscher öffnete ihr die Tür. Sie lächelte ihm zu und erlaubte ihm, ihr aus dem Landauer zu helfen. Daisy blieb stehen, wandte ihr Gesicht zum Himmel und genoss die Sonnenstrahlen, die ihr aufs Gesicht fielen. »Das ist ein Zeichen.«

»Was ist ein Zeichen, Mylady?«, fragte ihre Zofe, die neben ihr anhielt.

Daisy zuckte zusammen. Sie lächelte die junge Frau an. »Nun, das Wetter natürlich.«

Agnes runzelte die Stirn und warf einen Blick zum klaren blauen Himmel, als ob sie ein tatsächliches Zeichen irgendwo in den vorbeiziehenden weißen Wolken zu finden erwartete.

Daisy ließ sich von der Skepsis der jungen Frau nicht entmutigen und wandte sich die Straße hinunter zu den bunten Ständen und Wagen, die die Straße säumten.

»Mylady, bitte, Sie müssen hier…«, rief Agnes und rannte ihr praktisch hinterher.

Daisy hielt inne und drehte sich zu ihrer Zofe um.

»Agnes, die Sonne scheint, wir sind in Gipsy Hill. Genieße den Tag.«

Die junge Frau sah sich um.

»Aber Mylady. Seine Gnaden war beim letzten Treffen ganz deutlich …«

»Agnes?«

»Ja?«

Daisy fühlte sich, als müsse sie einem störrischen Gaul gut zureden. »Ich bin nur auf der Suche nach einem Herzanhänger, den eine alte Zigeunerin verkauft hat.« Die Zofe reckte trotzig das Kinn, also brachte Daisy das beste Argument vor, das ihr dazu einfiel: »Je schneller wir die Kette finden, desto schneller können wir hier wieder verschwinden und müssen dann auch nie wieder herkommen.«

Agnes schien immerhin über die Worte nachzudenken. »Du fängst da an.« Daisy zeigte auf ein scharlachrotes Zelt mit einem Zigeuner, der seine Waren anpries. »Und ich werde direkt dort drüben sein.« Sie zeigte zu einem saphirblauen Karren.

»Also gut, Mylady«, erwiderte die Zofe mit einem Seufzen und machte sich daran, den Anweisungen ihrer Herrin zu folgen.

Ein schlechtes Gewissen erfüllte Daisy, weil sie ihre Zofe zwang, ihren Posten als ihre Begleitung aufzugeben, und doch … Sie ließ ihren Blick über die geschäftige Gasse wandern. Der aromatische Geruch von Muskat hing in der Luft und vermischte sich mit dem Duft von Salbei, der von einem alten Zigeuner verkauft wurde. Aufregung durchströmte sie angesichts dieses herrlichen Abenteuers, das die meisten Leute völlig normal fanden.

Beschwingt eilte sie über das Kopfsteinpflaster an den Verkäufern vorbei, die sie von ihren vorherigen Besuchen in Gipsy Hill wiedererkannte. Während sie auf den saphirblauen Wagen zuging, dachte sie darüber nach, wie die verbotenen Ausflüge hierher sie daran erinnerten, dass sie noch am Leben war.

Daisy blieb neben einem großen Wagen stehen und berührte das raue Holz. Sie schloss die Augen und verlor sich in den Geräuschen und Düften der Umgebung.

Eine kräftige Hand schloss sich um ihr Handgelenk. »Hast du völlig den Verstand verloren?«

Daisy kreischte auf und ballte unwillkürlich die Faust, fuhr instinktiv herum. Sie traf die große, furchterregende Gestalt direkt auf die Nase.

Auric ließ sie los, und zum zweiten Mal zog er ein mit seinem Monogramm besticktes Taschentuch hervor und hielt es sich an die Nase. Er übte leichten Druck aus, um den Blutfluss zu stillen, und funkelte sie über den Rand des Tuches hinweg an.

Sie schlug die Hände vor den Mund. »Auric. Ich wusste nicht, dass du das bist.« Oje. Sie hatte ihn verletzt. Schon wieder. Nun, so würde sie niemals das Herz des Herzogs gewinnen.

Das tiefe Blau seiner Augen war kaum erkennbar, so schmal waren die Schlitze, aus denen er sie anstarrte.

Daisy ließ die Arme an ihre Seiten fallen. »Du hast mich erschreckt.« Sie vermutete, dass »vorwurfsvoll« kaum der Tonfall war, den man wählen sollte, wenn er in einer seiner herzoglichen Launen war.

»Ich habe dich erschreckt«, erklärte er und machte einen Schritt auf sie zu.

Sie wich zurück und sah sich um. Leider gingen die Passanten um sie herum ihrem Tagewerk nach, eilten von Verkäufer zu Verkäufer, sich nicht dessen bewusst, was sie da entfesselt hatte.

»Hast du Angst, Daisy?« Selbst durch den Lärm der Straße um sie herum hörte sie das raue Flüstern.

»S-sei nicht albern«, widersprach sie. »Angst vor dir.«

Ihre Worte endeten in einem Keuchen, als er seine Finger um ihr Handgelenk schloss. Ihre Haut wärmte sich unter der

Hitze seiner Berührung, und sie sah zwischen seiner behandschuhten Hand, die sie festhielt, und seinen blitzenden Augen hin und her. Sie befeuchtete sich die Lippen und versuchte, das wilde Flattern in ihrem Magen zu beruhigen.

»Du solltest Angst haben.« Auric senkte den Kopf. Sein Atem strich über ihr Ohr. »Große Angst.«

Daisy riss sich los. Sie hatte sich als Mädchen nicht von ihm einschüchtern lassen, und sie würde es ihm auch jetzt nicht gestatten. Irgendwo zwischen seiner verdammten Such nach geeigneten Ehekandidaten und seinem hochmütigen Gehabe war sie die Bruderrolle, die er eingenommen hatte, leid geworden.

»Ich bin kein Kind, das beschützt werden muss.« Sie reckte das Kinn. »Ich bin eine Frau, Auric.« Eine Frau, die ihn schon länger liebte, als sie zurückdenken konnte. »Und ich bin dir keine Rechenschaft schuldig.«

Sein Blick glitt über ihr Gesicht. »Denkst du, ich weiß nicht, dass du eine Frau bist?« Seine Stimme war heiser, sie umhüllte sie und machte sie ganz atemlos. Dieser Mann, der vor ihr stand, die Lider halb geschlossen und mit hartem Mund, hatte keine Ähnlichkeit mit dem anständigen, höflichen Auric, Duke of Crawford. Das hier war ein Mann, der eine Frau begehrte. »Mein Blumenmädchen, du bist erblüht, bist absolut bezaubernd.«

Die Hoffnung, die sie vor so langer Zeit begraben hatte, die Hoffnung, dass er sie eines Tages wirklich anschauen würde, erwachte erneut zum Leben. Denn mit seinen Worten hatte er verraten, dass er in ihr mehr sah als nur Lionels Schwester. Er sah *sie*.

Hier, mitten auf der geschäftigen Straße zwischen den Buden und Verkaufsständen, legte sie, ohne sich darum zu scheren, wer sie beobachtete, den Kopf zurück. Ihre Lider schlossen sich flatternd, und sie sehnte sich nach seinem Kuss. Brauchte ihn.

Beim Klang seines tiefen, wohltönenden Baritons öffnete sie wieder die Augen. »Was führt dich her?«

Er nahm den Hut ab und zeigte auf die volle Straße. Eine sanfte Brise zauste sein Haar, ließ ihm eine kastanienbraune Strähne in die Stirn fallen und ihn beinahe wie einen Jungen aussehen, wo er doch seit diesem tragischen Tag nichts Jungenhaftes mehr an sich gehabt hatte.

Auric wartete nicht auf ihre Antwort, sondern ließ seinen Blick stattdessen mit einem Stirnrunzeln über die Szene schweifen, als würde er jemanden suchen.

»Das Herz eines Herzogs«, flüsterte sie.

Das brachte seine Aufmerksamkeit zu ihr zurück.

Sie krümmte die Zehen, fühlte sich unendlich verlegen.

»Wie bitte?«, fragte Auric.

»Ich meinte die Herzkette, Herzog«, wandelte sie ihre Aussage hastig ab und täuschte eine Nonchalance vor, die sie nicht empfand.

»Du hast mich noch nie mit ›Herzog‹ angesprochen.«

Musste er so aufmerksam sein, dass er selbst diese erniedrigenden, versehentlich herausgerutschten Worte verstand? »Äh, wenn du so hochmütig bist, tue ich es.«

Was nicht stimmte. Wenn das so wäre, würde sie ihn bis zum Ende der Ewigkeit Herzog nennen. Sie wedelte mit einer Hand. »Und es ist sehr hochmütig von dir, herzukommen und mir zu verbieten, auszugehen …«

»Wo ist deine Anstandsdame?«, fragte er mit zusammengebissenen Zähnen.

»Mit meiner Zofe als Anstandsdame«, sprach sie einfach weiter. »Wenn du mich jetzt bitte entschuldigen würdest.« Dann drehte sie sich mit einer Kühnheit um, die sie gar nicht verspürte, und ging weg, ließ ihn einfach stehen.

Aurics lange Schritte brachten ihn sofort wieder neben sie.

Sie warf ihm von der Seite einen verstohlenen Blick zu und schluckte krampfhaft. Der Muskel, der in seinem rechten Augenwinkel zuckte, und die harte Linie seines Mundes verrieten ihr, wie verärgert er war. Er war wirklich ziemlich beeindruckend, wenn er wütend war. Würde sie ihn nicht so gut kennen, wäre sie vermutlich eingeschüchtert.

»Was machst du?«

»Dich begleiten.«

Was, seinem ungeduldigen Ton nach zu urteilen, nichts war, worüber er begeistert war. Der Mistkerl. Während sie sich durch das Gedränge schoben, schützte er sie mit seinem Körper.

Eine alte Zigeunerin rief zu ihnen herüber: »Möchten Sie, dass ich Ihnen die Zukunft vorhersage, Mylady?«

Daisy blieb neben einem bunten Wagen stehen, der einer älteren Frau mit ergrauendem dicken Haar gehörte. Irgendeine unerklärliche Energie wirbelte durch sie, ein Gefühl von Vertrautheit. Natürlich kannte sie die Frau nicht. So oft war sie nicht in Gipsy Hill gewesen.

»Kennen wir uns?«, platzte sie heraus, Auric für den Moment vergessen.

Das mysteriöse Lächeln der Frau wurde breiter. Sie winkte sie zu sich. »Kommen Sie, ich werde Ihnen die Zukunft voraussagen. Eine wunderhübsche Lady wie Sie träumt doch ganz sicher von der Liebe? Fragen Sie sich nicht, ob der Mann, dessen Herz Sie begehren, eines Tages Ihnen gehören wird?«

Jeden Tag. Daisy wurde eine Antwort erspart. Der Blick der Zigeunerin wanderte weiter zu Auric, der dicht neben Daisy blieb, und sie betrachtete ihn neugierig. Die alte Frau riss die Augen auf. »Ah, vergeben Sie mir. Ich habe mich geirrt. Sie haben Ihre Liebe schon gefunden.«

Daisy und Auric riefen gleichzeitig: »Nein!«

Daisys Wangen glühten bei Aurics heftiger Antwort. Sie räusperte sich. »Sie irren sich.« *Ich will Liebe. Seine Liebe.*

Die Frau musterte sie wissend. »Ich habe genau das Richtige für Sie, Mylady.« Sie eilte zur anderen Seite des großen Wagens und durchsuchte die Dinge, die sie dort ausgelegt hatte, murmelte vor sich hin, warf immer wieder Blicke zu Daisy, funkelte Auric an und wandte ihre Aufmerksamkeit dann wieder ihrer bunten Sammlung von Sachen zu.

»Dass du hier bist, ist Wahnsinn, Daisy.«

»Vielleicht.« Nur hatte sie die letzten Jahre nicht wirklich gelebt, sodass gestohlene Momente wie dieser umso kostbarer waren. »Aber sag mir, dass es nicht irgendwie belebend ist, Dinge zu sehen, die man normalerweise nicht sieht, und die Seite der Welt zu erkunden, die man sonst nicht kennt.«

»Du machst aus dem allen hier, einer Welt, in die du nicht gehörst, etwas, was sie nicht ist«, hielt er ihr vor. Die Zigeunerin schaute von den Dingen, die sie durchsuchte, auf, und Neugier glitzerte in ihren Augen. Auric senkte die Stimme. »Du glaubst, es sei romantisch und …«

Ein einfach gekleideter Mann mit groben Zügen und pockennarbiger Haut stieß gegen Daisy. Auric fluchte und zog sie an sich, half ihr, das Gleichgewicht wiederzufinden. Er funkelte den Fremden wütend an. Der schluckte hörbar, wirbelte herum und entfernte sich in die entgegengesetzte Richtung.

Wann war er zu diesem steifen und unnahbaren Mann geworden? Daisy verschränkte die Arme vor der Brust. »Du musst nicht so unhöflich und herablassend sein, Auric.«

»Hätte ich ihn zum Tee einladen sollen?«

»Nun, nicht zum Tee«, sagte sie und krauste die Nase.

Aurics Lippen bewegten sich, als würde er lautlos beten, während er die Augen schloss. Als er sie wieder öffnete, glänzten sie hart. Er war es gewohnt, dass seine Anweisungen befolgt wurden. »Das ist kein Spiel, Daisy.«

»Ich habe nie behauptet, dass es das wäre«, entgegnete sie scharf.

»Ah, hier ist es«, sagte die alte Zigeunerin mit einem zufriedenen Nicken.

Auric sah die alte Frau an, als wäre sie eine entlaufene Irre. Mit einem weiteren Fluch fasste er Daisy am Handgelenk.

Während Auric sie fortzog, warf Daisy der alten Zigeunerin einen entschuldigenden Blick zu. »Was machst du?«

»Dich hier wegbringen. Wir gehen jetzt«, fügte er hinzu. »Ich will nicht, dass du hier bist.« Seine Worte waren ein scharfer Befehl, der sie verärgerte. »Ich will nicht, dass du hier in diesen Teil Londons kommst.«

Sie keuchte auf und riss sich von ihm los, zwang ihn, stehen zu bleiben. »Was ist nur mit dir los? Du bist unhöflich zu Männern und Frauen, nur weil sie in ärmlichen Verhältnissen leben?« Sie schüttelte traurig den Kopf. »Der Auric, den ich kannte, wäre nie so kühl und arrogant gewesen.« Und ihr gefielen diese Einblicke in die dunkle, unbekannte Seite von ihm auch nicht.

»Und du kennst mich so gut?«, fragte er sie.

Vielleicht nicht, denn diesen herablassenden Mann kannte sie tatsächlich nicht. »Ja, tue ich.« Sie legte den Kopf zurück und sah ihn direkt an.

Er ließ seinen wütenden Blick über ihr Gesicht gleiten und fluchte dann auf sehr untypische Weise.

Sie riss die Augen auf. Was wusste sie noch nicht von ihm?

Auric setzte sich den Hut auf den Kopf. »Es ist hier nicht sicher für dich, Daisy«, zischte er. »Ganz gewiss hat Lio…« Sie sog den Atem ein, faltete und entfaltete die Hände vor der Brust. Röte stieg ihm in die Wangen. »Ganz sicher hat dich das Leben doch gelehrt, vorsichtig zu sein und dich nicht an Orte zu begeben, wo eine Lady nichts verloren hat?«

Seine Brust hob sich hastig unter seinen harschen, wütenden Atemzügen. Daisy riss die Augen auf. Wenigstens verstand sie jetzt die fast panische Dringlichkeit, mit der er sie von Gipsy Hill wegzubringen versuchte. »O Auric«, flüsterte sie. Wie hatte sie das nicht verstehen können? Was für eine Närrin sie gewesen war.

Viele der Details, die den Tod ihres Bruders umgaben, hatte man vor ihr geheim gehalten. Die schockierenden Umstände seines Todes waren nicht Gesprächsthema in der guten Gesellschaft gewesen. Doch Auric kannte sie. Wusste es, weil er dabei gewesen war. Aurics zornige, raue Atemzüge waren überlaut zu hören.

»Mir wird hier kein Leid geschehen«, erklärte sie sanft.

Ein bitteres Lachen, völlig ohne Humor, kam ihm über die Lippen. »Wie naiv du bist, dass du denkst, du könntest so etwas verhindern.« Aber es war keine Hitze mehr in diesen Worten. Er ballte die Hände an seinen Seiten zu Fäusten und öffnete sie wieder, was ihr verriet, dass er nur wenig Kontrolle über seine Gefühle hatte.

»Auric«, sagte sie leise. Sie wollte ihn in die Arme schließen und die Schrecken der Vergangenheit aus ihrer beider Erinnerung tilgen. »Ich …«

»Heirate mich.«

Sie blinzelte ungläubig. Ganz sicher hatte sie durch ihre eigene verzweifelte Sehnsucht diese Worte heraufbeschworen, die sie schon so lange im Herzen trug.

Er trat ein Stück näher und nahm ihre Hände, führte sie an seinen Mund. »Ich habe gesagt, heirate mich.«

* * *

Was zur Hölle hatte er getan?

Daisy brauchte ohne Zweifel einen Ehemann. Doch sie verdiente es auf keinen Fall, dass es der Mann war, der ihren

Bruder ins Grab gebracht hatte. *Würde Lionel nicht wollen, dass du dich um sie kümmerst …?*

Auric schüttelte den Kopf. Er hatte sich als unfähig erwiesen in der Nacht, als er sein Vergnügen in den Armen einer Hure gesucht hatte, seine eigenen niederen Gelüste über das Leben seines Freundes gestellt hatte.

Das Zittern ihrer verführerischen Lippen und das sehnsuchtsvolle Schimmern in ihren hellen Augen verrieten ihm, was für einen gefährlichen Fehler er begangen hatte. Denn Daisy träumte von Romantik und Märchen und sehnte sich nach Liebe – und niemand könnte weiter entfernt sein von diesen törichten Gefühlen als er.

Auric ließ ihre Hände schnell los und nahm seinen Hut wieder ab, schlug ihn sich gegen das Bein. Er räusperte sich, als sich die Stille ausdehnte. Vielleicht hatte sie seine Worte nicht gehört … Aber nein, da waren das Zittern ihrer Lippen, Lippen, die er unter seinen spüren wollte, und die Hoffnung in ihren Augen, die jede Menge Wahrheiten und Schwierigkeiten verhießen.

»Ja«, flüsterte sie.

Ja. »Ja«, wiederholte er ausdruckslos. Das Herz schlug ihm heftig in der Brust.

Ein Lächeln spielte um ihre Lippen.

Er setzte sich den Hut auf den Kopf, strich sich über die Rockaufschläge und sagte ungelenk: »Nun ja, na dann.«

Das Strahlen in ihren Augen verschwand, und für die Länge eines Herzschlags – einen höllisch langen Moment – dachte er, sie würde es sich noch einmal überlegen. Und für einen genauso langen Moment überfiel ihn Angst. Dann jedoch kehrte ihr Lächeln zurück.

Unfähig, ihren Blick zu erwidern und all den Erwartungen, die mit den Hoffnungen einhergingen, die er da sah, gerecht zu werden, blickte er über die Straße. »Du hast etwas gesucht«, murmelte er. Alles andere, nur nicht über den Antrag sprechen, der sie für immer zu der Seinen machen würde. »Eine Halskette, nicht wahr?« Sie hatte von einem Herzanhänger gesprochen.

Daisy schüttelte leicht den Kopf. »Es stellt sich heraus, dass ich diesen Anhänger weniger brauche, als ich dachte.«

Von dem Wunsch beseelt, diesen Teil von London so rasch wie möglich zu verlassen und Daisy zu den sichereren, besser beleumundeten Gegenden wie der North Bond Street oder nach Mayfair zu bringen, hielt er ihr den Arm hin. »Dann erlaube mir, dich zu deiner Kutsche zu begleiten.«

Sie legte ihre Fingerspitzen auf seinen Ärmel, und er führte sie wortlos zu ihrem wartenden Landauer am anderen Ende der Straße. Ihre Zofe eilte ihr hinterher.

Während Auric ihr hoch in die Kutsche half, dachte er, dass das, was am Anfang so richtig an Wessex' Argument erschienen war, ihm jetzt wie der schlimmste Fehler vorkam. Er konnte für Daisy nicht der Mann sein, den sie verdiente.

Gott helfe ihm, er wollte sie trotzdem.

Kapitel 14

Das erste Treffen war das leichteste gewesen.

Auric hatte den erforderlichen Besuch bei Daisys erstem Vormund, dem Bruder der Marchioness of Roxbury, absolviert. Der ältere Gentleman mit den freundlichen Augen hatte alle angebrachten Fragen gestellt und ehrliches Interesse am Glück seiner Nichte bekundet.

Das zweite Treffen war es, dem er mit Unbehagen entgegensah, seit er Daisy gebeten hatte, ihn zu heiraten. Ein inzwischen direkt bevorstehendes Treffen.

Auric folgte dem Butler des gegenwärtigen Marquis of Roxbury durch den Flur des ihm vertrauten Hauses. Ihre Schritte hallten im Takt. Der Mann war von unbestimmbarem Alter und trug eine Perücke. Er hielt den Blick nach vorn gerichtet, und seine Züge blieben völlig unbewegt.

Sie passierten ein Porträt nach dem anderen, die an den Wänden hingen und allesamt frühere Titelinhaber darstellten, die Vorgänger des momentanen Usurpators. Die Blicke der so für die Nachwelt festgehaltenen Roxbury-Vorfahren hatten alle etwas leicht Vorwurfsvolles. Sogar die unbelebten Bilder kannten den für den Tod des rechtmäßigen Erben Verantwortlichen. Er meinte die Schuldgefühle förmlich spüren zu können, während er an Lionels und Daisys Vater vorbeiging, und er atmete erst auf, als sie schließlich das Ende des breiten Korridors mit der Ahnengalerie erreicht hatten.

Auch im nächsten Raum hingen noch weitere Familienporträts. Ein bestimmtes Gemälde ließ ihn innehalten. Die einzelne Gestalt eines Mannes, der für immer lächelnd auf die Leinwand gebannt war, auf ewig jung, aber niemals Marquis. Der Butler blickte fragend zu ihm zurück, und Auric hob eine Hand, um sich etwas Zeit zu erbitten.

Er trat näher und blieb dann vor dem Bild stehen, das zwischen eine mittelalterlich anmutende Dame mit einem Wimpel und eine Mutter mit zwei Kindern gezwängt war. Seine Brust schnürte sich zusammen, als er das letzte Porträt betrachtete, das von Lionel angefertigt worden war. Es hätte nicht das letzte sein sollen. Und es gehörte in den vorherigen Raum, zu den anderen rechtmäßigen Erben und Marquis.

Gefühle drohten ihn zu ersticken, und einen Moment lang presste er die Lider zusammen. *Bei Gott, meine Eltern haben schon wieder ein verfluchtes Gemälde in Kommission gegeben. Ich hab vor, während der Sitzung die ganze Zeit stur zu lächeln. Das sollte meiner lieben Frau Mama gefallen …* Die Wände schienen auch jetzt von Lionels lautem Gelächter widerzuhallen.

Der Butler hüstelte diskret in die Hand, und Auric schüttelte den Kopf und ging weiter. Mit jedem Schritt wurde das Gewicht der Schuld schwerer. Wie konnte er nur guten Gewissens Daisy heiraten? Eine Frau mit ihrem Scharfsinn und Geist verdiente viel mehr von ihrem Ehemann. Sicherlich mehr als den bloßen Schutz und die Sicherheit eines Titels.

Sie sollte Liebe und Glück erfahren und einen Mann haben, der lächelte. Denn Auric … Nun, er konnte sich nicht mehr daran erinnern, wie es war, unbeschwert zu sein. Nicht so, wie er es früher gewesen war, und nicht auf die Art und Weise, wie es ihr zustand.

Sie blieben vor dem Studierzimmer des gegenwärtigen Marquis stehen, und Auric überlief ein kalter Schauer. Der Butler klopfte einmal an, dann öffnete er die Tür. »Seine Gnaden, der Duke of Crawford.«

Der schlanke Gentleman hinter dem Schreibtisch blickte von den aufgeschlagenen Rechnungsbüchern vor sich auf und erhob sich. Seit Lionels Vater vor zwei Jahren verstorben war, war Auric dem entfernten Cousin, der den Titel geerbt hatte, aus dem Weg gegangen. Jetzt betrachtete er den Fremden. Er hatte kluge Augen und scharfe Züge und war vermutlich in etwa so alt wie Auric selbst.

Schließlich brach Auric das Schweigen. »Roxbury«, murmelte er und trat über die Schwelle. Der Butler schloss die Tür hinter ihm.

»Euer Gnaden«, begrüßte ihn der Mann, seine Stimme wohlklingend und freundlich. Er breitete die Arme aus und winkte ihn weiter ins Zimmer. »Nach dem Inhalt Ihrer Nachricht zu urteilen, sind Sie gekommen, um mit mir über mein Mündel zu sprechen.«

Seltsam, sich vorzustellen, dass Daisy, eine Frau von einundzwanzig Jahren, als Mündel bezeichnet wurde. Mündel waren kleine Kinder, deren Eltern zu früh verstorben waren, oder junge Damen, die kurz davor standen, in die Gesellschaft eingeführt zu werden.

»Ja«, antwortete er und trat weiter in den Raum. Bedauerlicherweise war sie ja genau das. Mit seiner Selbstsucht vor sieben Jahren hatte er sie zu einem Mündel gemacht.

Mit scharfem Blick musterte der Marquis ihn. Dann kam er hinter seinem Schreibtisch hervor und ging zum Sideboard. Er hielt eine Kristallkaraffe in die Höhe. »Ein Drink, Euer Gnaden?«

Auric winkte ab, während Roxbury sich ein Glas füllte. Er trug es zurück zu seinem Schreibtisch. »Bitte nehmen Sie doch

Platz«, forderte er ihn auf, während er selbst auf seinen Stuhl zurücksank.

Angespannt setzte sich Auric in den Sessel auf der anderen Seite des Schreibtisches, versuchte sich immer noch ein Bild von dem Charakter seines Gegenübers zu machen. Roxbury schwenkte seinen Brandy langsam und nahm dann einen kleinen Schluck. Er hielt das Glas zwischen seinen Fingern und betrachtete über den Rand hinweg Auric, der an sich eine irrationale Abneigung gegen diesen Gentleman bemerkte, obwohl er genau wusste, wie ungerecht und falsch das war. Roxbury lehnte sich in seinem Stuhl zurück. Und wartete.

Da er möglichst rasch wieder von hier wegwollte, sagte Auric mit kühler, knapper Stimme: »Ich möchte gerne Lady Daisy heiraten.« Er wusste nicht, was er erwartete, von dem anderen zu hören.

Roxbury lächelte ihn über seine Brille hinweg an. »Selbstverständlich.«

Auric runzelte die Stirn. Genau das war es ja nicht. »Selbstverständlich?«, wiederholte er. Wut erfasste ihn. Seltsam, vorher hatte er gar nicht gewusst, dass man Wut schmecken, sehen und atmen konnte. Sie war explosiv und mächtig und drohte ihn zu verzehren. Er atmete mehrmals langsam und beruhigend ein. Doch das zeigte wenig Wirkung.

»Ja.« Ein trockenes Lächeln spielte um die Lippen des anderen, und er hatte höchstwahrscheinlich keine Ahnung davon, wie kurz er davor stand, Prügel zu beziehen. »Selbstverständlich.«

Auric biss die Zähne zusammen, war froh, einen handfesteren Grund für seinen Hass auf den Marquis zu haben. »Sie kennen mich doch gar nicht.« Daisys lächelndes Gesicht erschien vor seinem geistigen Auge.

»Sie sind ein Herzog, Crawford.« Roxbury deutete mit seinem Brandyglas auf ihn. »Sie sind fast schon obszön reich, Sie pflegen eine freundschaftliche Beziehung zu der Familie der Dame. Ich finde, es liegt auf der Hand, wie überaus passend die Verbindung ist.«

Auric schloss seine Finger fester um die Armlehnen seines Stuhles, während er über die Handvoll Herzöge nachdachte, die er zu seinen Bekannten zählte. Eine Bande alter, verwitweter Lüstlinge, von denen kein einziger es auch nur wert wäre, ihr die Füße zu küssen, geschweige denn sie zu heiraten und mit ihr das Ehebett zu teilen. Nach Roxburys Standards müsste jeder dieser Herzöge mit ihren fetten Geldbörsen ein begehrter Bewerber um die Hand der Dame sein, ob die nun wollte oder nicht.

Roxbury räusperte sich. »Möchten Sie lieber, dass ich Nein sage?«, erkundigte er sich leicht konsterniert.

Ja, ja, wenn Auric ihrer nicht würdig war, dann war es genau das, was er von dem Mann erwarten würde. »Nein.« *Ja.* Wie konnte die Antwort aus beidem bestehen? Und doch war es so. Der Marquis müsste ihm zunächst gestatten, seinen Antrag darzulegen, und dann nachhaken, ob er ein würdiger Ehemann sein würde.

Auric verkniff sich einen Fluch, wandte seinen Blick ab. Ein unbehagliches Schweigen legte sich über den Raum, einzig unterbrochen von dem Ticken der Uhr in der Zimmerecke.

Dieses unerträgliche Dasein, das Daisy seit Jahren kannte, bei dem ein Fremder für sie verantwortlich war, erschütterte ihn. Wie falsch er und Wessex doch gelegen hatten. Sie benötigte viel mehr Schutz als den einer Ehe. Sie musste gerettet werden aus dieser einsamen Welt, wo der Mann, dem die Fürsorge für sie oblag, jemand war, zu dem sie keine persönliche Beziehung hatte – der einzige männliche Verwandte des verstorbenen Marquis und damit sein Nachfolger. Auric verabscheute die Vorstellung zutiefst, dass sie von so jemandem abhängig war.

Er richtete seine Aufmerksamkeit wieder auf Roxbury, erwiderte seinen Blick. »Nein, ich möchte nicht, dass Sie meinen Antrag ablehnen.« Dann legte er ihm die Bedingungen des Ehevertrages dar, die so großzügig gestaltet waren, dass der andere die Brauen hochzog.

Die absolute Richtigkeit seiner Entscheidung, hierherzukommen, erfüllte Auric. Er hatte kein Recht auf sie, doch sie war ihm wichtig, und er würde dafür sorgen, dass sie nicht länger in dieser unsicheren Situation leben musste, wie sie es jetzt tat. Er erhob sich. »Ich werde eine Sonderlizenz besorgen. Wir werden binnen einer Woche heiraten.«

Das allein müsste eigentlich ausreichen, die Sorge des anderen als Vormund zu wecken. Stattdessen trank Roxbury weiter von dem verdammten Brandy, so lässig, wie er während des ganzen verdammten Austauschs gewesen war. »Selbstverständlich«, sagte er, benutzte schon wieder dieses verdammte Wort. Da war keine Sorge um Daisys Wohlergehen. Roxbury stellte sein Glas ab und stand auf. »Gibt es noch irgendetwas, was Sie brauchen?«

Nur Daisy. »Nein. Das ist dann alles.« Mit steifen Bewegungen ging er zur Tür und blieb auf der Schwelle stehen, als ihm noch etwas einfiel. »Genau genommen wäre da doch noch etwas, Roxbury.« Der Mann hörte zu, während Auric sprach, nickte an all den passenden Stellen. Dann verließ er Roxbury. Er musste Daisy sehen.

* * *

Daisy saß am Fenster und spähte durch den Spalt in den elfenbeinfarbenen Vorhängen auf die Straße. Sie zog die Knie an die Brust und seufzte leise. Er hatte sie gebeten, ihn zu heiraten. Kaum zu zügelnde Aufregung stieg in ihr auf und drängte sich ihr über die Lippen. Sie barg ihren Kopf in ihren Röcken und lachte. Es klang übermütig, frei und echt.

Sie hatte die letzten paar Jahre über geglaubt, dass er sie gar nicht wahrnahm – nicht auf die Weise, wie sie sich sehnte, von ihm wahrgenommen zu werden. Trotzdem sprach sein Auftauchen in Gipsy Hill, nicht nur ein-, nicht zweimal, sondern auch noch ein drittes Mal, für sich. Das war nicht das Verhalten eines desinteressierten Gentlemans, dem ihre Existenz entfallen war. Ebenso wenig waren es die Taten eines Mannes, der aus Pflichtgefühl ihrem Bruder gegenüber handelte, wie sein Heiratsantrag es bewies. Genau wie sein Kuss. Und die hitzige Art und Weise, wie er sie unter halb gesenkten Lidern betrachtete.

Plötzlich war das Schmuckstück der Zigeunerin, das Lady Stanhope und ihre Schwestern getragen hatten, völlig unwichtig. Der Talisman, an den Daisy ihre Hoffnungen gehängt hatte, war jetzt überflüssig und wurde nicht länger benötigt, da sich etwas als wesentlich größer als Magie erwies – die Liebe, die sie für Auric empfand.

Und was auch immer Auric für sie empfand. Daisy runzelte die Stirn. Liebte er sie? Natürlich liebte er sie. Er hätte sie nicht gebeten, ihn zu heiraten, wenn er das nicht täte. Oder doch? Fußten denn nicht die meisten Ehen lediglich auf dem Wunsch nach wichtigen Verbindungen und einer allgemeinen Zuneigung zwischen zwei Menschen und nicht mehr? Energisch schob sie den nagenden Zweifel beiseite.

Sie hob den Kopf und zog den Vorhang ein Stück weiter zurück, sodass ihr Blickfeld größer wurde und sie mehr erkennen konnte. Nachdem Auric sie gestern Morgen in die Kutsche gesetzt hatte, hatte er kein Wort mehr über seinen Antrag verloren. Er hatte nichts dazu gesagt, wann er bei ihrem Vormund vorsprechen wollte, Vaters entferntem Cousin, der vor dem Gesetz die Verantwortung für sie trug.

Nachdenklich kaute sie auf ihrer Unterlippe. Ein Teil von ihr hatte geglaubt, er würde gleich als Erstes heute früh den neuen Marquis aufsuchen und dann unverzüglich danach herkommen. Sie warf einen Blick zu der reich verzierten Uhr auf dem Kaminsims.

Wieder fühlte sie Zweifel in sich aufsteigen. In all den Träumen, die sie über den Augenblick gehabt hatte, in dem Auric seine Liebe für sie erkannte, hatte sein Antrag völlig anders ausgesehen als die mitten auf der Gipsy Lane beinahe hastig hervorgestoßene Frage, die zudem eigentlich gar keine Frage gewesen war. Sie hatte nie irgendetwas wie Blumensträuße oder Gedichte von ihm gebraucht. Allerdings war da in ihrer Vorstellung immer eine großartige Erklärung seiner ewig währenden Liebe gewesen.

Ihr nachdenkliches Gesicht spiegelte sich in der Fensterscheibe. »Sei nicht albern«, ermahnte sie sich. In der gleichen Weise, in der das Leben sie geändert hatte, war auch Auric von dem lächelnden, aufgeschlossenen und redseligen Jungen zu dem ernsten, lakonischen Mann geworden, den alle verehrten und die meisten fürchteten. Er würde niemals ein Gentleman werden, der romantisches Gewäsch von sich gab, und sie sehnte sich auch gar nicht nach diesen leeren Worten. Ihr wäre es lieber, sie besäße sein Herz und den Mann, der er geworden war.

Die Ankunft einer schwarzen Kutsche mit dem vertrauten Wappen eines brüllenden Löwen unterbrach ihre Überlegungen. Sie schwang ihre Beine auf den Boden. Ihre Röcke fielen ihr leise raschelnd über die Knöchel. Ein Lakai öffnete den Kutschenschlag, und Auric stieg aus. Der Wind fuhr ihm unter den Umhang, und er wirbelte um seine muskulösen Schenkel in den tadellos sitzenden schwarzen Hosen.

Ihr wurde der Mund ganz trocken, und da er von ihr auf ihrem Beobachtungsposten über ihm nichts ahnte, konnte sie ihn nach Belieben betrachten. Sie berührte mit einem Finger ihre Lippen und erinnerte sich an seinen Kuss. Ihren *ersten* Kuss. Sie sehnte sich nach mehr von ihm, wollte in seinen Armen all die intimen Geheimnisse erfahren, die es zwischen einem Mann und einer Frau gab.

Auric schüttelte den Kopf und zog seine Rockaufschläge glatt. Das Ticken der Uhr auf dem Kaminsims und das Geräusch ihres eigenen Atems waren das Einzige, was sie hörte, während er unten auf der Straße stand. Dann setzte er sich mit einem beinahe gequälten Gesichtsausdruck in Bewegung, ging zur Eingangstür. Ihr stockte das Herz. So sah kein Mann aus, der sich darauf freute, seine Verlobte zu treffen.

»Was schaust du dir da an, Daisy?«

Sie schnappte nach Luft, und der Vorhang entglitt ihren Fingern. »Mutter«, rief sie und sprang auf.

Die Marchioness trug wie stets ihre schwarzen Seidenröcke und hatte die Stirn gerunzelt. »Es wäre höchst ungehörig, wenn man dich dabei sieht, wie du aus dem Fenster starrst.«

»Es ist Auric«, erklärte Daisy, denn sie wusste, wenn irgendetwas die Unzufriedenheit oder die Enttäuschung ihrer Mutter vertreiben konnte, dann war es die Erwähnung des Herzogs.

»Wie reizend. Er ist zu Besuch gekommen.« Ihre Mutter griff nach der Klingelschnur, um nach einem Dienstboten zu läuten.

Daisy hielt sie auf. »Ich glaube nicht, dass er hier ist, um uns zu besuchen.« Sie verschränkte die Hände und senkte den Blick darauf.

»Was meinst du …?«

Sie hob den Kopf. »Ich glaube, er kommt von dem Gespräch mit meinen Vormunden.«

»Deinen Vormunden?«, wiederholte ihre Mutter. »Weswegen denn?«

Daisy zögerte. Der angespannte Zug um Aurics Mund und seine blasse Gesichtsfarbe passten so gar nicht zu dem eifrigen Bräutigam, der an ihre Seite eilte, um ihr vom Erfolg seiner Mission zu berichten, nachdem er sich der Einwilligung ihrer Vormunde versichert hatte. »Ich …« Sie überlegte. Dann schob sie ihre Zweifel beiseite. »Er hat um meine Hand angehalten.« Nichts konnte Auric dazu bringen, etwas zu tun, das er nicht tun wollte. Er wollte sie heiraten. Sonst hätte er sie nicht gefragt.

Schweigen folgte auf ihre Erklärung. Dann stieß ihre Mutter einen kleinen Jubelschrei aus und legte sich für einen Moment die Hände ans Gesicht. »Oh, Daisy, wieso hast du nichts gesagt?« Sie kam mit raschelnden Röcken zu ihr geeilt und umfasste die Finger ihrer Tochter mit ihren beiden Händen.

»Ich …« Daisy war sich nicht sicher gewesen, ob sie das nicht alles nur geträumt hatte. Noch konnte sie sicher sein, dass er zwischen ihrem Treffen gestern Vormittag und heute seinen Antrag nicht bereits bereut hatte. »Ich dachte, es wäre am besten, ich warte damit, bis er mit dem Marquis und Onkel gesprochen hat«, erklärte sie schließlich lahm.

Tränen standen in den blauen Augen ihrer Mutter, liefen ihr in einem anmutigen Ausdruck stiller Freude über die Wangen. »Ich wusste immer, dass er eine besondere Zuneigung für dich hegt.«

Daisy auch. Sie hatte nur geglaubt, seine Gefühle ähnelten eher denen, die man einer jüngeren Schwester entgegenbrachte.

»Wir werden eine großartige Hochzeitsfeier …«

Daisy stieß einen Protestlaut aus. »Nein, Mama, bitte nicht.« Sie hatte sich so an die in sich gekehrte Frau gewöhnt, die allen Unterhaltungen auswich, dass sie nicht damit gerechnet hatte, dass ihre Mutter sie und Auric derart zur Schau würde stellen wollen. »Mir wäre eine kleine, intime Feier im kleinsten Kreis so viel lieber.«

In ihrer Stimme lag eine Bitte. Im Mittelpunkt der Aufmerksamkeit zu stehen war ihr zutiefst zuwider. Sie hatte nie gelernt, sich so mühelos und sicher in der Gesellschaft zu bewegen wie Auric.

»Ach was«, beschied ihr die Marchioness, »selbstverständlich wird es eine große Feier geben. Wir müssen Lady Jersey einladen.«

Daisy stöhnte.

»Und ich würde sagen, auch der Prinzregent selbst wird kommen wollen«, sprach ihre Mutter weiter, ohne auf sie zu achten. »Schließlich heiratet nicht jeden Tag ein Herzog.«

Daisy schüttelte den Kopf und barg ihn in ihren Händen. Ihre Mutter gab keinen Deut darauf, ob ihre Tochter etwas wollte oder nicht. Auf Aurics Wünsche hingegen würde sie Rücksicht nehmen. »Auric wird ein rauschendes Fest nicht gerne sehen, Mama. Da bin ich mir sicher.«

Wenn er noch so wäre, wie er als junger Mann gewesen war, sähe das anders aus. Während Daisy sich bei den Sommerpartys ihrer Eltern immer hoffnungslos eingeschüchtert und ungelenk gefühlt hatte, hatte Auric stets mit der lässigen Eleganz geglänzt, die er auch heute noch besaß.

»Hm.« Ihre Mutter tippte sich mit einem Finger gegen die Lippen. »Glaubst du?«

»Oh, ich bin mir ziemlich sicher.«

»Wir sollten allerdings die Wünsche des Herzogs in der Angelegenheit berücksichtigen.« Sie schloss Daisy in ihre Arme.

»Umpf.« Unter dem ungewohnten Überschwang ihrer Mutter geriet Daisy ins Wanken, und sie versteifte sich, als die Marchioness ihr mit den Händen über den Rücken rieb, wie sie es immer getan hatte, wenn Daisy als kleines Kind hingefallen war. Sie verharrte unsicher in der ungewohnten Umarmung. Zu viele Jahre waren vergangen, in denen Mama es versäumt hatte, ihr solche Zuneigung zu zeigen.

»Ich bin ja so glücklich«, erklärte ihre Mutter mit belegter Stimme.

Daisy schloss die Augen und ließ sich streicheln. So wie sie Aurics Necken und Lächeln vermisste, so sehnte sie sich auch nach der Zeit, als Mama gestreng und unnachsichtig, Papa hingegen jovial und Lionel … einfach Lionel gewesen war. Da war eine Leere entstanden, und Auric war da gewesen, um sie zu füllen.

Die Marchioness schien sich zu fangen. Sie ließ Daisy los und wich einen Schritt zurück. »Nun«, sagte sie und strich sich mit den Händen die Vorderseite ihrer Röcke glatt. Auf ihren Wangen hatten sich rote Flecken gebildet. »Wenn du mich dann entschuldigen willst?« Damit rauschte sie aus dem Zimmer.

Daisys Lippen verzogen sich zu einem glücklichen Lächeln. Jetzt würde sie nie wieder allein sein. Sie kehrte auf ihren Platz zurück und nahm ihren Stickrahmen, teilte ihre Aufmerksamkeit zwischen ihrer Handarbeit und der Uhr auf dem Kaminsims, die fröhlich vor sich hintickte. Ein kleines Stirnrunzeln zeigte sich auf Daisys Gesicht. Wo steckte er? Er war aus der Kutsche ausgestiegen … sie blickte zu der Uhr … und zwar schon vor ein paar Minuten. Vielleicht wollte er zuerst mit ihrer Mutter sprechen?

Dann wurde sie ganz ruhig, spürte seine Gegenwart. Zwischen ihnen hatte es schon immer dieses einzigartige Band gegeben, das auch über Lionels Tod hinaus Bestand gehabt hatte. Frederick erschien auf der Türschwelle.

»Seine Gnaden, der Duke of Crawford«, verkündete er und trat dann zurück, gewährte ihnen Ungestörtheit.

Die Stille im Blauen Salon war so umfassend, dass es förmlich hallte, und Daisy erhob sich. »Guten Tag«, begrüßte sie ihn leicht verspätet.

»Daisy«, murmelte er. Seine Wimpern, so dicht und lang, wie sie keinem Gentleman zustanden, senkten sich, ehe er sie anschaute.

Als er eben unten angekommen war, hatte sie einen Anflug von Panik und Schreck in seinem Gesicht wahrgenommen, ehe er im Haus verschwunden war. Jetzt fragte sie sich, ob sie sich diese unerklärliche Reaktion nur eingebildet hatte. So, wie sein hitziger Blick auf ihrem Ausschnitt ruhte, verflogen all ihre Zweifel im Angesicht seiner männlichen Bewunderung.

Sie spielte mit dem Stickrahmen, war dankbar, dass sie ihn in den Händen hielt. »Guten Tag«, sagte sie wieder. Zum zweiten Mal jetzt. Oder vielleicht hatte sie es noch gar nicht ausgesprochen? »Vielleicht habe ich es nur in meinem Kopf gesagt.« Was natürlich vorzuziehen wäre, da weniger peinlich …

Ein kleines Lächeln spielte um seine Lippen, während er weiter in den Raum kam und wenige Schritte vor ihr stehen blieb. »Nein, du hast mich tatsächlich doppelt begrüßt.«

Daisy biss sich auf die Innenseite ihrer Wangen. »Oh.« Was für eine lästige Angewohnheit. »Möchtest du nicht Platz nehmen?«, erkundigte sie sich mit einer Handbewegung zu den verschiedenen Sitzgelegenheiten im Raum.

Wortlos neigte er den Kopf und wartete, bis sie selbst wieder saß, ganz vorn auf der Kante des Sofas. Auric setzte sich neben sie. Seine beeindruckend große, kräftige Gestalt füllte den Mahagonistuhl voll aus. Sie legte sich ihren Stickrahmen auf den Schoß.

»Ich hab mit deinen Vor…« Auric richtete einen nachdenklichen Blick auf ihren Schoß.

Sie hielt es ihm hin.

»Eine Träne?«

Daisy schüttelte den Kopf. »Warum sollte ich auf die Idee kommen, eine Träne auf ein Taschentuch zu sticken?«

Auric grinste. »Da hast du recht.« Er beugte sich vor und nahm ihr die Handarbeit einfach weg.

»Und?«, fragte sie.

Mit der Spitze seines Zeigefingers fuhr er über die scharlachroten und goldenen Fäden. Seine in Falten gelegte Stirn verriet seine Konzentration, was vermutlich kein vielversprechendes Zeichen für die Qualität der Stickerei war – oder eher das völlige Fehlen davon. Sie seufzte und holte sich den Stoff zurück. »Ach, gib es mir wieder.«

»Weißt du eigentlich überhaupt selbst, was es ist?«, zog er sie auf.

Daisy verdrehte die Augen. »Natürlich.« Sie trat mit der Spitze ihres Stoffschuhes gegen seinen Fuß. »Und jetzt sei still.« Trotzdem war sie insgeheim überglücklich über seine Neckerei. Mit einer so unkomplizierten Freude hatte sie nicht gerechnet, und niemals bei ihm, dem ernsten Duke of Crawford. Sie zog ihre Nadel mit dem Faden sorgsam durch den Stoff.

»Ich habe mit deinen Vormunden gesprochen.«

Sie hielt inne, ohne ihren Blick von der Stickerei zu heben. »Ach ja?« Ihr Herz klopfte heftig in ihrer Brust.

»Ich habe um deine Hand angehalten.«

Daisy stach sich mit der Nadel in den Daumenballen. Wie im Reflex öffneten sich ihre Finger, und der Stickrahmen entglitt ihr.

Auric zog sich mit unergründlicher Miene die Handschuhe aus und warf sie auf den mit Rosen-Intarsien verzierten Mahagonitisch, ohne auch nur einmal den Blick von ihr zu nehmen.

Er wollte sie noch immer heiraten. Eine überschäumende Freude ersetzte die Enge in ihrer Brust. »Ach ja?«

Er streckte seine Hand aus und fasste nach ihrer, sah ihr in die Augen. »In der Tat«, erklärte er. Die Kraft seiner starken Finger schien auf ihrer Haut zu brennen. Er strich mit verboten köstlicher Langsamkeit mit dem Daumen über ihre Handfläche. »Hast du gedacht, ich würde meine Meinung ändern?«

Nun ja, die Idee war ihr gekommen. Sie schluckte hart, und ein warmes Gefühl flatterte in ihrem Magen. »Nein«, gelang es ihr, atemlos zu sagen, während Aurics Berührung jede Menge wunderbare Schauer durch sie sandte.

Die Angst, dass er erkennen würde, wie närrisch es von ihm wäre, die dickliche, sommersprossige Daisy Meadows zu heiraten, hatte sie nicht gekannt, bis er eben unten auf dem Kopfsteinpflaster vor ihrem Haus gezögert hatte und seine Miene so voller Schmerz gewesen war. Seit da hatte sie befürchtet, dass er am Morgen wieder zu Sinnen gekommen wäre und sich daran erinnert hätte, dass er statt ihrer irgendeine wunderschöne, goldblonde Dame haben konnte, die er, wie es seine Werbung um Lady Anne Stanhope bewies, eigentlich bevorzugte.

Ihre Lider senkten sich, während er die Spitze seines Zeigefingers über die sich kreuzenden Linien auf ihrer Handfläche rieb. Wie war es möglich, dass eine so schlichte Berührung eine solche Wirkung auf sie hatte? Daisy senkte den Blick und verfolgte die verführerische Liebkosung. Und die ganze Zeit über klopfte ihr Herz in einem seltsamen Rhythmus in ihrer Brust. »Du bist so still. So kenne ich dich gar nicht.«

Sie konnte schließlich nicht zugeben, dass die sichere, warme Berührung seiner Hand ihr Denkvermögen ausschaltete und es ihr unmöglich machte, zusammenhängende Worte herauszubringen. »Ich bin nicht mehr die Gleiche, die ich früher war.«

Mit dieser Äußerung hatte sie jedoch ein Gespenst geweckt, das immer zwischen ihnen sein und stets Teil ihres Lebens bleiben würde. Niemals hatte sie diesen Augenblick mit der Hässlichkeit verderben wollen, die sie auf ewig verband.

Sein Blick verschloss sich, und seine Finger nahmen die langsame, forschende Bewegung wieder auf. »Ja, das hast du schon mal gesagt.« Jetzt fuhr er mit dem Daumen über ihre Hand, vor und zurück über ihr Handgelenk.

Ihr wurde der Mund ganz trocken, und alle Gedanken zerstoben, als er ihre Hand an die Lippen hob. Sein Mund streifte zärtlich die Stelle, wo ihr Puls unter ihrer Haut raste. Für ihn. Nur für ihn. Es war immer nur er gewesen. Ihre Lider flatterten, während er die Liebkosung in die Länge zog.

»Ich werde eine Sondererlaubnis besorgen, damit wir binnen einer Woche heiraten können.«

Seine Erklärung drang durch die Benommenheit des Verlangens, das er mit seiner Berührung in ihr geweckt hatte. Ihr wurde warm ums Herz. »Eine Sondererlaubnis?« Die Eile, mit der er sie heiraten wollte, war schmeichelhaft, und außerdem würde Daisy dadurch auch den großartigen Plänen ihrer Mutter für die Hochzeitsfeier entkommen.

Auric hob auch ihre andere Hand an seinen Mund und hauchte einen Kuss auf ihre Knöchel. »Wird es dir leidtun, keine richtige Feier zu haben und …?«

»Nein.« Sie atmete bebend ein. »Nichts davon ist mir wichtig, Auric.« Das war es nie gewesen. »Ich habe mir nie ein Fest gewünscht, zu dem der gesamte Hochadel geladen ist, lauter Leute, die mir nichts bedeuten.«

Er ließ ihre Hände los, und sie bedauerte sofort den Verlust dieser so faszinierenden Berührung. »Was wünschst du dir?« Sein Ton klang ernst. Als könnte sie sich die Sterne wünschen, und er würde sie ihr und den Mond gleich mit vom Himmel holen. »Was wünschst du dir, Daisy?«

Wann hatte sich jemand zum letzten Mal nach ihren Wünschen erkundigt?

Sie stand auf, den Blick auf das unförmige blutrote Herz auf dem Stoff in ihrem Stickrahmen gerichtet. Sie hob ihn auf und fuhr mit dem Finger geistesabwesend über die Goldfäden, die sich krumm und schief über den Batist zogen.

»Ich wünsche mir eine Familie, Auric.« Etwas, das sie einmal besessen, aber dann verloren hatte. Sie sah ihn noch einmal an. »Ich wünsche mir, zu lieben und geliebt zu werden.«

Wurden seine Wangen blass? Unbehagen regte sich in ihr. *Er hat nicht ein Mal von Liebe zu dir gesprochen, Daisy*, mahnte eine dunkle Stimme in ihr. Aber das hatte sie ja umgekehrt auch nicht. »Das ist alles«, schloss sie lahm.

Kapitel 15

Das ist alles.

Sie hätte ihn bitten können, ihr den Mond und die Sterne vom Himmel zu holen. Und er hätte versucht, hochzuklettern und sie einzusammeln, aber konnte er sie so lieben, wie sie es verdiente?

Mit ihren unschuldigen Worten von gemeinsamen Kindern ließ sie Bilder von ihm und ihr erstehen, wie sie sich gemeinsam in einem sinnlichen Rhythmus bewegten. Und er wollte sie und diese Kinder, von denen sie gesprochen hatte. Sein Körper schmerzte von dem Verlangen, sie zu erkunden und ihre seidige Haut mit seinen Händen für sich zu beanspruchen, ihre üppigen Brüste zu halten …

Ein ersticktes Stöhnen schnürte ihm die Kehle ab.

Daisy spielte mit dem albernen Stickrahmen. Wortlos nahm sie ihn und ging damit zum Fenster, starrte hinaus auf die Straße. Dann drehte sie sich wieder zu ihm um. »Ich muss nur gerade daran denken, so viel wir auch übereinander wissen, kennen wir uns doch eigentlich nicht wirklich.«

»Doch, natürlich«, sagte er und runzelte die Stirn. Er jedenfalls kannte sie praktisch so gut wie sich selbst. »Deine Lieblingsfarbe an der Staffelei ist Blau.«

Ihre Augen weiteten sich überrascht. »Das weißt du noch?«

Die feige kleine Stimme in ihm drängte ihn zu lügen. »Selbstverständlich erinnere ich mich daran, Daisy«, antwortete er fast ein bisschen barsch. Es gab kein noch so kleines Detail, das sie betraf, an das er sich nicht erinnerte.

»Meine Mutter hat behauptet, es seien einfach nur Farbkleckse auf einer Leinwand«, sagte sie mehr zu sich selbst.

Die Gesellschaft hielt sie für eine schreckliche Malerin. Auric jedoch hatte einzig den meisterhaften Umgang mit Farbe gesehen. Die kleinen Kunstwerke, die sie für seine und Lionels Beurteilung herbeigeholt hatte, besaßen mehr Schattierungen von Blau, als er je für möglich gehalten hätte.

»Ich habe immer bewundert, dass du dich von den Vorschriften und Regeln nicht hast beeindrucken lassen.« Mit den gemeinsamen Erinnerungen schlug er einen kaum mehr umkehrbaren Weg ein, verfestigte diese neue Beziehung zwischen ihnen, in der sie einander plötzlich fremd schienen.

»Aber das ist nicht wahres Kennen«, wandte sie leise ein. »Farben, die ich mag, oder die, die ich nicht mag …«

»Orange und Lila«, warf er ein.

»… verraten doch nichts über meine Träume.«

Er schwieg. Denn damit hatte sie recht. Außer diesem schockierend intimen Verlangen nach einer Familie und Kindern, das sie ihm anvertraut hatte, wusste er wenig über das, was sie bewegte. Er wusste, irgendwann im letzten Jahr hatte sie mit dem Sticken angefangen, aber er hatte keine Ahnung, warum oder ob man sie dazu genötigt hatte oder ob sie sich diese langweilige Beschäftigung als Herausforderung ausgesucht hatte – und Gott mochte ihm helfen, er wollte all das über sie wissen.

Auric atmete langsam und tief ein, als er begriff, er wollte *alles*, was es über Daisy in Erfahrung zu bringen gab, wissen: was sie zum Lächeln brachte, die Aufgaben, die ihr Spaß machten, und noch wichtiger, warum sie sie mochte.

»Obwohl wir so viel gemeinsam erlebt haben, obgleich wir einander schon so lange kennen, gibt es doch vieles, was wir übereinander nicht wissen.« Ihre Worte waren wie ein Echo seiner eigenen Überlegungen.

Fast wie von selbst trugen ihn seine Beine näher zu ihr, bis zwischen ihnen nur noch ein Hauch Luft war. »Was möchtest du gerne erfahren?« Seine Worte klangen heiser.

Sie legte den Kopf in den Nacken. »Was willst du, Auric?«

Dich. Das Wort lag ihm unausgesprochen auf den Lippen. *Ich will dich.* Seit jener schicksalhaften Nacht vor sieben Jahren hatte er mit keiner Frau mehr das Bett geteilt. Er brauchte sie wie ein Verhungernder Nahrung. Und doch, die Macht des Gefühls, das ihn gefangen hielt, überstieg das rein Körperliche.

»Frieden.« Das Wort hing fast greifbar in der Luft zwischen ihnen. »Ich will Frieden.« Und den höllischen Erinnerungen entkommen, die er in sich trug, die er vermutlich nie würde ablegen können.

Daisy schob ihre Hand in seine und hob ihre miteinander verflochtenen Finger. »Dann werden wir gemeinsam Frieden finden.«

Wärme machte sich in seinem Herzen breit. Das kalte, leere Organ erwachte zum Leben.

Sie betrachtete ihre verschränkten Hände. »Aber sicherlich wünschst du dir doch mehr.« Daisy hob den Blick. »Deine Werbung um Lady Stanhope entstammte doch nicht nur der Hoffnung auf Frieden.«

Eine Ehe mit der jungen, hübschen Blondine, die nichts auf seinen Titel gegeben hatte, war ihm verlockend erschienen. Ihr Desinteresse gegenüber seinem Status hatte sie von allen anderen heiratsfähigen jungen Damen unterschieden. Doch ein großer Teil dieses Reizes hatte darin bestanden, dass sie von dem dunkelsten Bereich seines Lebens keine Ahnung gehabt hatte. Die jetzige Countess kannte keines der beschämenden

Geheimnisse seiner Jugend und nicht die Schrecken jener Nacht. Daisy hingegen würde immer untrennbar mit jedem Bereich seiner Geschichte verwoben sein.

Nach einer längeren Stille ließ Daisy ihren Arm sinken, und seine nun leere Hand war ihrer Sicherheit vermittelnden Wärme beraubt.

Auric strich ihr mit den Fingerknöcheln über das Kinn, hob ihren Kopf an, sodass sie ihm in die Augen sehen musste. »Komm schon, sicherlich willst du nicht mit mir über meine Werbung letztes Jahr sprechen?«

»Doch, das würde ich gerne«, sagte sie mit der Kühnheit, wie er sie über die Jahre von ihr zu erwarten gelernt hatte. Sie wurde rot, als wäre ihr dieses Eingeständnis peinlich, aber sie blickte ihn offen an. »Hast du sie gern gemocht?«

Er glaubte, flüchtig ein intensives Gefühl in ihren Augen gelesen zu haben, und er hielt inne. Es war etwas gewesen, das darauf hindeutete, dass seine Antwort wichtig war, dass die falschen Worte sich als verhängnisvoll erweisen konnten, auch wenn er nicht ganz begriff, wieso. »Sie war nicht von meinem Titel beeindruckt«, antwortete er schließlich, tastete sich vorsichtig voran.

»Und einzig deswegen hättest du sie geheiratet?«

»Ich meine, das spricht für die Dame.« Er senkte den Kopf, bis seine Stirn beinahe ihre berührte. »Ich möchte nicht über meine Werbung um eine andere sprechen. Nicht heute.« Nicht wenn er gerade erst um sie angehalten hatte. Die Erwähnung von Lady Stanhope oder irgendeiner anderen beschmutzte diese besondere, unbeschreibliche Anziehung zwischen ihnen. Er legte seine Hand auf ihren Nacken.

Als er sie näher zog, bebte ihre Unterlippe. »Ich möchte nur von dir sprechen, Daisy.« Und dann legte er seinen Mund auf ihren, wie er es sich gewünscht hatte, seit er sie das erste Mal geküsst hatte, ein Sehnen, das nur stärker geworden war, als sie in Lady Ellis' Ballsaal gerauscht war, ein herrlich üppiger Engel, der gekommen war, ihn zu quälen.

Auric verstärkte den Druck seiner Lippen, bis sie sich an ihn schmiegte. Er schloss die Arme fester um sie, presste sie an sich. Sein Körper erwachte mit einer primitiven Hitze zum Leben, wurde sich ihrer mit der Intensität eines Mannes bewusst, der seit Jahren keine andere gekannt hatte und jetzt nur sie begehrte. Als ihre Lippen sich öffneten, drang er mit seiner Zunge dazwischen.

Sie stöhnte und begann, anfangs zögernd, dann aber immer kühner, seinen Mund zu erkunden. Was früher falsch gewesen war, weil sie die Daisy aus seiner Vergangenheit gewesen war, wurde nun auf einmal richtig. Er löste seinen Mund von ihrem und hob den Kopf, aber sie schob ihre Finger in sein Haar, versuchte ihn wieder zurückzuziehen. Er ergab sich und setzte den Kuss fort. Im Griff eines machtvollen Verlangens zog er mit seinen Lippen eine feurige Spur über ihre sommersprossigen Wangen.

»Wunderschön«, flüsterte er.

Daisy ließ den Kopf in den Nacken fallen, und ein Wimmern entschlüpfte ihr, als er über ihre Mundwinkel strich und weiter nach unten zu der Stelle, wo ihr Puls deutlich sichtbar unter ihrer Haut klopfte. Leichter Lavendelduft hüllte sie ein, und er atmete die berauschende Mischung ein, die ihn in die Vergangenheit zurückriss – als er ihre Familie besucht hatte, eine Familie, die er für immer zerstört hatte.

Abrupt löste er sich von ihr, stand schwer atmend vor ihr.

Ihre Lider flatterten, und sie blinzelte mehrmals hintereinander, als müsse sie ihre Sicht klären, die Benommenheit der Leidenschaft abstreifen. »Was …?«

»Verzeih mir«, stieß er rau hervor.

»Da gibt es nichts zu verzeihen.«

Doch das stimmte nicht. Die Schuld fraß ihn von innen auf.

Sie hielt beide Hände hoch, missverstand den Grund für sein Bedauern. »Wir heiraten.« Aus ihren Augen leuchtete, was sie empfand. »Und ich liebe dich.«

Ein dumpfes Dröhnen war in seinen Ohren. Fast meinte er, ihre Worte wie über einen langen Korridor zu vernehmen. Brüsk schüttelte er den Kopf. Die Folgen dieses Geständnisses waren so viel größer als der unbestimmte Wunsch, von dem sie zuvor gesprochen hatte, zu lieben und geliebt zu werden. Jetzt redete sie von ihm und der Sehnsucht nach seinem Herzen, denn sie ahnte nichts von der finsteren Lüge, die er vor ihr geheim gehalten hatte. Früher, weil die Worte aus der beschämenden Vergangenheit niemals für die Ohren einer Dame bestimmt waren, jetzt, weil er ein Feigling war.

Sie verdiente die Wahrheit, auch wenn es all die Wärme in ihrem Blick auslöschen und ihn einsam und leer zurücklassen würde. Aber solange dies zwischen ihnen stand, konnte er sie nicht heiraten. Er fuhr sich mit einer Hand über die Augen und wandte sich mit hölzernen Bewegungen ab, musste Abstand von ihr gewinnen, denn er war zu feige, um mit eigenen Augen mit anzusehen, wie ihre Liebe für ihn durch die Verachtung ersetzt wurde, die er verdiente.

Daisy lief mit raschelnden Röcken um ihn herum und stellte sich ihm in den Weg. »Willst du gehen?« Ungläubigkeit klang aus ihrer Frage. Sie stemmte sich die Hände in die Hüften, zog die Brauen zusammen.

Bis auf die Details jener Nacht, die er für sich behalten hatte, war er ihr gegenüber stets offen und geradeheraus gewesen. Er senkte seine Stimme. »Du weißt doch sicher, wie viel du mir bedeutest?« Er hätte seinen linken Arm gegeben, wenn sie das glücklich machen würde. »Es gibt da etwas, das ich dir sagen muss …«

Ihre Miene wurde weich. »O Auric«, flüsterte sie und streichelte seine Wange.

Er zuckte zusammen. Er hatte ihre Zuneigung nicht verdient. Sie hatte ihn wegen seiner regelmäßigen Besuche über die Jahre in Gedanken zu jemandem gemacht, der ehrenwert und gut war, obwohl in Wirklichkeit niemand verachtenswerter war als er. »Daisy«, begann er erneut mit rauer Stimme. Er fasste ihr Handgelenk, wollte ihre Hand wegnehmen, damit er ihr endlich die Wahrheit sagen konnte.

Schritte erklangen auf dem Flur. Ihre Blicke richteten sich gleichzeitig auf die Türschwelle, wo die Marchioness of Roxbury stand, ein Lächeln auf den Lippen, das glücklicher war, als er es seit vielen Jahren bei ihr gesehen hatte. Sie klatschte in die Hände. »Oh, Auric, ich habe die wunderbaren Nachrichten schon gehört.«

Er verneigte sich. Ihre Freude vergrößerte seine Schuldgefühle nur noch. Er hatte all das hier komplett ruiniert. Daisy hätte die Wahrheit erfahren müssen, bevor er um ihre Hand anhielt. »Lady Roxbury, es ist mir ein Vergnügen.«

Ganz tief in seiner Seele erkannte er, er würde sie wohl nur auf diese Weise haben können. Panik schnürte ihm die Kehle zu. »Wenn die Damen mich bitte entschuldigen wollen. So gern ich auch hier bin, es gibt eine Reihe von Sachen, um die ich mich kümmern muss.«

»Natürlich, natürlich«, rief die Marchioness. Sie griff nach der Hand ihrer Tochter und verschränkte ihre Finger. »Ich kann mich gar nicht mehr erinnern, wann ich das letzte Mal so glücklich war«, erklärte sie leise.

Würde die Frau auch noch so empfinden, wenn sie wüsste, dass er nicht der ehrenwerte, pflichtbewusste Mann war, für den sie ihn in den vergangenen Jahren gehalten hatte? Er machte auf dem Absatz kehrt und eilte aus dem Raum, als wären ihm die Höllenhunde auf den Fersen.

Und wenn es je in all diesen Jahren einen Zweifel gegeben hatte, so bewies sein hastiger Rückzug etwas, was er schon lange wusste: Er war ein elender Feigling.

Kapitel 16

Als Daisy noch ein kleines Mädchen gewesen war, hatte Lionel sie immer damit aufgezogen, dass sie völlig unbekümmert bei allem weiterschlafen konnte, von heftigen Sommergewittern bis zu dem lauten Klopfen ihrer Mutter an ihrer Zimmertür. Das einzige Mal, dass Daisy nicht hatte einschlafen können, war der Abend gewesen, an dem Lionel gestorben war.

Sie hatte sich von einer Seite auf die andere gewälzt, die ganze Nacht lang, und hatte den Betthimmel über sich angeschaut. Eine unbestimmbare Angst hatte ihr schwer im Magen gelegen, und sie hatte sich keinen Reim auf die dunklen Vorahnungen machen können, die sich einfach nicht abschütteln ließen.

Nach Aurics hastigem Aufbruch vor drei Tagen hatte sie wieder ein ganz ähnliches Gefühl drohenden Unheils ergriffen. Sie hatte ihn seitdem nicht wiedergesehen. *So benimmt sich kein Mann, der unsterblich verliebt ist.* Allerdings hatte er ja auch nie von Liebe gesprochen oder auch nur von tiefer Zuneigung.

Andererseits konnte oder würde niemand Auric zwingen können, etwas zu tun, das er nicht tun wollte. Sein Leben legte davon Zeugnis ab. Gewiss würde er sie nicht heiraten, wenn er sie nicht wenigstens mit einem kleinen Teil seines Herzens liebte. Nein, ein Mann, der sich an solche Kleinigkeiten erinnerte wie ihre Lieblingsfarbe und welche sie überhaupt nicht leiden konnte, die Gerichte, die sie am liebsten aß, zeigte damit, dass er wenigstens irgendetwas für sie empfand.

Ein Schatten fiel über sie, und sie zuckte zusammen. »Du bist so still, Daisy.«

Sie blickte nach oben. »Mutter«, sagte sie. »Ich hab dich gar nicht reinkommen hören.« Irgendwie war es nach dem Heiratsantrag von Auric ihre Mutter gewesen, die plötzlich unsichtbar geworden war, und Daisy diejenige, die in ihrer eigenen Welt lebte – einer Welt, die plötzlich so wenig Sinn ergab.

Die Marchioness sank auf den Platz neben ihr auf dem Sofa mit den blauen Seidenpolstern. »Ich würde meinen, du solltest lächeln. Schließlich ist heute dein Hochzeitstag.«

Daisy zwang gehorsam ein Lächeln auf ihre Lippen.

Falls ihre Mutter die fehlende Aufrichtigkeit darin bemerkte, so verriet sie das durch nichts. »Ich habe immer von einer Verbindung zwischen dir und Auric geträumt«, erklärte sie.

Wie Daisy auch. Seit sie bei jenem sommerlichen Picknick ihrer Eltern beinahe den Tisch abgefackelt hätte. Sie hatte sich in den vergangenen Jahren nur keine echte Hoffnung gestattet, vor allem nachdem sie gesehen hatte, dass sein Interesse einer anderen galt. *Du weißt doch sicher, wie viel du mir bedeutest …* Und was er ihr noch hatte sagen wollen, hatte das Erscheinen ihrer Mutter zur Unzeit unterbrochen.

Daisy schüttelte den Kopf, wie um ihn zu klären, schob alle Zweifel beiseite. Er hatte es zwar nicht ausgesprochen, da ihre Mutter hinzugekommen war, aber sie konnte nicht daran zweifeln, dass hinter seinem Antrag Liebe stand. Sie blickte hinüber zu der Standuhr, und in ihrem Magen machte sich Aufregung breit. Voller rastloser Energie trat sie hinüber zum Fenster, zog den Vorhang beiseite und spähte hinab auf die ruhige Straße. Bald würde er kommen. Es würde nicht mehr lange dauern, dann würden sie heiraten, und all ihre Hoffnungen würden wahr werden, und sie würde nicht mehr länger unsichtbar oder einsam sein. Sie würden einander haben.

Von der Fensterscheibe blickte sie zu ihrer Mutter. Die vor ihren Jahren gealterte Marchioness schaute sich im Zimmer um, und der Hauch eines Lächelns spielte um ihre Lippen, während sie den Träumen nachhing, die sie gehegt hatte. »Ich hab mir eine großartige Feier für dich vorgestellt und einen wunderbaren Empfang, bei dem alle wichtigen Mitglieder der Gesellschaft anwesend sein würden.« Eine Aussicht, bei der Daisy schauderte. »Was ist das?«

Daisy blickte über ihre Schulter. »Was ist was?«

Mit einer Handbewegung deutete ihre Mutter auf die Schmetterlingskämme, die kunstvoll in das braune Haar ihrer Tochter gewoben waren. »Das sind Kämme«, antwortete Daisy geduldig, tat so, als verstünde sie nicht, was ihre Mutter meinte.

»Das sehe ich.« Ihre Mutter rümpfte die Nase. »Ich habe dich mir immer mit etwas wesentlich Extravaganterem vorgestellt, mit Diamanten und Rubinen.«

Die frühesten Erinnerungen, die Daisy an ihre Mutter hatte, waren die einer Frau, die Wert auf eine gepflegte Erscheinung legte, elegant und in französische Stoffe gekleidet, mit kostbaren Juwelen geschmückt. Wie anders als ihre Mutter sie selbst war.

»Diese hier liebe ich«, sagte sie leise. Es war nicht der prächtige Schmuck, wie ihn die schönsten Debütantinnen trugen, aber er stand für mehr – das erste Geschenk, das Auric ihr gemacht hatte, das sie in bedeutungsvoller Weise zusammengebracht hatte –, und dafür war er ihr kostbarer als die Königskrone.

Ihre Mutter seufzte leise. »Ich war mir so sicher, dass du dich irrst und dass Auric sich ein großartiges Fest wünscht, wie es seinem Rang entspricht.«

Das zeigte nur, dass ihre Mutter Auric nicht so gut kannte wie Daisy. Der Mann, der er geworden war, hätte alle Gäste mit seinen finsteren Blicken vertrieben, um ungestört zu sein.

Ein einzelnes Gefährt rollte die Straße entlang, und dann hielt die vertraute schwarze Kutsche schwankend vor ihrem Stadthaus an. »Er ist da.«

Ihre Mutter kam zum Fenster gelaufen. »Er ist da?«

Daisy erschrak, denn sie hatte gar nicht gemerkt, dass sie laut gesprochen hatte, aber sie hielt ihren Blick auf Auric gerichtet, der gerade ausstieg.

»Lass den Vorhang fallen«, verlangte ihre Mutter. »Es ziemt sich nicht, wenn man dich dabei sieht, wie du ihn anstarrst.«

Wie oft hatte sie sich von dem gestrengen Stirnrunzeln einschüchtern lassen? Es hatte eine Zeit gegeben, zu der Daisy einfach den Kopf gesenkt hätte, beschämt von diesen tadelnden Worten. Doch diese Zeiten waren vorbei.

»Hast du mich gehört? Daisy?«

Daisy ignorierte sie. Sie fuhr mit den Fingerspitzen über die Glasscheibe, suchte in seinen attraktiven Zügen nach dem Zögern, das sie dort vor ein paar Tagen entdeckt hatte. Doch es war nicht da. Sein Gesicht war eine harte Maske.

»Ich hab dich gehört, Mutter. Aber eine junge Dame hat doch sicherlich an ihrem Hochzeitstag ein Recht darauf, nach ihrem Bräutigam Ausschau zu halten.«

Auric sagte noch etwas zu seinem Kutscher. Der Mann nickte und eilte zu dem Gefährt zurück.

»Ganz gewiss nicht«, widersprach ihre Mutter mit der schockierten Indignation einer vornehmen Dame. »Am Fenster zu stehen, um ihn anzustarren, wo jeder dich sehen kann?« Sie stürzte sich in eine Gardinenpredigt über züchtiges Benehmen und schickliches Auftreten.

Insgesamt betrachtet kam das sieben Jahre zu spät. Hätten ihre Mutter und ihr Vater sich in der Zeit nach Lionels Tod mehr um sie gekümmert, hätten sie mehr Einfluss auf sie gehabt. Dass die Einwände ihrer Mutter aufgehört hatten, für sie von Bedeutung zu sein, war keine absichtliche Beleidigung, sondern mehr eine Schutzmaßnahme.

Daisy beobachtete Auric weiter, und als spürte er ihren Blick, erstarrte er mitten in der Bewegung. Er schaute hoch und betrachtete suchend die paar Fenster des Stadthauses, bis sein Blick ihren fand.

Ihr Herz machte einen Satz. Sie war nie eine von den Damen gewesen, die viel auf Mode gaben, doch jetzt wünschte sie sich, sie würde eines dieser reich verzierten Seidenkleider tragen und nicht dieses schlichte blaue, das für ihren Hochzeitstag ausgesucht worden war. Er kniff die Augen zusammen, und sie ballte ihre Fäuste in ihren Seidenröcken. Was sah er, wenn er sie anschaute?

Dann richtete er seine Aufmerksamkeit auf seinen Mantel. Sie runzelte verwundert die Stirn, als er in den Vordertaschen nach etwas zu suchen begann und dann etwas herauszog. Wärme erfasste sie, und sie musste laut auflachen, als er sich ein Lorgnon – das, das sie ihm gegeben hatte – vors Auge hielt.

Und sie verliebte sich noch einmal neu in ihn.

Sie schüttelte den Kopf, lachte immer noch. »Du bist unverbesserlich«, formte sie mit den Lippen.

Mit zweimaligem Zwinkern berührte er die Krempe seines Hutes, was ihr ein weiteres Lachen entlockte.

»Bitte vergiss dich nicht, Daisy. Es ist unhöflich, laut zu lachen.«

Sie erwiderte seinen Gruß mit einem Winken, das ihrer Mutter wiederum einen Aufschrei entlockte. »Ach komm, Mutter. Ich glaube, es ist besser, lachend durchs Leben zu gehen, als mit einem finsteren Stirnrunzeln.«

Ihre Mutter hörte entweder den Tadel nicht oder mochte ihn nicht. »Ach Daisy, komm weg von dem Fenster.«

Daisy richtete ihren Blick auf die Pflastersteine unten, sah noch, wie Auric durch die offene Tür ins Haus trat. Sie ließ den Vorhangstoff los, und er fiel zurück an seinen Platz. »Sicherlich wird einer Braut an ihrem Hochzeitstag doch eine gewisse Aufregung zugestanden?«

Unpassende Gedanken, die keine wahre Dame hegen dürfte, wandten sich der Hochzeitsnacht zu. Nervosität rang mit skandalöser Neugier, von der ihr die Wangen ganz heiß wurden.

»So ungezügelte Aufregung hat keinen Platz im Dasein einer höflichen, respektablen Dame«, antwortete ihre Mutter.

Das glaubte sie wenigstens. Und Daisy war nur froh, dass die Marchioness nicht ahnen konnte, in welche Richtung sich die Gedanken ihrer Tochter gerade bewegten.

Ihre Mundwinkel zuckten.

* * *

Schweigen lag über dem Blauen Salon – dicht, unbehaglich und angespannt. Bis auf das Rascheln von Daisys blauem Seidenkleid, wenn sie sich vor- oder zurücklehnte, und den Atem der Handvoll geladener Gäste war im Raum kein Laut zu hören. So war es, seit der Butler Auric eingelassen hatte.

Die Vormunde der Dame sprachen kein Wort. Die Marchioness strahlte über das ganze Gesicht. Und Daisy … Nun, er wollte verdammt sein, wenn er wüsste, was sie dachte oder empfand. Die übermütig lächelnde junge Frau, die ihm so keck vom Fenster aus zugewinkt hatte, war in dem Augenblick, in dem er den Salon betreten hatte, zu dieser zurückhaltenden Fremden geworden.

Spürte sie, dass sie sich mit einem echten Bastard einließ? Einem verderbten Monster, das ihr durch sein Schweigen die Wahlmöglichkeiten nahm? Die Muskeln in seinem Bauch verkrampften sich. Gott helfe ihm, dass er so selbstsüchtig war, aber er begehrte sie auch mit den Lügen, die zwischen ihnen standen.

Merkwürdig, wie er es einen Großteil seines Lebens über versäumt hatte, in ihr etwas anderes zu sehen als Daisy, sein kleines Blumenmädchen, jemand, für den er verantwortlich war. Jetzt war sie eine Frau, die er zu besitzen begehrte – auf jede nur denkbare Weise. Ihren Körper, ihren Geist und ihre Seele.

Doch sie verdiente mehr als eine Ehe, die auf Lügen fußte. Er schob die Schuldgefühle beiseite. Er würde ihr ein guter Ehemann werden. Er würde sie beschützen und sie zum Lächeln bringen. Und irgendwann einmal würde er ihr alles erzählen, und vielleicht würde sie ihm verzeihen, auch wenn er das selbst nie würde tun können.

»Du solltest der Dame wenigstens ein paar freundliche Worte sagen. Schließlich ist es euer Hochzeitstag«, flüsterte ihm Lord Wessex zu, sein Freund, Trauzeuge und der Mensch, der seine dunkelsten Geheimnisse teilte.

Auric starrte ihn finster an. Nur dass Daisy, die am Fenster weilte, genau diesen unpassenden Moment wählte, um zu ihm zu schauen. Sie erwiderte seinen finsteren Blick und richtete ihre Aufmerksamkeit wieder auf die Straße draußen.

»Das Mindeste, was du tun kannst, ist aufzuhören, die Arme so finster anzufunkeln«, verlangte Wessex.

Der Herzschlag dröhnte Auric laut in den Ohren, während er sie betrachtete, wie sie eingerahmt von den weißen Damastvorhängen dastand. »Ich kann das nicht tun«, flüsterte er zurück. Nicht solange da noch die Lügen zwischen ihnen waren. Er machte einen Schritt auf sie zu.

Wessex streckte blitzschnell die Hand aus, fasste Auric am Arm, hielt ihn zurück. Auric blickte ausdruckslos auf die unnachgiebigen Finger auf seinem Ärmel. »Über den Zeitpunkt bist du längst hinweg«, zischte Marcus mit zusammengebissenen

Zähnen so leise, dass Auric ihn kaum verstehen konnte. »Wenn du das jetzt tust, wird das ihr Ruin sein.«

Aber nicht, wenn Daisy selbst in diesem Moment einen Rückzieher machte. Natürlich würde der Skandal Staub aufwirbeln, aber ihr Ruf wäre nicht zerstört. Sie würde einen Mann finden, der sie verdiente. Einen Mann, den Auric mit jeder Faser seines Wesens und bis zu seinem letzten Atemzug hassen würde. Aber wenn man jemanden liebte, stellte man dessen Bedürfnisse über die eigenen.

Sein Blick wanderte über die anmutige Linie ihres Halses, blieb an den schlichten Schmetterlingskämmen hängen, die er ihr vor ein paar Tagen geschenkt hatte. Wie hatte ihm bis zu diesem Moment, wo er sie zu verlieren drohte, nicht klar sein können, dass er ihr ganz gehörte und dass sein Herz einzig und allein für sie schlug?

»Nicht.« In Wessex' Ton lag etwas beinahe Flehendes. »Tu es nicht, für euch beide.«

Auric schüttelte die Hand seines Freundes ab und ging los. Aus dem Augenwinkel nahm er etwas Silbernes wahr. Er drehte sich um und entdeckte die Marchioness of Roxbury. Während sie sonst häufig blass und kränklich wirkte, lag heute ein ungewohntes Lächeln um den Mund der Frau.

Auric wandte seinen Blick ab und sah zurück zu Daisy. Sie wippte auf ihren Fußsohlen vor und zurück, so wie sie es schon als Kind immer getan hatte, als ob die Aufregung in ihr einen körperlichen Auslass suchte. Eine Frau mit ihrer Lebhaftigkeit würde hier letzten Endes erstickt werden. Nein, er konnte ihr nicht gestatten, das einsame, vergessene Kind des verstorbenen Lord Roxbury zu sein. Daisy verdiente mehr. Selbst wenn er glaubte, sie verdiente mehr als ihn, konnte er nicht durchs Leben gehen in dem Wissen, dass sie ihr Dasein einsam als Tochter einer melancholischen Mutter fristete.

Es war eine Entscheidung, für die Auric vermutlich in der Hölle landen würde, wenn er sich nicht bereits durch seine Taten vor sieben Jahren einen Platz an der Seite des Teufels verdient hatte.

Der Vikar räusperte sich, und die Entscheidung war gefallen. »Sollen wir beginnen?«

Daisy stand immer noch am Fenster, und einen entsetzlichen Augenblick lang erstarrte Auric innerlich, aus Angst, sie wäre zu Sinnen gekommen und wolle ihn nicht heiraten. Dann trat sie zu ihm und stellte sich neben ihn. Auch die anderen Gäste nahmen ihre Plätze ein.

Auric richtete seine Aufmerksamkeit auf den Vikar, der die Seiten in seinem Gebetbuch umblätterte. Er meinte Daisys Blick auf seiner Haut spüren zu können.

Der ältere Mann öffnete den Mund und wollte gerade anfangen, als Daisy ihm zuvorkam. »Hast du deine Meinung geändert?«

Auric blinzelte verwirrt.

Der Vikar schloss prompt den Mund.

Auric richtete seine Aufmerksamkeit auf Daisy.

»Denn wenn du das hast, wenn du erkannt hast, dass du mich nicht liebst …« *Ich liebe dich auf jede Weise, auf die ein Mann eine Frau lieben kann.* Sie sprach rasch weiter, die Wangen gerötet. »Wenn du das erkannt hast, dann gebe ich dich frei, sodass du die Frau finden kannst, deren Herz du besitzen willst.«

O Gott, sie war viel ehrenwerter und besser, als er es je sein könnte. Obwohl sie ihn liebte, würde sie ihm die Freiheit geben. Nur dass er die gar nicht wollte.

Der Vikar nahm seine Brille ab und begann sie zu putzen, gab sich sichtlich Mühe, den Austausch zwischen dem Bräutigam und seiner Braut zu ignorieren.

»Wie kannst du nicht wissen, dass ich dich liebe?«, wollte er leise wissen.

Sie atmete hörbar ein. »Ich …«

Er senkte den Kopf dicht zu ihrem. »Ich kenne dich nun schon beinahe mein ganzes Leben, aber trotzdem habe ich nicht wahrgenommen, was wirklich vor meinen Augen war. Ich war unvollständig auf eine Weise, die mir nicht klar war, bis ich meine Augen geöffnet und dich wirklich und wahrhaft gesehen habe.« Und damit hoben sich die schützenden Mauern, die er um sein Herz errichtet hatte, die Arroganz des eisigen Herzogs, und die Wahrheit befreite ihn.

Ihre Lippen teilten sich.

»Sollen wir fortfahren?«, erkundigte sich der Vikar höflich, und sie richteten beide ihre Blicke wieder auf den lächelnden Geistlichen. Als fürchtete er, das Brautpaar würde es sich doch noch anders überlegen, begann er hastig die Zeremonie. »Liebe Traugesellschaft, wir sind hier heute vor Gottes Angesicht zusammengekommen, um diesen Mann und diese Frau in dem heiligen Stand der Ehe zusammenzugeben. Dieser ehrwürdige Stand wurde von Gott selbst …«

Aurics Vorbehalte und Ängste verflogen. Denn hier, mit Daisy in ihrem blauen Seidenkleid mit dem zierlichen Blümchenmuster an seiner Seite, wusste Auric, das Band zwischen ihnen war fest genug, ihre Liebe stark genug, dass die Vergangenheit ihnen nichts anhaben konnte.

»… und niemand soll in diesen Stand leichtfertig oder unberaten eintreten oder nur, um die körperlichen Gelüste zu befriedigen wie Tiere, die kein Verständnis dafür haben, sondern ehrfürchtig, überlegt, gewissenhaft und demütig …«

Die Worte des Vikars drangen in Aurics Überlegungen. Diese Verse waren wie eine spöttische Erinnerung an die Lügen und die Fruchtlosigkeit seiner einfältigen Hoffnungen für ihn und Daisy. Er betrachtete sie unverhohlen. Ihre Augen ruhten auf dem Vikar, und auf ihrem Gesicht lag ein fast wehmütiger Ausdruck.

Daisy spürte seinen Blick und schaute ihn fragend an.

»Wenn nun daher einer der Anwesenden einen triftigen Grund nennen kann, warum sie nicht einander rechtmäßig verbunden werden sollten, so möge er jetzt sprechen oder für immer schweigen …«

»Ich kann nicht verstehen, warum ich nicht dabei sein darf …«, sagte Daisys Kinderstimme in seinen Gedanken. Und im Geiste hörte er Lionel lachen. *»Komm, Daisy, sei still, und lass Auric reden.«*

Er öffnete den Mund, um die eine vernünftige Stimme des Protests zu sein, aber dann verschwand die Erinnerung an seinen besten Freund, und die Trauzeremonie nahm ihren Fortgang.

Kapitel 17

Im Laufe der Jahre hatte Daisy schon fast vergessen, wie es war, an einem Tisch mit lebhafter Konversation zu sitzen. Es hatte eine Zeit gegeben, wo das Esszimmer von Lachen widergehallt hatte, ihrem und Lionels, während ihre Mutter sich über das hoffnungslos schlechte Benehmen ihrer unverbesserlichen Kinder beschwert hatte.

Nachdem ihr Vater gestorben war, waren die Mahlzeiten eine sehr stille Angelegenheit geworden. Wenn ihre Mutter nicht indisponiert war, war sie normalerweise schweigsam und in sich zurückgezogen, und ihr Kummer hatte so schwer auf ihr gelastet, dass Daisy es meist bewusst vermieden hatte, bei Tisch zu erscheinen.

Heute allerdings hätte das anders sein sollen. Ein Hochzeitsbankett sollte eine fröhliche Angelegenheit sein, und doch war es das nicht. Trotz der Freude dieses Tages – ihres Hochzeitstags mit Auric –, seines Geständnisses, dass er sie liebte, und der Aussicht auf ihre gemeinsame Zukunft haftete diesem Festmahl mit Auric, Marcus und den anderen Gästen, die den Schmerz ihrer Familie beobachteten, eine gewisse Schwere und Trauer an.

Sie spürte einen Blick auf sich, sah von ihrem Teller hoch und bemerkte ihren Onkel Charles, den aktuellen Marquis of

Roxbury, der sie mit mitleidiger Miene betrachtete. Schnell wandte sie ihre Aufmerksamkeit wieder ihrem bislang unangerührten Teller zu. Sie hatte schon vor einiger Zeit akzeptiert, dass die Neugier und das Geflüster für immer Teil ihres Lebens sein würden.

Daisy, ihre Mutter und, als er noch am Leben gewesen war, auch ihr Vater waren so etwas wie eine Kuriosität. Schließlich passierte es nicht jeden Tag, dass ein Adliger von einem Fremden auf der Straße niedergestochen wurde. Oder das war es zumindest, was sie sich aus den leisen Unterhaltungen, die sie zwischen ihren Eltern belauscht hatte, zusammengereimt hatte.

Solche Verbrechen passierten Mitgliedern der guten Gesellschaft normalerweise nicht. Wenigstens war es das, was die gute Gesellschaft fälschlicherweise glaubte. Doch Daisy kannte die Wahrheit. Schreckliche Dinge passierten Leuten aus allen Schichten. Nur weil man mit Vermögen und Status geboren war, machte einen das nicht immun gegen Leid. Egal, welche Position man im Leben einnahm, man erfuhr Schmerz, blutete und weinte. Kurz, man litt.

Daisy nahm ihre Gabel zur Hand und schob das Essen auf ihrem Teller hin und her. Sie beging den Fehler, hochzusehen, und bemerkte Marcus' besorgten Blick. Die Gabel fiel ihr aus der Hand und landete mit einem lauten Klappern auf ihrem Teller. Sie hatte gelernt, diese mitleidigen Blicke und das, was man sich über sie und ihre Familie zuflüsterte, zu verabscheuen. Sie versteckte ihre Hände unter dem Tisch, verschränkte sie im Schoß, richtete ihre Aufmerksamkeit wieder auf die Eier, den kalten Schinken und den Lachs auf ihrem Teller.

Konnte dieser Tag nicht anders verlaufen? Könnte diese kleine Ansammlung von Gästen nicht lächeln und fröhlich feiern, so wie sie es sich wünschte? Vielleicht war es egoistisch, aber für einen Tag, diesen Tag, an dem sie Aurics Ehefrau wurde, wollte sie die Erinnerung an Lionel und den Verlust und diese dunkle Nacht, die so lange zurücklag, vergessen.

Als sie noch ein Mädchen gewesen war, hatte sie sich nach glorreichen goldenen Locken gesehnt und einer schmalen Taille und irgendetwas, um sie aus der Menge herauszuheben, mehr als die merkwürdigen Sommersprossen auf ihren Wangen. Jetzt sehnte sie sich danach, nicht anders zu sein als jede andere Frau.

Schon als sie ihr Debüt gehabt hatte, hatte sie gar keine atemberaubende Schönheit sein wollen, sondern einfach nur normal und wie alle anderen. Daisy mit einem unauffälligen Äußeren und einer geachteten und angesehenen Mutter.

Eine große, warme Hand legte sich über ihre, und sie zuckte zusammen. Sie schaute Auric an, der verborgen unter dem Tisch mit seinen Fingern beruhigend über ihre strich. Er erwiderte ihren Blick für einen langen Moment, und dann, viel zu schnell, war die Berührung wieder vorbei, und er zog seine Hand zurück.

Doch er griff nur in die Vordertasche seines Rocks und zog das kleine Lorgnon heraus. »Hier«, flüsterte er ihr ins Ohr. Unter dem Tisch drückte er ihr das fragile Einglas in die Hand. Ihre Haut wärmte sich unter seiner Berührung. »Es scheint, dass deine Ehe mit einem alten, tatterigen Herzog dich in eine tatterige Herzogin verwandelt hat.« Er zwickte sie in die Nase. »Dein neuer Rang scheint deine Sehfähigkeit beeinflusst zu haben, und du brauchst Hilfe, um zu erkennen, was auf deinem Teller ist.«

Sanft neckender Humor klang in seinen Worten mit, und sie lachte leise. Bei der Erinnerung daran, dass der, der er früher gewesen war – ein Mann, der neckte und scherzte und lächelte –, immer noch existierte, wurde ihr leicht ums Herz. Er war nicht in der Nacht mit Lionel gestorben. Als wenn er ihre Gedanken spüren könnte, drückte er ihr zärtlich die Hand.

Auf Aurics anderer Seite sagte ihre Mutter etwas, was seine Aufmerksamkeit erforderte. Er drückte Daisy noch ein weiteres Mal die Hand und wandte sich der Marchioness zu.

»Er ist nicht länger der unbekümmerte, charmante junge Mann, an den du dich von früher erinnerst«, murmelte Marcus, der zu ihrer Linken saß.

Daisy runzelte die Stirn, sah ihn an und wusste nicht, wie sie seine Worte verstehen sollte. »Vielleicht«, erwiderte sie unverbindlich. Doch tatsächlich war es so, dass sie zwar die Spuren des Mannes wahrnahm, der er geworden war und den ihre Mutter nicht sehen konnte, aber genauso auch die des übermütigen Jungen, der gewesen war, eine Gestalt, die Marcus nicht mehr erkennen konnte.

Sie spielte geistesabwesend mit dem zierlichen Lorgnon, das Auric ihr in die Hand gedrückt hatte. »Dennoch, denke ich, ist es wichtig, das Glück zu finden, das wir alle in uns tragen, zu der Unkompliziertheit zurückzukehren, die wir früher hatten«, fuhr sie leise fort.

Marcus legte seine Hände vor sich auf den Tisch. »Ich fürchte, wenn du das tatsächlich glaubst, wirst du Auric wegen des Jungen lieben, der er gewesen ist, und dabei übersehen, was für ein ehrenwerter, guter Mann er geworden ist.«

Dasselbe Gefühl des Unbehagens wie das, das sie vor drei Tagen ergriffen hatte, als Auric mit so merkwürdig ausdruckslosem Gesichtsausdruck die Stufen zu ihrem Stadthaus hochmarschiert war, durchlief sie. »Du denkst, ich mache einen Fehler, weil ich es bevorzuge, Licht und Glück zu sehen?«, fragte sie ihn leicht defensiv.

Er senkte die Stimme. »Ich denke, du machst einen Fehler, weil du nie den Mann lieben wirst, der er geworden ist, wenn du ihn nur durch die Augen der Vergangenheit betrachtest.« Marcus griff nach seinem Champagnerkelch und nahm einen langen Schluck.

Daisys Stirnrunzeln vertiefte sich, während sie über diese mysteriöse Warnung nachdachte. »Gibt es etwas, was du mir sagen willst?« Sie hatte die versteckten Kommentare und Andeutungen, die die gute Gesellschaft bevorzugte, nie gemocht und wünschte sich stattdessen Ehrlichkeit.

Marcus senkte den Kopf. »Es steht mir nicht zu, etwas zu sagen.« Er starrte gedankenverloren in sein fast leeres Glas. »Es steht mir jedoch zu, mich zu entschuldigen.«

Sie zog die Brauen zusammen. »Zu entschuldigen?« Früher war er in etwa so interessiert an ihr gewesen wie ein Sünder daran, die Sonntagsmesse zu besuchen. Dieses mangelnde Interesse hatte bis ins Erwachsenenalter angehalten. Allerdings hatte er ihr nie etwas Böses getan. »Du hast nichts falsch gemacht«, stellte sie ruhig fest.

Ein Muskel an seinem Augenwinkel zuckte, und es wirkte schon, als wollte er etwas sagen, aber dann erschien wieder das charmante Grinsen, mit dem er so viele Herzen in Aufruhr versetzte. »Vielleicht kennst du mich viel weniger, als du glaubst.« Das war ein unverkennbares Ablenkungsmanöver, um die Unterhaltung auf ein sicheres Gebiet zu steuern und weg von seinen verhüllten Warnungen.

Sie hatte sich nie an Flirts beteiligt und lächelte ihn nur still an. Eine unerklärliche Erleichterung erfüllte sie, als er sich wieder seinem Lachs zuwandte. Seine Worte, seine Erwähnung ihrer Naivität, verwirrten sie und verdarben ihr den Appetit.

Sie ließ ihre Fingerspitzen über Aurics Lorgnon gleiten, über die runde Linse und den kurzen, mit Gänseblümchen verzierten Stiel. Sie hatte so viele Jahre damit verbracht, sich selbst für abgestumpft und zynisch und lebensüberdrüssig zu halten. Das konnte der Verlust eines geliebten Bruders so mit sich bringen. Also war es beinahe peinlich, beschuldigt zu werden, immer nur die Sonnenseite des Lebens zu sehen.

»Warum bist du so still?«, murmelte Auric an ihrem Ohr und unterbrach ihre Gedanken.

Sie befeuchtete sich die Lippen und verbannte Marcus' Warnung in die hintersten Ecken ihres Gehirns. »Ich habe gerade darüber nachgedacht, wie sehr ich dich l…«

Auric stand so rasch auf, dass sein Stuhl laut über das Holz scharrte. »Einen Toast.« Sein tiefer Bariton hallte von den Wänden wider, als er sein Glas hob.

Daisy runzelte die Stirn. Wenn sie es nicht besser gewusst hätte, hätte sie gedacht, dass er sie absichtlich unterbrochen hatte. Aber dann sah Auric zu ihr herab und hielt ihren Blick. »Auf meine Gemahlin. Auf dass sie immer nur Friede und Glück erleben möge.«

Die anderen Gäste hoben ebenfalls ihre Gläser.

Sie schluckte den Kloß in ihrer Kehle herunter, als all ihre Zweifel verschwanden. In den letzten Jahren hatte sie sich daran gewöhnt, sich auf niemanden zu verlassen als nur sich selbst. Mit dem Verlust ihres Bruders und Vaters und dem Leid ihrer Mutter hatte sie immer für sich selbst einstehen müssen. Für so lange Zeit hatte sie geglaubt, erwachsen und fähig zu sein und von niemand Hilfe zu brauchen.

Doch Aurics kurzer, aber vielsagender Toast hatte sie daran erinnert – jeder brauchte zu irgendeinem Zeitpunkt jemand anders. Und sie hatte nun ihn.

* * *

Nie war Auric dankbarer für das Ende einer Mahlzeit gewesen als bei seinem Hochzeitsbankett. Er und Daisy standen im Foyer mit einigen Gästen zusammen. Bedienstete eilten hin und her und brachten Mäntel und anderes.

Frederick kam mit Daisys grünem Umhang und war ihr behilflich, als sie ihn sich mit einem gemurmelten Dank umlegte.

Tränen standen dem alten Bediensteten in den Augen, und Auric wurde bewusst, dass der Butler seit Lionels Tod für Daisy vielleicht wichtiger geworden war als ihre eigene Mutter.

Die Marchioness kam herüber und nahm Daisys Gesicht zwischen ihre Hände. Sie schenkte ihr ein gerührtes Lächeln, sagte aber nichts. Stattdessen tätschelte sie ihrer Tochter sanft die Wange, bevor sie sich Auric zuwandte.

Sie umschloss seine Hände mit ihren. Er versteifte sich unter der Wärme in ihren blaugrauen Augen – Lionels Augen. »Ich habe dich immer wie einen Sohn geliebt, Auric.«

Der Stein, der auf seiner Brust lag, seit ihm bewusst geworden war, was es bedeutete, Daisy trotz der Geheimnisse zwischen ihnen zu heiraten, wurde zu einem Felsbrocken. Er verdiente die Wärme und Zuneigung der Marchioness nicht. Er räusperte sich verlegen.

Als finge sie sich wieder, zog die Marchioness die Hände zurück und ließ die Arme an ihre Seiten fallen.

»Ich werde mich um Daisy kümmern«, versicherte er ihr leise. Sich um sie kümmern, so wie er das eben nicht bei dem anderen geliebten Kind der Frau getan hatte.

Lady Roxbury schluckte. »Ich vertraue dir«, erwiderte sie leise, drehte die Klinge der Schuld unwissentlich noch einmal um und stieß sie tiefer.

Er musste hier weg. Auric griff nach Daisy, und sie legte ihre Finger in seine. Sie waren sich einander überdeutlich bewusst, und er platzierte ihre Hand auf seinem Ärmel. Frederick eilte herbei und öffnete die Tür. Sein faltiges Gesicht verriet unverkennbar seinen Kummer. Auric vermutete, dass die einzige Freude, die hier über die Jahre noch verblieben war, an einem Menschen allein gehangen hatte. Was blieb noch, wenn Daisy weg war?

Daisy lächelte dem alten Bediensteten zu. »Ich werde Sie vermissen, Frederick.« Gab es im ganzen Königreich irgendeine andere Frau, die so gut und freundlich zu ihren Bediensteten war?

Der ältere Mann blinzelte mehrmals hintereinander in dem Versuch, die Tränen zurückzuhalten.

»Danke«, sagte Auric leise. Dafür, dass er sich um sie gekümmert hatte, als ihre Eltern das nicht getan hatten. *Dass er sich um sie gekümmert hat, nachdem ich sie und Lionel verraten hatte.* Die Worte blieben unausgesprochen.

Der Diener nickte. »Es war mir eine Ehre, Euer Gnaden«, erwiderte er und reckte stolz die Schultern.

So verließen Auric und Daisy das Stadthaus und traten in den hellen Frühlingstag. In kameradschaftlichem Schweigen gingen sie zu Aurics Kutsche und blieben daneben stehen. Ein Lakai hielt Daisy eine Hand hin, um ihr beim Einsteigen behilflich zu sein, aber Auric runzelte die Stirn, griff an dem jungen Mann vorbei und übernahm den kleinen Dienst selbst, verstand den Drang nicht, sie nur für sich zu behalten.

Seit seinem großen Fehler war er stolz darauf, stets praktisch und gefasst zu sein. Doch bei Daisy vergaß er die Jahre des immer wieder geübten Anstands und die Etikette, die er sich beigebracht hatte.

Die großen weißen Wolken, die den blauen Himmel füllten, schoben sich vor die Sonne und verdeckten sie kurz, bevor sie weiterzogen. Ein Sonnenstrahl fiel in die Kutsche, ließ Auric kurz innehalten. Er konnte glücklich sein. Sie konnten glücklich sein. Vielleicht musste sie die Wahrheit über Lionels Tod nie erfahren. Die Schrecken dieser Nacht, die Schuld, die auf ihm lastete, waren zu schrecklich und verdienten es, vergessen zu werden.

Daisy streckte den Kopf aus der Kutsche. »Kommst du?«

Ein kleines Lächeln spielte um seine Lippen, und er stieg ebenfalls ein, setzte sich ihr gegenüber. Der Lakai schloss die Tür hinter ihm. Einen Moment später fuhren sie los. Hier saßen sie – zwei Menschen, die sich fast ihr ganzes Leben kannten, früher Freunde, jetzt ein Ehepaar. Sein Blick wanderte zu den Schmetterlingskämmen, die kunstvoll in ihren lockigen braunen Strähnen arrangiert waren. Er lehnte sich vor und zog seine Braut auf seinen Schoß. Bei der jähen Bewegung lösten sich einige der seidigen Strähnen und fielen ihr ins Gesicht.

Sie schrie erschreckt auf. »Was machst du …?«

Auric hauchte ihr einen Kuss aufs Ohr. »Wie konnte ich nicht erkennen, was immer schon direkt vor meiner Nase war?«, flüsterte er wie zu sich selbst. Er nahm eine der weichen Locken und rieb sie zwischen Daumen und Zeigefinger, bewunderte die seidige Textur.

Sie erwiderte seinen Blick mit einem zitternden Lächeln auf den Lippen. »Vielleicht weil du dein Lorgnon brauchtest«, erwiderte sie leise.

»Ah, ja.« Er steckte eine der Strähnen hinter einen Schmetterlingskamm. »Weil ich ein alter, tattriger Herzog bin?«

Sie kicherte. »Nun, vielleicht nicht tatterig.«

Auric küsste sie, erkundete das Gefühl ihrer Lippen. Ein Seufzen entwich ihr, und er schluckte das Geräusch. Seine Zunge fand ihre. Daisy schlang ihm die Arme um den Hals und neigte den Kopf, um ihm besseren Zugang zu gewähren. Als er sich zurückzog, entschlüpfte ihr ein Geräusch des Protestes. Sofort wandte er seine Aufmerksamkeit ihrem Hals zu, rieb seine Lippen über ihren wild schlagenden Puls. Er öffnete ihren Umhang und umschloss eine Brust durch den Stoff des Kleides.

Daisy ließ den Kopf zurückfallen und stöhnte. »Auric«, flehte sie.

Er spielte mit der Brustspitze, bis Daisy verzweifelt keuchte. Die Kutsche holperte durch ein Schlagloch, und ihre Köpfe stießen gegeneinander. Sie fuhren auseinander und sahen sich dann an, ihr leises Lachen vermischte sich mit seinem. Auric zog sie wieder an sich und ließ sein Kinn auf ihren braunen

Locken ruhen. Er bewegte den Kopf vor und zurück. Wieder musste er denken, dass er dieses Glück nicht verdiente.

Als wüsste sie, was in ihm vorging, lehnte sie sich ein wenig zurück. »Was denkst du gerade?« Sie blickte ihm ins Gesicht. Bevor er antworten konnte, sprach sie weiter. »Tut es dir leid, dass du Lady Anne nicht geheiratet hast?«

Er nahm ihr Gesicht zwischen die Hände, zwang sie, ihn anzusehen. »Ich liebe dich«, sagte er einfach. Der größte Fehler seines Lebens war jene Nacht mit Marcus und Lionel gewesen. Lady Anne zu heiraten und nicht zu erkennen, was sein Herz immer gewusst hatte, wäre der zweite große Fehler gewesen. »Wenn ich einer dieser charmanten Gentlemen wäre, hätte ich die Worte und Verse, die du verdienst.« Aber er war nie einer dieser Männer gewesen. Vielleicht wenn sein Leben anders verlaufen wäre?

»Ich brauche keine hübschen Worte und Verse, Auric«, erwiderte sie und verdrehte die Augen. »Wie konnte dir nicht klar sein, was ich wollte?«

»Was war das?«, erkundigte er sich in rauem Ton.

Sie zwickte ihn in die Nase. »Du natürlich, du alberner Herzog.«

Die Kutsche blieb vor seinem – ihrem – Stadthaus stehen. Der Kutscher öffnete die Tür und half Daisy hinaus. Auric blieb zurück. Würde sie auch noch so empfinden, wenn sie die Wahrheit kennen würde?

Daisy warf ihm einen Blick zu. Ihr Lächeln verschwand, und sie legte den Kopf auf die fragende Weise zur Seite, die ihm über die Jahre so vertraut geworden war. »Was?«

Er schüttelte den Kopf und stieg aus der Kutsche. »Gar nichts, Euer Gnaden.« Er legte ihr eine Hand in den Rücken und führte sie ins Haus, wo sie zusammen das Glück und den Frieden finden konnten, den sie verdienten.

Kapitel 18

Daisy saß am Fußende des Bettes. Nein, *ihres* Bettes. Ihres *neuen* Bettes, korrigierte sie sich erneut. Sie starrte die Holzvertäfelung der Tür an, wie sie es schon den Großteil der Nacht über getan hatte. Sie war sich nicht ganz sicher, was sie von dieser ganzen Hochzeitsnacht-Sache halten sollte. Ihre Mutter hatte in den vergangenen Jahren nicht viel mit ihr gesprochen, und ganz sicher nicht über so persönliche Dinge. Aber Daisy vermutete, dass der Bräutigam in der Hochzeitsnacht eigentlich nicht so etwas Unhöfliches tun sollte, wie seine frischgebackene Ehefrau nervös warten zu lassen, seit sie sich nach dem Dinner zurückgezogen hatte.

In dem Moment, in dem sie angekommen waren, war ein Bediensteter herangeeilt, um Daisy nach oben in ihre Gemächer zu führen. Doch Auric war nicht die große, gewundene Treppe aus italienischem Marmor zu den Wohnräumen hinaufgestiegen. Stattdessen war er für einen Moment und mit einem beunruhigend distanzierten Ausdruck in den Augen am Fuß der Stufen stehen geblieben, hatte sich abrupt umgedreht und war den Flur entlanggegangen zu … zu … wohin auch immer ein Bräutigam sich an seinem Hochzeitstag begab.

Sie verschränkte die Arme, und eine lästige Locke fiel ihr in die Stirn. Daisy blies sie sich aus dem Gesicht. Sie hätte wenigstens erwartet, dass er mit ihr zu Abend aß. Vor allem weil die Gerichte auf einem Tablett in ihr Zimmer geschickt worden waren. Nicht dass sie großen Hunger gehabt hätte. Ihr Magen zog sich immer noch vor Nervosität zusammen, genau wie wegen all der Fragen, die sie hatte. Fragen, die heute Nacht beantwortet werden würden.

»Oder vielmehr Fragen, die heute Nacht beantwortet werden *sollten*«, murmelte sie leise. Mit einem verärgerten Schnauben kam sie auf die Füße und begann, auf dem kalten Parkett auf und ab zu laufen. Ganz sicher hatte er doch vor, sie … sie … nun, zu besuchen. Nach ihrem Kuss in der Kutsche hatte sie erwartet, dass er – ihr wurde warm – sich schnellstens den Belangen des Ehebetts zuwenden würde.

Daisy marschierte zu dem Stickrahmen hinüber, den sie irgendwann nach der ersten Stunde zur Seite gelegt hatte, nachdem Auric sie offensichtlich einfach vergessen hatte. Sie nahm ihn von der Kommode und betrachtete ihren inzwischen zehnten Versuch dieses speziellen Motivs. Die roten Fäden hätten genauso gut ein nicht näher bestimmbarer blutroter Fleck sein können. Sie hatte an dem verdammten Ding gearbeitet, und selbst sie konnte kaum sagen, was es sein sollte.

Mit einem weiteren Schnauben marschierte sie zur Tür und riss sie auf. Sie musste hier weg, denn wenn sie hier weiter wartete, nur mit sich selbst als Gesellschaft, würde sie verrückt werden.

Also schritt sie den stillen Korridor hinunter. Die goldenen Kerzenleuchter an den Wänden warfen unheimliche Schatten auf den mauvefarbenen Teppich. Ein Schauer lief ihr über den Rücken, und sie schüttelte den Kopf. Sie hatte noch nie vor Geistern Angst gehabt, und sie würde nicht jetzt damit anfangen. Daisy ging die Treppe hinunter, den Stickrahmen in einer Hand, die andere auf dem Treppengeländer.

Wie viele Male war sie in diesem Stadthaus gewesen? Als kleinem Mädchen hatte es ihr Spaß gemacht, der nicht besonders aufmerksamen Obhut ihrer armen Kinderfrau zu entkommen und auf der Suche nach den drei Jungs durch die langen Korridore zu rennen. Schließlich hatte ihre Mutter solche Aktionen unterbunden. Daisy war dann nur noch gerannt, wenn ihre Mama nicht in der Nähe gewesen war.

Sie blieb am Fuße der Stufen stehen und sah sich in dem hohen Foyer um bis hinauf zu dem Fresko, das sich über die Mitte der Decke erstreckte. Sie hatte davon geträumt, Herrin dieses großen Hauses zu werden, aus Gründen, die nichts mit der Opulenz des Gebäudes oder dem begehrten Titel einer Herzogin zu tun hatten. Sie hatte einfach nur Auric gewollt.

Jetzt hatte sie ihn. Allerdings nicht in genau diesem Moment, da er gerade unauffindbar war. In ihrer Hochzeitsnacht. Ihr Gesicht verzog sich zu einer Grimasse. Nun, »unauffindbar« war vielleicht nicht das richtige Wort. Verdünnisiert. Er hatte sich verdünnisiert.

Daisy ging weiter den Korridor zur Bibliothek hinunter. Mit ihren riesigen Regalen und der großen Sammlung war sie lange ihr Lieblingszimmer im Heim des Duke und der Duchess of Crawford gewesen. Sie blieb vor den geschlossenen Türen stehen, und ein Schauer überlief sie. Sie drückte die Klinke hinunter. Die Tür schwang lautlos auf.

»Auric?«, rief sie leise. Sie blinzelte mehrere Male, während sich ihre Augen an das dämmrige Licht im Raum gewöhnten. Leer. Enttäuschung erfüllte sie. Daisy warf einen Blick über ihre Schulter, überlegte sich, wo er sein könnte. Nur wollte sie nicht die Braut sein, die mitten in der Nacht nach ihrem frisch angetrauten Ehemann suchte. Bei der Alternative – wieder nach oben in ihre unnatürlich stillen Gemächer zurückzukehren

– entschied sie sich für die Stille dieses Raumes, der für sie voller fröhlicher Erinnerungen war.

Daisy betrat das Zimmer und ging einmal herum. Sie ließ ihren Stickrahmen über die Lederbände gleiten. Vielleicht musste er sich um Geschäfte kümmern. Wichtige Geschäfte. Den ganzen Abend. Geschäfte, die verhinderten, dass er mit seiner Frau zu Abend aß. Seiner Ehefrau. »Verdammt unwahrscheinlich«, murmelte sie.

Sie drehte sich mit einem verärgerten Seufzen um, marschierte hinüber zu dem Ledersofa und ließ sich daraufsinken. Sie betrachtete den armseligen Versuch auf dem schneeweißen Tuch in ihrer Hand. Der blutrote Fleck war höchstens eine höhnische Erinnerung an das Herz eines bestimmten Herzogs.

Sie zog die Nadel durch den Stoff. Wie auch immer sie Aurics Handlungen in den letzten zwei Wochen betrachtete, konnte sie doch seine wechselhaften Stimmungen nicht deuten. Im einen Moment sprach er von Liebe und küsste sie, bis sie ihren eigenen Namen vergaß. Im nächsten entzog er sich ihr mit einer Leichtigkeit, die sie als Kind beeindruckt hätte.

Entschlossen stach sie die Nadel weiter durch den Stoff, mit einer Geschwindigkeit, die verriet, dass sie sich ablenken musste. Da war eine Ernsthaftigkeit in ihm in den letzten sieben Jahren. Sie hielt inne und betrachtete das rote, verzerrte Herz noch einen Moment, während sie über Marcus' Worte beim Hochzeitsempfang nachdachte.

Sie war zunächst beleidigt gewesen, als er angedeutet hatte, dass sie unschuldig und naiv wäre und keine Ahnung hätte von all dem, was in Aurics Leben passiert war und ihn zu einem so ernsthaften Mann gemacht hatte. Dabei wusste sie besser als die meisten, wie das Leben und seine Tragödien jemanden verändern konnten.

Doch hier, in der Stille der Bibliothek, wo ihr nur ihre eigenen Gedanken zur Gesellschaft dienten, gab sie die offensichtliche

Wahrheit vor sich zu: Sie hatte nicht wirklich darüber nachgedacht, wie Auric in dieser dunklen Nacht für immer verändert worden war.

Sie ließ ihren Daumen über den Stoff gleiten. Sowohl Auric als auch Marcus waren in dieser letzten Nacht bei Lionel gewesen. Als sie noch ein junges Mädchen von dreizehn Jahren gewesen war und an der Tür des Arbeitszimmers ihres Vaters gelauscht hatte, ihr Ohr gegen das Holz gepresst, hatte sie genug gedämpfte Worte gehört, um zu wissen, dass sie Lionel tot aufgefunden hatten.

Ihr Herz zog sich zusammen. Das würde einen für immer verändern. War es ein Wunder, dass Auric dieser ernste, hochmütige, häufig bitter erscheinende Mann geworden war, als den die Gesellschaft ihn erlebte?

Daisy stach ein weiteres Mal die Nadel in den Stoff. Nur hatte sie an dem neckenden, offenen und freundlichen Jungen festgehalten, der er einst gewesen war und der ab und zu noch durchschien. Bis zu Marcus' Worten war ihr nicht klar geworden, wie unreif es war, zu behaupten, er wäre gänzlich unverändert.

Doch was auch immer das Leben aus ihm gemacht hatte, sie liebte ihn. Er hatte immer ihr Herz besessen. Und würde das auch weiterhin immer tun.

* * *

Auric saß auf der Kante seines ledernen Ohrensessels in seinem Arbeitszimmer und starrte durch den schwach erleuchteten Raum auf die Standuhr. Mitternacht. Er ließ den Kopf in die Hände sinken und presste seine Handflächen auf seine Augen.

Sie müsste jetzt schlafen. Sie, Daisy. Seine Ehefrau und Herzogin. Nicht dass er es vorzog, wenn sie schlief. Das tat er nicht. Er bevorzugte es, wenn sie wach war. In seinen Armen, unter ihm, neben ihm.

Er wappnete sich für den vertrauten Schrecken, der ihn bei diesem Gedanken stets überkam, noch vor wenigen Tagen, als er vor sich zugegeben hatte, dass er sich in Daisy verliebt hatte. Nur blieb dieser Schrecken nicht. Genauso wenig wie die Schuldgefühle oder das Bedauern wegen all der Fehler, die er begangen hatte. Oh, mit der Zeit, vermutete er, würden diese bekannten Gefühle sein Gewissen wieder plagen. Doch heute konnte er nur seine Liebe für sie sehen und fühlen.

Das, und seine eigene verdammte Nervosität. Die fühlte er auch, und sie machte es ihm fast unmöglich, sich auf etwas anderes zu konzentrieren. Seit dem Moment, in dem er Daisy auf der Straße in Gipsy Hill entdeckt hatte, während der Wind an ihren Locken zog, hatte er ein fast schmerzhaftes Verlangen verspürt, sie auf all die Arten zu kennen, wie ein Mann eine Frau nur kennen konnte.

Und er, der so stolz war auf seinen unfehlbaren Mut und sein Selbstvertrauen, saß allein in seinem Arbeitszimmer, in seiner Hochzeitsnacht, und musste sich vor sich selbst die Wahrheit eingestehen: Er hatte unglaubliche Angst davor, seine Frau zu lieben.

Nachdem er mit seinen Freunden so unbedacht sein Vergnügen in der berüchtigten Spelunke gesucht hatte, hatte er nie wieder eine andere Frau mit in sein Bett genommen. Es war nur ein kleines Opfer, das er für die Sünden seiner Jugend bringen konnte. Jetzt wünschte er sich, er wäre erfahrener, sodass er auch diese körperliche Vereinigung von ihm und Daisy zu all dem machen konnte, was sie verdiente.

Mit einem frustrierten Knurren kam er auf die Füße und begann auf und ab zu laufen. Aber sosehr er sich auch wünschte, dass er als geübter Liebhaber zu ihr kommen könnte, fühlte es sich doch auch irgendwie richtig an – zu wissen, bis auf ein

Abenteuer der Lust eines jungen Mannes vor sieben Jahren wäre Daisy die einzige Frau, mit der er je sein Bett teilte. Er blieb mitten im Schritt stehen und warf einen Blick auf die Tür. Jedenfalls wenn er denn zu ihr ins Bett ging.

Die Klinge der Schuld bohrte sich tiefer. Er hatte wenig Zweifel, dass die immer neugierige, unerschrockene Daisy auf ihn wartete und mit jedem verstreichenden Moment mehr Fragen an ihren, zumindest in Schlafzimmerangelegenheiten, unerfahrenen Mann haben würde. So wie er Daisy kannte, würde sie von einer brennenden Verärgerung darüber erfüllt sein, dass er nicht kam.

Auric atmete langsam und tief ein. Er wollte sie, und all die Fragen und die Verwirrung und die Unsicherheit würden sich später klären. Mit entschlossenem Schritt ging er auf die Tür zu. Er zog sie auf und lief über den Korridor. Er schritt leise an den geschlossenen Salontüren und dem formellen Empfangszimmer vorbei und blieb vor einer leicht offenen Tür stehen.

»Verdammt unwahrscheinlich …«

Die gemurmelten Worte drangen von der Bibliothek in den Flur. Seine Lippen zuckten, und er verwarf den Plan, die Lady in ihren Räumen aufzusuchen, und ging hinüber zu der halb geöffneten Tür. Er sah durch den schmalen Spalt in den dunklen Raum. Seine Augen benötigten einen Moment, um sich an die Dunkelheit zu gewöhnen, und als sie das getan hatten, entdeckte er sie.

Auf ihrem Platz auf dem Ledersofa blinzelte Daisy hinunter auf ein Stück Stoff. Obwohl es sehr dunkel war, stieß sie die Nadel wütend in das teure Tuch. Er zuckte zusammen, fühlte sich schuldig für dieses unbelebte Objekt, das nun die Verärgerung der Lady über ihren Bräutigam zu spüren bekam. Sie bewegte die Finger in schnellem, abruptem Rhythmus. Nicht zum ersten Mal fragte er sich, warum sie diese damenhafte Beschäftigung überhaupt aufgenommen hatte.

In diesem Moment wusste er nur eins sicher: Es war nicht richtig, dass Daisy ihre Hochzeitsnacht allein in der dunklen Bibliothek verbrachte und einem schneeweißen Stück Stoff Gewalt antat. Er schob seine Selbstzweifel und Ängste beiseite, die ihn in dem Moment ergriffen hatten, in dem sie heute Nachmittag als Frischverheiratete hier angekommen waren, drückte die Tür auf und trat ein. »Du schläfst ja gar nicht.«

Daisy schrie überrascht auf und sprang auf die Füße. Der Stickrahmen fiel mit einem leichten Klappern zu Boden. »Auric«, keuchte sie. Sie drückte sich die Hand aufs Herz. »Du hast mich erschreckt.«

Das sanfte Licht des Mondes drang durch die bodentiefen Fenster und hüllte Daisy in einen ätherischen Schein. »Vergib mir«, entschuldigte er sich.

Er trat weiter in den Raum. Ihr züchtiges weißes Nachthemd zog ihn an wie eine Flamme die Motte.

Sie befeuchtete sich die Lippen. »Sollte ich denn schlafen?«

Er hob eine Augenbraue. Ganz sicher meinte sie doch nicht, was er dachte, dass sie ihm …

»Natürlich sollte ich um diese Zeit schlafen«, fuhr sie hastig fort. »Schließlich kann ich mir keine einzige Sache vorstellen, die wir machen sollten, außer zu schlafen.« Dann riss sie die Augen auf und presste die Lippen fest aufeinander. Falls ihre Wangen noch röter würden, würde ihr Gesicht in Flammen aufgehen.

Er würde ihr jetzt sehr gerne die Alternative zu der Frage auf ihren Lippen zeigen. Auric blieb neben ihr stehen. »Oh?«, sagte er gedehnt.

Er beugte sich vor und hob den vergessenen Stickrahmen auf, betrachtete ihn einen Moment lang. Das Objekt in Gold und Rot war immer noch nicht zu erkennen, und er hatte keine Ahnung, was genau seine Frau hatte abbilden wollen.

»In der Tat«, erwiderte sie und warf ihre Locken zurück. Dann riss sie die Augen auf. »Ich meine, was ich sagen wollte, ist, dass ich mir nichts vorstellen könnte, was ich tun sollte, außer zu schlafen. Nicht mit dir schlafen«, plapperte sie weiter.

Er biss sich fest auf die Innenseite der Wange, um nicht loszulachen, weil er wusste, dass sie glauben würde, er lachte sie aus.

Leider hatte Daisy ihn immer besser gekannt als er sich selbst. Sie verengte die Augen. »Lachst du etwa über mich?«

Auric brachte seine Gesichtszüge unter Kontrolle und breitete die Hände aus. »Ich kenne dich gut genug, um niemals etwas so Unverzeihliches zu tun«, antwortete er.

Daisy nahm ihm den Stickrahmen aus den Händen. »Unverzeihliches?« Sie stemmte sich eine Hand in die Hüfte. »So etwas, wie der eigenen Frau aus dem Weg zu gehen? Zudem in ihrer Hochzeitsnacht?« Damit erschien ein entschlossenes Funkeln in ihren Augen, und alle Alarmglocken schrillten bei ihm los.

Nur Daisy würde offen über seinen Mangel an Aufmerksamkeit heute Abend sprechen. Und wieder wünschte er sich, er wäre einer dieser charmanten Lebemänner mit goldener Zunge. »Soll ich das so verstehen, dass du böse auf mich bist?«, erkundigte er sich in beschwichtigendem Tonfall.

Das sorgte nur dafür, dass sie die Brauen enger zusammenzog. »Weißt du, was, Auric?« O Himmel, Beschwichtigung hatte bei ihr noch nie geholfen. »Ich bin tatsächlich ziemlich wütend auf dich.« Sie machte einen Schritt auf ihn zu, und er wich zurück. »Ich bin allein gewesen. In meinen Zimmern. Ohne eine andere Menschenseele.« Ja, das bedeutete das Wort »allein« wohl. Doch das sollte er besser nicht laut aussprechen. Zumindest nicht zu diesem Zeitpunkt.

Sie verdiente tatsächlich eine Erklärung. Hitze stieg ihm den Nacken hoch. »Daisy«, begann er. Er rang um Worte, aber nur die peinliche Wahrheit fiel ihm ein. Denn all die Frauen, von denen sie glaubte, sie hätten sein Bett geteilt, hatte es, bis auf eine namenlose in seiner Jugend, ja gar nicht gegeben.

»Ja?«, flüsterte sie.

Und es würde auch nie eine andere geben als sie. Er zog an seinen Rockaufschlägen. »Ich …« Er konnte ganz sicher nicht sagen: »Oh, weißt du, ich war bisher nur mit einer Frau in meinem Leben zusammen, und sie war eine Dirne und nicht du, die Frau, die mein Herz bei einem unbeaufsichtigten Ausflug nach Gipsy Hill und einem Nachmittagsbesuch im Blauen Salon erobert hat.«

»Das ist nicht alles, Ehemann.« Das Wort umgab ihn, hüllte ihn ein mit seiner absoluten Richtigkeit. Sie schlug ihm mit dem Stickrahmen gegen die Brust. »Hörst du mir zu?«

Er gab einen unverbindlichen Laut von sich. *Nein.* »Ja«, log er.

»Wir sollten auch nicht einfach schlafen, Auric.« Er erstarrte. Was wusste sie darüber, was sie eigentlich tun sollten? »Hast du mich gehört?« Wieder schlug Daisy ihn mit dem hölzernen Stickrahmen. Die Nadel, die an einem Faden daran hing, bohrte sich in seinen Rock. »Ich kenne noch nicht alle Details«, sagte sie wie ein Bow Street Runner, der einen Fall darlegte. »Aber ich habe genug Andeutungen gehört.«

»Details«, wiederholte er. Was nur dazu führte, dass er jede Menge Details im Kopf hatte, die alle damit endeten, dass Daisy mit hochgeschobenen Röcken auf dem Rücken auf dem Ledersofa vor ihm lag. Ein Stöhnen löste sich tief in seiner Brust.

»Ja.« Sie warf ihre Locken zurück. »Details.«

Er sollte nicht fragen. Er sollte das wirklich nicht. Das hatte er in den Jahren, die er sie kannte, schon gelernt. »Und wie genau … äh, wie genau hast du diese Details erfahren?«

Entzückende Röte zog sich über ihre Wangen. »Das ist egal«, erwiderte sie schnell. Zu schnell. Auf eine Art, die nahelegte, dass die Lektionen nicht von ihrer Mutter gekommen waren, wie es richtig gewesen wäre.

Bei Gott, er würde den Mistkerl umbringen, der ihr die Ohren mit verführerischen Worten gefüllt und es gewagt hatte, seine Hände auf das zu legen, was ihm, Auric, gehörte. Sie hatte immer ihm gehört, auch wenn er es nicht hatte wahrhaben wollen. »Daisy«, presste er zwischen zusammengebissenen Zähnen heraus. Er zählte stumm bis fünf, um die Geduld zu bewahren.

Sie zuckte leicht mit den Schultern. »Oh, also gut. Mr Fenersons ›Lehrbuch der Nutztiere und ihrer Fortpflanzung‹.«

Ganz sicher hatte sie doch nicht gesagt …? O Gott, zu lachen wäre jetzt ganz falsch. Er richtete seinen Blick auf ihre dunklen Locken, um zu vermeiden, dass er ihr ins Gesicht sah, und konzentrierte sich auf seinen Atem. »Mr Fenersons …«

»›Lehrbuch der Nutztiere und ihrer Fortpflanzung‹«, fiel sie ihm ins Wort. Ihr Kopf hob und senkte sich in einem schnellen Nicken. »Ja. Und es war sehr erhellend.«

Es war vermutlich sehr erhellend für Schafe und Kühe und Pferde. »Ach, tatsächlich?«, fragte er, unfähig, das Amüsement aus seiner Stimme herauszuhalten. Es würde ganz sicher nicht erhellend sein, was die Dinge zwischen Geschöpfen mit zwei Beinen anging.

»Oh, ohne Zweifel«, erwiderte sie mit einem weiteren kleinen Nicken. Eine dunkle Locke fiel ihr in die Stirn. Sie blies sie weg.

Sie musste das wirklich nicht weiter ausführen. Es wäre in der Tat sehr viel besser, wenn sie …

Doch sie redete weiter. »Er hat über die notwendigen Instrumente gesprochen …«

»Instrumente?«, ertönte seine Stimme, erstickt vor unterdrücktem Gelächter.

Sie riss die Augen auf. »Auric Kinsley Richards, du lachst mich aus.«

Das stimmte nicht ganz, aber er vermutete, dass der feine Unterschied seiner temperamentvollen Frau egal sein würde. Der Wut nach zu schließen, die in ihren braunen Augen loderte, verärgerte sie das Fehlen von Widerspruch von seiner Seite nur noch mehr.

»Ganz und gar nicht«, erwiderte er, viel zu spät.

»Hmpf.« Daisy marschierte um ihn herum, ihre Stickerei in den Händen.

Auric überwand die Distanz zwischen ihnen mit zwei langen Schritten. Er legte seine Hand sanft um ihren Unterarm, hielt sie bei sich. Mit weit geöffneten Augen blickte sie auf seine Finger um ihr Handgelenk und runzelte die Stirn. Dann veränderte sich ihr Gesichtsausdruck, und ihre Lippen öffneten sich leicht. In der Stille des Raums war ihr hastig gehender Atem überlaut.

Er warf den Stickrahmen beiseite und legte ihr seine andere Hand in den Nacken. »Ich habe nicht gelacht«, flüsterte er und tupfte zarte Küsse auf ihren Mundwinkel. Sie blinzelte heftig. »Nun, vielleicht habe ich gelacht.« Er bewegte seine Lippen auf die andere Seite ihres Mundes. »Aber nicht über dich.« Ihre Münder trafen sich in einem vorsichtigen, forschenden Kuss. »Nie über dich, Daisy.«

Ihre Lippen zitterten unter seinen. »Meine komplett fehlende Erfahrung also«, flüsterte sie, während er sich ihrem Hals widmete. Er öffnete ihren Morgenmantel und presste einen Kuss auf ihren Brustansatz. Sie stöhnte.

»Niemals. Ich möchte, dass du unschuldig und unberührt bist.« Er hätte sie genommen, wie er sie bekommen konnte, aber es hätte einen Teil von ihm zerstört, zu wissen, dass schon jemand anderes die perfekten Kurven ihrer üppig gerundeten Figur erforscht hatte.

Auric zog sie an den Hüften zu sich, presste sie gegen seine harte, schmerzende Erektion. Durch den Stoff des Kleides umschloss er eine ihrer Brüste, spielte mit der Spitze, die sich prompt aufrichtete.

Ein kleines atemloses Stöhnen kam über ihre Lippen, und sie presste sich an ihn. »I-ich vermute, ein Mann wie du hat unendlich viel E-Erfahrung.« Er knabberte an ihrem Nacken. »M-mit …«

Da lag sie falsch. »Mit?«, hauchte er an ihrem Hals.

»Ich … ich kann nicht denken, wenn du …« Ein Geräusch – halb Stöhnen, halb Keuchen – ließ ihre Worte abbrechen. Sie presste sich gegen ihn, als würde sie versuchen, mit ihm zu verschmelzen.

Auric hob sie auf seine Arme, wie er es schon so lange hatte tun wollen, es sich aber nie gestattet hatte. Was einst falsch gewesen war, wegen dem, was sie war, und allem, was zwischen ihnen stand, war jetzt aus allen Gründen, die wichtig waren, so richtig. »Ich liebe dich«, flüsterte er, während er sie über die Schwelle und den stillen Korridor hinuntertrug.

Sie legte ihre Hand an sein Gesicht. »Ich liebe dich auch.« Sie biss sich auf die Unterlippe. »Du solltest mich wirklich runterlassen.« Eher würde er wie ein Irrer schreiend durch die Straßen Londons rennen. Sie stieß ihn in die Seite. »Ich hab gesagt …«

Er knurrte, als sie ihn mit ihrem spitzen Ellbogen zwischen den Rippen traf, setzte aber seinen Weg durch den Korridor fort. »Nein.«

Als sie am Fuß der Treppe ankamen, wand sie sich in seinen Armen, bis er gezwungen war, stehen zu bleiben oder es zu riskieren, sie fallen zu lassen. Er hielt inne, einen Fuß auf der untersten Stufe. »Ja?«, fragte er mit deutlich mehr Geduld, als er eigentlich empfand.

»Du solltest mich wirklich runterlassen.« Sie begann in seinen Armen zu zappeln.

Er biss die Zähne zusammen. »Verdammt, ich versuche hier, romantisch zu sein.« Und jetzt hatte er auch noch »Verdammt« gesagt. »Mist«, murmelte er. Und »Mist« auch noch.

Überrascht öffnete sie die Lippen.

»Also wenn ich dich jetzt einfach die Treppe hochtragen dürfte?« Er schaffte drei Stufen.

»Nein.« Sie schüttelte ihren Kopf an seiner Brust. »Nein, darfst du nicht.«

Auric schloss für einen Moment die Augen. »Himmel, Daisy …«

»Ich bin zu dick«, platzte sie heraus und war dann prompt still. Daisy, die nie still war, die immer plapperte, wenn sie nervös war, war plötzlich still. O Gott. War das, wie sie sich selbst sah? Wie konnte sie nicht erkennen, dass sie mit ihrer Figur und ihren Sommersprossen faszinierender war als diese verdammten Statuen griechischer Göttinnen? Er streichelte ihr die Wange und drehte ihr Gesicht zu sich. »Daisy?«

Sie wich seinem Blick aus. »Ja, Auric?«

»Du bist auf jede nur mögliche Weise perfekt.« Und nicht zum ersten Mal wünschte er sich, er wäre fähig, ihr all die Dinge zu sagen, die sie verdiente. »Du bist …«

»Nicht blond«, fiel sie ihm ins Wort und reckte trotzig das Kinn.

Er runzelte die Stirn. Wovon redete sie?

»Ich bin nicht blond, und ich habe keine goldenen Locken, und ich kann nicht sticken, und ich spiele fürchterlich Klavier.«

Ah. Wenigstens ergab es nun Sinn. Lady Anne Stanhope. Wie konnte Daisy nicht erkennen, dass er *sie* wollte, und zwar nur sie? Eine Weile schwieg er, trug sie wortlos die restlichen Stufen hoch und den Flur entlang. Er blieb vor seiner Tür stehen, ging dann aber weiter bis zu ihrem Schlafzimmer.

»Du musst wirklich nichts sagen, weißt du?«, versicherte sie ihm, als er die Tür aufdrückte und dann hinter sich mit dem

Fuß wieder schloss. Er trug sie zum Bett und ließ sie los, sodass sie auf die weiche Federmatratze plumpste. »Oh.« Eine weitere braune Locke fiel ihr in die Stirn.

Auric stand über ihr. »Ich habe nie eine andere so begehrt, wie ich dich begehre.« Und das stimmte. Während all der Zeit, während seines freiwilligen Zölibats, hatte er sich nie nach einer Frau verzehrt wie jetzt nach Daisy. Er streckte sich neben ihr aus und strich ihr die widerspenstige Locke hinters Ohr. »Ich habe Lady Anne nie geliebt«, gestand er ihr leise. Außerdem wollte er nicht über eine Frau sprechen, die niemals Daisys Rivalin in Bezug auf Schönheit und Mut sein könnte oder würde.

Daisy zupfte mit ihren Fingern an dem Bettüberwurf. Sie betrachtete ihre eigenen fahrigen Bewegungen so fasziniert, als würde sie ein Meisterwerk auf den hellblauen Stoff malen. »Ich muss zugeben, ich bin ziemlich nervös bei der Vorstellung …«, sie errötete, »irgendeine Art von Instrument zu benutzen, wie es in dem Handbuch stand.«

Eine Welle der Zärtlichkeit überrollte ihn. Gott, wie er sie liebte. Auric zog sie an sich und drückte sie sanft aufs Bett. Er rollte sich auf eine Seite und strich mit seinen Fingerknöcheln über die samtweiche Haut ihrer Wange. Sie lehnte sich in seine Berührung wie ein Kätzchen, das Wärme suchte. »Wir werden es zusammen lernen, Daisy«, erwiderte er mit leiser Stimme.

Bei seinen Worten öffnete sie die Augen und sah fragend zu ihm hoch. Auric küsste sie auf die Stirn, nahm einen Hauch ihres Lavendelwassers wahr, ein betörender Duft. Er wandte nicht den Blick von ihr, während er sein Halstuch ablegte und dann den Rock. Während er sich entkleidete, verfolgte Daisy jede seiner Bewegungen. Verlangen überflutete ihn, ein Hunger, sie hier zu der Seinen zu machen. Er zog seine Weste aus, warf sie beiseite. Sein Hemd folgte. Mit einem langsamen Ausatmen legte er sich über sie, sodass sie zwischen seinen Armen war.

»Ich«, er musste sich räuspern, »ich bin vorher nur mit einer anderen Frau zusammen gewesen.« Er wappnete sich für das Erstaunen in ihrer Miene.

Stattdessen legte sie den Kopf entzückend zur Seite und sah ihn an. Ein leises Lächeln zitterte auf ihren Lippen. Sie öffnete den Mund, um etwas zu sagen, und dann verschwand ihr zufriedenes Grinsen plötzlich. »Hast du sie geliebt?« Die Frage kam als zögerndes Flüstern heraus.

Ihre Worte hatten denselben Effekt, als hätte man ihm einen Eimer eiskaltes Themsewasser über den Kopf gekippt. Die unschuldige Frage, die am nächsten liegende Vermutung seiner Ehefrau. Er rollte sich auf den Rücken und starrte hoch zum Deckengemälde, einer ländlichen Szene, die in hellem Blaugrün und Rosa auf die Mitte der Decke gemalt war. Auric fixierte ein weißes Stück.

Wie konnte er mit Daisy über irgendetwas aus jener Nacht sprechen? Eine Frau, der er Geld gegeben hatte, um seine Lust an ihrem Körper stillen zu können. Er legte sich einen Arm über die Augen. Was ihn diese Nacht gekostet hatte! Ihn und so viele andere.

Die Laken raschelten, als sie näher zu ihm rutschte. Er spürte ihre federleichte Berührung. »Auric?« Er versteifte sich unter ihren zärtlichen Fingern. Er verdiente diese Liebkosung nicht.

Er ließ den Arm sinken. »Sie war ein Freudenmädchen«, sagte er schließlich. Eine dunkle Röte stieg ihm von der Brust über den Hals und dann ins Gesicht. Er rieb sich mit der Hand über die Augen. Ganz sicher waren sie das einzige Ehepaar im ganzen Königreich, das in seiner Hochzeitsnacht über leichte Mädchen sprach.

»Ich verstehe.« Aber ihr Tonfall und die Art, wie sie ihren Mund nachdenklich verzog, verrieten ihm, dass sie es nicht wirklich verstand.

Er wusste, er würde dem Rest ihrer Fragen nicht aus dem Weg gehen können, außer er war ganz ehrlich, und sagte: »Daisy, ich habe vor dir nur mit einer Frau geschlafen. Und wenn ich gewusst hätte, dass es dich geben würde und«, er zeigte zwischen ihnen hin und her, »dies – *uns* –«, korrigierte er sich, »wäre ich nie zu ihr gegangen. Aber ich kann diese Nacht nicht ungeschehen machen.«

Eine Welle der Emotionen steckte in seiner Kehle, und er hustete in dem Versuch, die Schuld und den Schmerz zurückzudrängen und sich tatsächlich darauf zu konzentrieren, wie richtig sich alles zwischen ihm und Daisy anfühlte. Die Matratze bewegte sich, als sie sich neben ihm auf die Knie aufrichtete und ihre Hand in seine schob.

Er starrte auf ihre miteinander verbundenen Finger, ihre kleinere, zarte Handfläche an seiner so viel größeren. So unterschiedlich und doch perfekt zusammen. »Alles, was ich weiß, ist, dass ich dich liebe und dich will und dass ich nicht die Nacht damit verbringen werde, von anderen Fr…«

Daisy beugte sich vor und küsste ihn.

Kapitel 19

Als Daisy Auric küsste, füllte Leichtigkeit ihre Brust. Es hatte nur eine Frau vor ihr gegeben. Und auch wenn sie die gesichts- und namenlose Fremde verabscheute, genoss sie das Wissen, dass er auf diese intimste aller Arten bis auf diese eine ihr gehören würde.

Er schlang seine Arme um sie und zog sie an seine Brust, ließ seine Zunge in ihren Mund gleiten und spielte mit ihrer in einem süßen, erotischen Rhythmus. Daisy kam ihm kühn entgegen. Ein Stöhnen löste sich tief in ihrer Kehle, und er fing diesen verzweifelten Laut des Verlangens in seinem Mund auf.

Daisy griff zwischen sie und suchte nach seiner Hand, fand seine Finger, führte sie an ihre Brust, wie sie es sich gewünscht hatte, seit sie sich in der Bibliothek getroffen hatten. Mit einem kleinen Stöhnen ließ sie den Kopf zurückfallen, als die schwere Wärme seiner Handfläche durch den dünnen Stoff drang.

Er erstarrte. Seine blauen Augen verschleierten sich, und er sah sie mit undurchdringlicher Miene an.

Daisy spürte, wie ihr die Wangen rot wurden, plötzlich peinlich berührt von ihrer Kühnheit. »Sollte ich nicht? Ich sollte nicht …«

Auric legte ihr einen Finger auf die Lippen, brachte sie so zum Schweigen. »Doch, du solltest.« Er entledigte sie mit schnellen und sicheren Bewegungen ihres Morgenmantels und warf ihn zur Seite, wo er in einer flatternden weißen Wolke auf dem Haufen mit seiner Kleidung landete.

»Alles zwischen uns ist richtig, Daisy.« Sein tiefer, wohltönender Bariton hüllte sie ein, und alle Überbleibsel von Verlegenheit verflogen. Er zog ihr langsam das Nachthemd über den Kopf, aber die Knopfreihe auf dem Rücken des züchtigen Gewandes blieb in ihrem Haar hängen.

Daisys Aufkeuchen ging in Aurics Fluch unter. Ein Lächeln spielte um ihre Lippen, als er sich daranmachte, ihre Locken zu befreien. Sie schnitt vor Schmerz eine Grimasse, als er etwas zu fest zog. »Lass mich«, sagte sie und griff nach oben. Ihre Finger berührten sich.

»Ich hab's schon«, murmelte er, und dann, einen Moment später, verschwand der Druck. Mit weiteren präzisen Bewegungen öffnete er die zahllosen kleinen Knöpfe. Seine Finger zitterten, verrieten seine Nervosität, und ihr Herz ergab sich ihm ganz. »Ich mache das nicht besonders gut«, flüsterte er an ihren Lippen, als er ihren Mund in einem weiteren Kuss nahm.

Daisy legte den Kopf zur Seite, um ihm besseren Zugang zu gewähren. »Du … Du …« Er senkte seinen Kopf auf ihren Hals. »Du machst das ganz wundervoll.«

»Ich wünschte, ich würde mit der Raffinesse und dem Selbstvertrauen zu dir kommen, die du verdienst, Daisy«, erklärte er sanft und drückte sie auf die Matratze. Er schob sich wieder über sie.

Sie zog es vor, dass er so zu ihr kam, wie er war. »Ich liebe dich genau so, wie du bist«, flüsterte sie. Es juckte sie in den Fingern vor Verlangen, seine muskulöse Brust zu berühren, die von einem Hauch Haar überzogen war. Daisy strich über seine

Brustwarzen. »Wie anders«, wunderte sie sich. Wo er hart war, war sie weich.

Auric senkte den Kopf und nahm eine ihrer Brustspitzen zwischen seine Lippen. Daisy atmete hastig ein. Sie grub ihre Hände in seine kastanienbraunen Locken und hielt ihn dicht an ihrer Brust, damit er nur nicht aufhörte, das zu tun, was er tat. Verlangen spürte sie mit all ihren Sinnen, logische Gedanken flüchteten, und sie konnte nur noch fühlen. Ihr Körper brannte von innen heraus mit einer gleißenden Hitze. Er neckte sie, bis die Wärme sich heiß und schwer zwischen ihren Beinen sammelte.

»O Auric«, stöhnte sie, als er seine Aufmerksamkeit ihrer anderen Brust zuwandte. Rastlos bewegte sie sich auf der Matratze, zerknitterte den Stoff des Überwurfs, und es war ihr egal. Alles war ihr egal, außer dem Verlangen ihres Körpers nach ihm.

Er verließ sie, und sie schrie auf, fuhr ihm mit den Fingern über den Rücken, um ihn bei sich zu behalten, aber er entzog sich ihr. Er entledigte sich seiner Schuhe und ließ sie zu Boden fallen, wo sie mit einem dumpfen Poltern landeten. Daisy erhob sich auf die Ellenbogen und sah ihn mit großen Augen an, während seine Finger zu seiner Hose wanderten. Ihre Blicke trafen sich, als er sie runterschob.

Ihr Mund wurde trocken, als einiges von ihrem früheren Verlangen von einer plötzlichen Nervosität ersetzt wurde. Sie warf einen heimlichen Blick auf sein … Instrument … und verschluckte sich fast. Er war riesig, umgeben von kastanienbraunen Haaren. Und sah so überhaupt nicht aus wie in Mr Fenersons Handbuch.

»Was hast du damit vor?« Ihre Stimme klang gepresst. Es schien, dass Vieh und Männer unterschiedlich gebaut waren – sehr, *sehr* unterschiedlich. Der verdammte Mr Fenerson und sein völlig irreführendes Handbuch.

Auric kam auf dem Bett zu ihr. »Alles wird gut«, murmelte er und küsste sie auf den Mundwinkel. »Vertrau mir. Ich werde dir nicht wehtun.« Er senkte den Kopf ein weiteres Mal zu ihrer Brust und zupfte mit den Lippen an den aufgerichteten Spitzen, bis etwas von der Angst sie verließ. Dann berührte er sie zwischen den Beinen, und ihre Hüften hoben sich vom Bett. Sie atmete zischend aus, als er einen Finger in sie schob. Sie spreizte die Beine, gewährte ihm besseren Zugang.

Er nahm einen weiteren Finger hinzu, und heißes, schweres Verlangen brannte in ihr, ein Verlangen, zu wissen, wie er sich anfühlte. Sie biss sich auf die Unterlippe, ihre Lider schlossen sich flatternd, während er sie mit geschickten Fingern erkundete.

Lust breitete sich von dem intimsten Teil, den er jetzt streichelte, aus, entflammte sie wie einen Scheiterhaufen. Leidenschaft und Schmerz mischten sich und erfassten sie bis in jede Faser ihres Seins, bis sie Angst hatte, dass sie in eine Million kleiner Stücke zerspringen würde, die man nie wieder würde zusammensetzen können.

Daisy nahm vage wahr, dass er seinen großen, mächtigen Körper über sie schob. Er zog seine Finger aus ihr. Sie stöhnte angesichts des Gefühls von Verlust, ihr Körper sehnte sich nach der Erfüllung, die so nah geschienen hatte. Er legte sich zwischen ihre Beine und positionierte sich an ihrem Eingang. Sie vermutete, sie sollte irgendwelche mädchenhafte Sittsamkeit oder Scham spüren über die hemmungslose Antwort ihres Körpers auf seinen. Denn eine echte Dame würde ganz sicher nicht aufschreien oder vor Verlangen stöhnen, und doch konnte sie seiner Berührung nicht widerstehen, genauso wenig, wie sie hätte aufhören können zu atmen.

Die Muskeln an seinem Hals spannten sich, die subtile Bewegung war ein Hinweis auf die mühsame Beherrschung, die er sich auferlegte. Sie ließ ihren Blick über sein hartes, wie gemeißelt wirkendes Gesicht gleiten. Schweiß stand ihm auf der Stirn. Auric presste die Lider so fest zusammen, dass ein Muskel an seinem Augenwinkel zuckte. Sein Gesicht war erfüllt von derselben Mischung aus Verlangen und Schmerz, die sie selbst empfand.

Seine Augen öffneten sich. »Ich will dir nicht wehtun«, erklärte er mit rauer Stimme, während er sich weiter vorschob.

Ihr Körper nahm ihn langsam auf. »Das ist gut.« Ihr gelang ein Lächeln. »Denn ich möchte auch nicht, dass du mir wehtust.«

Er grinste schief, hob einen seiner Mundwinkel, und in diesem Moment war er wieder der sorglose junge Mann, den sie einst gekannt hatte, und sie vergaß alle Nervosität und ergab sich ihren Gefühlen.

Sie schloss die Augen, als er zwischen sie griff und mit ihr spielte. Ihre lauten, hastigen Atemzüge kamen in einem harschen Rhythmus. Daisy bewegte sich gegen seine Hand, wollte verzweifelt näher, wodurch er noch tiefer rutschte.

»Stopp«, befahl er rau. Ein Schweißtropfen lief ihm die Wange herunter.

Doch ihr Körper schmerzte mit einem pulsierenden Bewusstsein, seine Härte tief in ihrer engen Hitze, und sie drängte sich weiter gegen ihn. Höher und höher trug es sie, bis sie den Gipfel erreichten, den sie beide fürchteten und gleichzeitig herbeisehnten.

Auric bewegte die Hüften.

Ein Schrei löste sich von ihren Lippen bei dem plötzlichen, unerwarteten Gefühl, dass er sie komplett ausfüllte. Sie presste die Augen zusammen, konzentrierte sich auf die Reste des Höhepunkts, dem sie schon so nah gewesen war.

»Ich … Es tut mir so leid, Daisy.« Die raue Entschuldigung klang, als würde sie tief aus seinem Herzen gerissen.

»Es ist alles in Ordnung«, versicherte sie ihm durch zusammengebissene Zähne. Er war hart und zu groß für sie, und er pulsierte. Sie verstand plötzlich, dass Fenerson unrecht hatte. Keines dieser Instrumente, von denen er gesprochen hatte, konnte auf die Art passen, wie er es beschrieben hatte. Das wusste sie jetzt.

Auric bedeckte ihre Lippen mit seinen, und sie erwiderte seinen Kuss. Er ließ seine Zunge in sie gleiten, und Wärme breitete sich wieder in ihrem Bauch aus. Die ganze Zeit streichelte er sie weiter mit seiner Hand, wie er es schon vorher getan hatte, als sie dem seltsam drängenden, intensiven Gefühl, das sie nicht verstand, so nahe gewesen war.

Dann begann er sich zu bewegen. Sie wappnete sich, aber das Unbehagen ließ nach, und statt Schmerz erfüllte sie wachsendes Verlangen. Daisy hob die Hüften, doch jetzt gab es keinen Schmerz mehr, nur noch einen Hauch von Unbehagen, das schnell ersetzt wurde von einem herrlichen Gefühl, als er sich in ihr bewegte.

Sie blickte zu ihm hoch. Er hatte die Augen zusammengekniffen, als würde er sich konzentrieren. Schweiß stand ihm auf der Stirn. Bei dem Beweis seiner enormen Beherrschung lächelte sie. Auric mit seinem Titel, seiner Macht und seinem Vermögen hätte sich jede Frau im ganzen Königreich aussuchen können, aber er hatte sie gewählt. Er gehörte ihr. Und sie ihm. Endlich. Auf jede denkbare Art und für immer. Ihr Herz schwoll vor Liebe, und sie strich ihm über die angespannten Kiefermuskeln.

Bei ihrer sanften Liebkosung öffnete er die Augen. »Ich liebe dich«, stieß er rau hervor.

Er gab ihr die Worte, die sie so lange von ihm hatte hören wollen. Zehn lange Jahre. Für einen Moment schlug eine Welle der Emotionen über ihr zusammen, allumfassend in ihrer Intensität. »Ich liebe dich auch«, flüsterte sie, hob sich seinen langsamen, tiefen Stößen entgegen, und alles verging außer den Empfindungen von ihrer Vereinigung. Sie wurden eins auf eine

Art, von der sie nie gedacht hätte, dass sie möglich wäre. Er schloss seinen Mund über ihrer Brustspitze, und ein Wimmern drang ihr über die Lippen.

Sie war nah. So nah. Und dann zerbarst sie in eine Million kleine Splitter, während sie in einer alles verzehrenden Explosion von Gefühlen ihren Höhepunkt erreichte. Auric versteifte sich über ihr und folgte ihr mit einer letzten Bewegung seiner Hüften.

Mit einem Stöhnen brach er über ihr zusammen. Sie legte die Arme um ihn und streichelte seinen Rücken. Ein kleines zufriedenes Lächeln spielte um ihre Lippen. Auric schob sich von ihr herunter und rollte sich auf die Seite. Sie vermisste sofort die Nähe seines Körpers, aber er zog sie in seine Arme. Er warf einen besorgten Blick auf ihr Gesicht. »Habe ich dir wehgetan?«

»Nur ein bisschen, und jetzt merke ich es gar nicht mehr«, versicherte sie ihm sofort.

Er zögerte, und sie sah ihn fragend an, kannte die subtilen Nuancen seines Körpers gut genug, um zu erkennen, dass er mehr sagen wollte. »Hast du … Bist du …?« Eine matte Röte überzog seine Wangen.

Das Herz schwoll ihr noch mehr vor Liebe, als ihr klar wurde, was er wissen wollte. »Wie kannst du bezweifeln, dass ich es genossen habe?«, murmelte sie an seinen Lippen. »Und weißt du, was, Auric?«

»Was?«

»Das kann man nicht aus einem Handbuch lernen.« Sie zwinkerte ihm zu.

Gelächter stieg aus seiner Brust und vereinigte sich mit ihrem eigenen atemlosen Kichern. Mit einem zufriedenen Seufzen schmiegte sie sich an ihn, und zum ersten Mal in sieben Jahren spürte sie inneren Frieden.

Sie hatte ihn so viele Jahre mit dem Herzen eines Mädchens geliebt. Jetzt liebte sie ihn auf jede Art, auf die eine Frau einen Mann lieben konnte. Sie hatte nie das Schmuckstück einer Zigeunerin gebraucht, um das zu bekommen, was sie sich in den letzten zehn Jahren gewünscht hatte – Aurics Herz.

Kapitel 20

Am folgenden Nachmittag saß Auric hinter seinem makellos aufgeräumten Schreibtisch aus Mahagoniholz und trommelte mit dem Ende seines Federhalters auf das aufgeschlagene Tagebuch, wie er es schon den Großteil des Vormittags und des frühen Nachmittags über getan hatte.

Schließlich warf er den Stift hin und blätterte die Seiten des ledergebundenen Buches durch. Er überflog die Listen mit passenden Bewerbern um Daisys Hand, alles Männer, die er hasste, einfach nur, weil sie rein hypothetisch als Ehemänner für sie infrage gekommen waren. Er blätterte weiter und erstarrte. Sein Magen verkrampfte sich, und sein Finger lag auf der Mitte der Seite.

Ich habe ihren Bruder umgebracht. Diese fünf Worte, die da schwarz auf weiß standen, starrten ihn vorwurfsvoll an, und er schaute so konzentriert darauf, dass die Zeilen vor seinem Blick verschwammen.

Es gab eine Million Gründe, weshalb er sie nicht hätte heiraten sollen, aber dieser eine hätte schon gereicht. Er schlug die nächste Seite auf und betrachtete, was er dort hingeschrieben hatte.

Lieber Lionel,
ich verspreche, sie zu heiraten. Weil sie so lange vernachlässigt worden ist und niemand sie liebt. Ich weiß, sie braucht einen Beschützer. Und auch, wie überaus einsam und traurig ihr Leben ist.

Seltsam, als er in seiner herzoglichen Arroganz all die Gründe notiert hatte, weshalb er Daisy heiraten sollte, hatte er sie vor allem als Verpflichtung betrachtet und damit die wirkliche und offensichtliche Wahrheit geleugnet – er liebte sie. Diese Worte gehörten auf das nutzlose Blatt, das er auf Wessex' Vorschlag hin aufgesetzt hatte.

Mit einem Fluch blätterte Auric hastig weiter, dann zurück, las fieberhaft und landete schließlich wieder bei den anklagenden Worten, die in seiner eigenen Handschrift dastanden: *Ich habe ihren Bruder umgebracht.* Hatten die Gründe dafür, sie zu heiraten, mehr Gewicht als die Rolle, die er bei Lionels Tod gespielt hatte?

Die Schuldgefühle wollten keine Ruhe geben, und er starrte blicklos auf das vernichtende Geständnis. Er schuldete ihr die Wahrheit. Nicht nach der Hochzeit, sondern eigentlich schon zuvor, solange es ihre Entscheidung gewesen wäre, ob sie ihm vergeben und ihn lieben könnte, obwohl er diese Liebe nicht verdiente. Er hatte sich an den flüchtigen Moment des Wahnsinns geklammert, indem er gehofft hatte, dass das, was sich in Seven Dials zugetragen hatte, begraben bleiben könnte.

Doch als der Morgen gekommen war, hätte er das Bett verlassen und ihr jedes finstere Detail jener Nacht gestehen müssen. Denn obwohl sie eine Lady war und Lionels Schwester, Aurics Ehefrau und Freundin, schuldete er ihr die Wahrheit. Stattdessen war er beinahe aus ihrem Bett geflohen, hatte sie schlafend zurückgelassen, unter die Decke gekuschelt, und hatte versucht, zwischen ihnen Distanz zu wahren.

Er legte das Tagebuch auf die Ecke seines Schreibtisches und rieb sich mit der Hand über die Augen. Wessex behauptete, dass Auric keine Schuld träfe. Doch er kannte die Wahrheit.

Er schob seinen Stuhl so heftig zurück, dass er über das Parkett scharrte. Rastlos erhob er sich und ging zum leeren Kamin, starrte blicklos auf den kalten, dunklen Rost.

Alles hatte sich so rasch geändert, dass er sich nicht gestattet hatte, zu bedenken, was es bedeutete, sie zu lieben oder – schlimmer noch – sie zu heiraten. Er hatte die gleiche Selbstsucht bewiesen, die ihn veranlasst hatte, als junger, gelangweilter Student eine Spelunke aufzusuchen, in der anständige Menschen nichts verloren hatten.

Auric griff in die Vordertasche seines Rockes und holte das Lorgnon hervor, das er stets dicht an seinem Herzen trug. Er hielt den zierlichen Gegenstand in der Hand, das kühle Metall mit dem Blumenmuster, den sie ihm an dem Tag geschenkt hatte, an dem er begonnen hatte, nur noch Daisy wahrzunehmen – für immer Daisy.

»Da bist du ja.«

Ihre weiche Altstimme ließ ihn erstarren. Da waren eine Schüchternheit, ein Zögern in ihrem Tonfall, die er von ihr so nicht kannte, aber andererseits … gab es so vieles, was sie beide nicht voneinander wussten.

Auric setzte eine ausdruckslose Miene auf und drehte sich zu ihr um. »Daisy«, grüßte er sie, steckte das Lorgnon wieder an seinen Platz über seinem Herzen und verneigte sich.

Sie stand auf der Türschwelle, hielt ihren Stickrahmen dicht an ihrer Brust. Ein betrübter Ausdruck lag um ihre Lippen. Lippen, die alle möglichen Erinnerungen an gestern Nacht weckten. Wie er sich danach sehnte, sich erneut in ihr zu verlieren und … »Hast du gerade eine Verbeugung gemacht?«

Ihre Worte klangen fast wie die an dem nicht allzu lange zurückliegenden Abend in Lady Harrisons Ballsaal.

»Ja.« Er hob eine Augenbraue. »Ein allgemein üblicher Brauch bei einer höflichen Begrüßung.«

Etwas von der Spannung schien aus ihren Schultern zu weichen, und sie kam weiter in den Raum, blieb mehrere Schritte vor ihm stehen. »Ah ja. Die so wichtige Verneigung, die gewöhnlich auf einen höflichen Knicks folgt.«

Schweigen breitete sich zwischen ihnen aus. Ihnen hatten nie die Worte gefehlt – bis jetzt. Er räusperte sich, plötzlich unbehaglich. »Ich nehme an, du hast gut geschlafen?«

»O ja. Sehr gut sogar«, unterbrach sie ihn rasch, und dann liefen ihre Wangen hellrot an. »Und hast du …?«

»Auch gut.« Auric verschränkte die Hände hinter dem Rücken und wippte auf den Fußsohlen vor und zurück.

Erneut schwiegen sie.

Daisy ließ ihre Arme an die Seiten sinken und klopfte sich mit dem Stickrahmen gegen das Bein. »Du warst nicht da«, platzte sie heraus. »Heute Morgen, nachdem ich aufgestanden war, und dann dachte ich, wir würden zusammen frühstücken, also … Da es jedoch schon Nachmittag ist, hast du das gewiss bereits getan und …« Sie presste die Lippen zusammen.

Sie wollte wissen, warum er sie verlassen hatte – zum wiederholten Male. *Sag es ihr. Gesteh ihr alles, räum die ganzen Unwahrheiten zwischen euch aus.* Sicherlich würde sie ihm verzeihen.

Nur … wie sollte sie ihm verzeihen, wo er das doch selbst nicht konnte? »Ich musste mich um etwas Geschäftliches kümmern«, antwortete er stattdessen. Was nicht wirklich falsch war. Es gab eine Reihe von Arbeiten im Zusammenhang mit seinen Ländereien, um die er sich kümmern musste. Allerdings würden diese Angelegenheiten nie wichtiger sein als sie.

»Oh«, erwiderte sie. Sie deutete zum Sofa. »Darf ich mich hersetzen?«

»Hierher?«, wiederholte er, folgte ihrer Handbewegung. »Selbstverständlich.«

Mit einem Lächeln eilte Daisy mit dem Stickrahmen in der Hand zu dem Sitzmöbel. Sie nahm Platz und begann die Spitze ihrer Nadel durch den weißen Stoff zu stechen.

Er beobachtete sie eine Weile, wie sie den Kopf über ihre Arbeit beugte, und etwas regte sich in ihm. In ihren blauen Röcken und mit dem behaglichen Schweigen stellte sie ein häusliches Tableau dar, auf das zu hoffen er sich nicht erlaubt hatte. Er hatte sich ein Leben vorgestellt, in dem er eine anständige englische Miss ehelichen würde, die ihm vielleicht eine brauchbare Herzogin sein würde, mit der ihn aber kein besonderes Gefühl verband.

Und die ganze Zeit war Daisy da gewesen.

Friede. Dies war der Friede, an den er nicht zu glauben gewagt hatte. Nicht für sich selbst wenigstens. Nur dass dies hier in dem Moment, in dem sie alles erfuhr, ein Ende haben würde.

Sie spähte von ihrer Handarbeit auf und schaute ihn fragend an, riss ihn wirkungsvoll aus seiner Grübelei. Er kehrte an seinen Schreibtisch zurück, wo ihm das Tagebuch, in dem all seine Sünden aufgezeichnet waren, entgegenstarrte. Auric griff nach einem Federhalter, tunkte die Spitze in ein Tintenglas und widmete sich seiner Buchhaltung.

Nur jetzt, da sie hier saß, schienen ihm die ordentlichen Zahlenreihen noch uninteressanter als vorhin, als er sein Büro am Morgen betreten hatte. Wie sollte er denken, wenn Daisy ihm so nah war, ihr Lavendelduft ihn umhüllte, seine Sinne verwirrte und seine Gedanken fesselte?

Er blickte zu ihr hoch. Sie saß da, die Knie dicht an die Brust gezogen, sodass ihre schmalen Fesseln zu sehen waren, während sie eifrig an ihrer Stickerei arbeitete.

Daisy, die seinen Blick auf sich spürte, hob den Kopf. Sie lächelte, als sie seine Musterung bemerkte, aber dann wurde sie wieder ernst. »Was ist?«

Auric zwang sich zu einem Lächeln. »Ich frage mich nur, was du dir jetzt zu sticken vorgenommen hast.« Er fasste den Federhalter fester, war entsetzt, wie mühelos ihm die Lüge über die Lippen kam. Das Schreibgerät in seinen Fingern zerbrach, und er ließ die Stücke fallen.

Daisy drehte sich mit einem lauten Rascheln ihrer Röcke zu ihm. Sie hielt den hölzernen Rahmen hoch, sodass er daraufschauen konnte.

Auric lehnte sich in seinem Sitz zurück. »Hm.« Er tat so, als musterte er die roten und goldenen Stiche. »Eine Blume?«, riet er. Es gab nicht eine Sache, die er nicht an ihr liebte. Nicht einmal ihre grässlichen Stickmotive und die Freude, die sie ihr zu bereiten schienen.

Sie verdrehte die Augen. »Findest du wirklich, das hier sieht nach einer Blume aus, Auric?«, erkundigte sie sich mit ungläubiger Stimme. Sie verließ ihren Platz und kam zu seinem Schreibtisch.

Nun ja, um ehrlich zu sein, der unförmige … Klumpen schien nichts wirklich zu sein. Doch Aurics Aufmerksamkeit galt auch nicht der Handarbeit, sondern ihr. Das schlichte Musselin-Kleid schmiegte sich an ihre köstlichen Rundungen, der Stoff schien ihre Haut zu liebkosen, während sie sich bewegte. Er würde nie genug von ihr bekommen.

Daisy blieb am Rand seines Schreibtisches stehen und lehnte sich mit der Hüfte gegen die Platte. Sie hielt ihm den Stickrahmen unter die Nase.

Auric fasste ihr Handgelenk und hob es an seine Lippen. Er hauchte einen lang gezogenen Kuss auf den wild klopfenden Puls. »Wunderschön«, murmelte er an ihrer zarten Haut.

Die Muskeln an ihrem Hals bewegten sich auf und nieder, als sie heftig schlucken musste. »N-nun«, flüsterte sie atemlos. »Sieh es dir an.«

Auric konnte einzig daran denken, wie sie den Abend verbracht hatten, in den Armen des anderen. Er verkniff sich ein Stöhnen und ließ sie los, richtete seine Aufmerksamkeit auf die vertrauten Stickfäden. Er nahm den zierlichen Holzrahmen in die Hand, achtete darauf, sich nicht an der Nadel zu stechen. Dann lehnte er sich in seinem Stuhl zurück und betrachtete ihre Bemühungen.

»Ich bin ziemlich schrecklich darin, das weiß ich«, gestand sie. Aus dem Augenwinkel sah er sie die Hände ringen. »Aber es bereitet mir trotzdem Freude.«

Er hatte ihre Offenheit immer bewundert, durch die sie sich von jeder anderen jungen Dame unterschied, die er je gekannt hatte. Wo die meisten Frauen Ausflüchte machten, war Daisy stets gnadenlos ehrlich.

Er erinnerte sich an die siebenjährige Daisy, die sich hinter den blauen Vorhängen im Studierzimmer des Marquis of Roxbury vor einem Kindermädchen versteckt hatte, das ihr Singen, Zeichnen und Sticken beibringen wollte, lauter Sachen, die die kleine Daisy gehasst hatte. »Als Kind fandest du es furchtbar.« Was hatte sich geändert?

Sie fuhr mit der Hand über die Oberfläche seines Schreibtisches, vor und zurück, den Blick auf ihre eigene Bewegung gerichtet. »Als … Nachdem Lionel gestorben war, konnte ich nicht mehr schlafen.«

Er erstarrte. Wie viele Nächte hatte er selbst wach gelegen, von Albträumen geplagt, die umso schrecklicher erschienen, weil sie wahr waren. Und auch wenn er Schlaf gefunden hatte, war er von seinen eigenen Schreien geweckt worden, die mit den Erinnerungen jener Nacht kamen.

Ihre Hand hielt inne. »Und dann habe ich gestickt«, erklärte sie. »Manchmal habe ich mir mit der Nadel in den Finger gestochen.« Ein wehmütiges Lächeln spielte um ihre Lippen. »Oder eher: *Meistens* habe ich mich in den Finger gestochen. Aber sosehr ich Nadelarbeit früher verabscheut hatte, gab es mir jetzt etwas, worauf ich mich konzentrieren konnte. Selbst wenn es etwas so Dummes und Sinnloses war, wie zu sticken.« Auf ihr Geständnis folgte Schweigen. Sie blickte zu ihm hoch. »Albern, nicht wahr?«

»Überhaupt nicht«, widersprach er, seine Stimme rau von dem Schmerz des Bedauerns. Er sah erneut hinab, sein Blick fiel wieder auf den Stickrahmen.

Ein Herz. Man hat mir erzählt, es ist etwa so groß. Und aus Gold, mit einem eingravierten Muster …

Jetzt endlich ergab es Sinn. Es war ein Herz.

* * *

Daisy nutzte die Abgelenktheit ihres Ehemannes, um ihn zu betrachten. Ihn umgab eine gewisse Traurigkeit. Er trug sie auf den rauen Zügen seines Gesichtes und in dem ernsten Ausdruck um seinen Mund. Sie hasste diesen Kummer, der sich dort schon so viele Jahre befand.

»Weißt du, in den ersten Tagen nach Lionels Tod«, sagte sie leise, »habe ich mich von Zeit zu Zeit dabei ertappt, dass ich gelächelt oder sogar über etwas gelacht habe, manchmal auch ohne Grund. Und dann fühlte ich mich gleich darauf schuldig.« Er ließ sich durch nichts anmerken, dass er sie gehört hatte. Höchstens die Anspannung in seinen Schultern verriet, dass er genau auf ihre Worte lauschte. »Einmal jedoch bin ich in sein Zimmer gegangen.«

Es war das erste Mal und zugleich das letzte Mal nach seinem Tod gewesen, dass sie diese stillen Räume betreten hatte.

»Ich habe zu ihm gesprochen und mich dafür entschuldigt, dass ich immer noch Freude fand, obwohl er tot war. Aber als ich mich auf sein Bett gelegt und zur Decke hochgeschaut habe, wurde mir klar, er will nicht, dass ich unglücklich oder traurig bin. Er würde wollen, dass ich lache – und er hätte auch gewollt, dass du glücklich bist.«

Ein Muskel zuckte in Aurics Augenwinkel. Er schluckte mehrere Male, als müsse er gegen seine Gefühle ankämpfen. »Du irrst dich.«

Sie sehnte sich beinahe körperlich danach, ihn in ihre Arme zu ziehen und jegliche Traurigkeit, die noch in ihm war, zu vertreiben. »Natürlich hätte er das, Auric. Er hat dich geliebt.« Sie stand auf und ging um den Schreibtisch herum.

Er sprach, und seine Worte ließen sie am Rand des massiven Mahagonimöbels innehalten.

»Da ist etwas, das ich dir sagen muss, Daisy.«

Aurics Worte, kaum mehr als ein Flüstern, drangen an ihre Ohren. Sie stützte eine Hand auf die Kante seines Schreibtisches. Ihre Finger streiften ein Stück Papier. »Was denn?«, fragte sie, während die erste ungute Ahnung sie überkam. Genau die gleichen gefährlichen, explosiven, irgendwie wissenden Gefühle, die sie schon einmal im Leben gehabt hatte und die von unausweichlichem Verhängnis sprachen. Sie schob die grundlose Panik energisch beiseite.

»Ich habe dir etwas verschwiegen.« Er ließ ihren Stickrahmen los, und das zierliche Holzstück landete klappernd auf dem Schreibtisch.

Das war der Grund, warum Daisy nach unten schaute und warum ihr überhaupt das Papier unter ihren Händen auffiel und warum sie dann die paar Worte, die in der Handschrift ihres Ehemannes auf die Seite gekritzelt waren, bemerkte. Und die fünf Worte las.

Ich habe ihren Bruder umgebracht.

Ein dumpfes Dröhnen füllte ihre Ohren, und sie schüttelte den Kopf, um sich einen Reim darauf machen zu können. Mit bebenden Fingern hob sie das Tagebuch hoch.

»Daisy«, sagte Auric heiser und sprang auf. Er griff nach dem Lederband.

Sie hielt ihn außerhalb seiner Reichweite und wich ein paar Schritte zurück. Das Herz pochte ihr laut in den Ohren, während sie die Seite überflog, weiterblätterte. Noch einmal schüttelte sie den Kopf. Nein. Das hier war ein Fehler. Eine Lüge, auf eine Seite geschrieben.

Daisy hob ihren Blick von dem aufgeschlagenen Tagebuch. Ihr Ehemann stand da, stoisch und reglos, schuldig in seinem Schweigen. Sie richtete ihre Augen wieder auf die Seite.

Es tut mir so leid, dass ich dich getötet habe. Ich werde in die Rolle eines Bruders für sie schlüpfen und sie behandeln, als wäre sie meine eigene Schwester.

Doch egal wie oft sie die Worte las oder wie sehr sie sich wünschte, sie würden verschwinden, die dunkle Tinte blieb gleich. Das Schweigen drohte sie wahnsinnig zu machen. »Was ist das?«, flüsterte sie, schaute ihn wieder an.

Sein Gesicht war vor Kummer zerfurcht.

»Was ist das?«, schluchzte sie, hielt die Seite in die Höhe, und dann bemerkte sie die Worte auf der Rückseite. Sie drehte sie um, und ein Keuchen entwich ihr.

Ich verspreche, sie zu heiraten. Weil sie so lange vernachlässigt worden ist und niemand sie liebt. Ich weiß, sie braucht einen Beschützer. Und auch, wie überaus einsam und traurig ihr Leben ist.

O mein Gott. Sie wich zurück, als wäre sie geschlagen worden. Er hatte sie aus Verantwortungsgefühl geheiratet, weil er sich die Schuld an Lionels Tod gab. Der Boden unter ihren Füßen wankte, und sie suchte nach Halt, fand ihn an der Wand. Schwer atmend lehnte sie dort.

»Ich kann es erklären«, brachte er mit flacher Stimme heraus. »Ich hätte dir die Wahrheit vor der Hochzeit sagen müssen.«

Die Wahrheit? Seine Worte verschwammen und liefen zusammen. »Welche Wahrheit?« Sie erkannte ihre eigene Stimme in dem schrillen, panischen Schrei nicht.

Er kam zu ihr und blieb mehrere Fuß vor ihr stehen. Daisy schüttelte den Kopf, suchte nach einem Fluchtweg. O Gott, er hatte ihren Bruder umgebracht. Die Einzelheiten jener Nacht kannte niemand, nur Auric. Und sie hatte geglaubt, Wessex hätte Geheimnisse …

»Schau mich nicht so an«, flehte er mit heiserer Stimme. »Als wäre ich ein Monster.«

»Welche Wahrheit?«, verlangte sie erneut, dieses Mal stolz auf die Festigkeit hinter ihren Worten.

Er hielt ihr eine Hand hin, aber sie wich zurück. Sie hatte ihn ihr Leben lang geliebt, ihn begehrt, sich nach ihm gesehnt, aber die ganze Zeit war er ein Fremder gewesen.

»Du hättest die Wahrheit vorher verdient.« Er atmete langsam ein und blieb so lange still, dass Rastlosigkeit jede Ecke ihres Wesens füllte, bis sie am liebsten vor ihm weggelaufen wäre, aus diesem Zimmer und wieder zurück zu gestern Abend, als er einfach Auric gewesen war und sie Daisy und sie einander geliebt hatten.

Lügen, nichts als Lügen.

»Wir sind in eine …« Auric wurde rot. »An einen Ort gegangen, an dem eigentlich kein anständiger Mann etwas verloren hat und von dem eine Lady niemals erfahren sollte.« Sie legte den Kopf schief, versuchte, diesen wirren Erklärungen zu folgen. »Lionel wollte nicht gehen. Er wollte im mondänen Teil Londons bleiben mit den …«, Auric schloss die Augen, »den eleganteren Dirnen.« O Gott.

»Ich habe darauf bestanden, dass wir eine ... eine ... Kneipe besuchen«, stolperte er über seine Worte. »Ich habe sogar die Frau bezahlt, mit der er nach oben gegangen ist. Irgendwann in der Zeit, während er dort war, wurde er erstochen.« Ein erstickter Laut, halb Schluchzer, halb Lachen, entrang sich ihm. »Alles für seine Börse mit ein paar Münzen und seine goldene Uhr.«

Daisy stöhnte. Es hörte sich schmerzlich an. »Nein. Nein. Nein«, keuchte sie, warf ihren Kopf vor und zurück. Sie ließ das Tagebuch fallen und hielt sich mit beiden Händen die Ohren zu, um seine Stimme auszusperren.

Tränen brannten ihm in den Augen, nutzlos, leer und bedeutungslos. Mehr Lügen. »Ich habe ihn nicht umgebracht.« Er fuhr sich mit einer Hand über das Gesicht. »Aber er war meinetwegen dort ... und, o Gott, Daisy, die Schuld wird mich immer begleiten.«

Tränen sammelten sich in ihren Augen, und sie blinzelte sie fort. Ein Tropfen zog eine Spur über ihre Wange, gefolgt vom nächsten, dann öffneten sich die Schleusen, und sie schluchzte ungehemmt. Sie legte sich die Arme um die Mitte und drückte zu, aber es half wenig gegen die Qual, die sie zu zerreißen drohte.

Sie hatte nicht mehr als Andeutungen und Geflüster über jene düstere Nacht gehört. Denn das, was geschehen war, war zu dunkel und schlimm, als dass der Klatsch der guten Gesellschaft sich damit befassen konnte. Doch jetzt kannte sie die Wahrheit. Auric, Lionel und Marcus hatten sich in die übleren Viertel Londons vorgewagt, um sich mit einer Prostituierten einzulassen, und am Ende hatte ihr Bruder, der laut Aurics Schilderung gar nicht hatte mitkommen wollen, dafür mit seinem Leben bezahlt.

Sie presste die Lider zusammen, ihr Körper wurde von trockenen Schluchzern geschüttelt. »Das ist der Grund, weshalb du gekommen bist«, gelang es ihr zu stammeln. Diese Treue, dieses Gefühl, für sie, ihren Vater und ihre Mutter verantwortlich zu sein, war sein Versuch gewesen, seine Schuld zu sühnen. Und diese Schuld hatte am Ende zur Hochzeit geführt – mit ihr, vernachlässigt und ungeliebt, mit der traurigen, einsamen Daisy Meadows.

Auric streckte eine Hand nach ihr aus, aber sie schlug sie weg.

»Ist das der Grund, warum du all diese Jahre zu uns gekommen bist?«, verlangte sie mit fester, aber leiser Stimme zu wissen.

Er ließ seine Hand fallen. »Zunächst«, räumte er ein, mit einem gequälten Ausdruck in den Augen. Er war gequält? Er, der gelogen hatte und sie schließlich aus Schuldgefühlen heraus geheiratet hatte, er war gequält? Ihn interessierte doch nur, dass sie seine Täuschung aufgedeckt hatte.

Daisy riss ihren Blick von ihm los und richtete ihn auf das Buch. »Natürlich, wie dumm von mir, das nicht zu sehen«, flüsterte sie. »Du hast mir Ehekandidaten förmlich in den Weg gestellt, bist mit Lord Astor zu Besuch da gewesen und hast mit mir über die Ehe gesprochen … Weil du dich verpflichtet fühltest, dich darum zu kümmern, dass ich versorgt bin.« Wenn sie verheiratet war, musste er sie nicht mehr besuchen kommen.

»Es hat mich gefreut, dich zu sehen, Daisy«, beteuerte er.

Ein freudloses Lachen drang über ihre Lippen. »Es hat dich gefreut, mich zu sehen?« Sie lachte heftiger.

Auric machte einen weiteren Schritt auf sie zu, und als sie erneut ihre Hand ausstreckte, um ihn aufzuhalten, kam er dennoch weiter auf sie zu. »Stopp«, bat sie. Er legte ihr die Hände auf die Schultern, sowohl sanft als auch fest, hinderte sie am Gehen.

»Ich werde dich nicht anlügen.« Er wurde wieder rot. »Nicht mehr, als ich es bereits getan habe. Schuldgefühle haben mich zu den Besuchen veranlasst. Wenn ich dich dann gesehen habe, hast du mich an alles erinnert, was ich dir und deiner Familie genommen hatte.«

Und trotzdem hatte er sie geheiratet. Himmel, seine Schuldgefühle mussten wirklich groß sein. Sie wich seinem Blick aus. Die Bitterkeit schmeckte rostig und trocken auf ihrer Zunge.

Auric sprach hastig weiter. »Dann habe ich dich in Gipsy Hill gesehen und hatte anfangs nur Sorge um dein Wohlergehen, aber dann habe ich dich wahrgenommen, Daisy.« Er drückte leicht zu. »Ich habe dich endlich wahrgenommen. Und ich hasste Astor und jeden anderen Mann, der für dich als Ehekandidat infrage kam, weil ich selbst diese Rolle einnehmen wollte.«

Sie schüttelte den Kopf. Wie konnte er von ihr erwarten, dass sie irgendetwas glaubte, das über diese lügnerischen Lippen kam?

»Ich liebe dich«, sagte er und legte seine Stirn gegen ihre. »Ich habe dich immer geliebt, Daisy, schon als du noch ein Mädchen warst, das uns auf Schritt und Tritt gefolgt ist. Ich habe einfach nur ein bisschen länger gebraucht, bis mir die Augen aufgegangen sind und ich gemerkt habe, dass du die Frau geworden bist, die ich liebe, die Frau, ohne die ich nicht leben kann …«

Sie entwand sich seinem Griff und wirbelte herum, musste Abstand zwischen sich und ihn und die wirren Gefühle, die in ihr brodelten, bringen. »Hör auf«, bat sie. Denn wenn er sprach, wollte sie alles vergessen, was passiert war, und als das Paar, das sie gestern Nacht geworden waren, weiterleben. War es erst eine Nacht her?

Sie wich einen weiteren Schritt zurück, bis die ledernen Ohrensessel zwischen ihnen waren. Sie blickte stumm auf die Seiten des Tagebuches, die mehr Wahrheiten enthielten als irgendetwas anderes, was Auric in den letzten sieben Jahren von sich gegeben hatte.

»Du hast mich nicht geliebt«, widersprach sie leise, mehr zu sich selbst. »Nicht wirklich. Du hast in mir nie mehr gesehen als Lionels Schwester.« Sie schloss die Augen. »Wohingegen ich nur dich gesehen habe.«

All diese Jahre hatte sie sich immer nur gewünscht, dass jemand sie, Daisy Meadows, wahrnehmen würde. Sie hatte weder Mitgefühl noch Mitleid gewollt. Doch am Ende hatte Auric sie mit seinem aus Pflichtbewusstsein gemachten Antrag zu einer Ehe verdammt, die auf genau den Gefühlen basierte, die sie verabscheute.

Daisy öffnete die Augen und sah Auric an, der weiter still vor ihr stand. Sie biss sich fest auf die Innenseite ihrer Wange, wollte, dass er irgendetwas sagte.

Doch genau das tat er nicht. Keine Liebeserklärung. »Was für eine Närrin ich gewesen bin«, flüsterte sie.

»Nein.« Das Wort war kaum mehr als ein Krächzen.

Daisy fasste den Lederband fester. »Du sprichst von Liebe und Pflichtbewusstsein, aber es drehte sich nie um mich oder Liebe, Auric.« Ihre Lippen verzogen sich verächtlich. »Es ging immer nur um dich. Es ging um deine Schuldgefühle und deine Reue und den Frieden, den du für dich finden wolltest.«

Sie warf sein Tagebuch nach ihm, und es landete zu seinen Füßen. Ein Tränenschleier ließ ihre Sicht verschwimmen, und sie wischte sich verärgert diese Anzeichen von Schwäche weg. »Du hast versucht, Lionel zu ersetzen, dabei aber nicht begriffen, dass ich keinen Bruder wollte. Ich hatte einen Bruder. Ich hatte einen Bruder, und er ist gestorben.« Daisy schaute ihm in die Augen. »Ich wollte einen Ehemann, Auric.« *Ich wollte dich.*

»Bitte …«

»Bitte was?« Sie hob zornig eine Augenbraue. »Dir verzeihen? Weil du mich angelogen hast? Wegen Lionel?« Mit einem irgendwie rostig klingenden Lachen schüttelte sie den Kopf. »Nichts davon werde ich dir je vergeben, Auric, und ich vermute, es wird auch gar keinen Unterschied machen. Der Einzige, der dir die Absolution erteilen kann, die du brauchst, bist du … und daher wirst du sie nie erhalten.«

Damit rauschte sie aus dem Raum, ließ ihn mit den Überresten ihres gebrochenen Herzens zurück.

Kapitel 21

Daisy saß im Hyde Park am Rand des Serpentine. Leuchtendes Scharlachrot und unendlich viele Abstufungen von Orange zauberten am frühen Morgenhimmel ein wahres Farbspektakel, das irgendwie sowohl majestätisch als auch traurig wirkte.

Sie blickte nach unten auf den Stickrahmen, das Bild eines Herzens war letzten Endes doch nahezu perfekt getroffen. Nach sieben Jahren, in denen sie mit der irgendwie immer zu kleinen Nadel und ihren ungeschickten Fingern gekämpft hatte, war ihr gelungen, was sie für unmöglich gehalten hatte.

So lange hatte sie Trost in dieser Betätigung gefunden. Als sie wie ein unsichtbarer Schatten im Haushalt ihrer Eltern gelebt und Lionel vermisst hatte, war ihre Stickerei eine Art Herausforderung gewesen. Etwas, das so überaus schwierig war, dass es ihre ganze Aufmerksamkeit erforderte und sie auf diese Weise von ihrem Kummer ablenkte.

Sie legte den Holzrahmen beiseite und zog die Knie an die Brust. Sie stützte ihr Kinn auf die Röcke und starrte auf die leere, weite Fläche des Parks. Ein Frühlingswind fuhr in das Geäst der Buche, ließ die Blätter rascheln. Jetzt war die Aufgabe vollendet, und ihre Gedanken sollten sich um Lionel und die schmerzliche Lücke drehen, die er hinterlassen hatte, doch ein anderer beschäftigte sie.

Ein Mann, der nach eigenem Bekunden Lionel umgebracht hatte. Ihr Herz zog sich zusammen. Seit sie die verdammenden Worte auf den Seiten von Aurics Tagebuch gelesen und das Eingeständnis seiner Schuld gehört hatte, hatten ihre Gefühle gewechselt zwischen betäubendem Schock und, der Herr mochte ihr beistehen, Hass auf den Mann, der Lionel ein Freund hätte sein sollen, ihn aber stattdessen zu seinem Tod gelockt hatte.

Ihr Leben und die folgenden Jahre in Schmerz und Einsamkeit, die sie erlitten hatte, wie er so beiläufig auf die Seiten geschrieben hatte, zählten nicht wirklich im Vergleich zu Lionels Tod. Sie hätte jedes Lächeln gegeben, wenn sie dafür ihren Bruder zurück in ihrem Leben hätte haben können, und sei es nur für einen einzigen Tag.

Nach einer Nacht mit zu vielen Tränen war sie aus ihrem neuen Zuhause und von Auric fortgegangen, hatte Abstand zwischen sich und ihn bringen müssen, um über die Worte ihres Ehemannes nachzudenken. Sie hatte im Bett gelegen, blindlings auf das Gemälde in der Mitte der Zimmerdecke gestarrt. Wie konnte sie ihn anschauen und irgendetwas anderes sehen als die Ereignisse jener schrecklichen Nacht?

Wenn sie an die Sachen dachte, die er gesagt hatte, wurde ihr kalt. Und doch, im klaren Licht des neuen Tages konnte sie ihn nicht wirklich für Lionels Tod verantwortlich machen, sosehr sie das vielleicht auch wollte. Solange sie ihren Bruder gekannt hatte, war er nie irgendwohin gegangen oder hatte irgendetwas getan, das er eigentlich nicht wollte. Er war aus eigenem Antrieb mitgekommen, und sein Tod war ein Ergebnis seines eigenen Tuns.

Oh, darin war wenig Trost zu finden. Denn es würde immer die Notwendigkeit bestehen, eine unverzeihliche Tat zu erklären, die an einem Mann begangen worden war, der erst zweiundzwanzig Jahre alt gewesen war. Der Wind zerrte an ihrer Frisur und löste eine einzelne Locke, die ihr in die Stirn fiel. Sie schloss die Augen und dachte an Auric und all die vielen Male, bei denen er eine Strähne zwischen die Finger genommen und sie betrachtet hatte, als handelte es sich um eines der seltensten Artefakte, die in der Ägyptischen Halle ausgestellt waren.

Daisy öffnete die Augen. Ein rosa Pelikan glitt über die spiegelnde Wasseroberfläche des Sees, tauchte seinen Kopf unter und kam einen Moment später wieder hoch, einen Fisch in dem gewaltigen orangefarbenen Schnabel. Sie konnte Auric weder hassen noch ihm die Schuld geben oder ihn wegen dieser Nacht mit Zechgelage und mehr verachten. Sie waren jung gewesen und nicht anders als die meisten jungen Männer, frisch aus der Universität. Sie hatten sich einfach Vergnügungen hingegeben, von denen sie selbst nie etwas erfahren hatte, nicht mal andeutungsweise, weil sie so skandalös waren.

Daisy nahm die fertige Stickerei und fuhr mit dem Finger die Umrisse des perfekten Herzens nach. Sie konnte sich jedoch niemals mit dieser aus Verantwortungsgefühl geborenen Ehe abfinden, die er ihr aufgezwungen hatte. Eine Verbindung, in der er sie als Verpflichtung betrachtete, eine Schuld bei Lionel, die er nun für den Rest seines Lebens zu begleichen hatte.

Ich liebe dich, Daisy. Sie verzog das Gesicht. War etwas davon echt gewesen?

Sie verharrte mit der Fingerspitze in der Mitte des roten Herzens. Sie hatte sich eingeredet, Auric hätte sie aus Liebe geheiratet und weil er die gleichen verzweifelten Gefühle für sie hegte, die sie für ihn in ihrem Herzen trug. Nur verhielt es sich in Wirklichkeit so, dass ihre Ehe auf Lug und Trug und einer tragischen Vergangenheit errichtet war. Es schnürte ihr das Herz ab. Sie verdiente mehr, ebenso wie Auric mehr verdiente.

Ein Bild der blonden Lady Stanhope, die seine Zuneigung gewonnen hatte, schoss ihr durch den Kopf. Die freundliche, bildhübsche, makellose englische Schönheit war die Frau, die er in seinem Leben hatte haben wollen. Sicher, in ihrer Hochzeitsnacht hatte er von seiner Liebe zu Daisy gesprochen und rundweg abgestritten, irgendwelche Gefühle für die Countess gehegt zu haben. Aber sie war die Frau gewesen, der er den Hof gemacht hatte … und zwar ohne Schuldgefühle oder Verantwortungsbewusstsein als Antriebsfeder.

Der Druck in Daisys Brust nahm zu, stahl ihr die Luft zum Atmen. Wohingegen sie für ihn immer nur eine Verpflichtung gewesen war und das nun als seine Ehefrau auch für immer bleiben würde.

Ein leises Gähnen drang in ihre Überlegungen, und sie blickte zu ihrer Zofe, die ein kleines Stück entfernt saß. Die arme Frau lehnte am Stamm eines der Tulpenbäume, hatte die Augen geschlossen, als wäre sie erschöpft.

Sofort fühlte Daisy sich schuldig. Sie hatte sie zu einer unchristlich frühen Stunde aus dem Bett geholt. Sie blickte ihre Zofe an, und Agnes stieß sich von dem Baum ab und kam zu ihr. »Benötigen Sie irgendetwas, Euer …« Der Mund der jungen Dienerin formte sich zu einem überraschten O. Ihr Blick ruhte auf dem Stickrahmen in Daisys Händen, dann richtete sie ihn wieder auf das Gesicht ihrer Herrin. »Mein Gott, Sie haben es geschafft, Euer Gnaden. Es ist ein Herz.«

Agnes war seit beinahe sechs Jahren bei ihr. Sie hatte die früheren Stickversuche gesehen, als sie ein unförmiges Gebilde gewesen waren und Daisy viele Taschentücher benötigt hatte, um das Blut der Nadelstiche an ihren ungeschickten Fingern abzutupfen.

»Ich habe es geschafft«, wiederholte sie ruhig. Wo war das triumphierende Gefühl, etwas erreicht zu haben? Wo war die Freude? Daisy erstarrte. Nur war das hier wirklich Freude? Dieser bedeutungsleere Fetzen Stoff mit ihrem perfekt getroffenen Herzen? Das einzige Stückchen Glück, an das sie sich geklammert hatte, war nicht das hier gewesen oder die Erinnerungen an Lionel, sondern der Gedanke an Auric …

Alles zwischen ihnen war falsch gewesen. Oder nicht? Sie dachte an die Anschuldigungen, die sie ihm an den Kopf geworfen hatte, die Kränkung, die sie in seinen Augen wahrgenommen hatte, Augen, die normalerweise unergründlich waren und keinen Hinweis auf das, was er dachte oder fühlte, preisgaben.

Daisy atmete langsam ein. Sie musste den Schmerz, den sie über ihre Ehe aus Pflichtbewusstsein und Verantwortungsgefühl empfand, beiseiteschieben und ihren Ehemann sehen, um diese furchtbaren Anschuldigungen, die sie ihm entgegengeschleudert hatte, zurückzunehmen, dass er die Schuld an dem Verbrechen trüge, obwohl der einzig Schuldige der Täter war, der Lionel ermordet hatte.

»Es ist an der Zeit, heimzukehren, Agnes«, erklärte sie, und die junge Frau begann, die Decke zusammenzulegen und die Sachen einzupacken, die sie heute Morgen mitgenommen hatten.

Und was dann? Was würde geschehen, nachdem sie gesprochen hatten? Würden sie einfach wieder Freunde werden, wie sie es früher gewesen waren? Daisy schüttelte den Kopf, vertrieb den Gedanken. Sie konnten nie die unkomplizierte, vertrauensvolle Beziehung wiederbeleben, die sie einmal gehabt hatten. Oder sollten sie eines dieser höflich miteinander umgehenden Herzogspaare werden, die gemeinsam an den Veranstaltungen der guten Gesellschaft teilnahmen und selbst die erforderlichen Dinnergesellschaften und Bälle gaben, ohne einander je mehr zu bedeuten?

»Sind Sie bereit, Euer Gnaden?«, erkundigte sich Agnes.

Daisy nickte und griff nach ihrer Handarbeitstasche, nahm sie Agnes ab. Schweigend schritten sie durch den leeren Park. Der leise Morgenruf eines Turmfalken durchbrach den Frieden der verlassenen, perfekt gepflegten Rasenflächen. Sie folgte Agnes zu der wartenden Kutsche und erlaubte dem Lakaien, ihr beim Einsteigen behilflich zu sein. Er wollte gerade die Tür schließen, als Daisy die Hand hob und ihn aufhielt. »Bitte zunächst zum Anwesen der Marchioness of Roxbury.«

Der Kutscher nickte, und einen Augenblick später setzte sich die Kutsche in Bewegung. Daisy zog den Vorhang zurück und spähte hinaus auf die Londoner Straßen, die vor dem Fenster vorüberzogen. Menschenleer und still lagen sie da, und es herrschte ein beinahe unheimlicher Frieden, der es einem erlaubte, zu vergessen – und sei es nur für einen Augenblick –, dass sie sich in der düsteren, dunklen Stadt voll glitzernder Falschheit befanden. Sie verfolgte, wie Aurics Kutsche sie zu der vertrauten Reihe eleganter Stadthäuser zurückbrachte, bevor sie schließlich schaukelnd vor ihrem früheren Zuhause anhielt.

Der Lakai öffnete die Tür, und Daisy stieg aus. »Es wird nicht lange dauern«, sagte sie und blieb kurz vor dem Haus stehen.

Sie holte tief Luft, blickte an der weiß verputzten Fassade empor und ging dann die paar Stufen hoch. Sie klopfte einmal an.

Beinahe augenblicklich wurde ihr geöffnet. Frederick schaute sie einen Moment lang mit offenem Mund an und wurde dann rot. »Euer Gnaden«, begrüßte er sie und machte einen Schritt zur Seite, damit sie eintreten konnte.

Daisy zog sich die Handschuhe aus. »Es besteht keine Notwendigkeit für eine solche Förmlichkeit, Frederick«, teilte sie dem Butler sanft mit, der immer ein Auge auf sie gehabt hatte, ihr beinahe mehr Fürsorge hatte angedeihen lassen als ihre eigenen Eltern.

Er riss die Augen auf, als hätte sie angekündigt, der Königin die Krone vom Kopf pflücken und damit weglaufen zu wollen.

Sie begab sich zur Treppe und stieg sie langsam hoch. »Ich bin gekommen, um etwas zu holen«, erklärte sie und setzte ihren Weg fort, fürchtete, dass ihr Entschluss ins Wanken geraten könnte, wenn er Fragen stellte oder auch nur ein Wort sagte. Sie erreichte das obere Stockwerk und folgte dem Flur, blieb vor einer vertrauten, seit vielen Jahren versperrten Tür stehen.

Klopf dreimal …

Aber was, wenn du nicht da bist …

Ich werde immer …

Daisy drückte die Klinke herunter und trat ein. Ihre Augen brauchten einen Moment, um sich an die Dunkelheit im Zimmer zu gewöhnen. Die smaragdgrünen Vorhänge aus Samt waren wie vor sieben Jahren immer noch zugezogen. Sie schloss die Tür hinter sich, und das leise Klicken hallte in der Stille.

Sie blieb stehen, schloss ihre Augen einen Moment lang und atmete ein, suchte nach einem Anflug von Lionel. Sie wusste nicht, was sie erwartet hatte. Vielleicht einen Hauch von dem Sandelholzduft, den er so gemocht hatte? Oder das Echo seines Lachens. Aber hier war nichts als drückende, leere Stille.

Daisy warf ihre Handschuhe auf einen kleinen Tisch und schlenderte durch das Zimmer, ließ die Fingerspitzen über die Wände gleiten und blieb vor dem Mahagonischrank stehen. Ohne nachzudenken, öffnete sie die Türen.

Makellos weiße Hemden und farbenfrohe Westen in Saphirblau und Smaragdgrün – Farben, die Lionel besonders gemocht hatte – hingen vor ihr. Bis auf den Umstand, dass sie nicht nach der neuesten Mode geschnitten waren, hätten die

Kleider auch heute einem Mann gehören können, der regelmäßig gesellschaftliche Anlässe und seine Clubs besuchte. Sie streckte eine Hand aus und strich über das weiße Leinen eines Hemdes.

Dann schüttelte sie langsam den Kopf und schloss die Schranktür, lehnte ihre Stirn dagegen. »Du dummer, dummer Mann. Warum musstest du ausgerechnet dorthin gehen?« Auf ihre quälende Frage antwortete ihr nur Schweigen. Sie ließ den Kopf gegen das Holz sinken. »Du hast niemandem jemals erlaubt, dich irgendwohin mitzunehmen, wenn du da nicht hinwolltest.« Als die Schwester, die ihm ständig hinterhergelaufen war, wusste sie, er hätte sich nie von etwas abbringen lassen, was er sich einmal in den Kopf gesetzt hatte.

Daisy trat zu dem unberührten Bett. Sie zögerte, fürchtete, die Tagesdecke, auf der er einmal gelegen hatte, durcheinanderzubringen und den Geist seiner Erinnerung zu stören. Mit einem leisen Seufzer setzte sie sich auf die Kante. Ein Anflug von Staub stieg von dem Stoff auf und wirbelte in silbrigen Flocken glitzernd durch die Luft. Auric hatte Lionel zu nichts gezwungen. Er war aus eigenem Antrieb und freiwillig mitgegangen. So wie Marcus und Auric auch.

Schuldgefühle waren witzlos und würden die Vergangenheit nicht ändern können. Daisy streckte sich aus. Sie wünschte nur, die jungen Männer hätten andere Entscheidungen getroffen, denn dann würde Lionel noch am Leben sein, und es würde noch das unkomplizierte Lachen und das Lächeln geben, die sie gemeinsam geteilt hatten.

Sie rollte sich auf die Seite und starrte auf das Nachttischchen an Lionels Bett. Sie sehnte sich nach einer greifbaren Erinnerung an ihn, etwas, an dem sie sich festhalten konnte, doch das Mahagonimöbel hätte genauso gut irgendeinem anderen jungen Mann gehören können und in irgendein anderes Zimmer, genauso wie der Schrank und die Kleider.

»Du bist fort«, flüsterte sie. Nein, nicht nur fort. »Du bist tot.« Diese drei Worte, die sie jetzt zum ersten Mal aussprach, raubten ihr den Atem. Während der Jahre, in denen sie ihre Eltern durchs Schlüsselloch belauscht hatte, wie sie von Lionels Ermordung redeten, hatte niemand gewagt, die Worte auszusprechen, als würden sie dadurch wahr werden.

Nur dass sie immer schon wahr gewesen waren. Das alles konnte nicht ungeschehen gemacht werden. Was für Schuldgefühle Auric auch mit sich herumschleppte, sie würden Lionel nicht zurückbringen.

Sie schluchzte auf, setzte sich hin und zog Lionels Kissen an sich, wiegte sich vor und zurück und weinte so heftig, dass ihr die Brust schmerzte. Er war fort, aber Auric trug dafür keine Verantwortung. Und dann weinte sie nur noch heftiger, als ihr klar wurde, dass sie die Schuld noch vergrößert hatte, die auf seinen Schultern lastete. Sie weinte, bis sie dachte, sie würde zerbrechen, und dann weiter, bis nichts mehr kam als ein bebender feuchter Schluckauf.

Keiner von ihnen hatte in diesen sieben Jahren wahrhaft gelebt. Ihre Mutter nicht, sie nicht, Auric nicht, und sie vermutete, auch Marcus nicht. Obwohl sie geschickt ihre Rolle gespielt hatte, gelacht und versucht hatte, das Leben zu genießen, hatte sie das nie getan.

Ihr Leben war die sorgsam errichtete Fassade einer Frau gewesen, die ihrer Familie und der Gesellschaft beweisen wollte, dass ihr Herz verheilt war und es keinen Anlass gab für mitleidige Blicke oder Geflüster.

»Ich möchte wieder leben«, sagte sie leise in das leere Zimmer. »Ich glaube, das würdest du auch für mich wollen, Lionel.« Zögernd richtete sie sich auf und blieb auf der Bettkante sitzen. Eigentlich wollte sie nicht gehen, denn dies fühlte sich wie der Abschied an, den sie von Lionel nie hatte nehmen können. Sie fuhr mit den Händen über die Oberfläche seines Tisches und zog die Schublade heraus.

Darin lag ein strahlend weißes Taschentuch, bestickt mit seinem Monogramm. Mit bebenden Fingern holte sie es hervor. Etwas glitt daraus zu Boden und landete mit einem metallischen Klirren auf dem Parkett. Daisy schaute nach unten, und ihr Herz blieb beinahe stehen. Ein Blumenanhänger an einer Goldkette lag in einem irgendwie traurigen Häuflein da. Gefühle schnürten ihr die Kehle ab, während sie sich rasch bückte und es aufhob.

Ihr Geschenk.

Ich hab dir etwas Besonderes besorgt, Daisy, Kleines …

Ich brauche nichts Besonderes …

Du verdienst etwas Besonderes, weil du besonders bist … Aber du wirst noch warten müssen, mein Mädchen …

Daisy stand da, barg das Schmuckstück an ihrer Brust. Es war an der Zeit, heimzukehren. Sie ging zur Tür, zog sie auf und trat in den Flur.

»Daisy.«

Sie zuckte zusammen und fuhr herum.

Ihre Mutter stand auf dem Korridor, den Kopf verwirrt zur Seite gelegt. Als ob sie versuchte, sich auf die Anwesenheit ihrer Tochter vor der geheiligten Tür einen Reim zu machen, blickte sie von ihr zu Lionels Zimmer und wieder zurück.

»Guten Morgen, Mutter.« Sie musterten einander eine Weile, bis Daisy das Schweigen brach. »Er ist fort.«

Ihre Mutter runzelte die Stirn. »Wer ist …«

»Lionel.« Die Marchioness, durch den Kummer vor ihrer Zeit gealtert, zuckte zusammen, als wäre sie geschlagen worden. Daisy ging zu ihr, ließ den Blick über die Falten in dem früher einmal glatten, eleganten Gesicht wandern. »Er ist fort, Mama«, wiederholte sie die Worte, die sie alle schon vor Jahren hätten aussprechen müssen.

»W-wovon redest du?«, keuchte ihre Mutter, eine Hand am Hals.

»Lionel ist …«

»Natürlich weiß ich, dass er fort ist«, erwiderte ihre Mutter mit mehr Gefühl, als Daisy ihr zugetraut hätte, so gebrochen, wie sie wirkte. »Glaubst du, ich könnte das vergessen?«

Daisy schüttelte den Kopf. »Nicht vergessen. Du solltest dich stets an ihn erinnern, aber er hätte nicht gewollt, dass du«, *oder ich oder Auric*, »so werden würdest.« Mit ihrer freien Hand umfasste sie die kalten Finger ihrer Mutter. »Lass deine Trauer los, Mama. Es ist an der Zeit.«

Ihre Mutter entriss ihr die Hand und wirbelte herum. »Wie kannst du es nur wagen, Daisy?«, zischte sie. »Du bist hergekommen und machst mir Vorwürfe, weil ich meinen Sohn liebe. Du möchtest, dass ich wieder lächele? Für wen oder für was sollte ich wohl lächeln?«

Ich bin da. Du kannst für mich lächeln.

Und während sie dort stand, auf dem stillen Korridor, und die Brust ihrer Mutter sich unter ihren verärgerten, flachen Atemzügen hob und senkte, begriff Daisy auf einmal Aurics jahrelanges Schweigen. Sie betrachtete die angespannten Züge ihrer Mutter und die Bitterkeit in ihren blauen Augen. Es schmerzte sie, als sie sich die Schuldgefühle ihres Ehemannes vorstellte, die ihn geplagt haben mussten, wann immer er hier gewesen war, Zeuge des Leids ihrer Eltern gewesen war. Natürlich würde Auric mit der Schuld an Lionels Tod leben. Wie hätte er die Last nicht spüren sollen?

Er hatte seine Geheimnisse vor ihr gewahrt, weil er sich davor gefürchtet hatte, wie sie reagieren würde – nämlich genau so, wie sie es getan hatte. Daisy schloss die Augen und schüttelte den Kopf langsam vor und zurück. Als sie sie wieder öffnete, blickte sie ihre Mutter an. Die ältere Frau starrte mit blitzenden

Augen zurück. Ihre Mutter würde nie frei sein, und wenn Daisy sich wie sie an den Schmerz und die Bitterkeit klammerte, dann würde sie genauso werden.

»Auf Wiedersehen, Mama«, sagte sie leise. Sie trat zu ihr und küsste sie auf die Wange. Die Marchioness versteifte sich. »Es war nicht meine Absicht, dich aufzuregen.«

Die Wahrheit hätte ihren Eltern keinen Trost gebracht. Auric hatte das verstanden, und vermutlich war das der Grund für sein Schweigen. »Ich hab dich lieb.«

Daisy ging den Flur entlang, bereit, die Trauer dieser Jahre hinter sich zu lassen und zu versuchen, ihre Welt mit Auric in Ordnung zu bringen. Er hatte sie vielleicht nicht aus Liebe geheiratet, aber ihre Beziehung war durch etwas geformt worden, das so viel mehr war, als die meisten Ehepaare besaßen. Er war ihr bester Freund. Und das musste doch etwas bedeuten.

Dann sah sie aus dem Augenwinkel Lionels fröhliches Gesicht, und sie blieb jäh stehen. Wie magisch von dem Porträt ihres Bruders angezogen, auf dem er für immer als der unbekümmerte, liebevolle junge Mann dargestellt war, trat Daisy näher. Das Gemälde, das früher an einer Wand der Ahnengalerie der Marquis of Roxbury gehangen hatte, hatte das letzte von Lionel sein sollen, bevor er den Titel übernahm. Stattdessen war es sein letztes Bildnis überhaupt geworden.

»Auric hat den gegenwärtigen Marquis of Roxbury um dieses Bild gebeten.«

Daisy wirbelte herum. »Wa…?«

»Am Tag deiner Hochzeit«, murmelte ihre Mutter.

Gefühle schnürten Daisy die Kehle zu, machten es ihr schwer, etwas zu sagen. So ein Mann war Auric. Solange sie ihn kannte, hatte er stets das Glück, das Wohlergehen und die Empfindungen von anderen berücksichtigt. Das war der Mann, in den sie sich verliebt hatte, und er war der einzige Mann, den sie je lieben würde. Zögernd löste Daisy ihren Blick von dem Gemälde und zwang sich, weiterzugehen.

»Daisy?«, rief ihre Mutter und hielt sie zurück.

Sie drehte sich um.

»Ich hab dich auch lieb«, flüsterte die Marchioness.

Daisy lächelte sie an. »Das weiß ich, Mama.« Damit ging sie. Es war Zeit, ihren Ehemann zu suchen.

Kapitel 22

Auric saß in der Bibliothek, den Kopf in die Hände gestützt. Die halb leere Flasche Brandy, in der er sich die meiste Zeit des Tages über verloren hatte, lag vergessen zu seinen Füßen neben dem offenen Tagebuch, das ihn all diese Jahre gerettet, aber jetzt in den Augen der Frau, die er liebte, zerstört hatte.

Daisys Anschuldigungen und Worte hallten in seinem Kopf wider, genauso wie sie es die ganze Zeit getan hatten, seit sie ihn gestern Nachmittag verlassen hatte, mit Verachtung in ihren einst so liebevollen braunen Augen.

Langsam strich er sich mit den Händen durchs Haar und griff nach seinem Glas Brandy. Er leerte es in einem langen Zug, schnitt eine Grimasse, als der Alkohol sich seine Kehle hinunterbrannte. Hatte er eine andere Reaktion von ihr erwartet? Und wichtiger noch, hatte er eine andere Reaktion verdient?

Und das Schlimmste an allem war, dass ihre Anschuldigungen, die sie ihm entgegengeschleudert hatte, eine schreckliche Wahrheit enthielten. In all den Jahren hatte er gedacht, dass etwas Ehrenhaftes daran war, sich Lionels Familie zu widmen. Tatsächlich hatte er diese Dinge nicht für Daisy getan oder den Marquis oder die Marchioness of Roxbury – sie waren nur für ihn selbst gewesen.

Er nahm das Buch zur Hand und starrte die Worte an, die die Liebe, die Daisy für ihn in ihrem Herzen getragen hatte, für immer zerstört hatten.

Ich habe ihren Bruder umgebracht …

Auric schloss die Hände enger um den Lederband. Aber Daisy hatte recht. Es gab keine Vergebung. Es gab keine Rettung. Jetzt gab es zwischen ihnen nur noch die Wahrheit. Doch diese Wahrheit hatte ihn nicht frei gemacht, wie es in der Bibel hieß. Stattdessen war er jetzt in einer lieblosen Ehe gefangen, und seine Reue über seine Rolle bei Lionels Tod und seine Täuschung lasteten nur noch schwerer auf ihm.

Er wünschte, dass die Lügen noch immer zwischen ihnen stünden. Denn dann würden diese Lügen zwar weiter an ihm fressen, aber Daisy wäre unberührt von den Schrecken jener Nacht. Jetzt wusste sie Dinge, die einer jungen Dame um jeden Preis erspart werden sollten, und dass er ebender egozentrische Bastard war, der er immer schon gewesen war.

Auric blätterte in den Seiten seines Tagebuchs, und sein Blick blieb wahllos an einer Seite hängen.

> *Lionel,*
> *Daisy braucht einen Ehemann … Ich werde dafür sorgen, dass sie einen ehrenhaften, respektablen, entschlossenen Gentleman bekommt, wie sie es sich wünscht und verdient …*

Eine weitere Lüge. Denn er wusste, dass Astor oder irgendein anderer für sie ein besserer Ehemann gewesen wäre und sie vor dem Leid der Vergangenheit bewahrt hätte, doch er hatte sie trotzdem selbst geheiratet. Ihre Ehe würde Daisy immer daran erinnern, was sie verloren und was er sie gekostet hatte. Er schlug das Buch zu. Das harte Geräusch verschaffte ihm zumindest eine gewisse Befriedigung.

Auric erhob sich mit dem verdammenden Buch in der Hand und ging durch den Raum zum Feuer. Sanfte Flammen knisterten auf dem Eisenrost, gaben ein mattes orangefarbenes Licht ab. Merkwürdig, wie er von außen so warm sein konnte und doch innerlich erfroren.

Er betrachtete eine Flamme, die höherschlug als die anderen. All diese Jahre hatte er darum gekämpft, so etwas wie Frieden und Normalität zu finden. Von dem Moment seines großen Fehlers an hatte er sein Leben der Aufgabe gewidmet, ein Mann zu werden, den man für seine Moral und sein vorbildliches Leben respektierte. Nach Lionels Tod war sein gesamtes Dasein eine sorgfältig errichtete Fassade gewesen, die den einen Zweck erfüllte, alle zu täuschen – die gute Gesellschaft, Daisy, ihre Familie, ihn selbst. Er hatte das immer gewusst, und die Schuld dieser Täuschung zerfraß ihn.

Auric drehte das Journal in seinen Händen und ließ seinen Blick über die warmen, vertrauten Seiten des Buches wandern, das ihm Freund und Vertrauter gewesen war. Während sein Leben auf Lügen erbaut war, hatten diese Seiten die Wahrheit gewusst. Als die Albträume ihn zu verschlingen gedroht hatten, hatten sie ihn vor dem Wahnsinn bewahrt.

Seltsam, dass dieses Buch, das ihm all diese Jahre lang Trost geschenkt hatte, ihn jetzt unwiderruflich zerstört hatte. Er musterte sein Gesicht in dem goldgerahmten Spiegel. Ein hartes, bitteres Lächeln spielte um seine Lippen. Das Tagebuch hatte ihn nicht zerstört. Er hatte sich selbst zerstört, wie er das auch mit allem anderen getan hatte: Lionels Leben, seinem eigenen, Daisys, dem ihrer Eltern.

Auric hielt das Buch über das Feuer. Eine scharlachrote Flamme tanzte über eine Ecke, färbte die Kante schwarz. Er hielt seinen Blick auf das schnell wachsende Rußmal gerichtet, das sich ausbreitete und schließlich orange aufleuchtete. Mit einem Fluch warf er es zu Boden und trat die kleine Flamme mit seinem Absatz aus. Er starrte ausdruckslos auf das Journal. Das Buch zu verbrennen würde nicht dafür sorgen, dass das, was er getan hatte, verschwand.

Es klopfte an der Tür, und er hob den Kopf, sein Herz kurz voller Hoffnung. Dann trat sein Butler ein, und alle Hoffnung erstarb.

Der alte Mann riss die Augen auf, als sein Blick auf seinen Herrn fiel. »Viscount Wessex«, murmelte er und vermied dann bewusst, seinen derangiert wirkenden Arbeitgeber anzuschauen. Er führte den Viscount herein, entfernte sich hastig aus dem Raum und schloss die Tür hinter sich.

Aurics Lippen verzogen sich zu einem humorlosen Grinsen. Ah ja, die Bediensteten, genau wie die ganze gute Gesellschaft, sahen immer nur den eleganten, stets makellosen Duke of Crawford. Diese betrunkene, ungekämmte, zerknitterte, armselige Karikatur eines Mannes verwirrte sie.

Wessex ließ kurz seinen Blick über ihn gleiten. Er machte mehrere Schritte auf Auric zu und blieb dann abrupt stehen. »Großer Gott, Mann.« Er verzog das Gesicht. »Du riechst, als wenn du in Alkohol gebadet hättest.«

Brandy und Whiskey, genauer gesagt.

»Was hast du …« Wessex' Worte verloren sich, als sein Blick auf den Boden fiel und er das angekokelte Tagebuch zu Aurics Füßen wahrnahm. Als er zurück zu Auric sah, wirkte seine Miene bewusst ausdruckslos.

Der Viscount ging hinüber zum Sideboard und inspizierte die Kristallkaraffen. Er hob sie eine nach der anderen hoch, als würde er Farbe und Qualität studieren, und entschied sich schließlich für Aurics ältesten und besten französischen Brandy. Wessex nahm ein Glas, und dann folgte das Klirren von Kristall auf Kristall, als er das Glas bis zum Rand füllte. Er drehte sich zurück zu Auric und lehnte sich mit der Hüfte an die Kante des Chippendale-Sideboards.

»Du siehst höllisch schlecht aus«, sagte er ohne Vorrede.

Nun, das passte zu einem Mann, der in der Hölle lebte, und da es da keine Frage gab, beugte Auric sich vor und nahm das Buch an sich. Er trug es zu seinem Schreibtisch und warf es auf die ansonsten leere Oberfläche. Die ganze Zeit brannte seine Haut unter dem Blick des anderen Mannes. Auric setzte sich.

»Sie weiß es«, murmelte Wessex.

Auric nickte knapp.

»Wie …?«

»Sie hat mein Tagebuch entdeckt.« Er war unvorsichtig gewesen. Nicht dass so ein kleines Detail jetzt noch wichtig wäre. Was in den Seiten dieses Tagebuchs verborgen war, bedeutete weniger als die Tatsache, dass er es überhaupt geheim gehalten hatte.

Wessex sagte für einen Moment nichts, saß einfach nur da und nippte an seinem Brandy, obwohl Aurics gesamte Welt um ihn herum zusammengebrochen war. »Sie liebt dich«, stellte er schließlich fest.

Der Abscheu in ihrem Blick und der verächtliche Zug um ihre vollen Lippen verrieten ihm die Wahrheit – sie hatte ihn einst geliebt, aber jetzt nicht mehr. Auric schüttelte wieder den Kopf. »Ganz im Gegenteil«, brachte er heraus. »Sie hasst mich.« *Ich liebe dich …* Hasste ihn, wo einst Liebe in ihren Augen, ihrem Herzen und auf ihren Lippen gewesen war, mit diesen drei Worten, die ihm Leben geschenkt hatten und die ihn hatten glauben lassen, dass er glücklich sein könnte. Dass *sie* glücklich sein könnten.

Narr. Narr. Narr.

Sein Freund stieß sich vom Sideboard ab. »Komm schon«, erwiderte er. »Ganz sicher weißt du doch, dass sie dich seit Jahren liebt. An dem Abend bei Lady Harrisons Ball hat sie nach einem bestimmten Gentleman Ausschau gehalten.«

Aurics Finger krampften sich schmerzhaft um die Lehnen des Stuhls. Sie wäre besser dran mit irgendeinem der Gentlemen von den verdammten Listen von ihm und Wessex. Sein Magen zog sich zusammen. Er hob den Blick und traf auf den ausdruckslosen seines Freundes.

»Ich hatte gedacht, wenn sie jemand anderen heiratet, würde es mich zerstören.« Er strich geistesabwesend mit seiner Hand über das Tagebuch. »Wie konnte ich nicht erkennen, dass sie zu heiraten uns beide zerstören würde?«

Ein ungeduldiger Laut kam von Wessex, der mit seiner freien Hand einen Ledersessel heranzog und sich auf die Kante setzte. »Sie war aufgebracht, Auric.«

Hoffnung regte sich in Aurics Brust. Vielleicht hatte Wessex recht. Er versuchte sich vorzustellen, welch ein Schock es gewesen sein musste, als Daisy in so kurzer Zeit alles erfahren hatte. Natürlich hatte sie Schock empfunden, Ekel, Verachtung, aber vielleicht würde sie mit der Zeit erkennen … würde ihr klar werden … Auric schloss für einen Moment die Augen und schüttelte den Kopf. Als er sie wieder öffnete, merkte er, dass der ernste Blick seines Freundes immer noch auf ihm ruhte.

»Was ich getan habe, kann man nicht vergeben«, sagte er mit hohler Stimme.

»Was du getan hast?«, fragte Wessex scharf und beugte sich so abrupt vor, dass das alte Leder unter ihm knirschte. Er legte seine Hände auf die Tischkante. »Du trägst nicht allein die Schuld an dieser Nacht, Auric. Du bist nicht der Einzige, der diese Spelunke an dem Abend dringend besuchen wollte, und du hast Lionel auch nicht gezwungen. Er ist freiwillig gegangen. Das sind wir alle.«

Die Erinnerung kam zurück, wie sie es so oft tat. Sporadisch und unberechenbar. Auric rieb sich mit den Händen übers Gesicht, versuchte, sich in die verdammte Nacht zurückzuversetzen. »Ich habe ihn gezwungen …«

Wessex' leises Lachen unterbrach das Eingeständnis seiner Schuld. »Komm schon, Mann. Ich weiß, es ist vermutlich eine Folge deines erhabenen Herzogstitels, aber du könntest mich nicht dazu zwingen, irgendetwas zu tun, und das konntest du ebenso wenig bei Lionel.«

Auric stockte der Atem, während er versuchte, zu begreifen, was Wessex da sagte. Dann jedoch schob er die großzügigen Worte beiseite. »Ich erinnere mich noch gut an jene Nacht«, erwiderte er harsch.

Wieder knirschte das Leder, als der Viscount sich weiter vorlehnte. »Wirklich?«, fragte er und stützte die Ellbogen auf Aurics Schreibtisch. »Erinnerst du dich wirklich daran?« Er fixierte sein Gegenüber.

Wie könnte er diese schicksalsträchtige Nacht in einem der verrufensten Viertel Londons vergessen? »Natürlich.« Bloß dass die Erinnerung nur noch aus Bruchstücken bestand, die er irgendwie zusammengesetzt hatte, sodass es Sinn ergab.

»Bah«, knurrte Wessex und machte eine abrupte Handbewegung. »Erinnerst du dich wirklich daran, was passiert ist? Oder hast du dir deine eigene Version zusammengebastelt?«

Bei diesen Worten hielt Auric inne.

»Du hast den Mann, der du geworden bist, auf einer Nacht aufgebaut, an die du dich nicht mal genau erinnern kannst. Und woher willst du die Wahrheit kennen?« Er wartete Aurics Antwort nicht ab. »Die Wahrheit ist, Auric, dass du es dir nicht gestattet hast, dich zu erinnern.« Seine Stimme brach, und er räusperte sich. »Genauso, wie du nicht diskutieren wolltest, was passiert ist, wie ich es in den Tagen danach versucht habe.«

Eine Welle der Emotion schnürte Auric die Kehle zu. In den Tagen nach Lionels Tod war Marcus zu ihm gekommen und hatte versucht, über diese Nacht und ihre Folgen zu sprechen. Auric hatte behauptet, keine Zeit zu haben. Wie viele Male hatte er den anderen Mann zum Schweigen gebracht, hatte einfach das Thema gewechselt? Bis die Sache schließlich nie wieder erwähnt worden war. An wen hatte Marcus sich gewandt, nachdem Auric ihre Freundschaft verraten hatte?

»Es tut mir leid«, sagte er mit vor Bedauern rauer Stimme.

Aber Wessex fuhr fort: »Auch ich habe ihn verloren. Du hast ihn nicht mehr gemocht als ich, auch wenn du dir das eingeredet hast. Ich bin auch dein Freund … Und ich wollte dir nur helfen, die Wahrheit über jene Nacht zu erkennen … Nicht nur deinetwegen, sondern auch für mich.«

Die Last der Schuld wuchs, und er nahm es dankbar an.

»Du hast nicht mit mir geredet«, fuhr Wessex fort. Er zeigte mit dem Kinn auf das verrußte Lederbuch auf Aurics Tisch. »Aber du hast dich den Seiten deines Tagebuchs anvertraut, warst es zufrieden, hier allein zu leben, in deiner abgeschlossenen Welt, hinter diesem Schutzwall, den du um dich errichtet hast, erbaut aus Schuld. In deiner Arroganz hast du alles auf dich genommen, wo doch in Wahrheit …« Er hielt inne und lehnte sich über den Schreibtisch, sah Auric direkt in die Augen. »Wir hatten alle Schuld. Du. Ich. Und Lionel.«

Nein.

»Doch«, fuhr Wessex fort, das eine Wort war so leise und dennoch so machtvoll, dass es durch den ganzen Raum zu hallen schien. Er richtete sich auf und strich sich seinen Rock glatt. »Vielleicht, wenn wir darüber geredet hätten, vor …« *Daisy.* »Vor diesem Moment, dann gäbe es jetzt nicht dieses Chaos. Für uns beide. Dir muss ja klar sein, dass die Schuld nicht allein bei dir liegt.«

Auric wandte den Blick ab, denn die Wahrheit lautete, dass es das nicht war. Alles, was er hatte, waren Erinnerungsfetzen, ohne Zusammenhang und sinnlos, aber wenn man sie zusammenfügte, deuteten sie sämtlich auf seine Schuld.

»Mein Gott«, sagte Wessex leise. Er atmete langsam aus. »Du erinnerst dich gar nicht an die Einzelheiten, oder?«

»Ich erinnere mich an genug«, presste Auric heraus.

»Lionel wollte in diese Spelunke gehen.«

»Weil ich ihn dazu gedrängt hatte.«

Sein Freund schüttelte langsam den Kopf. »Nein, Auric.« Er setzte sich wieder hin. »Er wollte es von ganz allein.«

Auric legte den Kopf zur Seite. »Wir haben uns darüber gestritten …«

»Ihr habt euch gestritten«, unterbrach Wessex ihn. Er griff nach seinem Brandy. »Aber nicht aus diesem Grund.«

Die Räder in Aurics Gehirn drehten sich langsam, als er versuchte, die Bruchstücke zusammenzufügen. Sie waren dort, fast in Reichweite, wie sie es immer waren, aber jedes Mal, wenn er ihnen nahe kam, war es, als würde ein schwarzer Vorhang zugezogen.

Er kämpfte sich durch die dicken, schwarzen, zähen Schatten und sprang mit einem verärgerten Laut auf. Sie hatten sich gestritten, mit der Hitzigkeit von zwei jungen Männern, die miteinander wetteiferten … Vor und zurück. Um was? Um was?

Auric begann, erregt hinter seinem Schreibtisch auf und ab zu gehen. Worüber hatten sie sich gestritten, als er nachgegeben hatte und … Er blieb abrupt stehen und starrte aus den Fenstern.

»Der Besuch in der Spelunke war Lionels Idee.«

Kamen diese Worte von Wessex? Oder waren es seine eigenen? Er drehte sich um und sah den Viscount an. »Es war Lionels Entscheidung, dorthin zu gehen.«

Wessex starrte in sein Glas, schwenkte die bernsteinfarbene Flüssigkeit in einem langsamen Kreis. »Du wolltest dich nicht in diese verrufene Gegend von London vorwagen.«

Auric strich sich zitternd mit den Fingern durchs Haar und schloss noch einmal die Augen, während er versuchte, den Rest der Bruchstücke aus jener Nacht zusammenzusetzen. Er hatte zu einem der exklusiveren Etablissements gehen wollen … Dann ließ er die Hand zurück an seine Seite fallen. »Die Frau.«

Das Schweigen seines Freundes war Bestätigung der halben Erinnerung.

Die geschmeidige Kreatur mit mitternachtsschwarzen Locken, die ihr um die Schultern fielen, und mit einem Versprechen in den Augen. Sie hatten an diesem Abend beide das Bett der Hure teilen wollen. Letztendlich hatte Lionel nachgegeben, war mit einer anderen und so in den Tod gegangen.

Ich wäre es gewesen. O Gott. Der Raum drehte sich wild um ihn, und er streckte eine Hand aus, lehnte sich gegen die Wand, als seine Beine unter ihm nachzugeben drohten. Übelkeit rumorte in seinem Magen, als sich der Vorhang endlich hob und die Vergangenheit sich vor ihm entfaltete. »Ich hätte es sein sollen.« Seine Stimme war nur ein heiseres Krächzen.

Wessex fluchte. Die Dielen knackten, zeigten an, dass der andere Mann sich bewegt hatte. »Du willst immer noch die Schuld für jene Nacht auf dich nehmen? Selbst wenn du weißt …«

»Wenn ich mit ihr auf ihr Zimmer gegangen wäre …«

»Dann wärst du jetzt tot«, sagte sein Freund direkt.

Und Lionel würde noch leben.

Er dachte an Daisy, seine Ehefrau, und die Geheimnisse, die er vor ihr hatte. In Wahrheit gab es kein größeres Verbrechen als das. Emotionen wirbelten in ihm durcheinander, überfielen ihn und drängten Logik und Verstand zurück. Wenn er jetzt nicht ging, würde er dem Wahnsinn verfallen. Er wandte sich mit langen Schritten zur Tür.

»Wo willst du hin?«, rief Wessex ihm hinterher.

Auric ignorierte ihn, musste frei sein von den Erinnerungen, die ihn nun mit fürchterlicher Klarheit durchströmten, schrecklicher und übelkeiterregender, weil sie so echt waren. Er riss die Tür auf und stieß mit Daisy zusammen.

Er streckte schnell die Hände aus und hielt sie an den Schultern fest. Dann ließ er sie ebenso abrupt los, starrte ihr ins Gesicht. Ihre Sommersprossen waren deutlich zu erkennen auf ihren blassen Wangen. Sie öffnete und schloss mehrmals den Mund.

Er schluckte hart, und ohne ein weiteres Wort lief er an ihr vorbei und floh – vor den Wahrheiten, den schmerzerfüllten Augen seiner Frau und der Schuld, der er niemals entkommen konnte.

* * *

Daisy starrte ihrem Mann hinterher. Ihr Herz raste und schlug schmerzhaft in ihrer Brust. Sie lehnte sich gegen den Türrahmen, suchte Halt, während sich alles, was sie gehört hatte, vor ihrem geistigen Auge abspielte.

All die Jahre hatte Auric die Schuld auf sich genommen. Er hatte sich in einer Hölle befunden, die er sich selbst erschaffen hatte, weil er überlebt hatte, die Verantwortung für seine, Lionels und Marcus' Taten in jener Nacht übernommen hatte. Es war Lionels Entscheidung gewesen, aber aufgrund einer kleinen, aber wesentlichen Wendung des Schicksals war Auric mit einer anderen Frau nach oben gegangen und lebte deshalb noch. Es hätte er sein können.

Ich hätte es sein sollen.

Sie schlug die Hände vor den Mund, während Schmerz sie in langsamen Wellen durchströmte. Das war es, was er glaubte? Dass eine Welt, in der er nicht mehr war, vorzuziehen wäre? Sosehr sie Lionel geliebt hatte und es auch immer tun würde, Gott mochte ihr vergeben, aber sie hätte nie Auric geopfert, damit ihr Bruder leben könnte. Sie brauchte ihn. Auf jede Art und Weise, auf die sie ihn haben konnte. Jetzt. Sie wollte ihm hinterher.

»Daisy.« Marcus' tiefer Bariton ließ sie innehalten. Sie wirbelte herum und sah ihn an. Er blickte sie besorgt an und mit einer schwer deutbaren Emotion in seinen blauen Augen. »Du hast es gehört.« Matte Röte breitete sich in seinen Wangen aus.

Sie konnte nicht sprechen, also nickte sie nur. Sie warf einen weiteren Blick über ihre Schulter, wollte ihrem Ehemann hinterhereilen. Doch sie schloss die Tür hinter sich und lehnte sich gegen das harte, solide Holz.

»Du warst wütend«, sagte Marcus ohne weitere Vorrede.

Diese Worte wären von jedem anderen eine Frechheit gewesen. Aber obwohl er sich als Junge häufig von ihr gestört gefühlt hatte, war Marcus doch auch eine Art Bruder für sie gewesen.

»Ich war schockiert«, sagte sie und bemerkte selbst, dass sie sich defensiv anhörte.

Marcus biss die Zähne aufeinander. »Es war nicht seine Schuld.« Er beugte sich vor und nahm das verrußte Tagebuch zur Hand. Dasselbe Objekt, das vor nicht einmal einem Tag ihre Welt auf den Kopf gestellt hatte. »Trotz meiner und deiner Anwesenheit in seinem Leben und seiner Rolle in der Gesellschaft ist er all die Jahre allein gewesen.«

Ihr Herz zog sich zusammen, als sie die Wahrheit in diesen Worten erkannte. Und plötzlich waren all ihre Eifersucht und ihr Kummer über seine Werbung um Lady Anne belanglos. Daisy hätte auf ihr eigenes Glück verzichtet, wenn es bedeutet hätte, dass Auric das bekommen konnte, was er verdiente – den Frieden, nach dem er sich sehnte, die Liebe von Lady Anne.

»Hier, nimm es.« Marcus hielt ihr das Buch hin.

Sie schüttelte den Kopf, verstand, dass sie Frieden gemacht hatte mit ihrer, seiner und Lionels Vergangenheit. »Ich brauche seine Worte nicht zu sehen.«

Sie hatte genug gelesen, genug gehört, um zu wissen, dass es seine Bekenntnisse waren. Sie hatten sich alle auf ihre eigene Art mit der Trauer auseinandergesetzt – oder, im Falle ihrer Eltern, auch nicht. Sie würde seine Privatsphäre nicht verletzen, um hohlen Trost für sich zu finden. Daisy verschränkte die Arme vor der Brust. Sie brauchte nur ihn.

»Er liebt dich, Daisy.« Es dauerte einen Moment, bis sie begriff, dass Marcus das ausgesprochen hatte und es nicht nur der Sehnsucht entstammte, die sie so lange in ihrem Herzen getragen hatte.

Sie sah auf, ihr Puls raste. »Hat er das gesagt?« Die Frage kam nur zögernd heraus.

Ein leeres Lachen entschlüpfte Marcus, und er wischte sich mit der Hand übers Gesicht. »Oh, Daisy, bist du wirklich so naiv?«

Sie legte den Kopf zur Seite.

Er gestikulierte in ihre Richtung und blätterte in Aurics Buch. »Er hat dich immer geliebt. Genau wie du ihn immer geliebt hast. Ihr wart beide blind für die Wahrheit, die jeder um euch herum immer gewusst hat.«

Daisy umschloss den Gänseblümchen-Anhänger so fest, dass sich das Metall in ihre Handfläche bohrte. »Ich war immer nur eine Verpflichtung für ihn«, flüsterte sie.

»Wenn du das wirklich glaubst, bist du genauso ein Narr, wie er es ist, mit seiner verdammten Entschlossenheit, einen anderen Ehemann für dich zu finden als sich selbst«, erwiderte Marcus.

Sie zuckte zusammen, war sich nicht bewusst gewesen, dass sie laut geredet hatte. »Wo ist er hingegangen, Marcus?« Ihre Frage hörte sich bittend an. »Ich muss ihn sehen.« Sie musste ihm sagen, dass sie ihn liebte und dass er keine Schuld trug, sodass er vielleicht anfangen konnte zu heilen.

Marcus zuckte die Achseln. »Ich weiß es nicht.« Ein nachdenklicher Ausdruck trat auf sein Gesicht.

Sie eilte mit raschelnden Röcken zu ihm und nahm seine Hände. »Finde ihn, Marcus. Bring ihn nach Hause.« Zu ihr. Wo er immer hingehört hatte.

Er betrachtete für einen Moment aufmerksam ihr Gesicht und nickte. Mit einer kurzen Verbeugung reichte er ihr Aurics Tagebuch und verabschiedete sich.

Daisy wandte ihre Aufmerksamkeit dem angekohlten Lederband zu, der schwer in ihren Händen lag. Sie blätterte die Seiten um, und schwarze Ascheflocken lösten sich vom Papier. Wohin würde er gehen ... Wohin würde er sich wenden ...?

Daisys Finger erstarrten in der Bewegung. Das gleichmäßige Ticken der großen Standuhr klang in der Stille des Raumes überlaut. Schuldbewusst ließ sie den Blick auf das Buch sinken. Sie hatte geschworen, nicht darin zu lesen.

Sie befeuchtete sich die Lippen. Nur dass es jetzt nicht mehr um die Vergangenheit ging. Es ging um die Zukunft. Sie öffnete das Buch und blätterte in den Seiten, las Daten, blätterte weiter.

Und hielt inne.

22. April 1816.

Ihr Herz setzte einen Schlag aus. Der Tag, an dem er wieder in ihr Leben getreten war. Sie überflog die Sätze, fühlte sich wie der schlimmste Eindringling in seine geheimsten Gedanken, ein Dieb, der Worte stahl, auf die er kein Recht hatte.

Sah ich auf einmal eine Brünette ... Ihr Herz schlug in einem merkwürdigen Rhythmus. *In Gipsy Hill ...*

Ihr Herz klopfte schneller. Natürlich. Sie ließ das Buch zuklappen und wandte sich zur Tür.

Kapitel 23

Auric stand am Beginn der mit Kopfsteinen gepflasterten Straße. Die Rufe der Zigeuner, die ihre Waren feilboten, verschwammen in seinem Kopf zu einer Kakofonie. Er blickte auf das Lorgnon in seiner Hand, drehte es in den Fingern. Die Strahlen der Morgensonne brachen sich in der Linse, glitzerten auf dem Metall und blendeten ihn für einen Moment.

Es ist ein Lorgnon. Es hilft dir zu sehen …

Nur hatte er in den letzten Jahren so wenig gesehen. Alles, was er je gewollt hatte, alles, was er je gebraucht hatte, war immer dort gewesen, direkt vor ihm. Sie war dort gewesen. Und doch hatte er sie verloren. Hatte sie vor langer, langer Zeit verloren.

»Suchen Sie etwas Bestimmtes, Sir?« Die Stimme der Frau, alt und leise, unterbrach seine Gedanken.

Auric steckte das Einglas zurück in die Vordertasche seines Rocks. »Nein«, murmelte er.

Er war sich nicht einmal sicher, warum er hierhergekommen war. Nein, das war nur eine weitere Lüge. Er wusste, warum er hier war. Das war der Ort, an dem er aufgehört hatte, Daisy als kleines Mädchen zu betrachten, das seinen Schutz brauchte, und Lady Daisy Laurel Meadows entdeckt hatte, die Frau, die in sein Herz gedrungen war und ihn daran erinnert hatte, wie es war, wieder zu … fühlen.

Und er wollte verdammt sein, wenn er nicht alles hasste, was mit dem Leben zusammenhing.

»Vielleicht ein Geschenk für Ihre Dame?«

Er versteifte sich, wandte seine Aufmerksamkeit wieder der hartnäckigen Frau mit ihrem wirren grau-schwarzen Haar zu. Er öffnete den Mund, aber sie hielt ihm ein langes gelbes Stoffstück entgegen und brachte ihn zum Schweigen. »Vielleicht ein Band für das Haar der Lady?«

Er schüttelte den Kopf. »Ich …«

Sie hob einen kleinen elfenbeinbesetzten Handspiegel hoch. »Dann vielleicht ein Spiegel, um ihre Schönheit einzufangen?« Sie erlaubte ihm keine Antwort, sondern sprach weiter: »Oder ein paar Kämme?«

Ein Bild von ihr an ihrem Hochzeitstag, strahlend und lächelnd mit den Schmetterlingskämmen in ihren braunen Locken, huschte durch seinen Geist, und der Druck auf seiner Brust nahm zu. Es gelang ihm, den Kopf zu schütteln, und sie wandte ihre Aufmerksamkeit wieder ihrem bunten Sammelsurium von Waren zu.

Auric griff in seinen Rock und zog einen kleinen Beutel mit Münzen hervor. »Hier«, sagte er barsch.

Sie sah ihn erwartungsvoll an und betrachtete dann für eine lange Zeit die Geldbörse.

»Nimm es«, sagte er leise und drückte ihr den Beutel in ihre gichtgekrümmten Finger.

Die alte Zigeunerin zögerte und verstaute dann den Beutel in einer Tasche ihres lilafarbenen Kleides. Er wandte sich ab und wollte die Straße entlang weitergehen.

»Mylord.«

Er ignorierte die Frau und machte einen Schritt, einen weiteren und blieb dann stehen. Auric schloss die Augen für einen Moment und drehte sich dann um, um sie anzusehen.

Sie lächelte ihn an, enthüllte eine Reihe von krummen gelben Zähnen. »Vielleicht eine Halskette für Ihre Dame?« Die Kette baumelte an ihren krummen Fingern hin und her, die Sonne glänzte auf dem Gold.

Ein Herz … Etwa so groß, aus Gold und mit einem eingravierten Muster …

Er atmete hastig ein und ging zu ihr zurück.

Wortlos hielt sie ihm die Kette entgegen, und Auric nahm das kleine Schmuckstück. Er schluckte schmerzhaft. Ein Herz. Es war ein Herz. Genau der Talisman, den seine Frau versucht hatte, in ihrer Stickerei einzufangen.

»Es ist perfekt«, sagte er leise. Er tastete nach weiteren Münzen für die Frau, aber sie hielt die Hände hoch. »Nein, nein. Kein weiteres Geld dafür.« Sie senkte die Stimme und sprach so leise, dass er sich Mühe geben musste, um sie zu verstehen. »Es gibt eine Legende zu diesem Schmuckstück.« Ein langsames, mysteriöses Lächeln spielte um ihre Mundwinkel. »Einige sagen sogar, es ist Magie, die dafür sorgt, dass die Trägerin …«

»Auric!«

Er wirbelte herum und suchte die überfüllte Straße nach der Frau ab, der diese heisere Altstimme gehörte.

Daisy stand ein paar Wagen entfernt, Zögern war an der Haltung ihrer stolzen schmalen Schultern erkennbar. Sie zog ihr Retikül nahe an sich heran und machte einen vorsichtigen Schritt auf ihn zu. Ihre Blicke fanden sich, und eine schmerzhafte Sehnsucht nach dem Leben mit ihr überfiel ihn.

Sie befeuchtete sich die Lippen, kam weiter auf ihn zu. »Du bist weggegangen.« Ihre Worte hörten sich leicht atemlos an, eine Anklage, unterstrichen durch die Intensität in ihren Augen.

Es gab keinen Grund, zu bleiben. Seine Finger schlossen sich reflexhaft um den Goldanhänger.

Daisy streckte ihm bittend die Hände entgegen. »Es gab jeden Grund, zu bleiben, Auric.« Das Retikül drehte sich und bewegte sich in der sanften Frühlingsbrise.

Plötzlich hatte er einen Kloß im Hals. Sie hatten immer diese Verbindung gehabt, sodass einer die Gedanken des anderen beenden konnte. »Tatsächlich, Daisy?« Seine Stimme klang rau und fast fremd in seinen eigenen Ohren. Wie konnte sie ihm all das vergeben, was er sie gekostet hatte?

Daisy ließ ihr Retikül zu Boden fallen. Sie stellte sich auf die Zehenspitzen und nahm sein Gesicht zwischen die Hände. »Glaubst du wirklich, ich könnte in einer Welt leben, in der es dich nicht gibt? Glaubst du, dass ich dich jemals für Lionel geopfert hätte?«

Schmerz erfasste ihn. Sie verstärkte den Druck ihrer Hände. »Ich habe meinen Bruder geliebt, Auric«, sagte sie leise. »Das werde ich auch weiter, und sein Verlust wird immer, immer wie eine Wunde sein.«

Die Muskeln seines Magens zogen sich zusammen. »Es tut mir so leid …«

Sie schüttelte den Kopf, unterband die Entschuldigung.

Ja, irgendwann hatte auch er sich damit abgefunden, dass man so einen Verlust niemals ganz verwand. Die schmerzhafte Lücke, die Lionels Abwesenheit hinterlassen hatte, würde nie ganz heilen.

»Dieser Schmerz wird immer bei uns sein«, erklärte Daisy sanft. Sie sah ihm in die Augen. »Aber ich möchte mir keine Welt vorstellen, in der du nicht bist.« Sie ließ die Hände an ihre Seiten fallen, und er bedauerte, dass sie ihn nicht mehr berührte.

Ah, Gott, er verdiente sie nicht.

Daisys Brust hob und senkte sich hektisch unter der Macht ihrer Gefühle. Sie trat näher, sodass sie nur noch eine Haaresbreite von ihm trennte. »Vielleicht hast du mich nur aus Pflichtgefühl geheiratet«, begann sie.

»Nein«, brach es aus ihm heraus. Auric konnte es nicht ertragen, wenn sie glaubte, dass er sie nur als Verpflichtung sah und nichts weiter. Wie konnte sie nicht wissen, wie viel sie ihm bedeutete? *Weil du sie nie so einbezogen hast, wie sie es verdient hätte …*

Er atmete ein. »Ich habe versucht, mir einzureden, dass das alles wäre, Daisy.« Er strich sich mit einer zitternden Hand durchs Haar. »Was war die Alternative? Dich zu lieben, die Frau, die …«

Sie presste ihm die Fingerspitzen auf die Lippen, unterbrach seine Worte. »Ich weiß, dass du mich liebst, Auric.« Ein bebendes Lächeln spielte um ihren Mund. »Und ich nehme dich so, wie ich dich bekommen kann. Wenn du mich nur als Freund liebst …«

Er eroberte ihre Lippen in einem langsamen Kuss. Die lauten Rufe der Verkäufer, die ihre Waren anboten, und das Rattern der Kutschen auf dem Kopfsteinpflaster traten in den Hintergrund, und er, der in den letzten Jahren sein Leben auf Anstand und Ehre aufgebaut hatte, weil er sich der Wahrheit nicht hatte stellen können, küsste seine Frau, ohne sich darum zu scheren, wer zusah.

Daisy schmiegte sich an ihn und erwiderte den Kuss. Er löste sich von ihr und ließ seinen Blick über ihr hübsches herzförmiges Gesicht gleiten. Ihre Lider flatterten heftig, und als sie die Augen öffnete, sah er die Leidenschaft darin. Er streichelte ihre Unterlippe. »Ich liebe dich, Daisy Laurel Meadows.«

Sie sagte für eine lange Zeit nichts, betrachtete ihn nur schweigend, und dann verzog das langsame, spitzbübische, so typische Daisy-Lächeln ihre Lippen. »Und ich liebe dich, Ehemann.«

Auric ließ den billigen Tand, den ihm die Zigeunerin gegeben hatte, in seine Tasche gleiten. Sie verengte die alten, wissenden Augen, beobachtete sie jetzt genau, aber dann trat eine junge Frau an den Wagen und beanspruchte ihre Aufmerksamkeit, und sie wandte sich ihr zu.

Auric hob Daisys Retikül vom Boden auf und reichte es ihr. »Sollen wir nach Hause fahren?« Er hielt ihr eine Hand hin.

Daisy schaute einen Moment lang auf seine Finger und legte dann ihre in seine. »Hast du es nicht verstanden, Auric?«, flüsterte sie.

Er runzelte die Stirn.

»Wir sind es bereits«, erklärte sie leise.

Die Worte strömten über ihn hinweg, und eine Leichtigkeit, von der er nie geglaubt hatte, dass er sie je wieder fühlen würde, ergriff ihn, und endlich empfand er inneren Frieden.

Epilog

17. Januar 1817

»Es ist Zeit, Abschied zu nehmen«, murmelte Auric. Seine Stimme schien von den Wänden seines Studienzimmers widerzuhallen. »Ich werde für immer zu schätzen wissen, was du mir gewesen bist.«

Er atmete langsam ein. »Aber jetzt benötige ich keine Hilfe mehr«, fuhr er leise fort. Selbst während die Worte seinen Mund verließen, wurde ihm klar, wie undankbar sie klangen, wie förmlich und anmaßend. »Jetzt habe ich jemanden, der mir zuhört, und ich werde mich ihr ganz hingeben.« Er hielt kurz inne. »Und ich wusste, du würdest mir zustimmen.«

Auric setzte sich in seinen Stuhl zurück und betrachtete den leicht angekokelten schwarzen Lederband auf seinem Mahagoni-Schreibtisch. Er ließ seine Hand über die Vorderseite des Buches gleiten, das ihn seit acht Jahren begleitete. Merkwürdig, wie ein unbelebtes Objekt ihn aus tiefster Verzweiflung gerettet und ihm ein wenig Trost geschenkt hatte.

Er stand auf. Doch jetzt brauchte er diesen Trost nicht länger. Daisy hatte sein Leben mit dem Frieden und dem Glück erfüllt, die er nie mehr zu finden geglaubt hatte. Entschlossen stand er auf und trug den Lederband durch den Raum zum flackernden Feuer im Kamin.

Er strich ein letztes Mal darüber und warf ihn dann ins Feuer. Die roten Flammen züngelten an den Ecken des Buches, vernichteten die Seiten, bis es in einem hell orangeroten Flammenkreis aufglühte.

Frieden hüllte ihn ein. Dann drehte er sich um und wandte sich zur Tür. Er zog sie auf und schritt durch die leeren Korridore seines Londoner Stadthauses, an den Porträts seiner verkniffen blickenden Vorfahren vorbei und ihren ernsten und sehr un-Daisy-haften Herzoginnen.

Auric stieg die Treppe empor und ging weiter zu der Zimmertür.

Sich sehr wohl bewusst, wie spät es schon war, drückte er die Klinke und trat leise ein. Es dauerte einen Moment, bis sich seine Augen an die Dunkelheit gewöhnt hatten. Er entdeckte Daisy, gestützt von einem Haufen von Kissen, ein kleines Bündel in den Armen.

»Hallo«, flüsterte sie sanft, ein Lächeln auf ihren sommersprossigen Wangen. Er lächelte zurück. Sie wandte ihre Aufmerksamkeit wieder dem winzigen Baby zu, das sie an sich gedrückt hielt. Ein Glücksgefühl breitete sich in seiner Brust aus, machtvoll und alles umfassend. Er schluckte. Das lodernde Feuer knackte und knisterte, wärmte den Raum.

Auric trat vorsichtig ans Bett. »Du bist wach?«, fragte er leise, während er sich auf die Bettkante setzte. Die Matratze senkte sich unter seinem Gewicht.

Daisy blickte von dem Baby in ihren Armen hoch, das gerade zwei Tage alt war. »Ich konnte nicht schlafen«, erklärte sie mit einem weiteren Lächeln.

Aber schließlich lächelten sie beide in diesen Tagen ständig. Er strich mit der Hand über das kleine Haarbüschel auf dem Kopf des Babys. Seine und Daisys Tochter. Sie öffnete mit Mühe ihre grauen Augen, und ihre Lippen bewegten sich in einem langsamen Saugen. Dann sah sie ihn. Ah, Gott, er liebte sie. Sie und Daisy waren mehr Glück, als er, oder irgendein anderer Mann, das Recht hatte zu erfahren.

»Hallo, Lionella«, sagte er leise. Ihre Lider senkten sich, und sie schlief wieder ein. Tränen stiegen ihm in die Augen, und er blinzelte sie zurück.

Dies war Frieden. Sie drei, in diesem Moment, würde er für immer einfrieren, wenn er es könnte. Er griff vorn in seinen Rock. »Ich habe dir etwas mitgebracht.«

Daisy sah ihn erwartungsvoll an.

»Ich habe das hier in Gipsy Hill gefunden und auf den richtigen Moment gewartet, es dir zu schenken.« Es würde nie einen besseren Moment als diesen geben. Er hielt die Goldkette hoch, die ihm die alte Zigeunerin gegeben hatte.

Ein Keuchen kam über ihre Lippen, und sie blickte ungläubig zwischen ihm und der Kette hin und her. »Ich weiß, du hast einen Herzanhänger gesucht.« Daisy hatte sehr großes Interesse an dem Herzen gezeigt. »Und auch wenn es nicht mit Rubinen und Diamanten besetzt ist, wie du es verdienst«, murmelte er und beugte sich vor, um ihr die Kette um den Hals zu legen, »schien es perfekt.«

Genau wie sie selbst es war und immer sein würde. Er machte den Verschluss mit einem leichten Klicken zu, das in der Stille überlaut klang.

Er streckte die Arme nach Lionella aus, und Daisy reichte sie ihm. Liebe weitete ihm die Brust, während er sie in den Armen wiegte. Wärme erfüllte ihn, während er ihren zarten, kleinen Körper an seinem spürte.

Daisy berührte die Kette mit ihren Fingerspitzen. Sie schluckte sichtbar. Er strich mit seinen Knöcheln über Lionellas samtweiche Wange.

»Das Herz eines Herzogs«, flüsterte Daisy.

Er sah sie verwirrt an.

»Die Kette«, erklärte sie, ihre Finger immer noch an ihrer Kehle. »Wer auch immer sie trägt, wird das Herz eines Herzogs erobern.«

Er musste lächeln über die Romantikerin, die sie immer gewesen war. Er wollte, dass seine Tochter genauso wurde wie sie, ihre mutige, unerschrockene Mutter. Nun, außer natürlich, es sich in den Kopf zu setzen, ohne Anstandsdame durch London zu laufen.

»Weißt du, was?«, sagte Daisy leise. »Ich wollte überhaupt nie das Herz eines Herzogs.«

Ihre Worte ließen ihn erstarren.

Sie legte ihre Hand auf seine, und zusammen hielten sie ihr Baby. »Ich wollte immer nur dich, Auric. Nur dich.«

Und endlich hatte er sein Glück gefunden.

19604029R00207

Printed in Poland
by Amazon Fulfillment
Poland Sp. z o.o., Wrocław